虽是孤身上路

终有人并肩同行

艳

白芥子 著

长江出版社
CHANGJIANG PRESS

BENSE

日沉时分,暮霞成绮,绵延至无尽的远方。

目录

- 001　第一章　针锋相对
- 017　第二章　洞悉无遗
- 032　第三章　狭路相逢
- 048　第四章　以眼还眼
- 061　第五章　装腔作势
- 067　第六章　洪炉点雪
- 080　第七章　化冰
- 092　第八章　暗流
- 104　第九章　见雀张罗
- 118　第十章　猛虎嗅蔷薇

			CONTENTS
· 129	第十一章	犯病	
· 143	第十二章	不想输	
· 155	第十三章	日出	
· 167	第十四章	山雨欲来	
· 179	第十五章	险象	
· 194	第十六章	患难	
· 207	第十七章	恶人	
· 222	第十八章	东窗事发	
· 236	第十九章	淡泊	
· 253	第二十章	如故	
· 266	番外一	往事	
· 270	番外二	成为猫	
· 274	番外三	明天快乐	
· 277	番外四	平行世界：那时相遇	
· 291	番外五	夜迢	

QI XING

"生日快乐。"

"明天快乐,每天都快乐。"

YE XINGZHOU

"原来这条路是有尽头的啊。"

第一章 针锋相对

晚上八点,夜色浓沉,秋雨微凉,灯火通明的五星级酒店宴会厅内,正在举办一场充满声色浮华的慈善酒会。来宾多是淮城的社会名流,也有娱乐圈、时尚圈人士往来其间。

祁醒在点心台前打量着那些卖相精致的食物,兴致勃勃地品尝了几样,与其他只端着一杯酒到处社交的人格格不入。

几分钟后有人过来打招呼:"祁少,你今天怎么也来了?我还以为你对这种场合不感兴趣。"

祁醒瞥了一眼,来人是他的好友之一,杨开明。

祁醒不以为然地说道:"你不也来了。"

"你以为我愿意来?"杨开明撇嘴说道,"被我爸押着来的,说让我来多认识些人,长长见识,饶了我吧。"

祁醒顺着他的视线方向看去,杨父正在前方卖力地跟某位商界大佬寒暄套近乎,但只换得了对方不咸不淡的点头。

"没什么意思。"祁醒中肯地评价。

"我也觉得,"杨开明对自己父亲吃瘪的样子丝毫不同情,"祁少你一个人来的?"

祁醒随意点头:"是啊。"

请帖是他爸妈的,但他爸妈都对这种装模作样的社交场合没兴趣,所以就他自己来了。

出门前他爸还特意嘱咐他,在酒会上收敛一些,碰到不相干的人不要意气用事,提醒祁醒前些天在生意场上吃的亏。

杨开明四处看了看,瞧见人群中的某位明星,忽然揶揄祁醒:"那个明星,不是你计划投资的那家影视公司的艺人吗？"

今年淮城商圈的地震来自本土企业叶氏新上任的掌权人，祁醒的父亲好似格外关注叶氏的动向，甚至开始带着祁醒接触生意上的事务。

为了争一口气，摘掉他那顶二世祖的帽子，祁醒看上了一个影视剧项目，谁知合作谈到一半，忽然传出消息说叶氏准备收购那家影视公司，要投资的影视项目自然搁浅了。

不仅如此，他还听他爸说，叶氏打过他们家持股最多的影视公司海城娱乐的主意。

祁醒慢条斯理地咀嚼着送进嘴里的点心，冷眼盯着杨开明说的人，对方的经纪人正跟在某位叶家人身边，点头哈腰，小心讨好。

"叶氏有能耐把这淮城都变成他们叶家的天下啊。"他放下餐盘，没了心思。

杨开明知道这位乐天派少爷是被叶氏的强势给刺激到了，本来还想问点儿细节，宴会厅入口处忽地发生一阵骚动，来的不知是何方神圣，周围人纷纷迎了过去。

杨开明低下声音说道："是叶家那位来了。"

祁醒慢慢咽下嘴里的最后一口点心："谁啊？"

"你居然栽了个跟头还不知道是栽谁手里？那是叶行洲，叶家的新掌权人。"杨开明的声音压得更低，"他父亲去世后，叶家这几个月一直纷争不断，最近才尘埃落定，这位是私生子，但是本事了得，他的兄弟叔伯一个都没能赢过他。"

字音落下时，祁醒看到了走进宴会厅的男人，身形高大，五官硬朗，高挺的鼻梁上架着一副银框眼镜，嘴角牵起的弧度刚刚好，文质彬彬，风度翩翩，看着挺像个正人君子的。

先前对杨父爱答不理的大佬正与叶行洲握手寒暄，被众人众星捧月的男人以晚辈姿态以礼相待，颇让对方受用。

杨开明啧啧称奇："这位叶少看着脾气挺好，不难相处啊，他到底是怎么从叶家那群豺狼虎豹中杀出重围的？"

"叶行洲？"祁醒确定，见到叶行洲的第一眼他就不喜欢这个人。

杨开明幸灾乐祸地说道："没错，他就是让咱们祁少栽大跟头的人。"

"滚。"祁醒瞪了杨开明一眼，注意力又被叶行洲身旁的另一个人吸引了。

青年一身朴素的休闲款西装，温润俊秀，气场远不及叶行洲，但眉眼含笑的模样儿比叶行洲顺眼了不知道多少。

"那又是谁？"祁醒问杨开明。

杨开明这才注意到跟着叶行洲一起来的人，定眼打量了片刻说道："我想起来了，他是林家那位大画家吧，好像挺有名气的，在国内外都开过画展，回国时间不长,我听说他最近在筹备个人工作室。"

祁醒:"林家?"

杨开明解释:"也是淮城有权有势的人家,但他家这些年没落了,听说就剩个空壳子,不过他今天能跟着叶行洲一起来,肯定有点儿能耐。"

祁醒笑了:"实至名归。"

杨开明一愣:"你说叶行洲?"

祁醒:"他身边那位。"

杨开明打量了片刻祁醒说的人,确实实至名归,不过依他的眼光看,还不如那位叶少,更不如祁醒自己。

"我说祁少,你想干什么?"

祁醒扬了扬眉:"当然是去交个朋友。"

杨开明赶紧提醒他:"像他们这种自视甚高的老淮城人,向来眼高于顶,对咱们这种暴发户不屑一顾,祁少,你还是别去自讨没趣了。"

"什么人啦?往前推几十年,谁家祖上三代不是泥腿子出身?装什么!"

祁醒端起一杯红酒,迈开脚步朝对方走过去。

林知年刚跟一位国外油画收藏爱好者交流完,回头看见一个容貌出色的年轻男人毫无顾忌地盯着自己打量,他的神色微微一顿。

祁醒走上前,举杯示意:"林老师,久仰。"

林知年问道:"你认识我?"

十分钟前还不认识,但现在认识了。

祁醒眼睛不眨地扯谎:"我是林老师的画迷,您之前举办的几次画展我都去看过,没想到今晚能在这里见到您,好巧,我叫祁醒,很高兴有这个机会能结识林老师。"

林知年几乎立刻就猜到了他的身份,姓祁,一看就不是随行来的,只有可能是现在淮城炙手可热的荣华资本祁家的人。

说起祁家,淮城几乎无人不知。

荣华资本的创始人祁荣华只有高中学历。十几年前从外省来到淮城谋生,也就十多年的时间,他先是做餐饮发家,后来开始做酒店和房地产,接着进军娱乐圈捞热钱。之后又涉足金融投资,顺带在高科技与互联网行业插了一脚。

看着哪里能赚钱就往哪里钻,偏偏他运气好得惊人,干哪一行都赚得盆满钵满,叫人只有眼红艳羡的份儿。

如今这些高傲惯了的老淮城们,背地里再怎么看不起祁荣华,嘲笑他是暴发户,当面照样得赔着笑脸跟他迎来送往。

林知年有些意外，他没见过祁荣华，但听过不少冷嘲热讽祁荣华和他家里人的话，对他们确实没什么好印象，但面前这位祁少爷的气质倒并不比他认识的那些从小就接受精英教育的同伴差。

而且，祁醒的长相好得过头了。

祁醒将红酒杯送到林知年面前，林知年不动声色地与他碰了一下杯。

祁醒根据临时从手机里搜索出来的东西，继续聊起林知年的画作，侃侃而谈，半点儿不觉得尴尬。

林知年大约听出来了，回以微笑，没有揭穿他。

五分钟后，一道温和的男声插进来，打断了二人的谈话："知年，过来这边。"

祁醒和林知年同时回头，原来是几米外刚跟人说完话的叶行洲在叫林知年过去。

叶行洲的目光掠过祁醒时，似乎在他脸上停了一秒。祁醒也不加掩饰地打量对方，视线撞上的瞬间，他本能地觉出叶行洲目光里的冷意，不明显，但无法忽略。

这种感觉让祁醒更加不爽。这个人，分明不是个善茬，只有杨开明那个傻子，才会觉得他脾气好，看着好相处。

叶行洲收回视线，林知年对祁醒说了句"失陪"，走到了叶行洲身边。

祁醒慢慢抿了一口酒，目光依旧停留在林知年身上，瞧见他和叶行洲之间颇为熟稔的模样，仿佛明白了什么。

杨开明跟过来听了全程，等叶行洲他们离开后调侃祁醒："我看那位大画家早就听出来了，你对他的画作其实一窍不通吧。"

祁醒淡定地说道："那又怎么样，他不一样得跟我赔笑脸。"

杨开明哈哈一笑："那倒也是。"

叶行洲带着林知年到了点心台边，林知年小声告诉他："刚才那人自称姓祁，应该是祁荣华的儿子。"

叶行洲对祁醒是谁并不感兴趣："要是觉得麻烦，可以不用搭理。"

林知年注意着他的神态，叶行洲说话时面色平淡，听起来像是安慰人的话，其实他根本不在意。

很快又有人来给叶行洲敬酒，叶行洲拿起餐盘随手夹了一块点心递给林知年，这才跟来人交谈起来。

来敬酒的几人见状皆微微诧异，各自不着痕迹地打量了一番林知年。

林家的里子早就不行了，今天林知年要不是跟着叶行洲来，只凭一个知名青年油画家的名头，根本没有几个人会在意他。

叶行洲在人前毫不掩饰地表现出对他的照顾，在场的都是人精，个个笑容不减，寒暄敬酒的对象还带上了林知年。

叶行洲的脸上一贯是春风和煦，并无多少上位者的强势，仿佛给人一种他到底还年轻，能得势或许只是他运气好的错觉。

林知年听着周围人不走心地吹捧自己的画作，目光触及叶行洲嘴角弧度不变的笑容，将酒倒进嘴里，压下心头翻涌起的复杂情绪。

另一边，祁醒的视线慢悠悠地跟着林知年转，问杨开明："他和叶行洲的关系很近？"

杨开明低咳一声："这不是明摆着的吗？我劝你别给自己找不痛快了。"

"我不，"祁醒笑睨着林知年，"我跟这个叶行洲较上劲儿了。"

杨开明："那万一叶行洲根本不着你的道呢？"

祁醒的手指在玻璃酒杯上轻轻一叩，嗓音上扬："那又怎么样？"

酒会之后还有一场慈善拍卖，拍卖会场安排在宴会厅旁边的小厅里。

杨开明寻着机会打算开溜，问祁醒要不要一起："走吧祁少，这种慈善拍卖会不会有什么好东西的，时间还早，不如我们换个地方继续玩儿去？"

祁醒没理他，目视着林知年与叶行洲走进拍卖会场，随手放下酒杯，跟了上去。

叶行洲这种身份的人，自然有人帮忙在前排安排座位，他的座位两边坐的都是有头有脸的大佬级人物。

他和林知年一起落座后，祁醒在他们后面的几排座位里随便挑了个位置坐下，跷起腿饶有兴致地盯着前方的林知年打量，瞧见他侧身跟叶行洲说话时嘴角噙着笑，眼中神采奕奕，不由得轻嗤出声。

说着要走的杨开明不知几时也跟了进来，往祁醒身边一坐，笑他："你想给叶行洲使绊子，悬啊。"

祁醒凉飕飕地说道："不会说话你就闭上嘴。"

杨开明耸肩，继续看戏。

拍卖会上的拍品都是应邀参加这场慈善酒会的名流们捐赠的，东西虽然不差，但也算不上多好，祁醒浏览了一遍司仪送过来的拍品资料册，兴致索然。

尽管如此，场中众人互相捧场，气氛倒也热烈。

几轮拍卖落槌后，很快到了压轴环节，送上展示台的压轴拍品是一幅国外名家的现代油画，拍卖师报出价格："起拍价，七十万！"

话音落下，立刻有人举牌跟价，竞价很快过了百万，竞拍的人也比前几轮多了不少。

祁醒不明所以，问杨开明："这幅油画有什么特别的？怎么这么多人抢？"

大概是他这个暴发户二代不懂艺术，他倒是看不出那幅鬼画符一样的东西值这个价。

杨开明无奈地说："祁少，你刚才没听拍卖师说吗？这幅画是陈老捐赠的收藏品。陈老你知道吧？那可是淮城跺一跺脚，大家就要抖三抖的人物，他今天虽然没来，但给面子捐了这幅画，这些人给这幅画抬价哪儿是冲着画本身去的，不都是因为陈老。"

祁醒歪了歪脑袋，注意到前方林知年偏头跟身边人说了句什么，然后叶行洲也举牌了，竞价已经达到一百五十万了。

"我看未必。"祁醒哂道。

杨开明："未必什么？"

祁醒："未必没有人是冲着画本身去的，林老师看着就挺喜欢那幅画。"

杨开明顿时语塞，他也看到了前边林知年和叶行洲小声说了什么，然后叶行洲才举了牌。

不过这似乎也不冲突？林知年喜欢那幅画，叶行洲帮他拍下画，既给了陈老面子，还暗示林家有东山再起的可能，一举两得而已。

祁醒忽然又笑了："林老师喜欢那幅画，我要是拍下来送给他，能不能从他嘴里套出点儿叶行洲的把柄出来？"

杨开明："……那倒也不至于花这么多钱。"

祁醒："我心里有数。"

杨开明没来得及劝他不要冲动，祁醒已经举起竞价牌，直接报出了自己的加价："两百万。"

场中有一阵小的骚动，周围人的目光纷纷落向祁醒。他气定神闲地歪靠在座椅里，在前方林知年回头时，冲他笑了一下。

林知年收回视线，身边的叶行洲也再次举牌，依旧是默认的加价，二百一十万。

祁醒第二次举牌："三百万。"

场中其他人纷纷停止了竞拍，只有叶行洲还在跟价。

叶行洲每次只按默认加价多加十万，而祁醒一开口就往上跳一个百万，几次举牌后，价格很快就拍到了五百万。

明眼人都看出这两人有杠上的意思，不再掺和，抱着看热闹的心思想看最后花落谁家。

有不知道祁醒是谁的，互相打听，一听说他是荣华资本的那个二世祖，又各自了然，果然是暴发户作风，嚣张，还不怕得罪人。

叶行洲则从头至尾眼睛连个余光都没分给祁醒。在拍卖师第二次重复五百万的报价时，他终于又一次举牌，薄唇轻启，报出价格："八百万。"

身旁的大佬打趣他："行洲看来真的很喜欢这幅画。"

叶行洲淡淡地说道："知年的工作室刚落成，拍给他的开业礼物。"

林知年眼里有转瞬即逝的惊讶。

后排的祁醒脸色不太好看，杨开明赶紧拉住他，怕他头脑发热还要往上加价："这画真不值这个价，算了吧祁少，你别跟了，真拍下了回家不得被你爸轰出家门？"

轰出家门倒不至于，但是八百万拍一幅破画送人，他爸妈至少要唠叨他三天，祁醒忍了忍，到底按捺住了。

这幅画别说八百万，八十万价格都高，就算是冲着给陈老面子，这手笔也确实大了些。

那些听到叶行洲说拍下画送给林知年当贺礼的人，真正认真地审视起了林家和叶氏的关系。

台上拍卖师重复三次竞价后，成交槌落下。

林知年在一片道贺声中，跟叶行洲说了句"谢谢"。

叶行洲长腿交叠靠在座椅上，继续与身旁的大佬闲谈，丝毫没有将他的感谢放在心上。

九点半，拍卖会结束，一晚上的喧嚣浮华终于散场。

祁醒依旧跷着腿靠在座椅里，双手交叠置于身前，沉着脸不知在想什么。

杨开明刚想问他走不走，坐在第一排位置的那些人起身，一起说着话走过来，他下意识噤声，看向祁醒。

祁醒抬起眼睛，在叶行洲一行人经过他们身边时，懒洋洋地开口："叶少好大的手笔，八百万拍一幅不怎么出名的画，实在破费了。不好意思啊，因为我一个心血来潮，让你多花了好几百万，不过做慈善也是好事，想必叶少是不介意多花点儿钱的。"

叶行洲顿住脚步，偏头看去，祁醒懒散地靠在座椅里，微仰着头好整以暇地看向他，眼神里的讥诮和挑衅意味十足。

叶行洲似乎半点儿不介意祁醒摆到脸上的敌意，风度不减："承让了。"之后他便不再多说，继续与其他人交谈着往拍卖会场正门走去。

叶行洲这云淡风轻的反应让祁醒更不痛快，但他没有表现出来，视线扫向林知年时，冲人又笑了笑。

林知年有些不自在，点了点头很快移开视线，快步跟上了叶行洲。

人都走后，祁醒再次冷了脸。杨开明目送着那一行人远去的背影，随口感叹："这位叶少脾气果然不错，这样也不跟祁少你计较。"

祁醒白了他一眼："你也想抱叶氏的大腿？"

杨开明："打住，我有自知之明，不是那块料。"

祁醒懒得再搭理他，起身走人。

外头下了一晚上的雨依旧没停。

酒店门口，叶行洲亲自将长辈大佬送上车，待车开走，他嘴角的笑意收敛，示意跟在身后的林知年："走吧，送你回家。"

黑色商务车开到他们面前，撑着伞的保镖上前拉开车门，叶行洲丢出这句后先上了车，不见半分刚才在大庭广众下对林知年的周到。

林知年从保镖手里接过伞，绕去了另一侧车门边。

上车前，忽然有人叫他："林老师。"

林知年抬头，笑容散漫却招摇的祁醒双手插着兜，懒洋洋地站在灯火下，莫名地晃人眼："林老师，刚忘了问你，加个微信吗？"

林知年轻抿嘴唇，犹豫了一下走向祁醒。

林知年低着头操作手机时，祁醒的视线落在他脸上。这位林老师唇红面白，眉清目秀。

隔着深夜雨雾，祁醒的目光却在林知年脸侧撞进了另一双朝他看过来的冷然黑眸。

迈巴赫的后车窗落下了一半，车里的叶行洲只是这样冷眼看着祁醒，并未出声。他的眉眼压迫感十足，却被那副银框的眼镜挡去了大半，生生压住了气场，轻易就会给人错觉，以为这个男人是善类。

或许是出于警惕，祁醒一看到他就觉得不舒服，被那双眼睛盯上，更有种汗毛竖起的不适感。

不想输了气势，祁醒挑衅地抬了抬下巴，吊起眉梢。

叶行洲没有搭理他，收回视线垂下眼看着手机，耐着性子等还在车外的林知年。

林知年扫了祁醒的微信名片，收起手机，跟他说："可以了。"

祁醒瞥了一眼确认已经加上了，满意地说："林老师，你过几天又要办画展吧？到时候我去看，请你吃饭？我听说你在筹备工作室，有什么需要帮忙的你尽管开口。"

林知年轻轻点头："多谢祁少的好意，工作室已经落成了，不劳你费心了，到时候再约吧。"

说了几句，林知年告辞，走回车边，拉开车门上了车。

祁醒的视线重新落向车中的叶行洲，这个人的侧脸轮廓线条流畅利落，弧度堪称完美，长得其实也不赖，但身上某种隐约的危险气息，实在叫人不喜。

车窗玻璃缓缓上升，渐渐挡去了叶行洲的脸，也阻断了祁醒有些飘忽的心绪。

车子开走，身后杨开明跟上来问他："祁少，还去喝酒吗？"

"不去了，"祁醒松了松领结，随意一挥手，"回家了，也不看看现在几点。"

慈善酒会过去好几天，祁醒差点儿忘了在酒会上放的狠话，还是某晚在酒吧跟人喝酒打牌时，杨开明和其他人等着看他笑话，问起这事，他才想起来。

祁醒随手甩出手里的牌，不在意地撇嘴，说道："急什么。"

有人调侃他："祁少之前大张旗鼓地要投那个影视项目，叶氏随便一出手连公司都吞了，现在还想给叶行洲使绊子，我看难。"

祁醒懒得提："知道我吃了亏就别说了。"

杨开明顺口说道："你们就是不了解祁少，他就喜欢挑战。"

公子哥儿们笑成一片，祁醒翻了个白眼："那你们看着吧。"

"不是吧，祁少，那位叶少可不简单，叶家那些眼高于顶的老家伙，据说没一个在他手里落过好，你还是算了吧。"

"干吗想不开要触叶行洲的霉头？"

七嘴八舌的声音，有提醒，有劝阻，没有一句是祁醒觉得顺耳的。

叶行洲了不得吗？他横竖不觉得自己比叶行洲差，他还就跟叶行洲杠上了。

用力扔出一副王炸，祁醒撂下狠话："你们走着瞧，总有一天叶行洲要跪下来向我求饶。"

第二天，祁醒就直奔林知年的画展去了。

淮城是林知年的个人巡回画展第一站，三天前刚开幕，地点在市美术馆二楼。

祁醒第一次来美术馆，到门口才给林知年发了条微信消息。十几分钟后，林知年出来迎接他。祁醒一眼看到走出来的人，穿着复古风背带裤、白衬衣，戴了一顶贝雷帽，文艺范儿十足，他忍不住笑了笑。

林知年走过来跟他打招呼："抱歉祁少，今天是周末，人有些多，刚跟人多聊了几句，出来晚了。"

"没事，是我不请自来。"祁醒大度地说道。

林知年请他进门。

展厅不大，但布置得很有艺术气息。林知年领着祁醒进去，一路给他解说介绍。

祁醒听得心不在焉，比起这些他看不出什么艺术内涵的画，还是身边画画的人比较让他感兴趣。他今天来这里也根本不是来看画展的。

最后他们停步在靠近落地窗边的一幅油画前，林知年简单说了画的名字，没有做详细介绍。祁醒的视线却在上头多停了几秒，若有所思。

他知道这幅画——《少年的祈望》，去年此画夺得国际上一个知名艺术展的金奖，也让林知年从此声名鹊起。

画中只有背影的瘦弱少年在黑暗中窥视着唯一的一束光，画面基调有些沉重压抑，但特地摆在落地窗边最明亮的地方，画里画外的光线重合，又似乎是某种隐喻。

来之前，祁醒上网查过画展的相关内容，看过林知年的一个采访，他在采访里特地提到这幅画，说有特殊意义，具体是什么，访谈里却没明说。

"林老师，这画我能买吗？"祁醒偏头笑问。

林知年直接拒绝了："抱歉祁少，这幅画我没打算卖。"

"那可惜了，"祁醒颇为遗憾，"因为这画对你意义不同？"

林知年目露些许尴尬："抱歉，这是我的私事。"

祁醒："哦，那算了。"

他俩说着话，身后忽然传来一道声音："知年。"

祁醒回头看去，又是那个叶行洲。他刚从展厅外进来，西装外套搭在手臂上，衣装笔挺，鼻梁上照旧架着眼镜框，头发梳得一丝不苟，一副精英派头。

林知年迎了过去，略微惊讶："行洲，你怎么来了？"

叶行洲没有多解释："一会儿跟我出去一趟。"

林知年说有个教授约了他今天来看展，晚点儿会过来，他不好临时爽约。

叶行洲说道："你先忙，我去外面的咖啡厅等你。"

林知年刚松了一口气，身后的祁醒却叫他："林老师，我来都来了，能请你吃饭吗？"

林知年只能跟他说抱歉："不好意思祁少，下次再约吧。"

"好吧，"祁醒耸了耸肩，"我跟林老师才认识，确实比不得别人。"

林知年越发尴尬，再次跟他道歉。

叶行洲淡淡地瞥了祁醒一眼，什么都没说，转身先一步离开了。

五分钟后，咖啡厅。

祁醒一只手拉开椅子，往叶行洲面前一坐，冲抬眼看过来的男人挑眉："聊聊？"

叶行洲神色冷淡，祁醒便直接说下去了，问他："你总使唤林老师干什么？"

叶行洲没有立刻回答，就这样不动声色地看着他。

祁醒镇定回视，隔着一张咖啡桌的距离，他这才真正看清楚了藏在银框眼镜背后的那双眼睛，狭长而冷漠，压在剑眉下，瞳色很深，波澜不惊地盯着人时，如同夹了冰霜。

他以为叶行洲和林知年的关系很好，但刚才叶行洲的语气和态度，俨然像在随意使唤林知年，林知年诚惶诚恐的模样儿也让祁醒恼怒。

于是祁醒壮着胆子，在给叶行洲使绊子之前独自找上了他。

祁醒暗自不爽："喂？"

叶行洲："跟你有关？"

这位终于开了尊口，语气轻蔑，祁醒再次确信，叶行洲就是这么不讨喜。

祁醒靠在椅子里毫无坐相，态度却嚣张得可以："以后林老师就是我的朋友了。"

叶行洲端起咖啡杯慢慢抿了一口，重新放下时才不咸不淡地说道："与我无关。"

祁醒的视线停在他脸上，笑了："我看你根本就不想帮林家东山再起吧？"

叶行洲淡定地问道："何以见得？"

"直觉，"祁醒指了指自己的脑袋，又对着叶行洲做了个"开枪"的动作，"我的直觉一贯很准。"

想要对付叶行洲，当然要知己知彼。

昨晚祁醒的朋友们提到叶行洲时，其中有消息灵通的人，随口八卦了几句，说这位叶少是叶家老头的长子、私生子，十几岁才从外头接回来，在叶家老头病死前一直低调不起眼。谁都没想到叶老头一死，他突然冒出来，联合公司其他股东董事强势夺权，火速上位，硬是把不服他的叶家人全部踢出了公司，大获全胜。

虽说如此，总有那么些人大事上不敢惹他，却在其他地方故意惹事恶心他。听说上个月他大伯还在公开场合给他做媒，想利用联姻套牢他，叶行洲当众挑破叶家曾经的那些风流韵事，让长辈下不来台，最后双方闹得很难看。

一群公子哥儿嘻嘻哈哈地说着叶家的秘事，权当逗乐子，祁醒随便一听，却听进了耳朵。

叶行洲的行为不难理解，被人恶心了就加倍恶心回去，像叶家这种自视甚高的所谓老淮城家族，家中那些端着架子的老家伙，估计丢不起这个脸。

叶行洲岿然不动，半点儿没将祁醒一而再的挑衅当回事，看一眼腕表，起身准备离开。

被无视了的祁醒很不高兴,叫住他:"喂,你不是说在这里等林老师?他还没来你就走,你的耐性就这么点儿?你把林老师当什么了?"

叶行洲拎起自己的西装外套,将它重新搭上臂弯,经过祁醒身边时,脚步顿住,侧头看向他。

祁醒抬眼,目光撞上的瞬间,触及镜片后那双黑沉眼眸里露骨的忖度之色,他脸上神情一顿,下意识提高了点儿声音:"怎么,我说错了?"

叶行洲沉默地看着他,面前这位二世祖像一只好斗的公鸡,抖着鸡冠,翘着尾巴,张牙舞爪,盛气凌人。这样的人他见得多了,要说有什么不一样,大概就是这位祁小少爷长得格外好看一些,桃花眼乱飞,连瞪人都没有任何威慑力,偏偏他自己不知道。

叶行洲之前见过祁荣华,那位别人嘴里只是运气好的暴发户,看似憨厚,实则精明,没想到生出来的儿子却是这种德行的,白白浪费了这一副好皮囊。

祁醒被叶行洲这种眼神盯得发毛,不等他皱眉,对方的手突然抬起,祁醒一愣,随后高声质问:"你做什么?光天化日你想动手打架?"

叶行洲不紧不慢地收回手,脸上没什么表情,语气中却带了奚落:"五百万拍画想从林知年嘴里套我的把柄,彼此彼此。"

祁醒回过神时,一股气血上涌,脸涨得通红,怒目而视。那个看穿了他的伎俩的男人已经潇洒离开。

祁醒忍无可忍,冲着远去的背影竖起中指。

二十分钟后,林知年从美术馆里出来,叶行洲在车里等他。

林知年拉开车门坐进车里,先道了歉,叶行洲随手搁下翻了一半的杂志,示意司机出发。

"跟我一起去清平园,和陈老吃顿便饭。"

林知年脸上闪过一丝惊讶,很快反应过来,叶行洲这是如愿以偿了。八百万换得了一张清平园的入门券,对他来说是一笔很划算的买卖,对林家可能也有帮助。

"我能做什么?"林知年犹豫地问。

叶行洲靠在座椅里闭目养神,淡淡地说道:"陈老很喜欢西洋油画,你陪他随便聊聊就行。"

林知年点头:"好,我知道了。"

林知年的目光落在叶行洲脸上,瞧见他眉宇间的疲惫,小声问他:"你工作很辛苦吗?"

叶行洲没有睁眼,回答他的只有一个漫不经心的"嗯"。

林知年想到先前的事,向叶行洲解释:"今天那位祁少是突然心血来潮来看画展的,他突然向我示好,我也不清楚他的目的是什么,但是我二叔最近想跟荣华资本合作,祁荣华出了名宠儿子,我不想得罪他,免得闹僵了。"

叶行洲却只说:"随你。"

不带任何情绪的两个字,一如往常。

林知年接着说道:"祁少想买我那幅拿了奖的画,我没答应,等画展结束后,我把画送给你吧?谢你为我们林家的事费心。"

叶行洲闭着眼,神情依旧没有半分波动:"多谢。"

见叶行洲兴致索然,林知年作罢,不再没话找话,目光转向车窗外,望着飞速后退的城市街景出神。

林知年和叶行洲的交情要追溯到高中时期。他们当年在同一所国际高中读书,叶行洲是高一下学期才转学来的,所有人都知道他出身不光彩,叶家兄弟几个带着全校同学一起孤立排挤他,那时的叶行洲比现在更冷漠,独来独往像一头孤狼,林知年是唯一对他伸出过援手的人。

这十几年,林知年一直在国外念书工作,林家虽然风光不再,他却得到了一直想要的——荣誉,名望,梦想。可重回淮城之后,林家的长辈以他和叶行洲曾经的那点儿交情,强迫他背负起重振家族的责任,叶行洲记着当年那份情谊,于是林家暂时靠上了叶氏这棵大树。

如今林知年也说不准叶行洲能帮林家到什么程度,说到底他根本不了解现在的叶行洲。

车往城北开了四十分钟,最后进入了一座依山傍水的私人庄园,这里从前是座皇家园林,现在则是一座私人疗养院,是有钱也不一定进得去的地方。

叶家过去在商场上无往不利,背后的人脉不容小觑,但那些都跟现在的叶行洲无关。他才掌权拿下公司,只能靠自己的手段去建立新的人际关系网。

八百万换一顿饭的机会,他确实觉得划算。

车停在一座中式风格的小楼前,有管家模样的男人带人迎他们进门。

陈老正在客厅的大桌前作画,近七十岁的老者穿了一身藏蓝色唐装,身形不算高大,但身姿挺拔,下笔如风,看着很有几分文人的风骨。

然而这位颇具文人风骨的陈老,以前却是叱咤商界的狠角色,连叶行洲的父亲在他面前也得自称小弟。

叶行洲和林知年在一旁等了片刻,陈老将笔下那一幅画画完,这才抬头看到他们,笑道:"画得入了迷,没注意你们进来了,不必一直拘束站着,坐吧。"

叶行洲送上自己带来的见面礼,一盒龙井,不是什么稀罕贵重的东西,但很对陈老的胃口。

陈老高兴笑纳:"来吃顿便饭而已,不必这么客气。我记得我以前还见过你,那会儿你才十几岁吧,你父亲说你性格稳重,就是不太爱说话,那时我就瞧着你是个有出息的,这一眨眼都过去这么多年了。"

叶行洲从容回答:"小侄早该来拜访您,之前一直没有合适的机会。"

寒暄几句后,叶行洲介绍了身边的林知年,陈老也听说过他的名字,饶有兴致地说道:"我只会画国画,倒是对那些西洋画很感兴趣,还收藏了不少,没想到今天有幸在这里见到行家。"

林知年赶忙谦卑地说道:"陈老谬赞了,我也不过是兴趣使然,算不上什么行家。"

陈老摆手:"年轻人有本事是好事,不必这么谦虚。"

之后的话题一直围绕在画上,林知年陪着陈老闲聊,叶行洲偶尔插上一两句话,气氛尚算融洽。

临近中午,管家过来提醒他们午餐已经备好,陈老却没有立刻移步的意思,继续和叶行洲说着话,似乎在等什么人。

二十分钟后,终于有人来了。那人人未到声先至:"老爷子,你突然叫我来吃饭做什么?也不提前打个招呼,今天路上好堵。"

几人抬眼看去,说着话走进来的人,却是祁醒。

林知年目露惊讶,叶行洲则微微蹙眉,不过神情很快又恢复如常。

祁醒看到二人挑了挑眉,走过来往陈老身边一坐,大大咧咧地说:"早说你们是要来这里啊,我们就一起来了。"

陈老问他:"你们认识?"

"认识啊,我今天早上还去看了林老师的画展,而且老爷子你也知道,我想拍你捐的那幅画,结果被这位叶少花了八百万给抢了。"祁醒着重强调八百万,像是有意讥讽叶行洲。

陈老笑容满面:"你们这也算是不打不相识了,挺好的。"

他给叶行洲和林知年介绍,说祁醒是他的干孙子:"我看你们都是年轻人,在一起有话说,才把这小子也叫来了,反正就是吃顿便饭而已,多个人还热闹些。"

祁醒皮笑肉不笑地睨着叶行洲:"是啊,就怕有人觉得我来这里会坏了他的事。"

林知年笑着接话:"多个人是要热闹些,正好我还欠了祁少一顿饭。"

祁醒却只盯着叶行洲,拖长声音:"叶少说呢?"

叶行洲平静地回视他,薄唇轻启,吐出两个字:"幸会。"

他的神情里既无尴尬,也无窘迫,祁醒与陈老的关系虽在他意料之外,但不影响他什么。

祁醒顿时没了兴致,没看到叶行洲变脸,真叫人愉快不起来。

之后的饭桌上,陈老继续与林知年聊起他的画展,提到林知年那幅拿了奖的作品,祁醒顺嘴便说:"那画我也挺喜欢的,还想跟林老师买来着,可惜林老师不肯割爱。"

陈老在场,林知年便解释了一句:"那幅画之前就打算送给行洲,抱歉。"

"原来是要送给叶少的啊,"祁醒一副恍然大悟的表情,"那就难怪了。"

林知年略感不自在地点了点头。

陈老笑骂祁醒:"你这个小滑头就别瞎凑热闹了,你根本就不懂画,买回去也是糟蹋了,我原本倒是想着有缘能收藏那幅画就好了。"

祁醒回嘴:"老爷子你不也没凑成这个热闹吗?谁叫林老师送画的对象是叶少呢,你跟我都没份儿。"

叶行洲没搭理他,神色自若地与陈老提议:"您要是喜欢,我可以将画转赠给您。"

身侧的林知年闻言脸色微微一变,转瞬又掩饰过去。

陈老倒是笑了:"那怎么好意思?君子不夺人所好,你愿意送,我也不好意思收。"

"小侄不懂欣赏这些,那画给真正识货之人收藏也好,您要是喜欢,不必客气。"叶行洲的语气并不谄媚,当真像是小辈在向长辈赠送一件合对方心意的礼物,说罢还转头问了一句林知年:"知年觉得可以吗?"

林知年抬眼,对上叶行洲冷静沉着的目光,声音一顿,说道:"拙作能被陈老收藏,是晚辈的荣幸。"

对面的祁醒"啧"了一声,笑着冲陈老竖起大拇指:"还是老爷子你面子大。"

话说到这个份儿上,陈老也不再推辞,高兴地接受了他们的好意。

一顿饭宾主尽欢,饭后他们陪着陈老喝了一壶茶,之后陈老又兴致勃勃地带林知年去鉴赏他收藏的画作,还让祁醒和叶行洲不感兴趣不必跟着,自便便可。

叶行洲去了趟洗手间,出来时去外边院子里透口气,顺便等林知年。

祁醒在院中的回廊里喂廊下池塘中的鱼,看到叶行洲出来,随手扔了一把鱼食在水里,先开了口:"叶少这么上赶着来拍我干爷爷的马屁,还特地带上林老师来讨老爷子欢心,当真辛苦了。"

叶行洲没把他的挖苦当回事儿,随手点了一支烟。祁醒嗤道:"不想被我干爷爷赶出去的话,你最好别在他老人家面前抽烟。"

叶行洲嘴里叼着烟,视线转到祁醒脸上,轻眯起眼睛。他眸色漆黑,镜片之后的眼神十分凌厉，就这样没有丝毫顾忌地打量起了祁醒。

祁醒略为不快，叶行洲在长辈面前装得温文儒雅，现在这副模样儿，活脱脱像一个不怀好意的无赖。

他想起叶行洲之前在美术馆里的行径，浑身不适。

"你看什么看！"祁醒提起声音，脸色愠怒。

色厉内荏。

叶行洲脑中闪过这几个字，终于开口："暴发户的儿子？"

"想打听我和老爷子的关系？"祁醒气笑了，"我偏不告诉你。"

他说完转念一想又改了主意，上前走近叶行洲，故意凑到他面前挑衅地说："你这么苦哈哈的，又是拍卖，又是送画，我干爷爷未必就会高看你一眼。"

凑得太近，已经超过了安全距离，祁醒自己却没意识到。

叶行洲不动声色地看着他。

祁醒扬眉："再看挖了你的眼睛。"

半晌，叶行洲吸了一口烟，缓缓吐出，用一种极其微妙而危险的语气说道："第二次。"

祁醒已经是第二次当面挑衅他了。

第二章 洞悉无遗

烟味扑鼻，祁醒被呛得后退了一步，不悦地瞪向面前的人。

叶行洲没再搭理他，随手在一旁的垃圾桶上捻灭烟头。

祁醒刚要骂人，林知年出来，叫他生生忍住了。

"行洲，我们回去吧。"林知年说完和祁醒打了个招呼，陪着叶行洲进去跟陈老告辞，之后他俩先一步离开。

祁醒按捺住再次朝叶行洲竖中指的冲动，回去找陈老。

陈老正靠在摇椅里喝茶看书，看到他进来，拿着书的手点了点旁边的椅子："坐吧，别跟皮猴子似的上蹿下跳了。"

祁醒坐下往后一靠，张嘴就抱怨："老爷子，你叫我来看戏的啊，有没有意思？"

"你不是觉得挺有意思的？"陈老打趣他，"你和叶行洲有什么过节吗？"

祁醒撇嘴："单纯看不顺眼，不过老爷子，你真看得上林知年的画？"

"挺不错的，"陈老淡定地说道，"人家送上门了，我不好不收。"

祁醒说道："也没看你以前对别人这么好说话。"

"叶家那小子不一样，"陈老笑着解释，"年纪轻轻就能从叶家那群黑心肝的狼群里头杀出来，手腕和本事必然不差，以后大有可为。你爸不是想要你学着做点儿正经事？都是年轻人，你不如跟叶家那小子学学。"

"算了吧，"祁醒立刻拒绝，"你也说他家的人都是黑心肝，那他能赢不就是心肝最黑的那一个？让我跟他学，我爸第一个不同意，他已经警告过我不许跟叶家的人来往了。"

陈老哈哈大笑："你也有怕事的时候？看不出来，刚才不是挺会明里暗里地挤对人家吗？原来是怕他啊。"

"我才不怕他，"祁醒摆手，"他怕我还差不多。"

"倒也不用意气用事，"陈老笑够了才正经说道，"有警惕心是好事，但多交个朋友总没坏处。"

祁醒还是没什么兴趣："跟林知年交个朋友还行，叶行洲就算了吧。"

他朋友多的是，不缺叶行洲那样的。

陪陈老喝茶下棋消磨了大半个下午，傍晚之前祁醒找了个借口溜了，车子才开出清平园，又接到他妈王翠兰的电话，让他晚上回家吃饭。

祁醒不乐意："我约了人……"

"我管你约了谁，"王翠兰中气十足地打断他，"明天我要跟你表姨她们去外面自驾游，走之前还不能跟我儿子一起吃顿饭？"

"我回去就是了。"祁醒只得调转车头打道回府。

祁醒一进家门就闻到满屋子的饭菜香，祁荣华穿了一件老头背心在厨房忙着做饭，家里没有请保姆，钟点工白天才会来做家务，祁荣华只要在家，就会亲自下厨。王翠兰则抱着她的爱猫在客厅看电视，正为煽情剧情热泪盈眶，儿子回来了也没空搭理。

祁醒有点儿无语，把他叫回来也没见对他多热情啊。

不过他家就是这样，这些年住的地方越换越大，越换越好，他爸妈在外头颇有大富豪和贵妇气度，但回到家里还是老样子，一个有空就爱钻研厨艺，一个最喜欢看"狗血"爱情剧，这点儿爱好传出去，肯定又要被那些眼高于顶的人士说他们暴发户品位，不过无所谓，他们家没人在意这些。

王翠兰看完一集电视剧，这才注意到儿子回来了，打发祁醒去给他爸打下手。

祁醒卷起袖子走进厨房，祁荣华在炒菜，乐呵呵地让他帮忙洗菜、择菜。祁醒干着活，顺嘴提了白天中午去清平园吃饭的事。

他们家跟陈老的关系，要说复杂也没多复杂，祁醒爷爷的爹跟陈老的爹是一个村里出来，穿一条裤子长大的好兄弟，那个年代背井离乡，逃难打拼的人不计其数，祁、陈两家也不例外，两家之前已经断了几十年的联系了。

十几年前祁荣华初到淮城闯荡，最先开了一家小餐馆，让偶然走进来尝鲜的陈老勾起了从前的回忆，才发现彼此祖上是旧识。祁醒那会儿只有几岁大，得了陈老的眼缘，被膝下空虚的陈老收为干孙子，这才有了今日这份交情。

祁荣华是个懂分寸的人，从不对外说这些，也很少主动去麻烦陈老。祁荣华还跟祁醒耳提面命过很多次，所以祁醒除了有空去清平园吃顿饭，也没跟任何人提起过他们家和陈老的关系。

祁荣华听罢不放心地问祁醒："叶家那位去拜访陈老？你在别人面前没乱说话吧？我听人说上次的慈善酒会上，你跟叶家那位就有点儿不对付？你没事别招惹他。"

"我哪里招惹他了？"祁醒没把他爸的话当回事，"你们都说他了不得，他就有这么厉害？"

祁荣华："反正，你跟他不是一路人，别去招惹他就对了。"

祁醒漫不经心地答应："哦。"

上桌后，祁荣华又说起他今天收到的一张请帖："叶家下周末办婚宴，请我们去喝喜酒。"

祁醒："谁结婚？叶行洲？"

"好像是他三弟。"祁荣华说着摇头，"谁结婚不重要，那位叶少刚上位，需要借这个场合让更多人认识他。"

王翠兰立马说道："我就不去了，这种场合去赔笑脸没意思，我反正出去至少玩儿半个月，别来烦我。"

祁荣华："请帖都送来了，我得去走一趟，以后生意场上低头不见抬头见的，面子上总得过得去。"

祁醒眼珠子一转，举手："爸，我跟你去。"

吃过晚饭，祁醒接到杨开明他们的电话，叫他出去玩儿。

出门前，祁醒照旧被祁荣华和王翠兰一起数落了几句，他左耳进右耳出，嗯嗯啊啊地表示十二点前一定回来，穿了鞋就赶紧跑。

走进电梯，他才松了一口气，想着自己得找个什么借口搬出去单独住，要不二十好几的人了每天还有门禁时间，经常酒还没喝到一半就收到来自亲妈的殷切问候，没把杨开明那伙人给笑死。

路上等红灯时看到街边的花店，祁醒手指在方向盘上点了点，犹豫了两秒，开过路口找了个停车位，打开车门下去了。

看清楚林知年的处境，祁醒决定跟林知年交个朋友，他画画好，脾气也好，多个画家朋友也不赖。

送一束花，就当是对油画展顺利展出的祝贺。等林知年的工作室正式开张，他再送别的开业礼物。反正怎么都比不过叶行洲送的那幅价值八百万的油画，他懒得费太多心思。

下午离开清平园后，叶行洲先让司机把林知年送回美术馆。

一路无话，下车时，林知年稍微一犹豫，回头问叶行洲："行洲，你晚上有空吗？我们能不能一起吃个饭？"

叶行洲抬眼看向他，脸上没什么表情，也没有立刻回答。林知年追问："没空吗？"

叶行洲说道："晚上有应酬。"

林知年："那明天呢？明天周末了，你应该有空的吧？中午或者晚上，你什么时候有时间？我回国这么久了，我们还没机会好好叙叙旧。"

叶行洲："白天要去公司，有事要处理。"

"那就晚上吧，"林知年厚着脸皮说道，"我今天也算帮了你一个小忙，看在那幅画的分上，一起吃个饭可以吗？"

叶行洲转开眼，淡淡地说了句："明天傍晚我来这里接你。"

林知年松了一口气："好，那一言为定。"

叶行洲的车很快开走，林知年在路边多站了片刻，敛回心绪，转身进门。

第二天下午，叶行洲的车再次出现在美术馆门口。

今天他是自己开车来的，停车后没有下去，拿起手机拨通了林知年的电话，响了一声不等那边接又直接挂断了。

叶行洲放下手机，开了半边车窗点了一支烟，耐着性子等林知年出来。

五分钟后有个外卖骑手过来，怀里抱着一束鲜花，站在美术馆门口东张西望。

"先生，请问，林知年先生的油画展是在这里吗？"

叶行洲侧头瞥向来人，外卖骑手问得有些犹豫，大概因为这车和车里的人气场太强，要不是着急送单没得选，他也不会来问。

叶行洲的视线落到对方手中的花上，下巴随意一抬："这花送他的？"

"啊，"骑手赶紧说道，"收货人是林知年先生，不过留的手机号大概填错了，是空号。"

叶行洲："他是我朋友，花你给我吧。"

骑手想想这么有钱的主儿应该不会贪他一束花，他又赶着要去送下一单，犹豫之后将花递了过去。

呛鼻的花香让叶行洲略为不喜，他嘴里咬着烟，翻开了夹在花束中的卡片——

To 林老师：

祝画展一切顺利，说好的约饭，之前在清平园那顿不算，下次再约还请林老师务必赏脸。

祁醒

张牙舞爪的字体，一如写这些字的人。

叶行洲盯着那几句话，脑海中冷不丁地又浮起昨天在清平园时，祁醒放松警惕的样子——张扬耀目，气焰嚣张，可惜是个蠢货。

烟灰抖落在卡片上，覆盖住"祁醒"两个字，叶行洲一哂，随手将花扔出车窗外。

一声闷响后,花束准确无误地落进了车边不远处的垃圾桶。

叶家婚礼当天,祁醒难得早起,跟着他爸去参加婚礼。

叶家老三的婚礼在城外叶氏开发的度假山庄举办,进山的路上,祁荣华不放心地再次叮嘱祁醒:"我们是来参加婚礼的,一会儿见了人我让你打招呼就打招呼,要有礼貌,没事别乱跑。"

"知道。"祁醒敷衍地应和,视线落向车窗外。

祁醒第一次来叶家的度假山庄,不得不说这地方环境景致都不错,是个享乐的好去处。

叶家办婚礼,大宴宾客,来者非富即贵,祁荣华想低调些,没想到到地方下了车,来迎接他们的竟然是叶行洲本人。

祁醒双手插兜站在后面,看着自己老爸跟叶行洲握手寒暄,撇了撇嘴。

叶行洲的视线落过来时,捕捉到了祁醒的表情,祁醒毫不尴尬地抬起下巴:"叶少,林老师呢?怎么没看到他?"

他的语气一贯张扬,丝毫不客气,叶行洲一副不与他计较的态度,说了句"知年在里面",又与祁荣华说道:"祁叔请进。"

祁醒轻嗤:"叶少可真会套近乎,对着我干爷爷自称小侄,叫我爸也是叔,那我得叫你一声叔叔还是哥哥?"

叶行洲多看了他一眼,说道:"随意。"

祁醒腹诽道,脸皮真厚!

祁荣华咳嗽一声,打断他们:"先进去吧,客人这么多,叶少你去忙你的,不用特地招呼我们了。"

叶行洲说道:"无妨,我送祁叔你们进去。"

祁醒默默翻了个白眼,叶行洲对他爸这么殷勤,大可不必。

叶行洲伸手示意:"祁叔,这边请。"

度假山庄内有一片很大的人工湖,婚礼场地就在湖边的草坪上,时间还没到,宾客们三三两两地聚在一起聊天社交。

叶行洲亲自带着祁荣华进场,一时间不少人围上来热络地寒暄。叶行洲又跟他们闲聊了几句,提醒祁荣华后方别墅区里有休息的地方,请他们自便,接着去招呼其他客人了。

人群并未散去,祁荣华虽然被人暗地里嘲笑是暴发户,但如今荣华资本风头正盛,等着他手里漏钱的人不在少数,周围都是奉承赔笑的声音,祁醒趁机开溜,自己去找乐子。

杨开明远远瞧见他，大步走过来："我就知道祁少你今天肯定会来。"

祁醒挥手赶人："一边儿去，没空搭理你，我去找林老师。"

杨开明早就习惯了他这脾气，好笑地说："来叶家的地盘参加婚礼，找叶少的交情好友玩儿，也就祁少你做得出这种事。不过你知道他在哪里吗？走吧，我刚看到他跟人去别墅那头了，我带你过去。"

两人一起往别墅区走，祁醒的视线掠过远处被众星捧月一般围着的叶行洲："这个架势，不知道的还以为叶行洲才是这场婚礼的主角。"

杨开明："正常，叶家最被看好的叶老二被他派去了海外分公司，叶老三临阵倒戈卖了亲哥，现在在他手下讨生活，别说办婚礼了，办个葬礼配合这位叶大少都行，叶老四就更别提了，烂泥扶不上墙，连祁少你跟我都不上他。"

祁醒笑了："你这嘴巴，有够损的。"

到了休息室门口，杨开明刚要推门进去，祁醒忽然按住他的手，用眼神示意他噤声。

休息室里传出说话声。

"让你跟叶行洲提星能科技那个项目的事，你提了没有？"

"二叔，我没有那么大面子。"

杨开明冲祁醒扬了扬眉，里头的人显然是林知年和他二叔，听声音一个咄咄逼人，一个尴尬隐忍，这位林二叔在外也是要脸面的人。

祁醒听够了，毫不客气地用力推开门。

室内的两个人惊讶地看向他们，林知年脸上露出一丝难堪的表情，祁醒也装作吃惊地说道："啊，不好意思，我们不知道里面有人。林老师，原来你在这里，真巧，我正要找你呢！"

他迈步走向林知年，那位林二叔打量完他，狐疑地看向林知年，林知年硬着头皮给他们介绍："这位是荣华资本的祁少。祁少，这是我二叔。"

林二叔眼睛一亮，立马热络起来，笑容灿烂地伸出手："原来是祁少，幸会。"

祁醒却没有动："不好意思啊林二叔，我这人有点儿洁癖，不太喜欢跟人握手。"

对方脸上的笑容僵了一半，杨开明没忍住笑出了声，祁醒没再搭理人，冲林知年说道："那边的婚礼再过一会儿要开始了，林老师现在过去吗？我们一起？"

林知年稍稍松了一口气："好。"

走出别墅，林知年才神色尴尬地跟祁醒道谢："刚才多谢祁少帮我解围，不好意思，让你看笑话了。"

祁醒无所谓地说道："举手之劳，不过林老师你这位二叔，竟然是这么投机的人？"

林知年："……他也是关心则乱。"

"是吗？"祁醒笑问。

见林知年犹豫着不知道怎么回答，祁醒笑着一摆手："算了，林老师的家事我也不好插手，顶多能帮你看看工作室的选址。"

林知年笑了笑："祁少费心了，工作室的事都已经处理好了。"

回到湖边的婚礼会场，现场的人比先前更多，叶行洲依然是人群中的焦点，手里端着一杯香槟酒，悠闲地侧耳倾听旁人说话，举手投足间展现出一副翩翩贵公子的气质。

祁醒跟着林知年走过去，远远打量着叶行洲，腹诽这人又在装腔作势，一阵牙酸。

看到林知年过来，有人让了一个位置给他，林知年走到叶行洲身边，低声问他："婚礼是不是快开始了？"

叶行洲抿了一口酒，随口提醒他："还要一会儿，不如你先吃点儿东西垫垫肚子。"

"行洲对知年倒是照顾得很，都这么多年了还跟从前一样，这份情谊实在难得。行洲也该对自己的婚事上上心了。"

一道带笑的中年男声忽然响起，说话的人端着一副长辈姿态，笑吟吟地看向叶行洲。

叶行洲神色平淡地回视，没有接话，对方继续说道："如今万清都结婚了，行洲你这个当哥哥的怎么还落后了，我看也该早点儿把事情定下来……"

叶行洲慢慢喝着酒，任由对方喋喋不休，完全没把这番话放在心上。林知年下意识看向他，没想到他会卷入叶家的事。

周围都是看热闹的宾客，叶家人在大庭广众之下给叶行洲施压，在座人又想起了叶家的那些风流韵事。

"够了，不要胡说八道！"终于有人出声呵斥，另一位叶家长辈手中的拐杖用力点了点地，不悦地说道，"今天是万清的婚礼，你别喝多了在这里发酒疯乱说话。"

"大哥，我这怎么就是乱说话了？"

"我说了让你闭嘴！"

"我闭嘴有什么用？行洲的事情你我也管不了，倒是大哥你之前想给行洲介绍女朋友，闹得行洲也不开心，何必呢？"

"你少在这里胡说八道！"

叶行洲的神色始终如常，由着两位长辈争吵，继续喝自己杯中的酒。

祁醒站在一边抱臂看戏。杨开明凑过来，压低声音给他当解说："阴阳怪气的那个是叶家的堂叔，听说原先在他们家公司里捞了不少油水，现在被叶行洲一脚踢出来了，今天这是故意找叶行洲不痛快吧。另外那个是叶行洲的大伯，之前当众给叶行洲做媒的就是他，叶家最看重脸面的也是他。"

祁醒的视线扫过连眉头都没多皱一下的叶行洲，中肯地总结："我看他俩各自唱大戏，叶行洲一个都不想搭理。"

叶行洲喝完半杯酒，在点心台上搁下酒杯，这才开口："我的事情，有劳大伯和堂叔关心。"

那位叶堂叔还要说话，叶行洲没给他机会："我的私事，似乎没有拿到大庭广众下讨论的必要。"

祁醒啪啪拍了两下手，插进声音："是啊，我看你们也别自说自话了，好歹尊重一下婚礼的主角吧？不知道的还以为你们一唱一和是来搅和婚事的。在场这么多人，这位叶堂叔拿林老师起话头，林老师又没惹你们叶家人。林老师，你说呢？"

众目睽睽之下，林知年很是尴尬。叶行洲的目光落向祁醒，顿了一下，忽然问道："祁少怎么愿意开金口，插手叶家的事？"

祁醒："与你有关？"

"无关，"叶行洲说道，"就当是我好奇心重，对祁少出言打抱不平的目的感兴趣吧。"

他的语气虽淡，说的话却莫名带有一种微妙的、难以言喻的压迫感，周围人的眼神在那一瞬间都变得有些惊讶和耐人寻味。

祁醒蒙了，脱口而出："我对你们叶家的事没兴趣！"

"我知道，"叶行洲点了点头，神色自若地移开视线，示意其他人，"婚礼快开始了，各位请入座吧。"

仪式开始前的最后几分钟，司仪招呼众人入座。

那位叶堂叔仍心有不甘，转头叫住一直被人忽视的这场婚礼的主角——叶家老三叶万清："今天你结婚，这么重要的日子，你妈怎么不在？"

叶万清尴尬地解释："我妈身体不好，还在疗养院里，为免她劳累，今天就没让她过来。"

"嫂子身体不好？我半年前见她时，她精神看着还很不错，怎么突然就要常住疗养院了？你们把嫂子送去了哪家疗养院？为什么不跟我们这些长辈说一声，也好让我们去探望她？"

叶堂叔刻意提高音量，像在暗示什么。叶万清的脸色有些不好，硬邦邦地回答:"我妈需要静养,不想被人打扰,暂时就不麻烦堂叔你们去探望了。"

周围的看客都知道叶家的内情,纷纷避开,赶紧去观礼席坐下,再说下去事情就不该是他们这些外人听的了。

叶行洲路过他的堂叔,脚步微微一顿,瞥了对方一眼,接着走向了观礼席。

叶堂叔愣了愣,回神心下一凛,察觉出叶行洲刚才那一眼里藏着的森寒冷意,竟不自觉地打了个寒战。

闹剧散场,祁醒还沉浸在刚才的不快中,被他爸过来一巴掌拍在后脑。

祁荣华压低声音教训自己儿子:"我交代你的别乱跑,别乱说话,你一句都没听进去是吧?"

杨开明点头附和道:"祁少,我看你还是别一再挑衅那位叶少了,你根本一点儿便宜都占不到。"

祁醒白了杨开明一眼,又打哈哈地敷衍了他爸几句,趁着祁荣华被人缠住应酬,跟着杨开明去了观礼席后排坐。

屁股一沾上座椅,祁醒就没个正形地往后一靠,视线依旧锁定刚在前排入座的叶行洲和林知年,憋着一口气抬手,冲着叶行洲的后脑勺做了个瞄准、开枪的手势。

还是不解恨。

杨开明瞧见他的动作,笑嘻嘻地问:"祁少,你到底是看叶行洲不顺眼还是欣赏叶行洲?我怎么瞧着你都忘了在跟他较劲儿,刚才还给他解围了?"

"他脑子有病,"祁醒歪头又指了指自己太阳穴,"你当我跟他一样也脑子不正常?"

杨开明想着不说之前那些乱七八糟的,这位林画家他看着就很不怎么样,是真为了家族在叶行洲手下讨生活,还是心怀鬼胎?谁知道呢?

婚礼进行曲响起时,在场宾客的目光纷纷投向走上红毯的新人,林知年却在恍神。

他二叔想从叶氏手底下捞到好处,但为了面子非要让他出面周旋,之前他自认为了解叶行洲,实则他们之间横亘着长达十数年未见的隔阂,很多事情早已物是人非。

前方新人开始宣誓,祁醒没什么兴趣,心不在焉地听杨开明在耳边叨唠废话,身后忽然有人叫他:"喂,姓祁的小子,你怎么也在这里?"

一道身影从座椅后方翻过来,坐到了祁醒身边,要笑不笑地看向他。祁醒瞥了一眼,懒洋洋地说:"你们家自己发请帖请我来的。"

"叶四少,好久不见。"杨开明笑着跟人打了句招呼,换回对方从鼻孔里喷出的一个"哼"。

这人是叶家的老四叶万齐，是个一事无成的富二代，不过为人太卑鄙，祁醒看不上他，一直跟他不太对付，以前还结过梁子。

"祁少很久没来赛车了吧？怎么？是怕了不敢吗？"叶万齐咬着烟故意拿话激祁醒，"后天晚上出来跑两圈，给你看看我新入手的宝贝？"

闻到呛人的烟味，祁醒皱眉，莫名想起上次被叶行洲抽的烟呛到的经历，十分不快。

他扭开脸，冷飕飕地说道："没兴趣。"

叶万齐嗤笑："你是怕了吧？怕输给我？"

"你不用激我，"祁醒不为所动，"我对赢你这种死皮赖脸的人没半点儿兴趣。"

"我搞到了你心心念念想要的车，还是最新限量纪念款，"叶万齐抛出诱饵，"真不去看看？跟我比一场，你赢了我把车送你怎么样？"

祁醒终于转回视线，像看傻子一样看他："你把车送我？叶老四，你脑子坏了？"

叶万齐抖了抖烟灰："坏没坏的，你去了不就知道了？祁少不会真的不敢吧？"

他说的车确实是祁醒一直想要的，钱祁醒有，但买车的资格比较麻烦，尤其是限量款的跑车，有钱也难买到。

叶万齐就是知道这点，才故意来祁醒面前说这些。

见祁醒脸上有了动摇之色，杨开明小声提醒他："小心有诈。"

祁醒想了想，问道："我说叶老四，现在你们家当家做主的既不是你爸妈，也不是你亲哥，你日子还过得这么潇洒呢？"

叶万齐得意地说道："这个你管不着，反正比你潇洒。"

祁醒了然："那倒也是，妈进了疗养院也没当回事，继续在外潇洒，大概在人面前低三下四也舒坦吧。"

叶万齐顿时黑了脸，愤愤咬牙："我懒得跟你说这些没用的废话，就直说吧，你去不去？"

"去啊，当然去！"祁醒痛快说道，"你都说了，输了就把车给我，白送我的，我为什么不要？你到时候要是敢赖账，我天天堵你家门口讨债。"

"你真有本事赢了再说。"叶万齐冷哼，起身离开。

祁醒没再搭理他，杨开明不放心地再次提醒："祁少，你还真去啊？那小子肯拿自己的车跟你赌，十有八九要耍什么阴招。"

祁醒满不在乎："就他那个猪脑袋能想出什么点子？去了再说。"

婚礼仪式结束时，祁荣华收到祁醒发来的消息，说他跟杨开明出去玩儿，人已经跑没了影。

宾客陆续离开，半路上祁醒看到林知年的二叔独自走了，又叫杨开明把车开回去。

"祁少，你到底想干吗？"杨开明在山庄外犹犹豫豫地停了车，"人都快走光了，你还要进去？"

祁醒解开安全带："林老师还在里面，我去找他。"

杨开明："啊？"

"别问。"祁醒话说完推开车门下了车，叮嘱杨开明，"我去去就回，你就在这儿等着。"

祁醒大摇大摆地走进山庄大门，顺手给林知年发了一条消息："林老师，你还没走吗？我也还在这里，要不要一起回去？"

那边没有回复，祁醒不知不觉间走到了先前举办仪式的湖边，发现湖边的婚礼会场大变样，竟然这么快就清场了。听到前方传来人声时他顿住脚步，从手机屏幕上抬头。

不远处是叶行洲和他那个堂叔，还有几个保镖模样的人。

几小时前还神气活现的叶堂叔现在被叶行洲的保镖左右架着，被按在地上狼狈不堪，正冲着叶行洲愤怒叫嚣："你这个白眼狼，害死了你爸，把你大妈关进了精神病院，你不是人！啊——"

叶行洲立在他身前，垂着眼，气定神闲地把玩手中的东西，由着他叫骂。

祁醒看清楚那竟然是一把手枪，诧异地瞪大了眼睛。

"你这个野种！当初我们就不该同意让你进门，你跟你那个死了的妈一样……"

冰冷坚硬的枪口抵上额头，叶堂叔后半句话硬生生地卡在了喉咙口，身体不自觉地开始颤抖，声音也变了调："你……你敢，你这是犯法的，犯法！"

叶行洲居高临下地看着他，眼神轻蔑得不带一丁点儿温度，如同在看一个死人。

时间仿佛静止了，叶行洲的手指慢慢扣上了扳机，枪口瞄准的人满头冷汗，嘴唇哆嗦，喉咙里不断发出嗯嗯声响，说不出一句完整的话。

祁醒愣在原地，屏住了呼吸。他见过不少荒唐事，但撞破杀人现场却是第一次，既忘了跑，也忘了找个地方躲起来。

"啊——"叶行洲扣下扳机的瞬间，叶堂叔凄厉地尖叫着，白眼一翻，一头栽倒下去。叶行洲目露讥诮，慢条斯理地松开手，手枪应声落地。

那不过是一把模型手枪而已，而他这位堂叔早已吓得瘫软在地，如死狗一般，还失禁了。

祁醒终于回魂，下意识往后退了一步想躲开，前方的叶行洲忽然抬眼，朝他的方向看了过来。

那双眼睛冷沉阴鸷，锐利如鹰隼，祁醒在那一瞬间骤然生出一种浑身血液都凝固了的惊惧感，本能地想逃，但叶行洲没给他机会。

那个男人面无表情地冲身旁的保镖抬了抬下巴，很快有人过来，用力按住了他。

"你们做什么？！"祁醒厉声质问，没人回答他，保镖三两下把他推到了叶行洲面前。

祁醒脑海中的画面还停留在叶行洲扣下扳机时的那一幕，枪是假的，那种叫人毛骨悚然的不适感却是真的。意识到自己刚才竟被这个男人吓得想转身逃跑，祁醒顿时感到恼羞成怒。

祁醒不想输了气势，他瞪向叶行洲："放开。"

叶行洲没有表态，视线落在祁醒脸上，不动声色地慢慢游移。

祁醒被保镖一左一右地按住肩膀，样子有些狼狈，脸上浮现了薄怒，依旧在张牙舞爪，虚张声势。明明滑稽又可笑，但这副表情配上他这张格外出挑的脸，非但不显得违和，反而很有趣。

祁醒自己却无知无觉。

叶行洲忽然抬手，掐住了他的下颌。祁醒浑身汗毛竖立，叶行洲比他高大半个头，又以这样的姿势拿捏住他，这种被人完全掌控的感觉让他倍感不适。

他试图挣扎但挣不开，咬牙问叶行洲："你想做什么？"

叶行洲微眯起眼，渐渐加重了手上的力道。

祁醒被他掐得生疼，呼吸有些困难，牙根也在打战："放开我！"

"你不该在这里偷看，"叶行洲终于开口，喑哑的嗓音里尽是冷意，"好玩儿吗？"

祁醒骂道："你是做了什么见不得人的事情，怕人偷看？啊，是怕被我这个外人听到你害死亲爸，送自己大妈进精神病院吧？看不出来啊，叶少原来是这种人，真叫人大开眼界。"

明知道不该继续激怒叶行洲，但以祁醒的个性，让他低声下气服软是不可能的，要不是被人按住不能动，他更想跟叶行洲打一架。

叶行洲的脸上却没有半分被戳穿的恼怒，等祁醒说完了，才漫不经心地说："那又怎么样？"

这样的反应让祁醒更不痛快，脑子一热，低头狠狠打向了叶行洲的手。

叶行洲除了刚被打的那一刻蹙了一下眉，之后连吭都没吭一声，一动不动地冷冷回视他。

这一场对峙，到最后输的那个似乎还是他。

叶行洲的手掌立刻红肿了，他并不在意地看了一眼，然后目光重新落向祁醒。

这个冒冒失失的二世祖喘着气呼吸不稳，依旧在瞪人，眼中怒气勃发。

叶行洲眼神晦暗，没人知道他在想什么。

"放开我。"祁醒再次提出要求，依旧是生硬至极的语气，不肯低头。

叶行洲慢条斯理地抬了抬下巴，让人先把他那位吓晕了的堂叔拖走，视线落回祁醒脸上，吩咐保镖："把他扔到湖里去。"

祁醒一愣："你敢！"

叶行洲眼神里的嘲讽意味十足，祁醒被保镖扣住往岸边拖，破口大骂："你这个神经病！疯子！你敢扔我下水，我变成厉鬼也要回头来找你索命！"

叶行洲走近提醒他："我没打算要你的命，给你醒醒脑子而已。"

"我不会游泳！"意识到叶行洲是来真的，祁醒终于慌了，"你把我扔水里就是要我的命！"

叶行洲站在岸边不为所动，他的保镖都是老手，让这个不知天高地厚的小子喝几口水而已，死不了人。

"我回去告诉我干爷爷，你那八百万就打水漂了！你不信就试……"最后一句没来得及说完，祁醒已经被推下水，落水的瞬间求生本能促使他拼命挣扎，用力抓住了他唯一能抓住的东西——近在眼前的叶行洲的裤腿。

叶行洲就这么被祁醒扯进了水里。

四面八方涌过来的水灌进口鼻，祁醒不断挣扎，死死攥住被他拖下水来的人，不顾一切地缠了上去。

叶行洲不耐烦地皱眉，被死缠着自己的人攥得不断下坠，前所未有地狼狈。他只得扯住对方，钳制住祁醒还在胡乱扑腾的身体，抱着他一起挣扎出水面，在保镖的帮助下把人拖回了岸上。

冲完澡，祁醒随便裹了条浴袍推开浴室门出来。

叶行洲靠坐在房间的沙发上，正在看他的手机。祁醒一眼瞧见，大步上前抢回手机："你有毛病吗？你翻我手机做什么？"

叶行洲抬眼，冷淡地告诉他："你朋友打电话来，说他有事先走了。"

祁醒迅速翻阅了通话记录，确实有一通半分钟前杨开明打来的电话。

他被叶行洲的保镖扣住时手机掉在了地上，什么时候捡回来的他自己都不知道。

"那也不用你接我电话吧？"祁醒没好气地说道。杨开明这个不讲义气的，肯定是听到叶行洲的声音就吓得丢下他先跑了。

叶行洲问道："你偷偷摸摸回来，是想来找林知年？"

"我找他关你什么事，你还看我的微信消息提示，要脸吗？"祁醒骂骂咧咧地打开了微信界面，林知年也在刚刚回复了消息，说他已经走了，不用麻烦他送了。

祁醒"啧"了一声，用力按黑了手机屏幕。

"借我一套衣服，再借一辆车给我。"祁醒说着，脸上连装出来的客气都没有。

先前在湖边被叶行洲唬住了，刚洗澡时他已经想明白了，这个疯子无论是拿模型枪吓唬人，还是扔他进水里又把他捞出来，都只是装腔作势而已。光天化日下真的杀人是不可能的，既然这样，那就没什么好怕的。

叶行洲冷冷地盯着祁醒，因为刚才的惊吓，祁醒的脸色还有些发白，嘴巴一张一合地吐出那些不好听的话。

他半湿的头发胡乱翘着，正在往下淌水，落到了胸膛上。

叶行洲的眸光动了动，视线对上时，祁醒忽然发现叶行洲摘了眼镜，那双眼睛因而更显冷厉深邃，就这样不带任何情绪地盯着自己，竟莫名让他有种被毒蛇盯上，会被灭口的错觉。

明明叶行洲也只穿了一件浴袍，甚至平日里打理得一丝不乱的头发此刻散乱垂于额前，周身的气势却不减半分，褪去伪装后反而更能凸显出他骨子里的狠戾强势。

意识到这一点，祁醒心惊之余更多的是不痛快。

"我说的你听到了没有，借衣服、借车给我。"他忍耐着重复，只想赶紧离开这个鬼地方，至于先前被叶行洲扔下水的那笔账，以后找机会再算。

叶行洲却说："我要是不借呢？"

祁醒脸色变了变，强忍住扑上去挠花他的脸的冲动："你当真想让你那八百万打水漂？"

这句话总算起了点儿作用，叶行洲似是思索了一下，回答他："你想说就去说。"

祁醒终于爆发："你有病吧？你费那么多工夫跟我干爷爷套近乎，现在又不当回事？"

叶行洲慢悠悠地点了支烟，由着他表演。

祁醒气不打一处来，他也知道这话其实是在吓唬叶行洲。他干爷爷既然肯让这个人去清平园，并且接受了他送的礼，必然是看中了他身上值得投资的地方，不是自己几句话就能改变的。

叶行洲分明笃定了这点，所以不把他的威胁当回事。

但叶行洲这副态度，实在太叫人不爽了。

瞧见他手中的香烟燃起，祁醒忍无可忍，抢了烟直接在茶几上的烟灰缸里用力捻灭，抬眼时，猝不及防地撞进叶行洲盯着他的，幽深暗沉的眼瞳里。

祁醒愣了愣，这次叶行洲先开了口，沉声问道："这就是你求人的态度？"

祁醒皱了下眉，忽略那一瞬间心里生出的诡异恐惧，起身退开，反唇相讥："我是你们家请来参加婚礼的宾客，这就是你们叶家的待客之道？"

"婚礼早就结束了，"叶行洲冷声说道，"是你自己又送上门来的。"

祁醒做了一个深呼吸，反复提醒自己冷静，脸上挤出假笑："那就请叶哥高抬贵手，当我不懂事，原谅我这一次。你借身衣服给我换，再借辆车给我，好让我尽快滚可以吗？"

叶行洲靠回沙发里，饶有兴致地看着他，咂摸他刚才说的话："叶哥？"

"那要不就叶叔叔吧？"祁醒忍着恶心，再不愿意服软这会儿也不得不低头，"你自己说的，怎么称呼随意。"

叶行洲的目光戏谑："再叫一句。"

祁醒："滚！"

将祁醒脸上丰富多彩的神色尽收眼底，叶行洲似乎终于肯放过他，叫人进来吩咐道："去帮祁少拿套衣服来，安排车送他回去。"

叶行洲说话时依旧不错眼地盯着祁醒，眼神极具侵略性。

祁醒一阵不适，临走时用手指狠狠点了点他："你等着，我们走着瞧。"

第三章 狭路相逢

过了两天，祁醒依约前往城北半山，赴叶家老四叶万齐的赛车赌局。

他是开着跑车一个人去的，临出门前，杨开明打电话来说家里有事去不了，并再次提醒他："祁少，你真要去？你小心他们耍阴招。"

祁醒满不在意："行了，我心里有数。"

祁醒到达地方时，山脚下的盘山公路上聚集了将近二十号人，年轻的男男女女，都是惯常跟着叶万齐混的一群人。

祁醒从车上下来，周围人的目光立刻聚集在他身上。

"祁少来得好准时啊，我还以为你不敢来了。"

一片口哨声和笑声中，祁醒瞥向笑嘻嘻的叶万齐，这小子怀里搂着一个浓妆艳抹的女人，嘴上叼着烟，靠在一辆敞篷跑车上，正得意扬扬地招呼他。

祁醒双手插兜，走上前先打量起叶万齐的那辆车。

敞篷跑车灰金色的外壳在夜色下泛着冷光，线条流畅锋利，很是晃眼。祁醒伸手摸了摸，有些爱不释手，又可惜这么好的车落在叶万齐这小子的手里，简直是暴殄天物。

叶万齐打量着他的神色，越发得意："怎么样，我没骗你吧。想要吗？赢了我就把车送你，你输了一样，你的车归我。"

祁醒收回手，终于正眼看向说话的人："我赢了就把车给我？你被人下降头了？"

叶万齐："车都在这里了，我还能骗你不成？"

祁醒压根儿不信，他不傻，他跟这个叶老四一直就不对付，都是二世祖，但这家伙人品差，玩儿起来也没底线，他看不上。他们以前也赛过车，祁醒从没在叶万齐手上输过，但叶万齐这个没品的家伙每次输了就想方设法地耍赖，这次突然主动约他来赛车，赌注还是一辆新款限量跑车，不是想耍阴招才怪了。

明知道事情有诈，祁醒还是来了，无非是想亲眼看一看这车，过个眼瘾也是好的。

但看到叶万齐这鼻孔朝天的嘚瑟模样，祁醒又十分不爽，他倒是想看看叶万齐的葫芦里到底卖的什么药。

"行吧，那上车吧。"

说赌那就赌，祁醒还是那句话，事后叶万齐要是敢赖账，他就每天去叶家大门口堵着讨债。

跑车的马达轰鸣声接二连三地响起，七八辆跑车一起开上了盘山道。

祁醒的车在靠后的位置，他倒是不急，控制着车速自若地操纵方向盘，驾驶着这辆红色魅影穿梭在车流中，利用山势和弯道，炫技一般轻松地一辆一辆超车。

山风呼啸拂过面颊，祁醒享受地眯起眼睛。

仅仅十分钟过去，一开始赶在他前方的车就只剩两辆，冲在第一的是最先出发的叶万齐，第二辆银色跑车紧随其后。

祁醒原本打算一鼓作气超过去，前头那辆银色跑车却突然开始在他前面玩儿起了S步，故意挡他的道。祁醒骂了一声，侧方紧随其后的车再次冲上来，拼命往他的车上擦碰，别车意图昭然若揭。

之后是第二辆、第三辆，那些被祁醒超车的人像约好了一样，一起围追堵截祁醒，刺耳的轮胎擦地声响中，是周遭那群人放肆的大笑声。

这些人摆明就是故意针对他。

祁醒本来就不是个脾气好的，这下也被激起了火气，一拳砸上方向盘，干脆不管不顾地踩油门提速，几秒钟后，急速行驶的红色魅影撞上了前面那辆银色跑车的车尾。

车中的人大约没有想到祁醒竟然完全不在意自己昂贵的跑车直接追尾，银色跑车被撞得猝不及防，车身失控往右偏去，在震天响的撞击声中擦上了右侧的盘山道防护栏。

这一下撞击祁醒没有落到什么好，车头被撞得凹进去了一半，安全气囊的故障灯也亮了起来。他看到前边空出的车道，反应极快地狠踩油门，猛冲了出去，终于甩掉了后方的包围圈。

最前头的叶万齐放慢车速，正一边开车一边回头看戏，瞧见祁醒突然发疯一般撞开包围圈直直地朝他冲了过来，陡然一惊，再想提速已经晚了。

在身边女人的尖叫声中，祁醒的车擦着他们的车而过，超车上前，方向盘一转，猛地一个急刹车打横停在了他们车头前，甚至给叶万齐留出了刹车安全距离。

叶万齐用力踩下刹车，好险才没撞上去。车停下后，他满头冷汗，心脏狂跳，看到前方祁醒阴着脸下了车，大步朝他走来。

祁醒怒气冲冲地过来，一把揪住了驾驶座上叶万齐的衣领，用力把人从座椅上扯起来，恶狠狠地说道："我就知道你小子不老实，你敢跟我耍阴的，你信不信我现在就揍得你满地找牙？"

被气势汹汹的祁醒一顿恐吓，叶万齐尿得忘了反应，半天才咽了咽唾沫，干笑着问："你想怎么样？"

祁醒冷冷地扫向后方那些从车上下来的人，揪着叶万齐没放："别以为你带这些废物来我就怕了你，你今天敢让我不痛快，少爷我以后天天都让你不痛快，不信你就试试。"

叶万齐忍了忍，没敢再激怒祁醒。

他还是尿，信祁醒说到就会做到。以前他就没在祁醒手里讨到过好，现在叶家当家做主的不是他爸，也不是他亲哥，真闹出了事肯定没人帮他善后，他今天本来也只是想吓唬吓唬祁醒，没想到祁醒根本不在怕的。

被祁醒像拎鸡崽子一样拎着，叶万齐自觉颜面扫地，不情不愿地说："那这事就算了，你走吧……"

"算了？你想得倒美。"祁醒冷笑道，"这事没法儿算，我的修车钱你得赔我，还有这场比赛我赢了，你这车现在归我了。"

"那不行。"叶万齐立刻反驳道，"你什么时候赢了？"

"你瞎了，不会自己看？"祁醒伸手一指，叶万齐下意识转头看去，祁醒的车果然停在了他们约定的终点路标旁边。

叶万齐倒吸了一口凉气。

祁醒挑起眉梢："你想赖账？"

叶万齐皮笑肉不笑："你真要我这车？昨天我的女人还在这车上吐了一车，你不嫌脏？"

祁醒一听立刻皱眉，他确实嫌弃。

这么想着，祁醒揪着叶万齐领子的手也松开了，厌恶地甩了一下手："我不管，三天之内，你把这车里里外外清洗干净，送来给我，办好过户，要不我跟你没完。"

叶万齐语气生硬地说道："不可能，你不打这车的主意，今天的事情就算了，你的修车费我可以赔给你，其他的你别想。"

祁醒瞥了一眼副驾驶座蹑手蹑脚下车的女人，沉下脸："你小子真打算赖账？"

叶万齐死猪不怕开水烫："对不住。"

双方僵持间，前方山道上忽有车灯的光靠近，是从山顶下来的车。

祁醒不耐烦地看去，来的是一辆黑色轿车，经过他们时车速慢下，靠边停了车。

看清楚对方的车牌号，叶万齐的脸色瞬间变了，眼珠子乱转，十足的做贼心虚模样儿。祁醒还没明白发生了什么，就见从车上下来的男人，竟是叶行洲。

叶行洲倚在车门边上冷淡地看向纠缠中的叶万齐和祁醒。

叶万齐看到叶行洲就像是耗子看到猫，再顾不得祁醒，赶紧下了车，灰溜溜地过去跟叶行洲打招呼："大哥，你怎么来了这里……"

叶行洲连个余光都没分过去，视线停在前方祁醒的脸上，眼镜片后的黑眸深沉，像在打量他。

祁醒也没想到会在这里碰上叶行洲，虽然前两天他被叶行洲扔进水里的仇现在还记着，但今晚叶行洲来得正好。

他啪啪拍了两下手："叶大少既然来了，那就做个主吧。你家这位叶四少之前跟我说好的，只要我赛车赢了他，他这车就给我，现在我赢了，他却开始耍赖，这就是你们叶家的处事风格？"

叶行洲不动声色地听完，看向那辆空无一人的跑车。

叶万齐硬着头皮解释："我看大哥这车一直停在家里不开，就开出来玩儿两天，我这就还给你……"

叶行洲神色愈冷，依旧没出声。

祁醒却听明白了："好你个叶老四，你诓我呢，这车原来根本不是你的啊？你要脸吗？"

叶行洲的目光终于转向叶万齐，冷冷一瞥，这家伙就已经腿软，嗫嚅出一句："车我还给你，我先走了。"

叶万齐说完赶紧跑到了他那群狐朋狗友身边。

一群人作鸟兽散，祁醒很不满："喂！"

叶万齐没心思再搭理他，上了其他人的车，溜之大吉。

山道上转瞬就剩下祁醒和叶行洲两个人。

鸡飞蛋打，再看到这个装模作样的叶行洲，祁醒的气又上来了。他用力拍了两下身边的跑车引擎盖，冲对方抬起下巴："我不管这是你们兄弟谁的车，反正叶老四把车输给我了，它就是我的。你负责把车洗干净再送来给我，还有，我的车被撞了，修车钱你得赔我。"

叶行洲沉默地看着他。

祁醒提高声音："怎么，你也想赖账？"

他其实知道自己没可能从这位叶大少手里要到车，也没打算要了，但就是想找叶行洲的不痛快。

叶行洲走上前,伸手在那辆车的车门上抹了一下,微微皱起了眉头。

被无视了的祁醒又喊了他一句:"喂!"

叶行洲的手中多出了一只打火机,啪的一声,火光乍现。

祁醒愣住:"你干吗?"

叶行洲的眼神更加冰冷,手往前送,松手的瞬间,点燃的打火机落到了驾驶座上。

"脏了。"叶行洲的声音不带温度。

祁醒错愕地看着叶行洲的动作,打火机上火苗蹿起,很快烧穿了座椅表层的真皮,里面的填充物接触明火,迅速燃烧起来。

刺鼻的气味和火光的灼热感扑面而来,祁醒回神:"你疯了?!"

叶行洲冷冷抬眼,火光大作,映照在他镜片后的那双阴鸷凛冽的眼睛里,昭示这人确确实实就是个彻头彻尾的疯子。

祁醒看着自己心心念念得不到的跑车被这么糟蹋,一阵气血上涌。

"你有病吧?!你这个神经病!"他头脑发热,冲上前,一拳招呼在了叶行洲的脸上。

祁醒的第二拳挥出去,还没打到叶行洲的脸,就被反应过来的叶行洲扣住了手腕。

面对叶行洲眼中的嘲弄,祁醒气不过,又踹出一脚,依旧被叶行洲轻松躲过了。

两次都没能成功,让从小到大打架从未输过的祁醒分外恼怒。他发了狠,用力抽回手,整个人朝叶行洲扑了上去,拳打脚踢,一下一下往叶行洲的要害处打。

叶行洲游刃有余地躲闪规避,神色间不见半点儿狼狈。

反倒是祁醒,越占不到上风越气急败坏,出手更没了章法,连挠人的招都用上了,完全被愤怒冲昏了头脑。

叶行洲本以为祁醒就这点儿招数了,谁知祁醒故技重施,再次恶狠狠地挠上了他的手臂。叶行洲的眉毛微微动了动,祁醒趁机绊了他一脚,扯着叶行洲把人用力推到了地上。

叶行洲背着地,除了皱了下眉一声没吭。祁醒扑过去,嚣张地扯住了叶行洲的衬衣领子放狠话:"继续装啊!你不是很厉害吗?!"

祁醒嘴上叫嚣着,拳头又要往叶行洲脸上送,再次被叶行洲钳制住双手。

没有揍到人,反被人控制,祁醒心头的火气腾一下蹿了起来,他拼命挣扎,但除了手指能挠到叶行洲的脸，根本挣不开。

叶行洲虽然是最先倒下的那个，却在对峙中完全占了上风，用力扣住祁醒的两只手，抬眼看向他。

气怒中的祁醒满面薄红，桃花眼中盛着愠色。

叶行洲的眸色渐沉，晦暗不明地看着他。

祁醒骂骂咧咧："你说话！哑巴了你？！你放开我！你们姓叶的没一个好东西，全都是神经病！"

祁醒的嘴里吐出的全是不好听的话语，叶行洲忽然抬起一条腿，趁他不注意利落地翻身绞倒祁醒，膝盖跪压在他背上，将他面朝地按倒在地。

祁醒惊呼出声，这次完全被叶行洲压制住了。

祁醒双臂被叶行洲拧向背后，身体也被叶行洲的腿压住，这下他连踹人都办不到，彻底处于劣势地位。

"疯子！有种你放开我……"压迫性极强的气势贴近，祁醒更多没说出口的话生生卡在了喉咙口。

叶行洲的眼镜在刚才的缠斗中被打落，在火光的映衬下，祁醒扭着脖子终于看清楚了那双凑近自己的眼睛，阴暗、沉郁，还有更多他看不懂的骇人情绪。

这个人确实就是一条吐着信子的毒蛇，又或者说是一头披着人皮的禽兽，偏偏自己还招惹了他。

可祁醒就是这么个性格，要不然今晚也不会在这里跟叶行洲打起来，一时冲动也好，热血上头也罢，他确实从认识叶行洲起就看这个男人极度不顺眼，早就想跟他打一架了——虽然根本打不过。

祁醒胸膛起伏，身体贴着地面浑身不适，气势不自觉地就弱了些，连声音也低了下去："你要是敢乱来，我……"

叶行洲问道："你怎么样？"

祁醒动不了，只能嘴上骂："我干爷爷，我爸，我们全家都不会放过你！"

"你除了会骂人，还会什么？"叶行洲的嗓音沉哑。

祁醒的鸡皮疙瘩一个跟着一个起立，终于后知后觉地意识到自己现在的处境。空无一人的盘山公路，因为夜晚显得荒凉诡谲，想起叶行洲对待他堂叔的那一幕，祁醒打了个冷战。

祁醒一动不敢动，强撑着微弱的气势从牙缝里挤出声音："滚。"

这个字说得也没什么底气。和叶行洲的拳脚较量落于下风，于祁醒来说，无异于人生中的奇耻大辱。再想起每次遇到这个人都没好事，一次都没在叶行洲手里占到便宜，他既怨愤又屈辱。

叶行洲不动声色地看着，微微扬了扬眉。

这个表情更让祁醒觉得恼恨，含混地说："叶行洲，我早晚要弄死你。"

叶行洲垂眸盯着祁醒，在那一瞬间他清楚地察觉到自己心头也冒出了火，不知祁醒对他的敌意到底是从哪儿来的，才会三番五次地找他的不痛快。

沉默地僵持了许久，叶行洲慢慢说道："我等着就是。"

叶行洲终于松开了禁锢，松开腿，站了起来。

祁醒回神，立刻翻身撑坐起来，抬头看向他，似乎有些意外叶行洲没有继续追究。

叶行洲站在他身前，祁醒手往地上一撑，跳着站起来："我说你……"

话还没说完，祁醒看到叶行洲身后那辆跑车的驾驶座座椅烧得只剩个框架，火势却没有弱下去的趋势。

祁醒大呼一声，赶紧跑回他的跑车旁，从后备厢里拿出灭火器，返回来对着即将失控的火势一顿猛喷，一边灭火，一边骂叶行洲的疯子行径。

两个车载灭火器用尽，火势终于得到控制，总算没有把整辆车都烧毁，避免了一场汽车爆炸事故，但车子内部被熏得焦黑，原本好好的一辆限量款跑车，现在算是毁了。

"你个疯子……"祁醒被干粉和烟灰呛得咳嗽不已。

就算不是自己的车，祁醒看着也忍不住心疼，恨不得提着灭火器再跟叶行洲打一架。

叶行洲站在一旁不为所动，仿佛烧的不是他的车，半点儿不在意。

他甚至点了支烟，视线慢悠悠地在祁醒身上转。祁醒对上叶行洲的眼神，噎了一下，脱口而出："看什么看？"

叶行洲："想要这车？"

祁醒觉得叶行洲这人的脑回路有问题："都烧成这样了，我要来有什么用？拿回去卖破烂吗？"

其实只是烧穿了座椅，换掉座椅送去维修，再把内饰重新弄一下照样能开，但祁醒已经不想要了。没打赢架，自己的车还被白搭进去，再限量难买，祁醒看到这车就嫌晦气。

"倒是你，这是你自己的车吧？好歹价格不菲，至于这么糟蹋吗？"

"我嫌脏，"叶行洲深吸了一口烟，扔掉烟头，用脚尖碾灭，"走吧，送你回去。"

"不必了，"祁醒想都没想直接拒绝，"我自己有车。"

叶行洲瞥了一眼撞得不成样子的跑车："车撞成这样你打算直接开回去？不怕半路出事？"

"死不了。"祁醒丢出这三个字，转身就走。

叶行洲再次扣住了他的手臂："上车。"

祁醒回身又想揍人，生生忍住了："有完没完？你还想打架是不是？"

"打不赢就不要一再挑衅。"叶行洲说完松开手，"想要我赔你的修车钱，就把车留在这里，我叫人来开走送去修。"

祁醒当然不缺这点儿修车钱，但也不想就这么便宜了叶行洲，犹豫之后冷哼一声，抬脚先朝他的车走去。

叶行洲跟了上去。

祁醒拉开车门坐进副驾驶座，报了自己家的地址，之后就靠进座椅里，不再搭理身边人。

叶行洲没有立刻发动汽车，先打了个电话叫人来拖车，挂断电话后从手套箱里拿了一瓶矿泉水递给祁醒。

"怎么？想换个方法害我？"祁醒斜眼看着叶行洲示好一般的动作。

叶行洲："吸入干粉后最好多喝水。"

没人会跟自己的身体过不去，祁醒没好气地接过水，给了叶行洲一个白眼。

祁醒喝完水等了半天没感觉车动，睁开一只眼觑过去，瞧见叶行洲的动作，想起自己刚干的事，一阵牙酸。

叶行洲的视线又飘过来，他立刻闭眼，想装没看到，叶行洲没给他机会："你属狗的吗？"

听出男人语气里的嘲讽，祁醒不痛快，睁眼瞪过去："叶少自找的。"

这个人三番五次触他霉头，他到现在还能耐着性子在这里跟人说废话，祁醒觉得是自己脾气太好了。

叶行洲没继续这个话题，发动了汽车："以后别跟人来这里赛车。"

祁醒像听笑话一样："我为什么要听你的？"

"今天是你运气好，能全须全尾回去。"叶行洲回忆，"叶万齐以前也用这种法子教训过人，跟他赛车的那个人出了车祸，下半身瘫痪，最后是家里赔钱了事。"

"哦，"祁醒了然，"叶家果然都是一窝黑心肝的。"

叶行洲转头又瞥了他一眼，眼神有些意味不明。

祁醒没放在心上："你能来这儿，我也能来，你管得太宽了。"

叶行洲不再说话，专心开车，重新点了一支烟。

祁醒懒得搭理他，往座椅里一靠，长腿交叠伸向前，懒洋洋地又闭了眼。

叶行洲漫不经心的视线再次掠过身边的人，心大如祁醒，嘴里骂着叶行洲是疯子、神经病，竟也敢这么毫无防备地在他身边合上眼。

"再看我把你的眼珠子挖出来。"这次祁醒连眼睛都懒得睁，骂完就扭过头，面朝车窗，继续睡觉。

叶行洲收回视线，烟雾模糊了他眼中的情绪，只有夹在指间的烟，还有火光在明灭。

虽然有一副好皮囊，可惜是个蠢货。

车开回市区，半路上叶行洲的手机响了，他顺手点开车载蓝牙接听。

"行洲？你现在有空吗？"林知年的声音急促地传来，"能不能来我工作室一趟？外面来了一伙人说我占了他们的房子，要我从这里搬出去，我现在拦着门不让他们进来，他们一直在外头砸门。"

林知年的语速很快，惊慌失措地向叶行洲求助。

叶行洲问道："怎么回事？"

"我也不知道，"林知年焦急地说，电话那头隐约有砸东西的声响，"看着像一群地痞流氓，说我跟中介签的租这个房子的合同不作数，房子是他们的，要我要么给钱，要么把房子给他们，不然就砸了我的工作室。我的助手他们都下班回去了，现在就我一个人在这里。"

叶行洲冷静地提醒他："你先报警吧！"

"林老师，你在哪里啊？"祁醒插进声音，"你别急，先赶紧报警，我们马上过去。"

那边林知年似乎愣了一下，没有想到祁醒会和叶行洲在一起，反应过来回答他："我在工作室，行洲知道地址的。"

祁醒催促身边人："叶少，还不动吗？赶紧过去啊！"

叶行洲回头看了他一眼，告诉林知年十分钟后到，按下挂断，不急不缓地开到前边路口，调转车头。

祁醒嗤他："林老师是你朋友吗？他那儿出了事你一点儿不紧张，要不是我说，你是不是打算让他报警就拉倒？"

叶行洲目视前方，没有刻意加快车速："我不是警察，你也不是。"

"林老师瞎了才会和你这种人当朋友。"祁醒骂完懒得再说。

叶行洲也没理他，汽车在下一个路口拐进了小道，十分钟后停在了僻静的林荫道尽头的一处独栋小洋楼前，林知年的个人工作室就在这里。

楼前停了三四辆车，院门敞开着。祁醒一下车就听到里头砰砰砰的响声和断断续续的叫骂声。他大步走进去，果然有一伙人正在里面砸东西，泼油漆。林知年试图阻拦，但无济于事。祁醒进来时，他正被人推得撞到了身后的画桌上，手掌擦过锋利的铁质桌角边缘，瞬间划开了一大道口子，鲜血淋漓。

祁醒阴沉着脸，随手抄起一把椅子，朝着推林知年的混混背后用力砸了过去。

在外停车的叶行洲晚了一步过来，进门就看到祁醒手里拎着一根棍子和那些打砸的人缠斗，林知年拼命护住他那些被毁得不成样子的画作，一退再退，格外狼狈。

叶行洲皱了一下眉，上前一步，抬手挡下了朝祁醒后方落下的铁棍。

祁醒趁机狠踹了一脚正跟他对峙的混混，还想教训人，被叶行洲拉住，外边适时传来了警笛声。

几分钟后，来闹事的地痞流氓全部被警察带走了，林知年狼狈地坐进椅子里，垂下的手掌还在不断滴血。

祁醒上前提醒他："去医院吧，你的手要缝针。"

林知年摇了一下头，惊魂未定地说道："我想先把这里收拾一下。"

"等会儿收拾也一样，处理伤口要紧。"祁醒说着，四处看了眼，奈何整间画室里已经一片狼藉，"你这里有绷带之类的吗？先绑住伤口止血，我们现在去医院。"

林知年还是摇头。

祁醒想了想，回头看到叶行洲，目光一顿，走了过去。

"领带借来用用。"他说得毫不客气，也不等叶行洲同意，伸手就去解他的领带。

叶行洲神情略冷，祁醒只当没看到："我给林老师先止血……搞什么，你这领带结怎么弄的，怎么解不开？"

祁醒抱怨了一句，手上的动作没停，他本来就不是个有耐性的人，弄不下来干脆暴力拉扯。

叶行洲被攥得身体往前倾，祁醒抬眼对上他眼中冷意，一撇嘴，松了手："你自己解吧，快点儿。"

叶行洲慢条斯理地解开了自己的领带，递给祁醒。

林知年回想起叶行洲还帮祁醒挡下了背后的那记闷棍，他们的关系什么时候这么好了？

林知年没有细想，祁醒已经走回来，拿着叶行洲的领带蹲下，帮他包扎起手掌上的伤口。

大少爷的动作算不上温柔，但十足用心，林知年小声跟他道谢。

"不用谢，林老师记得下次跟我一起吃饭就行。"祁醒大大咧咧地说。

林知年勉强笑了一下："好。"

祁醒好奇地问他："那伙人到底哪里来的？占房子是怎么回事？"

林知年犹豫着说："我回国之后委托中介为工作室选址，这栋房子是中介所推荐的，我考察完觉得环境和位置都不错，就和中介签了合同。前两天那伙人就来过两次，说这房子是他们的，我跟中介的合同不算数。我暂时联系不上中介，谁知道今晚他们就上门来砸抢了。"

"你被中介骗了吧？"祁醒一听就知道这里头大有文章，"林老师，你在国外十多年，弄不清这些弯弯道道的事情也正常。要不是中介骗你，要不就是中介跟房东合伙一起骗你的房租。你租房子之前没有找人帮忙参详一下吗？早知道我帮你把关啊。"

林知年面露尴尬，想起自己两次拒绝祁醒要帮忙的事。

祁醒顺嘴挤对起了叶行洲："叶少，这个知交好友是怎么做的？这点儿小事儿都帮不了林老师？还眼睁睁地看着林老师的工作室被人砸了。"

叶行洲没有回答，他的思绪还停留在刚祁醒帮林知年包扎伤口的一幕。这小子虽然动作毛毛躁躁的，但关心倒不似作假。像祁醒这种嚣张跋扈的二世祖，就算是心血来潮，肯帮别人做这些，也算难得。

祁醒扬了扬眉："我说得不对？"

叶行洲看着他，眼神有些意味不明。

"是我自己不想麻烦行洲，"林知年赶紧打圆场，转移话题，"行洲，祁少，你们怎么一起来了？"

他似乎终于意识到叶行洲跟平常有什么不一样，叶行洲今天没戴眼镜，左边颧骨上方还有一块明显的红痕，刚才除了帮祁醒挡的那一下，叶行洲并没有出手，那个痕迹是进来之前就有的。而且从刚才到现在，叶行洲的目光一直都在祁醒身上。

这次叶行洲先开了口，随口说道："出去兜风，正巧碰上了，走吧，先去医院。"

祁醒难得赞同他的话："对，还是得赶紧去医院缝针。"

林知年只能听他们的，起身时，他回头看了看满屋子的狼藉，神情有些黯然。

祁醒安慰他："别想了，回头再来收拾吧。"

林知年苦笑："还好画展才刚结束，大部分的画还在美术馆没拿回来。"

叶行洲已先一步走了出去。

医院急诊室里，林知年在缝针，打破伤风疫苗，叶行洲在外头等没进去，祁醒有些受不了药水的味道，看林知年没什么事，也去了外边。

听到脚步声，叶行洲从手机屏幕上抬头，祁醒把他那条沾了血的领带扔过去："还你。"

叶行洲接过直接扔进了一边的垃圾桶。

祁醒"啧"了一声："你看看你什么态度，先是不乐意来，来了又跟事不关己一样连一句关心问候的话都没有，有意思吗你？"

叶行洲收起手机："走不走？"

"你很忙？那你赶紧走吧，我留这里等林老师就行。"祁醒巴不得他赶紧滚，"叶少贵人事忙，就不耽误你了。"

叶行洲："我叫了人来处理后续的事情，他一会儿还要去公安局配合录笔录，你打算留到几时？"

祁醒："不用你管……"

"你爸妈不是要求你晚上十二点前必须回家？快十一点了。"叶行洲提醒他。

祁醒："你怎么知道？"

叶行洲淡定说道："祁叔之前随口说起过。"

祁荣华这人吧，最热衷的就是跟人炫耀儿子，不管在谁面前，有事没事就爱提祁醒，所以外头人人都知道他出了名的宠儿子。

祁醒难得臊得慌："我不走，至少等林老师留观完再走。"

"你和林知年认识才多久？我怎么不知道你是这么热心的人？"叶行洲忽然问道。

祁醒："关你什么事？我欣赏林老师不行吗？"

叶行洲轻哂："你不是他会深交的类型。"

祁醒："何以见得？"

叶行洲的目光在他身上上上下下转了一圈，似笑非笑："一个毫无艺术细胞的二世祖，除了有点儿钱还有什么人格魅力吗？"

祁醒皱眉："你胡说！"

"忠告我带到了，"叶行洲说道，"以后反目别哭鼻子就行。"

祁醒噎住了，他好像忽然意识到，这个人不但是疯子、神经病，脸皮还特厚，流氓又无赖。综合起来说，就是头不折不扣的禽兽，可惜披着人皮，把所有人都骗了。

再想起先前在山上，自己毫无还手之力的样子，祁醒的神经又开始突突跳，他又想揍人了——但是，打不过。

叶行洲一眼看穿他："白费心思。"

祁醒忍着怒气，咬牙说道："关你啥事？！"

叶行洲语气轻蔑："领带你得赔我一条。"

祁醒："……凭什么？"

"逞英雄帮人的是你，毁了我的领带不该赔？"叶行洲嗓音淡淡，但斤斤计较一条领带的行为，本身就很奇怪。

祁醒哑口无言，这什么人啊！

十分钟后，林知年从急诊室里出来了，他刚打完破伤风疫苗，还要留观半个小时。

青年脸色有些苍白，在一旁椅子上坐下，疲惫地闭了闭眼。

叶行洲去外边接电话了，祁醒往林知年身边一坐，问他："你还好吗？"

林知年再次跟他道谢："今晚麻烦祁少了。"

"不麻烦，"祁醒笑了一下，"你手怎么样？不会影响以后画画吧？"

"没什么事，"林知年稍稍松了一口气，"没伤到神经，伤口愈合就没事了。"

祁醒探身过去看他的手，林知年的目光跟随着祁醒的动作，思绪有些飘忽。

"你……"

林知年的话刚出口，祁醒抬起了头："我什么？"

林知年犹豫了一下，问道："祁少，你今晚怎么会跟行洲在一起？"

这个问题他刚已经问过一次，叶行洲说是在外兜风碰上的，再次提起祁醒也没觉得奇怪，随口说道："我跟人去城外山上赛车，把车撞了，正巧叶大少路过，就载了我一程，故意撞我车的就是他家老四，他还得赔我修车钱。"

说到这个，祁醒轻哼了声："林老师，你知道叶少他是什么样的人吗？他就跟个疯子一样，阴晴不定，莫名其妙就把自己的车烧了，我看他根本就是脑子有病。"

至于他们打的那一架，被祁醒选择性忽略不提，毕竟打输的那个是他，说出来太丢人。

林知年蹙起眉头："行洲他不是……"

"不是什么啊。"祁醒不屑地说道，不遗余力地在林知年面前编派叶行洲，"你跟他走得近，应该多少知道些他家里的事情吧？他怎么上的位，别说你一点儿风声都没听到过，外面都传他害死亲爹，把大妈送进精神病院，谁知道是不是真的，毕竟空穴不来风。"

这些事婚礼那天他回去后就问过祁荣华了，祁荣华在外听过这些传言，虽然没这么具体，但都说叶行洲上位的手段不光彩，他是私生子，跟家里的兄弟、大妈不对付实属平常。

至于敢不敢杀人放火，反正放火他敢，杀人……能拿模型枪威胁自己堂叔，也没准吧？

当时祁荣华不放心地再三交代祁醒不要再招惹叶行洲，祁醒照旧左耳进右耳出，他是不想招惹，前提是叶行洲不要跟他作对。

听到祁醒说起这个，林知年面色微变，眉蹙得更紧："那都是无稽之谈，外头人乱传的，祁少你别信那些，行洲不是那样的人。"

祁醒不以为然："哪样的人？林老师，你高中毕业就出国，十几年了吧，你又知道叶少他是什么样的人？人是会变的，你别拿以前的眼光看他，小心被他害了。"

林知年不自在地问道："祁少知道我跟行洲是高中同学？"

祁醒随意点头："知道啊，我打听了一点儿关于你的事情。"

林知年沉默了一下，轻吐出一口气："行洲不会害我。"

祁醒："你怎么就这么死心眼啊？"

"祁少，你别说了，"林知年坚持道，"刚才你帮我解围，行洲进来的时候还帮你挡下了一记闷棍，他没有你想的那么糟糕。"

祁醒："还有这事？"

他还想说，身后传来了叶行洲的声音："走吧。"

叶行洲打完电话回来，睨了祁醒一眼，祁醒只当没看到，管他有没有听到自己刚才说的话。

叶行洲的视线落向林知年："我交代了司机来送你回去，现在太晚了，你先回家，明天再去做笔录，其他的事情我会让人处理。"

林知年点了点头："好。"

叶行洲的司机已经到了，车就停在医院门口。

上车时，祁醒叫住了林知年："林老师，之前忘了问，上次我让人送去画展的花，你收到了吗？"

林知年不解："什么花？"

祁醒有些惊讶："你没收到我送的花？"

林知年确实不知道他在说什么："抱歉。"

"不对啊，明明显示签收了。"祁醒嘴里嘟囔，想不明白。

林知年没心思纠结这些，跟他们俩道别后，坐进车里，先一步离开了医院。

林知年走后，祁醒一挥手，丢了一句"我也走了"就要去路边叫出租，刚走出去像想起什么，摸了一下口袋，手机不见了……

大概是刚在林知年的工作室跟人打架时掉了，也只能明天再去拿。祁醒回头，轻咳一声，冲叶行洲挤出假笑："有劳叶少帮人帮到底，还是把我送回家吧。"

叶行洲将他脸上滑稽的表情收入眼中，什么都没说，转身去了停车场，五分钟后车停在了祁醒面前。

祁醒拉开车门钻进去："前面左转。"

叶行洲踩下油门，慢悠悠地问道："上我的车，不怕被我害？"

"你果然听到了。"祁醒嗤道，"偷听别人说话卑鄙无耻。"

"你自己不注意，下次再想说别人坏话，先确定不会被对方听到。"叶行洲提醒他。

祁醒："自己做过的事情，还怕别人议论吗？除非你心虚。"

叶行洲不再搭理人。

祁醒却故意问他："所以你那个堂叔说的到底是不是真的？你真的害死了亲爹，还把大妈送去了精神病院？"

叶行洲转头，意味深长地看了他一眼："好奇？"

祁醒坦然承认："好奇不行？"

"好奇心不仅会害死猫,也会害死人。"叶行洲的视线落回前方,声音冷淡。

祁醒:"不想说就算了……"

"真的,"叶行洲突然又回答道,嗓音平静得像在说别人的事情,"他们一个死了,一个进了精神病院,各自都有归宿,挺好。"

祁醒听着他语气里的冷意,身上的鸡皮疙瘩又一颗一颗起来了,含混地说道:"你果然是个禽兽、疯子。"

叶行洲却忽然笑了。

不是刚才在医院看着他时那种似是而非的假笑,叶行洲此刻的笑声很轻,但格外愉悦,像是祁醒的评价难得取悦了他。

祁醒皱眉:"你笑什么?"

车在路口停下等红灯,叶行洲再次转头向祁醒:"害怕?"

他嘴角的笑意还未收敛,配上他摘了眼镜后更显冷厉深邃的面部轮廓,格外邪性。

祁醒努力忽略心底那点儿畏惧:"我有什么好害怕的?你敢动我吗?"

以祁荣华今时今日在淮城的地位,加上他们家跟陈老的关系,他不信叶行洲敢打他的歪主意。

"嗯。"红灯已经转绿,车继续往前开,叶行洲的声音依旧是不紧不慢的,"你可以拭目以待。"

祁醒愣了愣:"拭目以待什么?"

叶行洲:"看着吧。"

莫名其妙。祁醒最讨厌别人说话打哑谜,叶行洲这种古古怪怪的语气,让他心头警铃大作,但想不明白干脆也懒得想了。

祁醒的目光转向车窗外,看到街边还在营业的花店,想起刚林知年说没收到他上回送的花,示意叶行洲:"停车。"

叶行洲瞥过来,祁醒又改了主意:"算了,明天我去林老师工作室拿手机,亲手送吧,免得又被偷了。"

叶行洲也看到了街边那间花店,不由得一哂:"艺术展送花不俗吗?"

"你怎么知道我送的是花?"祁醒话说完立刻反应过来,"哦,原来叶少就是那个偷花贼啊,真叫人刮目相看。我的花呢?为什么林老师没收到?"

"扔了。"叶行洲干脆承认道。

祁醒忍耐着问道:"你有病吧?"

叶行洲:"他对鲜花过敏。"

祁醒不太相信:"真的假的?你骗我的吧?"

叶行洲懒得再说:"信不信随你。"

祁醒想了想,以防万一,明天还是不送花了,不过……

"我还以为你眼里只有自己，对别人的事情一点儿都不上心呢，原来你还知道他对鲜花过敏啊？"

祁醒问得直接，叶行洲却只有一句："跟你无关。"

祁醒"啧"了一声，不说拉倒。

第四章 以眼还眼

二十分钟后，车停在祁醒家的小区外。

下车前，祁醒最后提醒叶行洲："三天之内，把我的车修好送回来，还有我跟你家老四这笔账，不算完。"

叶行洲："随你。"

祁醒见他半点儿不在意自己那个弟弟，乐得如此："算你识相。"下车时，他又想起了什么，轻咳一声，回头对叶行洲说道，"谢了。"

叶行洲挑眉。

祁醒："虽然我不需要，但林老师说你帮我挡了棍子，少爷我勉为其难跟你说声谢吧，领带我过两天会赔你。"说完他哼笑一声，下了车。

叶行洲没有立刻离开，又点了一支烟，视线追随着祁醒的背影。

祁醒在小区门口停住脚步，低头用脚尖逗了逗一只不知从哪里冒出来的野猫，把猫逗得奓毛跑了才笑嘻嘻地进了小区。

叶行洲深吸了一口烟，再缓缓吐出，烟雾背后的那双眼睛有些模糊。

祁醒这小子咋咋呼呼，就跟那野猫一样。

抽完一支烟，叶行洲随手在烟灰缸里捻灭烟头，发动车子，驶入夜色里。

第二天一早，祁醒又去了林知年的工作室。

林知年刚刚做完笔录从公安局回来，正带着几个助手收拾一地狼藉的画室。祁醒进来跟他打招呼，他站起身，神色有些狼狈："抱歉祁少，这里还乱着，没法招待你。"

祁醒摆手："林老师，你坐下休息会儿吧，汗都出来了，手怎么样了？"

"我没事，"林知年道，"祁少是来拿手机的吗？"

"来看看你，顺便拿手机。"祁醒捡起桌上自己的手机塞进兜里，"你这手几时能好？中午跟我一起吃饭吧？"

林知年面露为难："今天恐怕不行，中午前肯定没法收拾好，下午我还约了律师跟中介那边协商，我不想出去。"

"律师？"祁醒顺嘴便问，"叶行洲帮你找的律师？"

林知年点头："嗯，幸好有行洲帮忙。"

祁醒不高兴地说："你早说啊，我也可以帮你找律师，我爸公司合作的法律顾问都是能干的，这点儿小事而已。"

"还是不麻烦了，多谢。"林知年再次跟他道谢。

林知年又一次拒绝了他的帮忙，这种防备和疏离让祁醒心里不痛快，叶行洲昨晚的话回荡在他的脑海里，虽然不想承认，但叶行洲的确没有说错。

"昨晚我问你花的事情，我之前送过一束花祝贺你画展顺利举办，被叶行洲给扔了。他随便处理别人的东西，跟小偷有什么区别？"

祁醒不遗余力地编排叶行洲，竭力想让林知年认清叶行洲的真面目。

奈何林知年并不领情，神情越发尴尬："行洲他应该不是有意的，他知道我对鲜花过敏，抱歉，祁少。"

"行了，我需要你道什么歉？"祁醒没兴趣听他说这个，"真不去吃饭啊？"

林知年："不去了，下次吧。"

祁醒撇嘴："好吧，又是下次。"临走时，他问出最后一个问题，"下午叶行洲会过来吗？"

林知年声音顿了一下，回答："不会，他工作忙。"

祁醒满意了，翘着尾巴趾高气扬地离开。

没约上林知年，祁醒开车在街上转了一圈，没什么意思，最后去了公司。

他才刚大学毕业，在自家公司里混日子，暂时做个边缘部门的副经理，每天早上十点以后来，下午五点前就跑了，有事就不来了，谁也说不得他什么。

上进心这东西祁醒是没有的，毕竟他爹运气太好，太会赚钱，他躺在金山银山上挥霍十辈子都挥霍不完，能败家为什么要上班？

闲得无聊时，祁醒想起昨晚叶行洲让他赔领带的事情，一条领带而已，他不是赔不起，于是一个电话打给祁荣华的生活助理，那边满口答应下来，说中午就去把事情办妥。

交代完毕，赔偿这事祁醒就懒得管了，直接抛到了脑后。

下午四点半，杨开明打来电话，约祁醒晚上出去喝酒，顺便问起他昨晚拿到那车了没有。

祁醒只有两个字："晦气。"

他不太想去，去了又要被杨开明那伙人调侃，杨开明却告诉他叶万齐今晚大概率也会去，就他们常去的那家酒吧，让他有仇报仇，有怨报怨。

祁醒捏着手机心思一转，改了主意："那就去吧。"

晚上八点，祁醒出现在酒吧时，杨开明他们刚开始喝第一轮。

祁醒一坐下就成为众人瞩目的对象，七嘴八舌地问他昨晚到底有没有赢过叶万齐，祁醒不想提："那孙子呢？不是说他会来？怎么没看到人？"

杨开明说道："没这么早，估计第二摊才会来这里。祁少放心，我叫人盯着呢，跑不了。"

祁醒有些没好气，喝了两杯酒，有一搭没一搭地跟人闲扯，嫌闷得慌，起身去了外头的洗手间。

才走进去，就碰到个认识的人，对方踌躇地过来跟他打招呼："祁少。"

祁醒斜眼睨过去，是酒会上杨开明提到的那个艺人。

当初祁醒要投资的那个影视项目，有导演推荐过他，谁知这人看过剧本后，跟着其他人嘲弄祁醒暴发户，品位低俗。后来这句话传到祁醒的耳朵里，他还没开始发作，叶氏就横插一杠子收购影视公司，再后来又跟叶行洲闹出各种不愉快，他没空追究这些。

怠慢过他，还当无事发生上来攀关系，脸皮可真厚。

小明星走近他："祁少，好久没见了，最近怎么样？"

祁醒没有出声，要笑不笑地瞅着对方。祁醒看见他就想到叶氏，叶行洲的可憎面目浮于脑海，新仇旧恨一同发作。

小明星见他的表情有些不耐烦，但难得碰到投资商家的公子，当面赔礼道歉说不定还有戏："祁少，之前的事是我不对，应酬场合话赶话的，您知道。我最近有部新电影上映，您要去看吗？我送票给您？"

祁醒慢悠悠地问："你在电影里是几番啊？戏份能有三分钟吗？"

小明星神色尴尬："有……有的，差不多。"

"才三分钟，那不是浪费我时间吗？"祁醒冷下脸，"你当我闲得没事干？"

小明星："就是想给祁少赔个不是，这次的电影形象我比较满意，希望祁少给个面子……"

祁醒："免了，我现在不想看，你拿乔不肯参演就罢了，话赶话？我看你是心里话。"

小明星脸涨得更红了，点头哈腰地道歉："对不起，祁少不要跟我一般见识……"

"谁跟你一般见识？"祁醒不耐烦地说，"少往自己脸上贴金，电影形象好有什么用！一个花瓶赶不上少爷我貌美，没工夫搭理你！"

他话说完，洗手间门口忽然传来一声轻笑，声音不大，但难以忽略。

祁醒眉头一皱，两步退去门外，果然是那个叶行洲，靠在洗手间外的墙上，正在抽烟，还不知道在这里偷听了多久。

"你笑什么笑？叶少就这么喜欢做贼？"祁醒张嘴就骂。

叶行洲嘴角的笑收敛，目光睨过来，挑起眉反问："貌美？"

祁醒心想，谁来把这个人的嘴缝上，把两分钟前自己的嘴也缝上。

那小明星也出来了，犹犹豫豫地想再说点儿什么，祁醒一个瞪眼过去："滚。"

小明星灰溜溜地走了，祁醒也不再搭理叶行洲，又返回洗手间了。

祁醒回头看到叶行洲也跟进来了，越发不耐烦。

叶行洲站在洗手台边继续抽烟，完全没有走的意思。

祁醒懒得再跟他说一句话。

叶行洲慢慢吐出一口烟。

两分钟后，祁醒神清气爽地走回洗手台边洗手，顺便整理了一下乱七八糟的头发。

他打量着镜子里自己的脸，觉得刚才的那句话也没说错，和那些花瓶艺人比起来，他长得就是不赖。

视线错开时，祁醒从镜子里看到身后的叶行洲一直盯着自己，不悦地问道："叶少到底想干吗？"

叶行洲一言未发，咬着烟倾身往前，随手将烟头捻灭在洗手台上的公共烟灰缸里。

祁醒讨厌那个味道，连忙往旁边避让。

叶行洲淡淡地看了一眼："看热闹。"

祁醒恼羞成怒："你他……"

叶行洲："少说脏话。"

祁醒实在恼得很，他从小到大顺风顺水惯了，第一次碰到叶行洲这个灾星、克星，偏这个人还总是出现在他眼前晃。

叶行洲："嗯。"

祁醒："'嗯'什么？"

叶行洲声音愉悦："貌美，挺合适的。"

祁醒："这两个字送你吧，叶少更合适。"

叶行洲不以为意，慢慢说道："我喜不喜欢都不重要，是我的东西，我就讨厌别人碰。"

祁醒听明白了："所以你的车被别人碰了，你宁愿一把火烧了？你脑子没病吧？"

"你就当有吧，"叶行洲抬眼看向他，"谁要是敢碰我的东西……"

祁醒下意识问:"碰了怎么样?"

叶行洲淡淡地说:"那就试试吧。"

祁醒听着别扭,心想你威胁谁呢,我偏要碰。

外头传来杨开明的声音:"祁少,你在厕所里种蘑菇呢?还没出来啊?"

叶行洲悠然地提醒他:"你朋友来了。"

祁醒忍耐了一下,深呼吸,恶狠狠地说:"下次再跟你算账。"

看到祁醒气呼呼地从洗手间里出来,杨开明刚要开口问,叶行洲也跟了出来,冷冷瞥了他一眼。

杨开明愣了一下,祁醒已大步离开,他赶紧追上去,压低声音:"叶行洲怎么在这里?祁少,你被他堵在厕所里揍了?"

祁醒:"……滚。"

杨开明试探地问:"那个叶行洲……"

"再提他就翻脸。"祁醒立刻说道。

好吧,不说就不说。杨开明明智地岔开话题:"我来提醒你呢,叶老四来了,还找他算账吗?"

"算啊,怎么不算?"祁醒阴着脸说,来得正好。

叶万齐照旧带着他那一帮狐朋狗友来酒吧里潇洒快活,刚进包厢屁股还没坐热,祁醒就推门进来了。

祁大少爷双手插着兜,大摇大摆地走进来,一脚踢开滚到脚边的碍事空酒瓶,走到酒桌前,冲沙发上喝酒的一个人抬了抬下巴,那人想起昨夜祁醒发疯撞车的狠劲儿,缩了缩脖子,赶紧起身,自觉地给他让位置。

祁醒一屁股坐下,身后跟的七八个人一同进来,或站或坐,都是跟来看热闹的。

叶万齐眼珠子乱转,警惕着他们:"祁少这是做什么?来砸场子吗?"

祁醒歪了歪脑袋,要笑不笑的:"怎么?你很怕我啊?"

叶万齐强撑着气势说道:"我有什么好怕的?祁少不要无理取闹。"

"无理取闹,"祁醒咀嚼了一遍这四个字,"原来讨债叫无理取闹啊,那叶四少你输了不认账算什么?耍流氓?"

被他不客气地戳穿,叶万齐语气生硬地说道:"你都知道了车是我大哥的,车我还给他了,你去问他要吧。"

"我不,"祁醒不吃他这一套,"你是你,叶大少是叶大少,输我车的是你,我当然问你要。"

叶万齐有些恼了:"你不要得寸进尺!"

"四少这话就不对了吧,"杨开明帮腔说道,"你赛车输了,话都没给祁少留一个，祁少得你什么了？"

"那你们到底想怎么样？"叶万齐两手一摊，干脆耍起流氓，"要车没有，要命一条，随便你们吧。"

"没人要你的狗命，"祁醒冷飕飕地说，盯着叶万齐这张无赖脸，想起刚才被叶行洲嘲弄的事，心头火起，起了恶劣心思，"少爷我大人大量，再给你个机会，我们再比一场。"

叶万齐似乎没想到他突然肯让步了："比什么？"

祁醒的目光扫过酒桌上的空酒瓶："拼酒吧。你要是赢了，这事儿一笔勾销；我要是赢了，我让你做什么你就做什么。"

叶万齐犹豫了一下，咬咬牙说道："好。"

杨开明一听赶紧压低了声音问祁醒："你行不行啊？"

祁醒："我跟人拼酒什么时候输过？"

杨开明忍了忍，没有再劝，祁醒的酒量不差，但也不算太好，跟人拼酒能赢是他们一般都会让着而已。不过也没关系，叶万齐年纪轻轻就被酒色掏空了身体，虚得很，祁醒赢他问题不大。

两瓶烈性洋酒送上，祁醒和叶万齐各拿起一瓶，开始对瓶吹。

在场的人纷纷吹口哨起哄，把气氛推向高潮。

洋酒的味道不算好，猛一灌进嘴里确实够呛，祁醒边喝边皱眉，好在还能忍。

反观叶万齐，第一口酒下去就后悔了，想要放弃，抬眼见祁醒喝酒的速度比自己快得多，只能硬着头皮继续。

周围的起哄声愈响，叶万齐才喝了半瓶，看祁醒那边已经快见底，顿时急了，猛灌了一大口，结果被呛了个半死。

惊天动地的咳嗽声之后，叶万齐把刚喝下去的酒吐了个干净，包厢里嘘声四起。

祁醒把手里的空酒瓶立在桌上，舔了下嘴唇："我赢了。"

叶万齐对上他眼神，不自觉地抖了一下："你想怎么样？"

不用祁醒开口，杨开明嘻嘻笑了两声："四少这回不能再耍赖了吧？"

叶万齐心生不妙："……你们到底想怎么样？"

酒喝得太快，祁醒头有些晕，懒洋洋地朝后靠进沙发里，耷拉着眼皮瞅着叶万齐，没有立刻回答。

几分钟后，服务生又端了几瓶烈酒进来，放在了叶万齐面前的桌子上。

叶万齐不清楚祁醒打的什么主意，警惕地盯着那些酒。

祁醒慢悠悠地将衬衣袖口挽起来，随意从桌上拿了一个杯子，开始往杯子里倒酒。

几样烈酒在祁醒手下兑成一杯，祁醒似乎很满意自己的调酒成果，不带情绪地对叶万齐说:"喝了吧。"

叶万齐瞬间高声说道:"你想都别想!"

杨开明一个眼神示意,身边有两个人绕过桌子,一左一右地按住了叶万齐的肩膀,其中一个阴阳怪气地笑道:"不好意思啊四少,今天对不住了。"

叶万齐试图挣脱,他的跟班们有想动手的,祁醒这边的人也不甘示弱,一个对上一个,两相僵持着。

"姓祁的,你敢!我……我大哥知道了不会放过你……"

叶万齐急不择言,把叶行洲给抬了出来。他不说还好,提到叶行洲,祁醒的脸色更冷:"行啊,我倒是想看看,叶大少能怎么不放过我。"

叶万齐:"我要弄死你!"

骂骂咧咧的叶万齐被人从沙发上拖下来,没谁敢真的出手阻止,祁醒这边的人占了上风。

祁醒站起身,端起那杯酒慢步走到叶万齐面前,冷眼将杯子里的烈酒浇在了叶万齐的头上。

周围都是倒吸气的声音,叶万齐被酒激得睁不开眼,双手都被祁醒的人押着,嘴里只剩那些不干净的词语。

祁醒一把扯住叶万齐额前的头发:"你弄死我?你们姓叶的没一个好东西,全都是人模人样的禽兽,要怪就怪你今天运气不好,栽我手里了!"

祁醒揪着叶万齐的头发不放,叶万齐的跟班们心惊胆战,生怕叶万齐今晚真交待在这里了。直到有人视线落向包厢门口,看到出现在那里的救星,大喊了一句:"叶少,快救四少!"

祁醒抬眼看去,正撞进叶行洲看向他的复杂视线里。

确实是叶行洲,他就靠在门边,不知道冷眼旁观了多久。

叶行洲似乎一点儿也不在意自己的弟弟被教训,反而饶有兴致地看热闹。这还是祁醒自己看出来的,叶行洲的表情落在其他人眼里,都只觉得他面无表情气场太强,有些怵他。

谁都没想到叶行洲会出现在这里,杨开明赶紧压低声音提醒祁醒:"祁少,放开他吧,再搞下去要出事了。"

祁醒哼了一声,终于松开了手。

叶万齐狼狈地栽倒在地,眼泪鼻涕一起流。

祁醒嫌弃地后退了一步,身边人给他递来纸巾,他慢条斯理地擦着手,眼皮子都不抬一下:"叶少还没走呢?"

叶万齐缓过劲儿看到叶行洲,连滚带爬地扑到他身边,带着哭腔求他:"大哥,你要帮我出这口气,姓祁的他欺人太甚了!"

叶行洲视线扫过缩在自己脚边的叶万齐,只有不咸不淡的一句:"回去,以后少出来惹是生非。"

叶万齐一愣："可是他……"

叶行洲还是那句："回去。"

叶万齐还想说话，触及叶行洲不带温度的目光，哆嗦了一下，冷汗都出来了，冷不丁地想起一些从前的事情。

叶行洲是私生子，虽然是老大，但在他们父亲去世之前，他们三兄弟谁都没把这个大哥放在眼里过。

他家最有本事的是他二哥，本来是板上钉钉的家族接班人，偏偏最后棋差一招，在叶行洲手里栽了个彻底。

从前得罪叶行洲最狠的是他二哥，他自己虽然没参与过争家产，但从小到大没少跟着两个哥哥耍阴招对付叶行洲。如今他们亲爹死了，亲妈进了精神病院，二哥被派去海外，三哥在叶行洲手下苟且偷生，他这个扶不上墙的败家子叶行洲根本不屑对付，又凭什么会觉得叶行洲会不记仇，让他日子好过？

叶万齐灰溜溜地走了，跟他一起来的那些人也赶紧跑了，剩下祁醒这边的人，也犹豫着想走。

杨开明察觉到气氛尴尬，打圆场说："祁少跟他们闹着玩儿的，叶少，你怎么也来了这里？"

叶行洲却只看着祁醒："下次教训人的时候记得关门。"

杨开明闭了嘴，祁醒教训的似乎是这位叶大少的亲兄弟吧？

祁醒懒得搭理叶行洲，他刚教训叶万齐时还嚣张得很，这会儿灌下去的那一整瓶洋酒的后劲儿终于上来了，浑身都不舒服。

"不玩儿了，我先回去了。"丢下这句话后，祁醒直接走人，出门时却见叶行洲还倚在门边，正好整以暇地看着他。

祁醒皱了下眉："你怎么阴魂不散？"

"来应酬，"叶行洲随口说道，"刚结束准备走，没想到看到祁少在这里打狗。"

祁醒："是啊，打狗，打姓叶的狗。"

他已经有些醉了，头重脚轻，丝毫没意识到自己站在这里跟叶行洲废话是在浪费生命。

许是今晚被叶家兄弟气到了，祁醒越发不快，临走时又想骂叶行洲几句出一口恶气。

骂完他晃了一下脑袋，好像晕得更厉害了，眼前的人和物都开始出现了重影。

叶行洲镜片后的眸色微沉，伸手扶住了他："送你回去。"

叶行洲架起祁醒，走之前，被杨开明犹犹豫豫的声音叫住："叶少，祁少喝醉了，还是我们送他回家吧。"

叶行洲回头看了他一眼，比刚才在洗手间外的那一眼更冷，什么都没说。

被叶行洲拖进车里，祁醒的脑子慢了不知多少拍才想起他刚才的话："你骗谁呢？你们叶氏是大公司吧？来这种地方应酬？"

"楼上是会所。"叶行洲的语气敷衍。

祁醒还是觉得不对劲儿，既然他是在楼上应酬那又为什么会出现在楼下？他到底来干吗的？但也懒得问了，祁醒蜷缩进座椅里，胡乱嘟囔几声闭了眼。

副驾驶座上的秘书回头告诉叶行洲："四少刚才骂骂咧咧地走了。"

"让他以后安分点儿，要是嫌日子过得不舒坦了就去陪他妈。"叶行洲冷淡说道。

"我知道了。"秘书点了点头，视线偏向叶行洲身边的祁醒，犹豫着说，"这位祁少……"

叶行洲报出祁醒家的地址，秘书不敢再问，让司机出发。

祁醒却忽然睁开眼，骂叶行洲是疯子，换了个姿势，眼皮子耷拉下去，又睡了过去。

这是彻底醉了。

秘书和司机都不敢出声，他们的应酬其实早就结束了，离开时看到这位祁少进了酒吧，他们老板才改了主意。

半个小时后，车停在祁醒家小区门口，叶行洲没有下车的意思，也没叫醒祁醒。

他还点了支烟，抽了两口。

秘书下车去接电话了，祁醒睡得迷糊，隐约听到了关车门的声音，勉强睁开眼，看到身边吞云吐雾的叶行洲，愣了愣，像是忘了他怎么会在这里。

叶行洲的视线转过来，停在他脸上。

祁醒脑子里还是一团糨糊，试图撑坐起来，结果浑身无力，刚一动又整个人栽倒下去。

祁醒浑身不适，只有骂人的力气："你真是阴魂不散。"

叶行洲脸上表情依旧是淡淡的，唯独眼瞳的颜色格外深，始终盯着祁醒："我倒想知道我什么时候得罪了你。"

祁醒闭了闭眼，眩晕得厉害，嘟囔道："你们姓叶的没一个好东西。"

叶行洲的耐心快耗尽了，清平园那次拜访之后，陈老私底下让他看着点儿祁醒，别让他玩儿出什么出格的事……

"咔——"在车上颠簸了一路，祁醒一阵一阵反胃。

车外恰有车灯打过来，叶行洲抬头瞥了一眼，顺势将祁醒拉起来，推开了车门。

祁醒连滚带爬地下车，蹲在路边吐了个惊天动地。

叶行洲跟着下了车，看到停在他们不远处的车，秘书匆匆挂了电话小声告诉他："是祁荣华。"

先下车的是祁荣华的助理，接着是他本人。

祁荣华看到祁醒醉得七荤八素在路边吐，皱了皱眉，让助理过去把人扶起来，目光看向叶行洲，迟疑了一下。

叶行洲主动走上前跟他打招呼，并解释说："祁少喝醉了，我刚巧碰到，送他回来。"

祁荣华隐约觉得奇怪，嘴上还是说："有劳叶少了，祁醒这小子没给你添麻烦吧？"

叶行洲一派斯文："不会。"

寒暄了几句，祁醒被助理扶上车，祁荣华最后跟叶行洲道了谢，也重新上了车。

叶行洲目送他们的车开进小区。

车上，祁荣华问起自己不成器的儿子："你跟叶行洲怎么会碰到？你跟谁去喝酒喝成了这样？"

祁醒吐完还是头晕，脑子里不停地嗡嗡响，不耐烦说这些："别问了。"

祁荣华："他送你回来，你记得回头跟人家道谢。你看看你像什么样，正经事不做就知道玩儿，在外喝得烂醉才回来，叶行洲他也比你大不了几岁，你怎么不知道跟人家学学？"

祁醒："喀——"

不行，他又要吐了。

祁醒回家就蒙头大睡一整夜，一觉睡到了早上九点，被杨开明的一个电话吵醒。

"祁少，你没什么事吧？昨晚叶行洲把你送回去了吗？他没怎么样你吧？"杨开明的声音有些不确定，小心翼翼生怕惹祁醒不痛快。

祁醒迷迷糊糊间闭了几次眼睛，混沌的大脑终于回忆起昨晚似乎确实是叶行洲送他回来的，然后呢，发生了什么？

昨夜的一幕幕在他脑中慢镜头重播，祁醒猛坐起身，睡意全消，手机也没拿稳，砰的一声砸到地上。

电话那头杨开明惊叫："祁少？怎么了？"

祁醒捡起手机，张嘴就骂："你还好意思问我怎么了？昨晚的事你今早来问我怎么了？我要是有事你现在来替我收尸都晚了，我能指望你？"

杨开明："……那你到底有没有被他报复啊？"

祁醒恼羞成怒："滚。"

祁醒回想起昨天叶氏兄弟俩一前一后恶心他，气得原地转了两圈，一肚子怨气和怒气没处发泄，一脚踹上垃圾桶，再捂着自己的脚跳起来。

想起叶行洲那张阴恻恻的脸，他只恨不能再送两拳上去。

十点半，祁醒出现在公司门口，直接坐电梯去董事长办公室。

他今天本来不打算来公司，半个小时前祁荣华打来电话，语气严肃，要求他务必过来，还让他去趟办公室。

祁醒用脚指头想都知道肯定是因为昨晚的事他爸恼了，他以前虽然也天天在外头玩儿，但从来不会像昨晚那样喝得烂醉如泥地回家，一顿训斥肯定是跑不掉的。

祁荣华确实很生气，他虽然宠爱儿子，但也不想养出一个除了吃喝玩乐什么都不成的废物。尤其是昨晚送祁醒回来的人是叶行洲，虽然他觉得叶大少年纪轻轻，城府太深，但同样是年轻人，自己儿子跟人家差了这么多，实在让他心理不平衡。因此，从今天开始，他决定多花些心思来管教儿子了。

"从今天起，我去哪里你都跟着，跟我学做正经事。"

祁醒脱口而出："那跟坐牢有什么两样儿？"

祁荣华吊起眉毛："让你跟着我做正经事就是坐牢？"

"也没差多少吧，"祁醒干笑，"那总不能爸你出去花天酒地，我也跟着吧。"

祁荣华抄起手边的一份文件直接砸过去，祁醒动作迅速地躲开。

"你少在这里胡说八道，你老子我什么时候花天酒地过？"祁荣华骂道，瞧见祁醒穿的高领羊绒衫，更气不打一处来，"你又在外头做了什么？你看看你昨晚回来那是什么样？要不是叶少送你回来，你打算跟什么不三不四的人在外头过夜？我跟你说了多少次了，要么就找个人正经谈恋爱，早点儿成家立业，少出去鬼混，你是一句都没听进去是吧？"

不提叶行洲还好，一提到他，祁醒也没好气："那爸，你怎么不去问问他？"

祁荣华声音一顿："什么意思？你跟他怎么会有私下交情？还有，你为什么叫人给他送领带？"

祁醒敷衍道："我跟他没什么交情，更像结仇。之前不小心弄脏了他的领带，赔他一条，昨晚也是不巧碰上了而已。"

他这么说，祁荣华一想，主要是自己儿子这种德行，他还真不觉得那位叶大少能有兴趣跟祁醒打交道，昨晚大概率也是看自己的面子才顺道送人回来。

"没什么交情就算了，不要跟他走得太近，你以后也少在外头跟那些乱七八糟的人玩儿。昨天的事情就算了，不许再有下一次。"祁荣华教训完儿子，最后说，"一会儿那位叶少会亲自来公司，跟我谈一个投资项目，你也跟着一起听，听不懂没关系，多学学慢慢就懂了。中午我们还得做东请他吃个饭。"

祁醒："爸，你可真是……"他现在走还来得及吗？

十分钟后，祁荣华的秘书来敲门，说叶氏的人已经到了，祁荣华立刻起身出去迎接客人。

祁醒懒洋洋地跟着站起来，一眼看到走进门来的叶行洲，这人照旧打扮得人模人样的，脸上的拳印已经消了，带了三四个员工，进门先跟祁荣华握手寒暄。

说了几句，叶行洲的视线转向祁醒，随后向他伸手。

众目睽睽之下，祁醒忍着翻白眼的冲动，伸出手。

"祁少，幸会。"叶行洲的语气淡淡的，真的就只是例行公事地跟他握手，但手掌交握时，祁醒报复似的用力捏着叶行洲的手，叶行洲面色不改地等着祁醒先松手，继续跟祁荣华交谈去了。

祁醒一肚子火气，好歹记得这是他爸的办公室，不敢造次，只能小小警告叶行洲一下。

两方坐下，直接进入正题。

叶行洲亲自前来与荣华资本谈项目融资，祁荣华早想探探虚实。他发现叶行洲谈起生意来确实不是个省油的灯，从容不迫，游刃有余，气场半点儿不输那些浸淫商场多年的老狐狸。

饶是祁荣华这些年一直在生意场上顺风顺水，碰上叶行洲这样的，竟也觉得颇有压力，虽然这个人面上分明彬彬有礼，春风和煦。

祁醒在一旁冷眼旁观，越发看叶行洲不顺眼，乘人之危的是叶行洲，现在在他爸面前装模作样扮正经人的也是叶行洲，他恨不能当场揭开这个人的人皮，让大家都看看他内里到底是个什么玩意儿。

"叶少洋洋洒洒说了这么多，无非是想要我爸投钱，而且开口就要五个亿，说是超十倍的回报率，谁知道是不是你吹牛的？你们叶氏家大业大，自己去投就够了，怎么还要拉人入伙？"祁醒张嘴挑刺。祁荣华闻言犹豫了，没有打断他。

叶行洲的目光移过来，平静地说："是不是吹牛的，企划书里有写，祁少可以看完自己评估，至于为什么想邀荣华资本一起，我刚已经说了，无非是荣华资本有这个实力。"

祁醒随手翻开茶几上的计划书，一目十行地看了几页。

需要融资的是一家能源科技公司，原始股东方只有三家，叶氏是最大的股东，B轮融资目标金额超过五十亿，由叶氏领投。这家公司的创始人今天也跟着叶行洲来了，专程帮祁荣华解答项目融资方面的问题。

祁醒看不出项目好坏，但他爸这两年确实一直在投资高科技行业，有扩大这一块商业版图的想法，叶行洲找上门来倒也算投其所好。就是不知道这头大尾巴狼抱来的到底是个金饽饽，还是个不定时的炸弹。

后面叶行洲和祁荣华聊的内容，祁醒一直心不在焉，没怎么听进去。

祁荣华明显对这个项目感兴趣，虽然没有一口答应下来，但确实有的谈，不过五个亿的项目，也不是这一两天就能定下来的。

到了中午，祁荣华主动提出邀叶行洲一行人一起吃顿饭，叶行洲没有拒绝。

祁荣华还有点儿事要处理，让祁醒陪叶行洲他们先下去。

没了祁荣华在身边，祁醒连装都懒得装，坐电梯下楼时根本不搭理叶行洲。叶行洲气定神闲地站在他身后，似乎也不在意上门谈生意却被人摆脸色。

从头至尾，叶行洲都是一副面不改色、大方儒雅的正人君子模样。祁醒强忍住当场再跟他打一架的冲动，不断在心里提醒自己冷静，叶行洲是神经病，他不是，不要降低自己的格调。

坐车去酒店的路上，祁醒回头看到后方叶行洲的车，撇了撇嘴，问身边的祁荣华："爸，你真打算投这个项目？我觉得叶行洲人品不行，你要不再考虑考虑？"

祁荣华说道："那又有什么关系？做生意就是做生意，这个项目确实有赚头，而且你干爷爷也看好他，我没道理拒绝送上门来的生意。"

祁醒："以前没听爸你说跟叶氏有过多往来吧？叶行洲怎么就找上你了？什么时候的事？"

祁荣华随口说道："就前两天吧，去叶家参加完婚礼回来以后。"

祁醒还想问，就听他爸接着说："我以前不想教你这些，现在想想还是跟你说说吧。叶行洲那样的人，不管外头传他上位的手段再怎么不光彩，都跟我们无关。跟他家那样家业的人，人品再不行的，我都见得多了，那又怎么样？生意归生意，我们自己这边把好关，别让他们算计坑了就行，考虑人品问题，那是要深交才要想的事情。"

祁醒想想还是算了，他还是闭嘴吧。

第五章 装腔作势

饭桌上，祁荣华和叶行洲谈笑风生，祁醒全程埋头苦吃，还是被他爸点了名。

"昨晚这小子在外喝得烂醉，多亏了叶少你把他送回来，要不是碰到你，他还不知道要在外头被什么人欺负。"祁荣华说着一巴掌拍上祁醒后脑，"去跟叶少敬杯酒，你还没跟人说声谢谢。"

祁醒的白眼差点儿没翻到天上去，欺负他的就是叶行洲，还想要他敬酒道谢？

祁荣华不满儿子这个态度："赶紧去。"

叶行洲坐在他们对面的位置，脸上神色平常，眼睛却盯着祁醒，并不明显，至少除了祁醒本人，其他人都没觉察出来。

犹豫了三秒钟，祁醒端着酒杯站起身，特地离开自己的座位，绕去叶行洲身边。

叶行洲坐着不动，丝毫没有站起来跟他客气一番的意思，好整以暇地等着人过来。

视线对上，似笑非笑的祁醒在他身边站定，酒杯递到了叶行洲面前："谢叶……"

话没说完，他手中的酒杯落下，一整杯红酒都洒在了叶行洲身上，杯子砰的一声落地。

"啊，不好意思，手滑。"明明是故意的，祁醒嘴角扬扬自得的笑根本不掩饰。

"你怎么回事？怎么毛手毛脚的，拿杯酒都拿不稳。"祁荣华立刻出声呵斥祁醒，赶紧让助理去帮叶行洲擦拭。

叶行洲身旁的秘书也手忙脚乱地抽纸巾想帮忙，被叶行洲淡定挡开，他从容起身，意味深长地看了祁醒一眼，冲众人丢下句"我去趟洗手间，失陪"，转身时又对祁荣华说道："能否麻烦祁少跟我一起去，帮我个忙？"

这个要求其实挺奇怪的，而且他请的人是祁醒，问的却是祁荣华，但毕竟罪魁祸首就是祁醒，祁荣华正恼火儿子又给自己添麻烦，二话不说就同意了，示意祁醒："你跟叶少一起过去，看能不能搭把手。"

祁醒："我不……"

祁荣华："快去。"

叶行洲先一步离开，祁醒磨磨蹭蹭，不情不愿地跟过去。

洗手间就在包厢里头，但这个包厢很大，也有一段距离。

祁醒停步在洗手间门口，见他老爸没把注意力放在他这边了，打算就这么敷衍地在外头等。

洗手间的门却忽然开了，祁醒冷不防地被拉进门内，叶行洲像是故意在激怒祁醒，说道："劳驾祁少。"

祁醒从公司到饭桌，本来就气不顺，拳头挥出去，刚要挨上叶行洲的脸，外面突然响起他爸助理的声音："叶少？还需要人帮忙吗？"

祁醒分神了一瞬，不仅拳头偏过了叶行洲的脸，收力太急，脚下一滑，直接撞在叶行洲身上。

叶行洲被他撞得没站稳，立刻抬手捂住他的嘴，制止住他脱口而出的骂声。

"叶少？"外头的人不确定地又问了一句。

叶行洲无视祁醒的愤怒目光，镇定回答："不必。"

"那我先过去了，要是需要帮忙您再叫我。"

祁醒恶狠狠地骂道："关你什么事。"

藏在眼镜片后的那双黑瞳冷而深，紧盯着自己，祁醒恨不得挖了叶行洲的眼珠子。

外头又传来敲门声，这次是叶行洲秘书的声音。叶行洲随手拉开门，接过对方递来的衣服，接着又把门推上，重新上锁。

祁醒看到他要换衣服，立刻就要走，叶行洲再次开口："你的车修好还要几天，你要是急着用车，可以拿我的去开。"

祁醒眉头一皱，注意力被转移："你那辆烧了的车？"

"不是那辆，那辆也要修，修好会卖了，别的车，要不要？"叶行洲问道。

祁醒没有立即回答。

叶行洲自顾自地说道："下班后去我家里，我把车给你。"

祁醒直接拒绝："不必了，车我多的是，不缺这一辆。"万一他在叶行洲的地盘上被揍怎么办？他又不傻。

"晚上我约林知年吃饭，你可以一起去。"叶行洲说道。

祁醒拒绝不了，好吧，你赢了。

回到餐桌上，祁荣华还要让祁醒给叶行洲敬酒赔罪，被叶行洲制止了："算了吧，祁少昨晚喝太多了，大概身体不舒服，以后还是少喝些酒吧。"

他主动向祁荣华提议："祁叔之前不是说想让祁少多历练历练，早点儿接手公司吗？星能科技的这个项目你们不如让祁少来跟，无论最后成不成，都可以让祁少试一试。"

祁荣华有些犹豫："这小子什么都不会，怕会耽误了你们的事。"

叶行洲："虎父无犬子，我想祁少只要用心学，没有学不会的。"

这话说得祁荣华身心舒坦，这次接触下来，对叶行洲的印象明显好了不少。

祁醒却满腹幽怨，他老爹不是很精明吗？为什么看不出叶行洲人面兽心？明明之前还再三交代自己不要招惹对方，现在竟然想送羊入虎口了。

"爸，你之前说的，让我离他远点儿。"祁醒不满地嘟囔，提醒有些飘飘然的祁荣华。

祁荣华没搭理他，私下不打交道是一回事，借这个项目给祁醒练练手也没什么不可以。

他倒不怕叶行洲欺负祁醒年轻没经验，坑他们，反正他会另外派人盯着从旁协助。

一顿饭宾主尽欢，除了祁醒。

酒店门口，叶行洲跟祁荣华客套着道别前，视线落向一旁的祁醒："祁少，回见。"

祁醒默默翻白眼。

叶行洲不以为意，上车离开。

下午五点半，祁醒开车前往林知年的工作室，虽然不乐意见叶行洲，但看在林知年的面子上，他忍了。

林知年花了两天时间终于把工作室收拾妥当，有叶行洲的律师帮忙，房屋合同纠纷基本不成问题，他心情难得不错，尤其刚才中午时叶行洲还主动给他发消息，约他晚上一起吃饭。

他特地问了是不是应酬，叶行洲的回复虽只有冷淡的"不是"两个字，已足以让他放心。

这份好心情一直持续到祁醒出现，宣告结束。

"林老师，现在能走吗？叶少跟你说了吧，晚上我们一块儿吃饭。"祁醒笑容灿烂，丝毫没察觉到林知年因为他这句话，笑意凝滞在了嘴角。

林知年迟疑地问："我们一起？"

"啊，"祁醒点头，"我跟去凑个数。林老师不介意吧？"

林知年说不介意。

上车后，林知年问起事情的前因后果，祁醒随口说："叶少今天来我爸公司谈生意，恰巧碰上了，就约了晚上一块儿吃饭。"

林知年话到嘴边到底没有说出口，犹豫之后他岔开话题："荣华资本要跟叶氏合作了吗？"

祁醒顺嘴说道："就星能科技那个项目，现在B轮融资，叶少想拉我爸入伙，谈不谈得成还另说。"

林知年："星能科技？"

祁醒点头："就那个。"

林知年听罢有点儿不知道说什么好，他二叔也一直在关注着星能科技这个项目，谁都知道那是一只会下金蛋的鸡，不知多少人打它的主意，有钱也不一定能搭上线，他二叔急着让他讨好叶行洲，无非是为了这个。

甚至前几天他放下自尊，直接开口跟叶行洲提，希望叶行洲考虑一下林家的公司，叶行洲却说这个项目不合适给他们，下次有机会再说。

但是现在，叶行洲主动去跟荣华资本谈合作，即便荣华资本如今的实力确实远胜过林家的公司，叶行洲这样冷血无情，依旧让他心里很不舒服。

祁醒哼着歌，完全不知道林知年这些纠结的心思。至于叶行洲为什么会找上他家，与其说是想拉他爸入伙，不如说是在打陈老的主意，这点他老爸心知肚明。

别人眼里的金饽饽，他老爸还未必看得上眼。

哦，最好别看上眼，他一点儿都不想跟叶行洲多打交道。

下班高峰段，路上的车辆排成长队，祁醒看了一眼地图导航，弯了弯嘴角："林老师，你给叶少打个电话吧，说我们堵路上了，晚点儿到，让他要是肚子饿了，可以不用等我们先吃。"

他这语气，分明乐得如此，本也是他有意选的这条路。

林知年心不在焉地拨出电话，那头叶行洲没说什么，简单应了两句就挂了。

挂断电话，叶行洲抬眼看向两分钟前在他对面坐下的年轻男人。

男人滔滔不绝地说了半天，还想邀请叶行洲一起喝两杯，不见叶行洲给任何反应，不由得有些尴尬。

叶行洲的视线在他脸上停了几秒，开口问道："你在哪里见过我？"

男人："之前看过财经杂志上关于叶少的报道……"

叶行洲："你刚说你是海城娱乐的签约艺人，海城娱乐的大股东听说是荣华资本，认识那位祁少吗？"

男人的脸上有一闪而过的慌乱，随即又故作镇定地说："认识，不过我认识他，他不认识我。"

叶行洲端起咖啡杯慢慢抿了一口，想起昨晚祁醒教训那个小明星的事，他和这些艺人的往来不少。

叶行洲放下咖啡杯，轻轻摩挲了一下杯柄，语气冷淡："你说不认识那就不认识吧。"

男人摸不准他是什么意思，试探着问："叶少还有什么要问的吗？"

叶行洲："我让你干什么你就干什么？"

男人想了一下："叶少有什么事吩咐就行……"

叶行洲打断他："喝吧。"

明明是在西餐厅，叶行洲叫上桌的却是白酒，对面的人看着白酒脸色变了。

叶行洲淡定地倒酒："不敢喝？"

男人："……不是。"

他确实不太能喝白酒，但想到那快要进荷包的钱，只能硬着头皮喝。

叶行洲神色淡淡，一直在喝咖啡。

男人问道："叶少你不喝吗？"

叶行洲的声音不带起伏，重新端起咖啡杯，慢慢喝完杯中最后一口咖啡，放下杯子，问道："他什么时候会来？"

男人惊讶地瞪大眼睛，这下彻底慌了："我……"

叶行洲："你刚低头发消息，不是发给他？应该也差不多了。"

男人下意识站起身就想跑，背后却出现了两个身强力壮的保镖，直接把他按回了座椅。

叶行洲说道："说吧，祁醒让你来做什么的。"

祁醒和林知年到酒店时，已经快晚上七点了。

瞥一眼刚收到的微信消息，祁醒按黑手机屏幕，脸色不是很好。

下车前，林知年接到他二叔的电话，让他立刻回家一趟。

"一定要现在回去？"祁醒闻言更不高兴，戏台子已经搭好，角儿都上场了，看戏的人却要走，岂不白费他工夫？

"抱歉，今天家里真的有事，改天我一定请祁少吃饭，我保证。"林知年说完接着给叶行洲打了个电话，说了几句话就挂断了。

林知年打定主意要回去，祁醒也没法强留人："那算了，我帮你叫个车吧，我还有点儿事，没法送你。"

林知年跟他道谢："我自己去打车就行，不麻烦祁少了。"

等人离开后，祁醒也下了车，用力甩上车门，而后又愤愤地上了车。

叶行洲收起手机，看了看手表。

几分钟前，他让人随便给林知年的二叔找了点儿麻烦，轻易把人支开了。

保镖进来，问叶行洲要怎么处理那个人。

叶行洲淡淡吩咐道："拿钱打发了吧，让他聪明点儿就对今晚的事情失忆，以后离祁少远点儿。"

叶行洲起身，拿起自己的西服外套搭上手臂，淡声示意："走吧。"

车外响起尖锐刺耳的喇叭声，祁醒看了一眼已经转绿的交通灯，一脚踩下油门，过了红绿灯路口后掏出手机，拨了个电话出去。

"喂，祁少，有事？要出来喝酒吗？"接电话的是杨开明，电话里传出闹哄哄的背景音，不用想都知道这小子又在酒吧里潇洒。

祁醒开门见山地说："你给我找几个人，要机灵点儿的，找机会套叶行洲麻袋，给我揍他一顿。"

杨开明："啊？"

祁醒提起声音："很难办？你不是最擅长做这事？"

"那也不是，"杨开明犹豫地说，"真要这么做啊？"

祁醒："必须做。"

杨开明："但叶行洲他那个人……祁少，你不怕被他报复吗？"

祁醒没好气："你不会小心点儿，别让他知道是我们做的？"

杨开明无奈："行吧，但那位叶少到哪儿身边都有保镖，确实没那么容易，得等等机会，不过祁少，你总得跟我说下为什么吧？"

祁醒恨恨地说道："没有为什么，我看他不顺眼，就想揍他。"

杨开明："那好吧，你等我的好消息吧。"

第六章 洪炉点雪

祁醒一路憋着气，回到家已经过了十二点，轻手轻脚进门，结果祁荣华还在客厅看电视等他。

照旧免不了一顿训，祁醒左耳进右耳出。

他不高兴地嘟囔："爸，你这么看得起叶行洲，你去收他做干儿子好了。"然后也不管他爸再说了什么，直接滚回自己房间了。

之后一周，祁醒被祁荣华带在身边耳提面命，每天一大早跟去公司，下午祁荣华什么时候回家，他也什么时候回家，晚上也不能出门。

祁醒没有反抗，栽了这么大一个跟头，他确实有些蔫了，暂时修身养性也好。

唯一不好的是，他爸当真被叶行洲鼓动，打算跟叶氏一起投资星能科技，还让他去负责跟进项目，祁醒推不掉，被迫接受。

"叶氏那边打电话来，约我和其他对星能科技感兴趣的投资商一起喝茶，我下午还有其他事情，就不过去了，你代表我去走一趟吧。"中午吃饭时，祁荣华忽然提起这事。

祁醒正在啃排骨，一下噎到了，好不容易吐出来还咳了半天。祁荣华皱眉，赶紧递水给他："你怎么回事？吃块排骨都能卡到？"

祁醒缓过劲儿，脸憋得通红："我去能顶什么用？他们也不会把我放在眼里啊，指不定怎么糊弄我。"

"没关系，让你陈叔跟你一起去。"祁荣华说的是自己的特助，很有本事的一个人。这个项目说是让祁醒跟进，他总得派人盯着，免得祁醒真被人坑了。

祁醒："叶行洲会亲自去啊？"

"会吧，"祁荣华随口说道，"这个项目他一直亲自盯着，毕竟也是叶氏的大项目，而且他刚上位不久，总得真正做出点儿成绩，才好叫下面的人心服口服。"

祁醒闭了嘴。

到哪里都躲不掉瘟神，他要是不去还显得自己怕了叶行洲。

叶氏邀约的地点是城中一处依山傍水的僻静茶楼，这种看似高雅，实则多半用来谈生意的地方，祁醒以前从来没兴趣来。

刚下车，叶行洲的秘书就出来接他们了："祁少这边请。"

对方对他很客气，祁醒瞥了一眼，懒得多说。

茶室里有六七个人，叶行洲坐在最边上的位置，在祁醒进来时抬眼朝他看过来。

祁醒不想理他，往另一边的空位走，叶行洲的秘书却示意道："祁少，您坐这边吧。"

他说的恰是叶行洲身边的位置，祁醒刚要拒绝，叶行洲开了口："过来这里坐。"

跟着一起来的陈特助不着痕迹地推了一下祁醒，叶行洲都亲自开口了，他们总得给这个面子。

祁醒不情不愿地坐到了叶行洲身边。叶行洲向几位投资商介绍了祁醒的身份，这些人都是有头有脸的大投资商，有淮城本地的，也有其他地方来的。

几位投资商听闻祁醒是祁荣华的儿子，又即将负责星能科技的投资项目，一个个笑容满面，恭维祁醒年轻有为。

祁醒皮笑肉不笑，几句话敷衍了事，剩下的让身边的陈特助去跟这些人周旋。

说喝茶就真的只是喝茶，明明都是冲着钱来的生意人，偏要坐一起附庸风雅，你一句我一句不是点评茶道，就是谈古说今，卖弄肚子里那点儿墨水，反正不谈生意。

祁醒没兴趣听这些，干脆低下头玩儿手机。

游戏打得正起劲时，有人用脚碰了他，祁醒眉头一皱，抬头看向叶行洲。

叶行洲依旧在跟人喝茶闲聊，斯文沉稳，刚才那一下，仿佛是他的错觉。但假是假不了的，叶行洲最擅长做的就是表面一本正经。

祁醒不领情，伸脚就踹了回去，反正是在桌子底下，谁都看不到。

叶行洲的裤腿上被他踩出几个脚印，依旧八风不动，闲适地靠在座椅里跟人谈笑风生。

祁醒白了他一眼，身体侧向另一边，继续玩儿自己的。

茶会结束已经下午五点了，再不结束祁醒就准备走人了，参加这种茶会在他看来根本就是浪费生命。

到了停车场，祁醒和陈特助刚准备上车，叶行洲的秘书过来叫住他们："祁少，叶少请您晚上一块儿吃饭。"

"不吃，"祁醒半点儿面子不给，"饱了。"

秘书笑着说道："祁少的车已经修好了，叶少说带您过去拿。"

祁醒不上当："你们把车给我送来，油费我出。"

"就在这儿附近，拿了你就可以走。"叶行洲的声音出现在秘书身后，这人亲自过来请人了。

祁醒看到叶行洲神气活现的样子就不痛快，杨开明那小子也不知道是不是诓他，都一个星期了，他交代的事情半点儿动静都没有。

叶行洲神色淡定，等着他做决定。

祁醒有些犹豫，被撞的那辆车是他最喜欢的，他还真担心被叶行洲给搞坏了，既然修好了，不如早点儿拿回来，于是祁醒抬起下巴："带路。"

最后陈特助自己回去了，祁醒则上了叶行洲的车，但祁醒没兴趣搭理叶行洲，他依旧低头玩儿刚才的手机游戏。

"你爸让你来，你从头到尾低着头玩儿手机，不怕你爸的人回去告你的状？"叶行洲漫不经心地问道。

祁醒的眼睛不离手机屏幕："告就告，这种无聊、无意义的茶会，下次别叫我来。"

叶行洲："无意义？"

祁醒冷嗤："一个个满身铜臭，偏要装文化人，也不嫌臊得慌。"

"今天只是探探他们的意思，还没到谈投资细节的时候，要谈也得分别谈。"叶行洲提醒他，"祁少难道连这些也不懂？"

"不懂，"祁醒张嘴就说，"你不给我爸出馊主意，我也不需要懂。"他话说完，手中的手机却被身边人给顺走了。

不等他把手机抢回来，叶行洲已经把他一直过不去的那关游戏打完了，还过关了。

岂有此理，祁醒不由得腹诽。

叶行洲慢悠悠地把手机递还给他："祁少这么喜欢打游戏，水平看来倒不怎么样。"

简而言之，人菜，瘾还大。

祁醒自觉被侮辱了，刚要反驳，叶行洲开口说道："到了。"

祁醒的视线转向车窗外，发现他们到了一片别墅区，皱眉："这是哪里？"

叶行洲："我家。"

祁醒没想到他说的地方竟然是他家："你带我来这里做什么？"

"拿车，"叶行洲回头看向他，"祁少在怕什么？"

禁不起激的祁醒直接推开车门下车了。

他的车停在叶行洲的地下车库，祁醒原本还提防着叶行洲，等他看到那一车库的豪车跑车，顿时什么都忘了。

祁醒目瞪口呆地问："这些都是你的车？"

叶行洲把祁醒的车钥匙抛给他，祁醒接了，但根本没心思去看自己的车。他伸手摸了摸身边最近的一辆跑车，是比之前叶万齐开出来的那辆还难买到的款，叶行洲这里竟然也有。

难怪他根本不在意，随随便便就能放火烧车。

"这些车你还借叶老四开啊？没看出你们关系这么好。"祁醒难免羡慕嫉妒恨，酸溜溜地说道。

他家就算有钱，他爸也不会让他这么挥霍，他以为自己那四五辆跑车已经够不错了，结果和叶行洲这里的一比，根本不够瞧。

"那辆车之前停在叶家忘了开回来，才被叶万齐擅自拿去开了。"叶行洲没兴趣提这些，随手点了一支烟叼在嘴里，视线在祁醒脸上转了一阵，"想要这车？"

祁醒收回手，撇嘴说道："叶少不是说自己的东西不让人碰吗？我碰你的车，谁知道你下次会不会放火连我一起烧了？"

叶行洲："这些车随你碰。"

祁醒差点儿以为自己听错了："你有这么好心？"

叶行洲弹了弹烟灰，奚落道："餐厅里的那个艺人是你找来的吧？我起码不会用这么低级的手段给别人使绊子。"

祁醒脸色一变，恼羞成怒地说："胡说！我跟你拼了！"

叶行洲反应极快地扣住气急败坏扑上来的人，直接把他按到了车门上，手机铃声适时响起。

叶行洲看了一眼来电显示，接听后一只手按着祁醒，另一只手按下免提键。

电话那头传来林知年的声音，他似乎停顿了一下，犹豫着问："行洲，你晚上有空吗？今天我过生日，你有空参加我的生日聚会吗？我们一块儿吃顿饭？"

"晚上有约。"叶行洲打断了林知年，在祁醒的怒目而视下说道，"约了祁少看车。"

叶行洲挂断电话，在祁醒破口大骂前拉开车门，把祁醒关进车里。

祁醒捶了一下车窗才想明白，那天林知年突然被叫回家肯定是叶行洲干的，叶行洲这么容易就能看穿他的伎俩，他快气蒙了。

冷静下来以后，祁醒下车气呼呼地踢了叶行洲一脚，还是颐指气使的那句："林老师过生日，你不想去就拿我当挡箭牌？"

叶行洲笑他："你那么热切地帮林知年，他过生日竟然没有邀请你？"

祁醒脸色又变了，他和林知年的关系早晚要被叶行洲搞砸，但他懒得管那些了："车看完了，我要吃东西。"

叶行洲莫名其妙地又笑了一声，不等祁醒皱眉，掐了烟说道："我叫人做。"

厨子准备晚餐时，祁醒借叶行洲家的浴室冲了个澡，顺便看了下自己的手机，有两个未接来电，都是林知年打来的。

还有一条微信消息，和来电记录差不多时候发过来的，是林知年问他在哪里。

想起叶行洲先前对林知年的态度，祁醒没忍住又问候了一遍叶行洲的祖宗。

他没给林知年拨回去，消息也没回，解释也解释不清楚，随便林知年怎么想吧。

杨开明接到祁醒的电话简直欲哭无泪："祁少，不是我不帮你，实在是那位身边进出跟的人太多，我找不到下手机会啊。你要不再等等吧，不过话说他又怎么你了？"

祁醒："少找借口，我也不想等，事情办成了我把我那辆红色魅影给你，你不是一直想要？"

杨开明闻言顿时来了精神："真的假的啊？祁少，你别逗我。"

祁醒冷哼："不逗你，只要你帮我教训叶行洲一顿，车我立马送你。"

反正叶行洲的那辆车现在归他了。

有钱能使鬼推磨，杨开明满口答应下来，没有机会他会创造机会！

外边响起敲门声，祁醒挂断电话拉开门。

叶行洲也刚冲完澡，来喊祁醒出去："洗完了吃饭。"

祁醒裹紧衣服，绕着他走。叶行洲也不在意，跟了上去。

餐桌上，祁醒低头狼吞虎咽，不想搭理叶行洲。

叶行洲有一搭没一搭地吃东西，不时将目光投向他。

被人这么盯着，脸皮再厚的人都会不自在，更别说盯着祁醒的是叶行洲。祁醒终于抬了头："叶少不吃饭光看着我吃能饱？"

叶行洲用手指点了点桌子："有这么饿？"

祁醒有点儿没好气地说："也不看看现在几点了，我填饱肚子怎么了？"

叶行洲："慢慢吃。"

祁醒："呵。"

在叶行洲家吃完饭，祁醒立刻开了自己的车跑路，他再也不想来这个地方了。

回去的第二天，叶行洲当真让人把那辆车送到祁家了。祁荣华看到跑车后一脸狐疑，祁醒只能说他看这车不错，问叶行洲借来玩儿几天。

祁荣华不太相信："你问他借，他就借你？你俩有这么好的交情？"

祁醒面无表情地说："他反正有钱，不在乎这辆车。"

之后一周，祁醒大概是受了教训，真的学老实了，每天跟着祁荣华进出，下班就乖乖回家吃饭，再也不敢出去混了。

星能科技的投资项目有条不紊地推进，祁醒名义上是负责人，倒也不需要事事亲自出面，叶氏那边再邀约，他都让他爸的特助去对接。

他当然不会承认自己怕了叶行洲，但能躲还是躲着吧，毕竟正常人跟禽兽是没法沟通的。

周五下午，陈老打电话叫祁醒第二天一早去一趟清平园，说明天约了几个老朋友在城外的农庄钓鱼，让他一起去。

祁醒不乐意："老爷子，你们一群老人家去钓鱼，这种无聊的活动找我去干吗？"

"你个浑小子，让你来你就来，还拿乔了！"陈老笑骂他，"我还叫了那个叶行洲，给你们一起介绍点儿人脉。"

听到叶行洲的名字，祁醒额上的青筋突突地跳："老爷子，你真这么看好他啊？还特地给他介绍你的老朋友？"

陈老说道："他本事是不错，最近不是还拉你爸一起投资项目？你对他意见怎么还这么大？"

祁醒心想，他在叶行洲那里栽的跟头让他恨不能扒了叶行洲的皮。

挂断电话，祁醒心思一动，给杨开明发了一条消息。

等了两个星期，他的耐心早就告罄，明天就是个机会，无论如何他都得给叶行洲一点儿教训。

第二天一大早，祁醒先开车去了清平园，又坐陈老的车去了城外农庄。

车上，陈老叮嘱他："一会儿见了人嘴甜点儿，别被叶行洲给比下去了。"

祁醒心不在焉地答应着，心思早就跑远了，他今天过来的目的可不是这个。

农庄在偏僻的远郊，有一片很大的野湖，后方的山上是一座野山林，陈老没事就会来这边钓鱼，祁醒之前跟着来过几回。

祁醒和陈老到农庄时已经十点半了。叶行洲和陈老的几个朋友先后赶到，陈老随即介绍他们互相认识。

陈老的几位朋友都是淮城神龙见首不见尾的大人物，其中还有一位从京市过来的，若是没有陈老引荐，外头的人基本没可能跟他们搭上关系。

祁醒天生自带讨好长辈的技能，热情地叫着叔叔、伯伯，三两句俏皮话就轻易把几位长辈哄得眉开眼笑。

叶行洲不如他那么外向，胜在稳重体贴，带的见面礼都不名贵，但很合每个人的喜好。

长辈们聚在湖边钓鱼，旁边生了几个炉子，炖鱼、烤鱼、煮鱼汤，由祁醒和叶行洲负责看火。

祁醒哪里会干这种活，就坐在一旁看叶行洲一个人忙活。

叶行洲脱了西装外套，衬衣袖子卷起来了一截，露出肌肉线条漂亮的小手臂，干起活来像模像样的。

叶行洲恰好抬眼看过来，祁醒立刻撇开头，叶行洲把刚烤好的鱼递过来一串："尝尝。"

祁醒："不吃，谁知道你有没有下毒。"

他不吃就算了，叶行洲把烤鱼放回去，一只手插兜走到他身边坐下。

祁醒想往旁边挪位置，叶行洲抿了一口手里的矿泉水："晚上去我那里。"

祁醒："你想打架就直说！"

叶行洲："你打不赢我，每次跟我打架都吃亏，还没长教训？"

他接着说："晚上去我那儿喝点儿。"

你不自说自话能死？祁醒现在觉得骂叶行洲都是浪费自己口水，叶行洲却说道："不怕我把你最近干的那些事情告诉你干爷爷和你爸？"

祁醒差点儿气笑了，这个浑蛋竟然反过来威胁他？

祁醒的脸色一瞬间变得难看至极，叶行洲瞥了一眼："被我说中了，你爸妈连你几点回家都要管，你怕是不敢让他们知道自己在外头跟什么人混。"

祁醒："你到底想怎么样？"

叶行洲没有再说，抬了抬下巴："你干爷爷过来了。"

其他人还在钓鱼，陈老让出钓竿过来想喝口茶，叶行洲见状先站了起来，祁醒忍着怒气跟着起身。

"陈老现在不钓了吗？"叶行洲问道。

陈老笑着摆手："累了，歇会儿，有茶吗？"

叶行洲在他们带来的东西里翻找了一下，说茶叶忘了拿，他去后面的小别墅里取。

等叶行洲走后，陈老示意祁醒坐下，视线也从叶行洲的背影上收回："你怎么又脸红脖子粗的？跟叶行洲吵架了？"

祁醒嘟囔："我跟他吵什么架？我吃饱了撑的。"

陈老笑他："你现在就气呼呼的，我还不知道你？从小一发脾气就又瞪人又挠人，吃了亏还不服气，换着法子都要讨回来。"

祁醒："我哪有……"

被陈老笑得脸上挂不住，祁醒只好岔开话题："鱼汤煮好了，老爷子你先喝碗汤吧，我去帮你盛。"

陈老却不放过他，喝着汤继续说："叶行洲这小子做事稳重，你跟他就这么不对付？他没那么差吧。"

"我就看他不顺眼。"祁醒哼道。

陈老有点儿好奇："他到底怎么你了？"

祁醒："八字相克，天生不对盘。"

陈老笑着摇头："我倒觉得他挺好，年轻有本事，又长得好，我要是有个孙女，倒想招他做孙女婿。"

祁醒受不了："老爷子，你跟我爸都怎么了，明明知道他是个黑心肝的，现在又一个个对他赞不绝口，都被他下降头了吗？就他这种德行还挺好啊？让他这种人进家门也不怕引狼入室？"

叶行洲拿了茶叶回来，陈老喝了半碗汤也不想喝茶了，被人叫回去继续钓鱼。

叶行洲重新坐下，祁醒见他过来起身想走。

叶行洲问道："跑什么？"

祁醒拍开他的手，不想理他，换了个方向重新坐回去了。

叶行洲点了支烟，随意咬嘴里："你干爷爷挺有意思的。"

祁醒斜眼过来，叶行洲说道："孙女婿？他可没有孙女。"

"你怎么又偷听人说话？"祁醒满脸嫌弃，"叶大少这话说的，没有孙女又怎样，跟你有什么关系？"

叶行洲没有立刻回答，藏在烟雾背后的那双眼睛盯着他看了片刻，看得祁醒快发毛时才转回头，声音淡淡的："你想多了。"

祁醒站起身踢了叶行洲一脚，去了湖边，加入老年钓鱼团。

叶行洲慢悠悠地继续抽烟，视线跟着祁醒转。

这小子一会儿放声大笑，一会儿夸张地耍宝，无论做什么，跟什么人说话，都是放松的，自在的，笑容明亮，灿若骄阳。

叶行洲深吸了一口烟，目光停在被阳光镀染的湖面，还有湖边的人影上，半晌，再缓缓吐出烟雾。

下午四点，杨开明那边终于发来微信，祁醒正支着脑袋打瞌睡，看到新进来的消息，顿时来了精神。

"都安排好了，你把人引过去就行。"祁醒兴奋地坐直起身，扭了扭脖子，一旁正跟陈老他们闲聊的叶行洲转头瞥了他一眼，祁醒只当没看到——一会儿就让你好看。

玩儿了大半天，几位长辈都累了，打算收拾东西回去。

陈老回到后方的小别墅休息，祁醒和叶行洲帮忙将他的几位老朋友分别送上车。只剩下他俩后，祁醒冲叶行洲一抬下巴，说道："我干爷爷打算晚上留在这里吃饭，你要留下来一起吗？"

叶行洲："在这里吃晚饭？"

他的语气像是有所怀疑，因为先前陈老并没有表露出要留在这里吃饭的意思。

"啊，临时决定的，这里没菜了，我打算去山后面的村子里买点儿，借你的车用用，你载我过去。"祁醒扯谎时眼睛都不多眨一下。

他干爷爷当然没打算留在这里吃饭，休息一会儿就会回去，他刚也私下跟对方说了会跟叶行洲一起先走。

陈老还问他不是跟叶行洲关系不好，怎么又约了一起离开，祁醒随口胡诌说要谈工作上的事情。他现在要做的，就是把面前这个浑蛋骗走。

叶行洲看着他，没有立刻表态。

祁醒故意激他："干吗？不乐意啊？不乐意就算了，想拍我干爷爷马屁也不拿出点儿诚意来，白瞎我干爷爷花这么多心思帮你引荐人。"

叶行洲："这里的农庄没有菜？没有菜也没有干活的工人？需要你亲自去买菜？你分得清什么东西能吃，什么不能吃？"

祁醒："你烦不烦，到底去不去？"

"走吧。"叶行洲没再说话，转身去开车。

祁醒冷哼一声，提步跟上。

最近的村落要绕过农庄后方的山才能到，开车过去二十多分钟，祁醒一路靠在座椅里玩儿手机，完全不搭理身边人。

叶行洲开着车，不时将目光落向他，手指轻点着方向盘，若有所思。

"你以前来过这边？"叶行洲忽然问祁醒。

祁醒的注意力仍在自己的手机上，便随口回答他："来过，我干爷爷每次来这里，都会叫人来这边的村子里买菜，我跟着来过一次。"

他说的倒不是假话，信不信就随叶行洲了，反正人已经骗出来了，他目的达成就行。

车开了十几分钟，山路越走越窄，山道一侧是深山茂林，一侧是大片农田，农田的另一边隐约可以看到屋舍。

到达前方的一处岔路口时，祁醒坐直起身，说了句："停车。"

叶行洲透过车窗四处扫了几眼："这里？"

"你这车没法开进村里，你在这儿等吧，我走田间过去。"祁醒的神情里有掩饰不住的得意，"等着吧，我去去就回来。"

他推开车门下车，叶行洲却跟着一起下来："我跟你一起过去。"

"不用，你就在这儿待着。"祁醒话才说完，一辆皮卡停在了他们后方。车上下来了六七个人，都是五大三粗的混混模样，手里还拎着板砖木棍。

祁醒大约没想到这些人来得这么快，皱了一下眉，他本来想先走，免得事后叶行洲怀疑到他身上，不过留下来看叶行洲被人套麻袋揍一顿也不错。

叶行洲冷眼扫过来势汹汹的不速之客，对方已经把他们的车前后围了起来，带头的人粗声粗气地问：“你就是叶行洲？”

叶行洲不露声色："有事？"

几个混混对视一眼，互相使了个眼色，一起举着棍棒朝他冲了上来。

叶行洲沉了脸。带头的人最先冲到叶行洲面前，他反应很迅速，一脚踢上对方的胸口，顺手夺了对方脱手的板砖，接着立刻转身避开了背后的棍子，板砖在他头顶碎成两半，他手中的那块直接砸向了离他最近的混混的脑门。

四五个人围殴叶行洲一个，他竟然也没落于下风。

祁醒看得心惊肉跳，下意识后退了一步。叶行洲打起架这么凶，他忽然觉得自己之前还能揍上这人几拳，说不定是叶行洲在故意放水。

祁醒正想着自己是不是该趁机跑路，哪料有人注意到他，回身拎着棍子直接朝他砸了过来。

祁醒一脚踢过去，骂道："你们有病吗？叶行洲在那边！"

对方充耳不闻，逮着他不放，混混手上的棍子接二连三地往他身上挥，祁醒狼狈应付："你们哪里来的？看清楚我是谁，你们就是这样拿钱替人办事的？！"

眼下的状况完全出乎他的意料，这跟杨开明说的根本不一样！

祁醒又气又急，没注意到背后朝他后脑勺砸过来的板砖。

叶行洲踹开挡在身前的一个混混，抢过对方手里的棍子猛挥出去，将砖块打落在地，帮祁醒挡了这一下。

祁醒听到声音回头，板砖在他眼前被铁棍砸得四分五裂，他惊愕地睁大眼睛，一下忘了反应。

那群混混大约没想到他们这么难对付，也被打出了火气，带头的那个人忽然从怀里抽出了一把西瓜刀，朝看着比较好对付的祁醒劈头盖脸地砍过去，再次被叶行洲抬脚踢中心口踹开。

祁醒惊得又后退了一步，伸过来的手拉住了他一条手臂。

叶行洲沉声丢出一个"跑"字，手持铁棍挥开了下一个扑上来的人，拖拽着祁醒拼尽全力冲出了包围圈。

祁醒被叶行洲拉扯着跌跌撞撞地跑了几步，抬眼看到叶行洲锋利紧绷起的侧脸，终于回神，喘着气跟他一起加快步伐，一头扎进了山林。

这野山林里只有湿滑的小道，为了躲避追赶，他们像无头苍蝇一样被逼得往山上植被茂盛、更好藏身的地方逃。

祁醒的心脏怦怦跳，不知道事情怎么就变成了这样，他不是来看叶行洲倒霉的吗？为什么他自己也成了被拖下水的那个？杨开明那头猪！

胡思乱想间，祁醒脚下一滑，猝不及防往一侧栽了下去。

祁醒滑下去的瞬间，叶行洲伸出手攥住他，用力把他往上一扯，借力将祁醒拉回了坡顶上，叶行洲自己却狼狈地顺着尖锐陡峭、布满碎石灌木的山坡滚了下去，很快不见了人影。

祁醒惊慌失措，大喊道："喂！"

身后那群人的脚步声不远，很快就会追上来。祁醒心跳到嗓子眼，他现在要做的应该是继续往上跑，找个隐蔽点儿的地方躲起来，等那些人找不到人然后离开。

他咬咬牙，嘴里骂了一句，不再犹豫地蹲下背过身，扶着凸起的山石，脚踩着湿滑的山道慢慢滑了下去。

几分钟后，祁醒喘着气脚踩到底，头顶上除了茂密的植草、灌木和蓝天，再看不到其他。

祁醒松了一口气，视线扫过四方，很快在一处稍矮的灌木丛后发现了靠着山石半躺在那儿的叶行洲。

祁醒低头看了一眼自己磨出血的手掌，顿时感到疼痛，嘴里咒骂着倒霉，不情不愿地朝叶行洲挪了过去。

叶行洲背靠着身后山石，身上的高定西装已经不成样子，脸和手臂上都有血迹，闭着眼睛也不知道是不是摔晕了。

"喂，你死了没？"祁醒伸脚踢了踢他，怕这人当真摔出个好歹，脚尖碰到叶行洲时下意识收了力道。

等了一会儿，没见他有任何反应，祁醒有些不安，蹲下犹豫地弯腰贴近，想查看叶行洲的伤势："你……"

叶行洲原本闭着的双眼忽然睁开，漆黑眼瞳直直地看向他。

祁醒吓了一跳，手忙脚乱地往后退，却被叶行洲抬起的手扣住手臂，听他哑声开口："别动。"

"你没死在这儿装什么死，故意吓人好玩儿吗？"祁醒有些恼。

叶行洲不悦地说道："你少说两句脏话。"

祁醒冷笑："你现在还有心情管这些？也不看看我们现在什么处境！"

他说完懒得再搭理叶行洲，抽回手摸出手机想打电话求援，好巧不巧，手机没电了。

祁醒气得差点儿砸了手机，然后回头问叶行洲："你的手机呢？"

叶行洲摸了一下裤兜，皱眉回答：“不见了，估计是刚滚下来时掉了。”

祁醒气不打一处来："我碰到你这个灾星就没好事。"

叶行洲似乎缓过来了一些，虽然狼狈，盯着祁醒的眼神却锐利，眼镜不知道摔到了哪里，没了镜片遮挡，这双眼睛仿佛能一眼洞穿人心。

祁醒被他盯得不舒服，刚要骂人，叶行洲先问道："拿钱替人办事，什么意思？"

祁醒瞬间噎住了，打架就打架吧，怎么耳朵还这么尖呢？

叶行洲将他的反应看在眼里："那些人是你找来的？"

祁醒装傻："怎么可能？我有毛病吗？找人拿西瓜刀砍我自己？"

这事他回头再去找杨开明那小子算账，但在叶行洲面前，他是坚决不可能承认的。

叶行洲的眼中浮起嘲弄："自作孽不可活。"不等祁醒发火，他接着问，"既然这样，我从山上摔下来半死不活，你不该鼓掌叫好？跟着下来做什么？"

祁醒反应过来，也是，他跟着下来做什么？

明明恨不得叶行洲半身不遂，非死即伤，但看到这个浑蛋滚下山，他甚至没怎么犹豫就跟了下来。

祁醒想，那当然因为自己是个有良心的人，毕竟叶行洲会滚下来，是为了拉他。

虽然想教训叶行洲，但一码归一码，恩将仇报和见死不救不是他的风格。

"你是禽兽，我又不是。"祁醒骂了一句。

虽说如此，但被叶行洲揭穿他自食其果确实叫他恼羞成怒。看叶行洲这样反正死不了了，祁醒站起身又踢了他一脚："起来。"

叶行洲声音淡淡地说："起不来，左脚扭到了，走不了。"

祁醒看过去，见他左脚脚踝果真肿得跟馒头一样，不禁皱眉："那你就在这儿待着吧，我先走了，等我走出这鬼地方再找人来救你。"然后他也不等叶行洲说话，转身就走。

祁醒走出去一段，抬头却见夕阳已经偏斜，估计天马上要黑了。

祁醒顿住脚步，犹豫起来。等他走出这里再找人回来，不知道要到什么时候。把叶行洲一个伤患单独扔在这里，是不是挺不道德的？万一入夜这里来了什么野兽怎么办？不管他们之间有什么仇怨，毕竟叶行洲会摔下来确实是因为他。

可转念想到叶行洲之前的行为，他又气难顺，这种人就该把他扔在这里自生自灭才对！

原地转了两圈，祁醒翻了一个大白眼，又转身回去了。

叶行洲跟先前一样，闭眼靠着山石，听到脚步声才重新睁开眼。

触及他眼中的阴鸷冷意，祁醒越发不快，暗骂自己多管闲事。祁醒走到叶行洲身边，再次蹲下："算了，我好人做到底，背你走吧。"

　　叶行洲看着他，眼底藏了祁醒看不懂也懒得懂的复杂情绪。

　　"你要不要我背你啊？"祁醒不耐烦地催促道。

　　叶行洲问道："你不是走了吗？"

　　祁醒气道："我真走了你死在这里怎么办？赶紧上来。"

　　沉默片刻，叶行洲忽然抬手，再次扣住了他的手臂。

　　不等祁醒挣扎，叶行洲的嗓音比刚才更沉哑："既然回来了，就别想再走。"

　　"我想走就走。"祁醒觉得叶行洲的话莫名其妙，随口怼了一句，粗鲁地扯起他的一条手臂，"快点儿，趁天还没黑，我背你走。"

　　叶行洲把手搭上祁醒的肩膀，慢慢捏了一下，在祁醒瞪人时又松开，平静地说："别浪费力气了，你背不动我。"

　　"不试试怎么知道？难不成一直在这里坐以待毙？"祁醒烦得很，看到叶行洲这张脸就想给他两拳，暂且忍耐住了，"少废话，你趴我身上来。"

　　他把人往自己身上扯，叶行洲被他没轻没重的动作牵扯到扭伤的脚，不由得蹙眉。

　　祁醒勉强背起他走了两步，很快就力有不逮，两个人一起狼狈地跌坐回去。

　　祁醒这一下摔得够呛，正要骂人，听到身后叶行洲压抑的吸气声，回头看去，见他不但脸上、手上有刮伤，西装外套后背也磨损得厉害，隐约可见血迹。

第七章
化冰

哟，真惨，祁醒看着都觉得疼。

叶行洲这副模样，比被套麻袋揍一顿不差多少，祁醒的目的其实算是达成了。

叶行洲把他幸灾乐祸的神情看在眼里，面无表情地伸手过去，沾了泥土和血渍的手指在他脸上抹了一下。

祁醒嘴角笑意一滞："你有病吗？"

叶行洲收回手，冷淡地说："你自找的。"

祁醒鼻子都气歪了："你信不信我真把你扔这里？"

叶行洲没理他，闭眼靠坐回去。

祁醒受不了他这德行，推了他一把："你说话。"

叶行洲："别闹了。"

祁醒："谁跟你闹了？我问你现在到底怎么办？你不说话我真把你扔这里自己走了，要不一会儿天黑了谁都别想出去，这山里说不定有野兽。"

"我手机上有GPS定位，来之前我给保镖发了消息，让他们一个小时后没收到新的信息就过来找我。"叶行洲睁眼望向他，眼神分明在说从一开始上车，就知道他心怀不轨，早做了准备。

祁醒瞬间心虚，脸上没有显露出来："你手机不是掉了？"

叶行洲："掉了也是在这儿附近。"

祁醒抱怨："谁知道你手机有没有电或者摔坏了，要是你的人一直没找来，难道我们一直在这里干等吗？"

叶行洲："你知道出去的路？"

祁醒当然不知道。

"与其无头苍蝇一样乱走迷路，不如就在这里等，歇着吧。"叶行洲说着伸手扯着祁醒坐下。祁醒不高兴地又踢了他一脚："我真是倒了八辈子霉碰到你这么个灾星。"

"你自找的。"叶行洲冷声提醒他，依旧是这句。

祁醒低声骂道："浑蛋。"

天色逐渐暗下来，祁醒又冷又饿，和叶行洲大眼瞪小眼，万分后悔自己刚才为什么不直接走了，要鬼迷心窍回来救他。

"你身上的打火机还在吗？我去捡点儿树枝来烧个火堆。"祁醒搓了搓手臂，打算站起来。

叶行洲："不行。"

祁醒皱眉："为什么不行？"

叶行洲强硬地说："这里到处都是植被，你在这里生火，是打算放火烧山顺便烧死自己？而且真要是有野兽，也会被你生的火堆引过来。"

祁醒张了张嘴，一个反驳的词都找不到："那我去找吃的总行吧？饿死我了。"

"天黑，没手电筒，你打算去哪里找吃的？饿一顿不会死。"叶行洲的声音冷硬。

祁醒憋着气："饿一顿是不会死，但现在这样，你的保镖想在这深山野林里找我们两个估计也没那么容易，谁知道还要饿几顿？我是自找的，可我报复你有错吗？没把你一个人扔在这儿自生自灭是我心善。"

叶行洲的声音略微一顿，目光在他脸上停了片刻，语气不明："是挺心善的。"

祁醒直觉自己又被讽刺了，气得难受："你说话不这么讨厌能死？我饿了都不行？我就是想吃东西怎么了？"

他从小到大都没遭过这种罪，认识叶行洲后倒霉的事一桩接一桩，就没一天顺心过，偏偏罪魁祸首还是这种态度。

祁醒越想越委屈，他就该一走了之，也不用在这里听叶行洲的冷嘲热讽。

叶行洲沉默地看着他，林间暗淡的光线放大了祁醒的负面情绪，没了那些浮于表面的盛气凌人和跋扈嚣张，小野猫终于蔫不唧地垂下了脑袋。

明明是最好的报复机会，却又选择了回来。

明明恨他恨得咬牙切齿，却又不自觉地在他面前展露脆弱和委屈。

再高傲的猫，终究也只是一只猫而已。

"左边，"叶行洲的视线落向祁醒左后方，"好像是棵梨树，你捡根树枝去试试，应该够得着最下面的果子。"

祁醒一愣，他已经做好了再被叶行洲奚落的准备，叶行洲竟然转了态度？

"不是说饿？"叶行洲提醒他，"这种野梨未必好吃，你想吃就去弄几个来。"

祁醒哼了一声，转身走向了叶行洲说的那棵梨树。

几分钟后，祁醒抱着七八个大小不一的梨子回来，往叶行洲身边一坐，自己挑了一个最大的，扔了一个最小的给叶行洲。

他胡乱在衣服上擦了几下梨子，送进嘴里一口咬下，结果被酸得整张脸都皱了起来，立刻将咬进嘴里的那块梨吐了出来。

叶行洲仿佛早料到如此，欣赏着他的滑稽模样儿，接到手里的那颗梨碰也没碰。

祁醒气呼呼地把摘来的梨子都扔到了叶行洲身上："你是不是故意的？明知道这梨又酸又涩，还骗我去摘来吃？"

"我提醒过你了。"叶行洲淡定地说道，"知道自己容易被骗，以后就少出歪招算计人，免得每次都挖坑把自己埋了。"

祁醒再次肯定，叶行洲就是故意的。

叶行洲在祁醒扔过来的那些梨子里挑了挑，选了两个个头适中，表皮颜色偏深的递过去："试试这个，应该没那么难吃。"

祁醒斜着瞅了一眼，不太信。

叶行洲："我还骗你有意思？"

祁醒犹豫了一下，肚子早就饿得咕咕叫了，他接过梨说道："吃就吃。"

祁醒勉为其难地把梨送到嘴边咬了一口，嚼了两下竟然真的不难吃，虽然还是酸，但酸中带点儿甜，至少那种难以下咽的涩味是没有了。

"你自己不吃？"祁醒问道。

叶行洲重新闭了眼，靠回去："不想吃。"

祁醒看他这样，估计他应该是身上不舒服，啃着梨犹豫了一下，又贱兮兮地伸脚过去踢了踢他："你……"

叶行洲睁开眼，目光转向祁醒，黑眸里平静无波："你知道以前得罪过我的人都是什么下场？"

祁醒一噎："你吓唬谁呢？"

叶行洲："我爸死了，继母进了精神病院，叔伯断了财路被赶出公司，这些事情全部都是我的作为。"

祁醒眼皮跳了跳："你的那几个兄弟不是过得挺好吗？叶老四还能开着你的车四处炫耀，他们也没少得罪你吧，也没见你把他们怎么样。"

叶行洲轻蔑地笑了笑"从高高在上变成得看我的脸色过活，挺适合他们的。"

"你告诉我这些干什么？跟我有什么关系？"祁醒坚决不承认自己得罪了他。

"你没有选择，我之前就说过了，配合还会让你好受点儿。"叶行洲沉声提醒他。

祁醒顿时又不高兴了，他还是应该把叶行洲一个人丢在这里。

彻底天黑后，山林里妖风呼啸。

祁醒打着哆嗦往叶行洲身边挪了挪："你的人到底什么时候能来？我们难道要在这里待一整夜吗？"

"不知道。"叶行洲闭着眼睛，手指一下一下敲着膝盖，似乎是为了让自己保持清醒，"这片山林不小，天也黑了，要找到我们并不容易。你自己也说了，可能是我的手机摔坏了或是没电了。"

祁醒除了在心里骂了几句办事不牢靠的杨开明，什么用都没有。

"冷？"叶行洲问，娇生惯养的小少爷手心冰凉，估计今天确实被折腾得够呛。

祁醒立刻缩回手，人却没退开，挨着叶行洲这么个人体热源还暖和些。他才没那么死心眼儿。

祁醒懒得再跟他说，干脆也闭上眼放空脑子，虽然在这种鬼地方不舒服，但没心没肺如他，后面竟还睡着了，身体本能地靠向热源，脑袋栽到了身旁叶行洲肩膀上。

叶行洲靠着石头没动，看着祁醒毫不设防地靠近他，他难得有些想笑，这种情绪稍纵即逝，很快沉入眼底不见踪迹。

叶行洲的心思有些飘忽，手指依旧敲着自己的膝盖，见识过他真面目却不怕他的人，祁醒大概是唯一一个。

他在意过的人很少，只有他母亲和曾向他伸出援手的林知年。但他母亲死了，长大后他和林知年分道扬镳，他们都没有再回头。

现在忽然有一个人离开又回来，不情不愿地说要背他一起走。

祁醒是唯一一个，去而复返的人。

搜救的人找到他们时已经快天亮了，山下不只有叶行洲的保镖，祁荣华夫妇也来了。

被带下山的祁醒看到急红了眼的爸妈，这才真正心虚了，尴尬得恨不能装失忆。

祁荣华去询问叶行洲的伤势了，王翠兰拉着祁醒的手关切地问他有没有伤到哪里。

祁醒心不在焉，视线几次落向前方跟他爸说话的叶行洲，心头惴惴，就怕这厮会当面告他的状。

叶行洲被人扶上车前，他的目光忽然转向祁醒，在昏暗的光线下隔着十几米的距离，祁醒却仿佛看清楚了那个人眼神里的意思，分明写着下次再跟你算账。

祁醒默默移开视线，算账就算账，我还没跟你算完呢。

祁荣华回来，看到祁醒就想教训他，被王翠兰瞪了一眼，再瞧见这小子一脸疲惫，到底忍住了："上车。"

王翠兰担心地问要不要去医院，祁醒赶紧说道："不了吧，我又没事，就手掌擦伤了点儿，我现在更想吃东西。"

他妈立马说道："那先回家吧，回去让你爸给你煮面吃。"

回到家已经过了早上六点，祁醒抱着比他的脸还大的面碗狼吞虎咽，祁荣华在一边看得直皱眉。

等这小子吃饱了，他立刻问道："到底怎么回事？你跟叶行洲为什么会进山里？是因为你算计他让人找他的麻烦？"

祁醒撇嘴："他还真跟爸你告状啊，真行啊。"

祁荣华的手指敲在他的脑袋上："你少胡说八道，人叶少怎么会跟我告状，是杨开明那小子说的。你半夜没回来，我给你干爷爷打电话，他说你跟叶行洲一起走了，我联系不上叶行洲，找他秘书，才知道他进了山。后来杨开明给我打电话，把你让他做的事情都交代了，他说他找的人根本没等到你们，又联系不上你，怕你出事才找到我这里来了。"

祁醒又在心里骂了杨开明几句，猛然发现不对："他找的人没等到我们？那昨天带刀子来找我们麻烦的是谁？"

当时那伙人上来就说出了叶行洲的名字，所以其实是叶行洲那个瘟神自己搞的事？

真相大白，祁醒脸都黑了。他本来还觉得是自己理亏，才留下来陪了叶行洲一整夜，原来他根本就是被殃及池鱼的那个。

"你还好意思说？！"祁荣华气不打一处来，"我怎么跟你说的？千叮万嘱让你不要招惹叶行洲，你竟然花钱想让人去套他麻袋？你跟他到底有什么过节，要闹到这一步？"

祁醒不想说实话："我就是看他不顺眼。"

祁荣华："你……"

"行了，都少说两句吧，折腾了一晚上也不嫌累得慌，都去睡觉吧。"王翠兰出来打圆场，顺便给祁醒使眼色。

祁醒把面碗一搁，赶紧溜回房，随便冲了个澡倒头就睡，一觉到中午。

中午，祁荣华没再教训祁醒，吃完中午饭直接让他换衣服，说要带他去医院当面跟叶行洲道歉，没有给祁醒拒绝的余地。

祁醒不情不愿，最后还是被他爸拎上了车。

叶行洲还在医院里，除了扭伤的脚踝外，他身上都是外伤，但可能是感染引起的发烧，需要留院观察一天。

私人医院的高级病房里，祁醒从进门起就跟在祁荣华身后小心翼翼。听他爸坐下好声好气地跟叶行洲道歉，说他年纪小不懂事，喜欢闹着玩儿，请叶行洲大人不记小人过，不要跟他一般见识。

叶行洲穿着病号服靠坐在沙发里，脸上的擦伤用药水处理了，倒没瞧出有哪里虚弱无力，没有半分昨夜在山里时的狼狈，人模人样的，祁醒看着就不爽。

祁荣华抬手一巴掌拍在祁醒的后脑勺上："跟叶少道歉。"

祁醒不乐意，瞪向叶行洲。叶行洲也在看他，悠然自得，像在看笑话一样。

于是祁醒更不乐意了，磨蹭了片刻，就听叶行洲装模作样地冲他爸说："祁叔不必说这些了，我知道祁醒是跟我闹着玩儿的，没什么关系，昨天的事情跟祁醒无关，反而是我连累他了。"

祁醒听得身上鸡皮疙瘩都起来了，也不知道是因为叶行洲直接叫了他的名字，还是他说话的语气。

装，实在太会装了。

但叶行洲说得也没错，祁醒本来就是被他连累了。

见叶行洲是这个态度，祁荣华大约也松了一口气，之后两人又客气地闲聊了几句。

祁荣华下午还有应酬，便打算走，叶行洲提出让祁醒留下来："我想跟祁醒单独聊几句，可以吗？"

祁荣华有些纠结，他儿子招惹了叶行洲，叶行洲虽然嘴上说着没关系，他到底不放心。

祁醒当然不想留在这里，低头却看到手机短信里进来了一条新消息："不想我在你爸面前提你在外头干的那些事，就乖乖留下来。"

祁醒忍着砸手机的冲动，主动跟祁荣华说："没关系，爸，我就跟叶少聊几句吧，你有事先走好了。"

祁荣华还是不放心，但祁醒都这么说了，他犹豫再三还是走了。

病房门一关，祁醒一屁股坐进他爸刚坐过的单人沙发里，也不装了："你又想干吗？"

叶行洲坐起身，弯腰倾身向前，拉起他的手。

祁醒没反应过来，叶行洲已经把他两只手翻过来，看了看他上了碘酒的手掌心。

"还有哪里有伤？疼吗？"叶行洲问他。

祁醒赶紧抽回手："不劳费心了，你关心你自己吧。"

叶行洲的话让他有点儿发毛，他宁愿这人狗嘴里吐不出象牙，也别像现在这样用这种近似关心、关切的语气问候他。

阴阳怪气的嘲讽他可以反唇相讥，这种软进攻他就真不知道该怎么应付了，只想撒丫子走人。

叶行洲将他的反应看在眼里，嘴角微弯，笑了一下。
祁醒没在医院久待，找着机会赶紧跑了。

再见面是半个月后，陈老七十大寿，在清平园大宴宾客。
陈老这些年一贯低调，鲜少抛头露面，像这次这样的寿宴还是第一次办。
他特地叫了祁醒提前过去，说要当众给大家介绍干孙子。
祁醒大惊："老爷子，你真要让外头的人都知道我们的关系啊？"
陈老好笑地说："我什么时候藏过？是你跟你爸老是怕麻烦我，不肯对外说我们的关系，你现在也进公司开始做正事了，我就你这一个孙子，当然要帮你铺路。"
所以陈老这么大张旗鼓地办寿宴，其实是为了他。
祁醒吸了吸鼻子，有点儿感动，不过这种感动没有维持太久。
等到寿宴开场，他跟着忙前忙后招呼客人，重复接受惊讶、羡慕、恭维等各种目光的洗礼，感动变成了麻木，最终演化为不耐烦。
但再不耐烦，他也得按捺性子，端着笑脸陪陈老迎来送往，敬酒或被敬酒。
陈老笑眯眯地跟一群旧友介绍祁醒："这小子小时候就皮，在我这里上树掏鸟蛋，下水摸鱼，还祸害我花心思养的花，气得我打他屁股。现在长大了虽然还是咋咋呼呼的，聪明倒也聪明，才大学毕业已经跟着他爸在公司里做事，还能自己扛项目了。"
先抑后扬，既让人知道他这个干孙子不是半路来的，是他从小就养着的，跟亲孙子没什么两样，又暗示了祁醒将来会接手祁荣华的生意，他的面子以后就是祁醒的面子。
祁醒尴尬地笑了笑，能不能不要说他小时候那些丢人的事啊？
周围一片笑声，纷纷跟着说好听的话恭维祁醒。
不管大家心里怎么想吧，陈老今天来这么一出，以后在这淮城里，谁还敢说祁荣华是不入流的暴发户？至少人家会生儿子！
就连祁荣华夫妇有意躲去一边，围过来寒暄套近乎的人依旧络绎不绝。
叶行洲也来了，过来向陈老敬酒时正听到陈老说到祁醒小时候的事。他把目光转向祁醒，跟着恭维了一句："祁少人挺有意思的。"
叶行洲的恭维太突然，祁醒不得不防着他是不是想报复他。叶行洲将手中酒杯伸到祁醒面前，扬眉看着他。
被周围无数双眼睛盯着，还有笑容满面的陈老在身边，祁醒再不情愿，还是马马虎虎抬手，跟他碰了一下杯。
祁醒心里少不了咒骂叶行洲两句，这人才半个月就又人模人样、生龙活虎了，怎么就没把他的脚给直接扭瘸了呢？

之后陈老带着他继续去跟其他客人寒暄，祁醒视线随意扫过，在人群里看到了挺久没见的林知年。

林知年是跟他二叔一起来的，看到陈老身边围的人少了些，那位林二叔立刻带着林知年过来敬酒。

祁醒对这个林二叔没什么好感，懒得听他跟陈老说的那些废话，视线落向林知年。

林知年的神情有些疲惫，大概是这段时间忙着跑全国巡回画展比较累，今天来这个场合显然也不太情愿。

祁醒不着痕迹地打量着人，主动和林知年搭话："林老师的画展办得怎么样了？"

林知年打起精神来应付他："昨天刚回来，已经跑了三站，还有四站，年底之前应该能全部结束。"

林知年说话时神情稍显迟疑，他看到了祁醒身后不远处被人围着应酬的叶行洲，人群中风度翩翩的叶行洲依旧是最抢眼的一个。

林知年看了他片刻，目光落回面前祁醒笑着的脸上，心里不知为何有些气闷。

祁醒还在说着什么，林知年几乎都没听进去。

等他二叔跟陈老寒暄结束往回走，他才听到他二叔压低声音撇嘴说道："祁荣华运气还真好，竟然能跟陈老攀上亲戚，难怪他那个儿子鼻孔朝天地看人。"

林知年回神，皱眉阻止他二叔继续说下去："二叔你别说了，这里人多，小心被别人听去。"

林二叔冷嗤，看向叶行洲的方向，舒了口气，脸上又露出两分笑："还算你有点儿用，星能科技虽然没我们的份，但昨天叶行洲已经松口，说有个不错的项目会介绍给我们，以后他能给我们的好处肯定不止这点儿。"

林知年很反感他二叔的语气，想起曾被祁醒当面戳穿他二叔的投机面目，僵着脸没再接话。他二叔大概也意识到这个场合不对，终于闭了嘴，接着去找别人应酬。

寿宴继续，祁醒仍跟在陈老身边充当吉祥物，不但一直笑着的脸快僵了，端着酒杯的手也疼，时不时被人敬酒，加上没怎么吃东西，还有些头晕。

"老爷子，我不行了，我要去洗手间。"他没忍住开口，打算先出去透口气。

陈老好笑又好气，挥了挥手："行吧，你先去歇会儿，晚点儿我再让人去叫你。"

祁醒等的就是这句，赶紧放下酒杯跑了。

他也没走远，先去了趟洗手间，里头有人在闲聊，八卦他跟陈老的关系，没说两句又提到了叶家的事。

"听说叶行洲那个堂叔前几天车祸进了医院，下半身瘫痪你知道吗？"

"啧，真的假的？那位之前跟着叶行洲他爸的时候还挺风光的，这才不到一年，竟然落得这么个下场，还真是唏嘘，也不知道是不是因为得罪了叶行洲……"

祁醒走进去，抽烟聊八卦的人看到他同时噤声，掐了烟赶紧走了。

祁醒回想着他们刚才说的话，叶行洲的堂叔？似乎是上回叶老三婚礼上被叶行洲吓得屁滚尿流的那个，竟然瘫痪了？

解决完出来，他打算去旁边休息室里躺一会儿，本以为这会儿人都在前厅里，没想到推开休息室的门，里头却有别人，还是叶行洲这个倒霉的。

叶行洲的西装外套上被人不小心洒到酒水，来休息室里换衣服。他抬眼看到祁醒，理了理袖口，坐进沙发里随手点了一支烟。

叶行洲的司机拿着他换下的衣服离开了，休息室里只剩他们两个。

祁醒走也不是，不走也不是，走了显得他怕了叶行洲，不走他看见这个人又嫌晦气。

叶行洲吐出一口烟，开口叫他："过来。"

祁醒看他这么一副颐指气使的样子就不满，张嘴讽刺："叶大少人品真差，又被人泼酒了吧？"

"你喝了多少？"叶行洲反问他，这小子满脸通红，刚一直敬酒和被敬酒，就没停过。

祁醒确实有些晕，懒得走了，上前往单人沙发里一摊，闭上眼不想理叶行洲。

叶行洲靠沙发里抽完了那支烟："寿宴结束跟我走。"

祁醒闭着眼，面无表情地说："想报复我？我爸妈在。"

"你爸妈刚跟人聊天，你妈说一会儿结束了要跟闺密去国外购物，你爸也要去外地出差考察。"叶行洲几句话揭穿他。

祁醒嘴角抽了抽，他爸妈确实都要出门，要不是为了参加老爷子的寿宴，今天白天就走了。

他歪过头睁眼觑向叶行洲，没有立刻表态，但见叶行洲这副欠揍的表情，又实在叫他瞧不顺眼，就算要跟这人走，也得先揍他一顿再说。

寿宴后半程，祁醒越发心不在焉。

王翠兰要赶飞机先走了，祁荣华最后跟陈老寒暄一番也赶着离开，祁醒则被陈老留在了清平园住一晚。

送完祁荣华上车，祁醒回头看到林知年过来了，对方主动叫住他："祁少，能说几句吗？"

祁醒想起林知年生日那天的事，尴尬地点头："你说吧。"

林知年打量着祁醒,神情复杂。沉默片刻,林知年开门见山地问:"祁少,你当初接近我是因为行洲?"

祁醒心里直呼冤枉,他就知道林知年肯定误会他另有所图了:"不……"

"祁少之前说想跟我交个朋友,"林知年将他脸上的尴尬当作默认,"你从一开始,目标就是他吧?"

祁醒脸都绿了:"怎么可能啊?"

"不是吗?"林知年的声音提高了一些,仿佛被他的话刺激到了,"祁少是荣华资本的少爷,背后还有陈老这座靠山,你还有什么不满足的?你一直在我面前编派叶行洲的不是,不就是想和叶氏合作?你明知道我的处境艰难,为什么要耍这些手段这么对我?现在你如愿以偿拿到叶氏拱手送过来的项目了,这算什么?"

祁醒目瞪口呆,完全被林知年这番控诉说蒙了,想要反驳,但面对仿佛十分愤怒的林知年,张了张嘴,竟然不知道要怎么说。

直到身后有人叫他:"祁醒。"

祁醒回头,是叶行洲。

林知年同时抬眼看向叶行洲。

叶行洲示意祁醒:"走了。"

祁醒还没回过神,只想着赶紧脱离这个尴尬处境,叶行洲叫他,他便下意识跟了过去。

林知年神情落寞,眼里都是失望,不甘心地叫了一句:"叶行洲。"

叶行洲目光落过去,冷淡地说:"我说过,那个项目不适合你们。"

祁醒愣了一下,林知年更像无法接受他这话还想追问,叶行洲不再解释,又一次示意祁醒:"跟我走。"

被叶行洲推上车,祁醒才骤然回魂:"你刚又胡说八道了什么?"

叶行洲靠在座椅上,平静地说:"不这么说,你还想被他缠着,一直质问?"

祁醒:"你就不能跟他说清楚,是你自己找上我们家的?"

"说了又怎样?"叶行洲的视线转向他,眼神讥诮。

"我要下车,"祁醒伸脚踢人,"停车,我答应了老爷子留在清平园住。"

叶行洲的手滑下去,不等祁醒反应,快速从他裤兜里摸出手机,递到他面前:"给陈老打电话,随便找个借口,说你走了。"

祁醒看着他,那眼神分明在说你怎么好意思。

"打电话。"叶行洲的语气不容商量。

祁醒看了一眼窗外,车已经开出清平园挺远了。

贼船都上了,叶行洲不会放他回去,他又不可能跳车,还是不费那力气了。

祁醒给陈老打了电话,借口自己出去跟朋友喝酒,被陈老念叨了几句,答应不跟他爸妈告状，放过了他。

挂断电话后，祁醒往座椅里一躺，转过身去背对叶行洲，坚决不理人。

到叶行洲家已经过了九点，进了门，叶行洲冲祁醒扬了扬眉："要先吃饭？"

祁醒默默转开眼，恨不能扇自己一巴掌，他肯定是鬼迷心窍了，才会冒着被打击报复的风险来这儿。

叶行洲耐心等着他做决定，祁醒伸出手说道："烟给我一支。"

盯了他两秒，叶行洲将烟递过去，拨开了打火机，送到他面前。

祁醒瞥了他一眼，将烟咬进嘴里，低头点着，自在地吞吐起来。

叶行洲看着他吞云吐雾背后略模糊的脸，那双神采飞扬的桃花眼藏在烟雾之后，也少了许多防备。

在寿宴上应酬了一整天，祁醒身上都是酒味儿，他借浴室冲了个澡。

冲完澡，祁醒肚子饿得咕咕直叫，出来冲叶行洲抬起下巴："我要吃东西。"

叶行洲正在抽烟，视线落到祁醒身上："厨师下班了。"

"你做，或者叫外卖，反正这是你家，你想办法。"祁醒理直气壮地指使人。

叶行洲抖了抖烟灰，转身进了厨房，祁醒跟了过去盯着，以防叶行洲偷偷下毒害他。

叶行洲打开冰箱拿材料，嘴里还咬着烟，祁醒看到直接顺走抽了两口。

叶行洲神色不动，看着他问道："好抽吗？"

祁醒撇嘴，把烟掐灭扔了："这么臭，也不知道你天天抽有什么意思。"

他好似忘记了，之前进门时，想掩饰紧张问人讨烟抽的那个是谁。

叶行洲没理他，简单做了两碗意面。祁醒虽然嫌弃，还是在餐桌前坐下了，毕竟晚上寿宴他就没吃几口东西，确实饿了。

大半碗面吃下肚，祁醒差不多饱了，又开始没话找话。想到晚上在寿宴上听来的八卦，问叶行洲："听说你那个堂叔出车祸瘫了？真的假的？"

正漫不经心地挑面的叶行洲抬起眼睛，看向他的眸色略深："好奇？"

触及他这个眼神，祁醒心里没来由地咯噔一下："不会是你做的吧？"

叶行洲神色轻蔑，不以为意。

祁醒心思一转，明白过来："那天砍杀我们的那伙人是你那堂叔找来的？"

叶行洲不想多说，但还是解释了几句："有这个想法。他那次没得手又想去省外找帮手从生意上对付我，结果在出省的路上出了车祸。"

祁醒回过味，估计现在叶家随便一个人出事，都会被外人安在叶行洲头上，他这位自食恶果的堂叔就是这样。

祁醒啧啧有声："那真是老天有眼。对了，原来那天是你自己惹来的麻烦，跟我一点儿关系都没有，那我完全是被你牵连的，你好意思吗？"

叶行洲:"你自找的。"

祁醒没好气,叶行洲就会拿这句堵他。

不过说起来,叶行洲也没缺胳膊少腿,只是脚瘸了几天,但那位堂叔他本是要出手教训的,只是没来得及。

想到这个,祁醒眼神飘忽,有些心虚了。

叶行洲一眼看穿他:"怕我这么报复你?"

祁醒低头把碗里的面扒完,放下筷子一抹嘴:"饱了,我走了。"

才站起身,祁醒又老实坐回去了。

叶行洲:"真怕了?"

祁醒"嘁"了一声:"我才不怕你。"

刚才他确实有点儿发怵,不过也就那么几分钟,想着叶行洲反正没想过把他弄成半身瘫痪,那他还有什么好怕的?

"我要回家,你要么送我,要么借车给我,我过两天还你。你的车我不要,我爸那里没法解释。"见叶行洲盯着自己不出声,祁醒又有点儿不自在,赔笑道,"这么晚了,叶哥行行好,放我走吧。"

"又是叶哥?"叶行洲的眼中多了几分兴味,"你心虚的时候嘴倒是挺甜。"

祁醒心想我这叫能屈能伸:"你烦不烦,到底借不借?"

"我什么时候说了你能走?"叶行洲提醒他,"要说得罪我,你跟我那位堂叔做的事情也差不多。"

祁醒变了脸色:"你之前跟我爸说了这事算了,你想反悔?"

叶行洲:"变态神经病的话你也信?"

祁醒恨不能再跟他打一架,深吸了一口气问道:"那你到底想怎么样?"

叶行洲:"我要是想报复你,你还能在这儿站着?"

祁醒骂了一句,跟叶行洲讨价还价:"既然你没这个意思,那我找人套你麻袋这事儿以后一笔勾销,不许再提。"

叶行洲:"不怕我说话不算话?"

祁醒捏住手机:"我现在就录音。"

但对于变态神经病来说,录音一样没用。

这句叶行洲没有说出口。

第八章 暗流

之后两天，祁荣华和王翠兰都不在家，祁醒难得没出去鬼混，公司照常去，虽然是去摸鱼打酱油。

叶行洲发来的消息一概不回，他不想见到这个人。

第三天晚上，杨开明打来电话约他去酒吧喝酒，说上回的事情办砸了，要跟他赔礼道歉。

"不去。"祁醒烦得很，对着这小子就没个好气。

"祁少来吧，我这儿有几个新朋友介绍给你。"杨开明说道。

"你别拿我逗乐。"

杨开明："是不是真的，你来当面看看不就知道了？"

于是祁醒改了主意，开车出门了。

到了地方是十点半，酒吧里，杨开明一伙人正一边喝酒一边打牌，看到祁醒进来纷纷跟他打招呼。

祁醒一坐到沙发上，众人纷纷指责他不够意思，说他跟陈老有亲戚关系之前从未听他提起过。

祁醒骂道："跟你们有什么关系？你们反正都是混吃等死的，你们家里难道还指望你们不成？废话少说，新朋友呢？"

杨开明嘻嘻笑了一声，指了指前方的吧台："喏，正在调酒的那个。"

祁醒随意看去，吧台后面有个穿着调酒师制服的年轻男人，看起来二十五六岁，调酒的姿势有模有样，动作叫人眼花缭乱。

祁醒懒洋洋地跷着腿看了片刻，杨开明凑过来笑问："怎么样？我没骗你吧？我观察他好几天了，还试探过他两次，挺会调酒的。"

祁醒斜眼过去："你怎么试的？"

杨开明求饶:"我就跟他搭讪了几句,我保证,这位真是个正经人。"

祁醒有些心不在焉,对交新朋友没什么兴致,但又实在无聊。盯着调酒师打量了一阵,他手指敲了敲膝盖,说道:"那我就去会会他吧。"

祁醒随意往高脚凳上一坐,调酒师回身看到他,笑着问他想喝点儿什么。

祁醒的视线落向对方,看到调酒师的正脸,脑子里莫名其妙地浮起了叶行洲那张冷峻英挺、线条锋利流畅的脸,尤其那家伙摘了眼镜之后,深邃眉目间带出的浑然天成的风流。

祁醒矜傲地抬起下巴:"你给我调杯拿手好喝的。"

调酒师让他稍等,转回身去酒架上拿酒。

手机里又有新的短信消息进来:"今晚过来喝一杯。"

祁醒打出一句骂人的话,没有发出去,手指一顿,一个字一个字删掉,换了一句:"不去,我今晚有约了,您请自便。"

半分钟后,那边又发来一条:"定位发我。"

祁醒的回复,是一个"滚"字,外加一个白眼翻上天的表情包。

年轻的调酒师把调好的酒搁到祁醒面前,冰蓝色和浅绿色的液体层次分明,很漂亮。

调酒师介绍这杯酒是怎么调出来的,但祁醒因为叶行洲发的消息很烦躁,一句没听进去。

祁醒刚要端起酒杯,调酒师忽然说道:"我刚来这里上班没多久,今天似乎是第一次见祁少。"

祁醒回神,挑眉问道:"你认识我?"

调酒师轻抿嘴唇:"算是认识吧。"

祁醒:"算是?"

对方犹豫了一下,递了一样东西过来,是一个只有半边巴掌大的透明塑封袋,里面装了两粒白色药丸。

祁醒:"这是什么?"

调酒师压低声音告诉他:"这是一种致幻药物,有人花钱让我下在祁少的酒里。"

祁醒瞬间阴了脸,他虽然有不少教训人的法子,但从不碰这种东西,杨开明那几个人也不敢。

听到调酒师说出叶老四的名字,他冷笑一声,眼珠子一转,拿起手机重新给叶行洲发了条消息。

"你之前说帮我教训叶万齐那个孙子,还算数吗?"

那边回复:"看你表现。"

祁醒快速回了一个定位过去。

起身时，祁醒目光一顿，又问那个调酒师："既然收了钱，为什么又临时改了主意，把那人卖了？"

对方笑了笑："希望祁少以后有空多来捧场。"

祁醒心想杨开明果然是头猪，真正经和装正经都分不清楚。说不定还是因为杨开明那小子天天来跟这调酒师套近乎，才让叶万齐那个孙子看到起了歪心思。

二十分钟后，祁醒带着杨开明一群人浩浩荡荡地上楼了。

叶万齐正跟人在楼上包厢里喝酒，被祁醒一脚踹开包厢门时还没反应过来，晃晃悠悠站起身，正要骂人，直接被双手插兜走上前的祁醒一脚踹倒在沙发上，发出杀猪一样的号叫。

叶行洲独自开车过来，到酒吧时已经过了零点。

其实祁醒不发定位他也知道人在这里，酒吧是他一个朋友开的，祁醒一进门就有人告诉了他。

酒吧门口的街上闹哄哄的，少说聚集了二三十人，气氛剑拔弩张。

叶行洲在十几米外的地方看了片刻，调转车头到了另一条街边停车熄火。落下车窗后，他点了一支烟，慢悠悠地从后视镜里看着祁醒教训人的身影，没有下车的打算。

酒吧经理两边都得罪不起，所以才将祁醒和叶万齐两伙人请出了门外。祁醒也无所谓，他不介意在大马路上教训人。

叶万齐被人按在地上不能动，祁醒在他脸上拍了几下："上次你还没长记性是吧？很不服气啊？"

叶万齐哭爹喊娘，祁醒还想骂他，杨开明眼尖看到不远处街边停的跑车，提醒道："祁少，那边好像有人来了。"

祁醒回头，眯起眼睛盯着那辆车看了片刻，哼了一声。他把酒瓶往杨开明怀里一塞，穿过马路朝那辆车走了过去。

祁醒拉开驾驶座的门，一只手臂撑着车门弯下腰，看向车里吞云吐雾的叶行洲："叶大少来得可真够慢的，来了也不下车，就躲这里看戏，我等你来帮我，黄花菜都凉了。"

叶行洲看着他，烟雾之后的眼睛里确实藏了看好戏的意味。

祁醒心中不快，低声骂道："你干脆别来算了。"

"他今天又怎么得罪了你？"叶行洲问道。

祁醒斜眼过来："你不会自己去问他，他到底做了什么好事？"

叶行洲在他骂人前先说："我帮你彻底解决他。"

祁醒扬了扬眉，像没想到叶行洲会这么说。

行吧，他也不问了，他倒是想看看，叶行洲说的彻底解决是怎么个解决办法。

祁醒的目光落到叶行洲脸上，盯着他看了几秒，再次肯定，这个浑蛋长得是真不错，比那个调酒师好看得多。

叶行洲："看什么？"

祁醒的手指指着他眼镜框："你根本没近视吧？一天到晚戴副眼镜装模作样有意思吗？"

拿眼镜掩饰自己外表斯文，内里败类的本质有什么用？骗谁呢？

车外的杨开明见此目瞪口呆，手里的酒瓶应声落地。

祁醒听到声音，从车里钻出来问道："你干什么呢？毛毛躁躁的。"

杨开明刚想开口，视线偏过去，对上叶行洲冷冷盯上自己的目光，脚已经软了一半："没事，我先滚了。"话说完转身就走，加快脚步的同时恨不能挖了自己的狗胆。

杨开明原本是担心祁醒这边出了什么事才过来看，结果来人是叶行洲。一想到祁醒今晚差点儿遭叶万齐的暗算，杨开明一脑门的冷汗，心里一万次后悔，可千万不能让叶行洲知道了！

祁醒不用想都能猜到杨开明为什么慌成那样，无语的同时回头瞪了叶行洲一眼。

叶行洲示意他："上车，跟我去喝一杯。"

祁醒："不去你家。"

叶行洲无所谓："那去你家？"

"我爸妈在家。"

被叶行洲这么一打岔，祁醒没了继续教训人的心思。刚准备上车走人，又有人过来叫住他，是刚酒吧里提醒他的那个调酒师。

"祁少，能要个联系方式吗？"对方笑吟吟地看着他，到底心有不甘。出卖了叶万齐还没在祁醒这里讨到好，实在划不来。

但不等祁醒开口，车中的叶行洲再次示意他："上车。"

祁醒用手指了指那个调酒师，故意说道："我先约了他，叶少好歹讲究一下先来后到吧。"

调酒师这才注意到车里还有人，愣了一下。叶行洲瞟了他一眼，眼神带着冷意像是在看待一件死物。

就这一眼，已让调酒师胆战心惊，他脸上的笑容僵住，隐隐后悔过来了。

祁醒还想说什么，对方丢下一句"抱歉打扰了"，转身跑了。

怎么都这样？

叶行洲轻哂，看向祁醒："你被放鸽子了。"

他眼里的嘲弄太明显，祁醒想装看不见都不行："你不幸灾乐祸能死？"

祁醒嘟囔了一句，气呼呼地绕去副驾驶座。等他甩上车门，叶行洲一脚踩下油门，车开出去。

祁醒皱着眉后知后觉地想到，他明明自己开了车来，也还没喝酒，为什么要上叶行洲的车？算了。

杨开明的微信消息进来："你就走了？叶万齐怎么办？"

祁醒窝在座椅里随手回复："你们看着办呗，人教训得差不多就散了吧，吓唬吓唬行了。"

杨开明："那好吧。"

车停在十字路口等红灯，祁醒抱着手机给杨开明发表情包骂人，叶行洲伸过来的手将手机从他掌心里顺走。

祁醒："你……"

叶行洲淡定地划拉了一下他们的聊天记录，看祁醒的眼神有些意味深长。

祁醒红了脸，气愤地说："看什么看？"

"以后少跟他出去玩儿，你今晚要是不来这里，也不会差点儿又被叶万齐算计。"叶行洲提醒他。

祁醒奇怪地问道："你怎么知道叶万齐算计我？"

叶行洲："那家店是我朋友开的，你不是那里的常客？以后少去。"

"我去哪里你管不着！"祁醒不高兴听他说这些话，"你朋友的店里什么人都有，我看你那个朋友才该反思自己是怎么做生意的。"

叶行洲："不需要你操心，管好你自己！"

祁醒心想明明是你那个手段龌龊的兄弟想算计我。

叶行洲说话间打开了祁醒的手机，快速扫了他的微信名片，等到祁醒反应过来抢回手机时，好友已经加上了。

祁醒磨牙："你敢让别人知道今晚的事，我饶不了你。"

红灯已经转绿，叶行洲按黑手机屏幕，重新踩下油门。

祁醒靠回座椅里，闭起眼，不想搭理他。

车停下时，祁醒已经快睡过去了，迷迷糊糊地睁开眼，发现叶行洲把他送回了家。

祁醒挥了一下手就要解安全带下车，被叶行洲伸过来的手按住："跟保安说一声，让我的车进去。"

祁醒："我在这里下就……"

叶行洲："我跟你上去，在你家喝酒你怕什么。"

祁醒愣了三秒，意识到这个人是说真的，噎了半天才把骂人的话吞下去。

"昨天我让人联系你爸的秘书办谈公事，他们说你爸后天才回来，至于你妈，去欧洲购物三天就够？"叶行洲不紧不慢地用几句话揭穿了他。

说是这么说，祁醒最后还是把人带上了楼。

坐电梯上去时，叶行洲悠闲站定在他身后，忽然冒出一句："要是觉得被你爸妈管得太严，可以搬出去住。"

祁醒："你还是先管好你自己吧。"

然后他听到叶行洲落在耳边的低笑声，转瞬即逝："明明是个家里的宝宝，还敢出去学人鬼混，你胆子挺大啊。"

祁醒抬起手肘，直接给了他一下。

进门后，祁醒去餐厅倒水找酒，让叶行洲自便。

叶行洲的目光随意扫过，落到了前方客厅墙面挂的照片上，是祁醒和祁荣华夫妻俩的合照。

看得出祁荣华一家家庭和睦，夫妻恩爱，亲慈子孝，毕竟祁醒这小子能养出这样看似张扬气盛，实则随性娇憨的个性，与家庭氛围脱不了干系。

祁醒拿着两瓶酒走过来问道："喂，你看什么呢？我家没什么好酒，你随便喝两口得了。"

早上九点，叶行洲在祁醒家的客房里冲完澡从浴室出来。

昨晚跟祁醒喝了几杯，时间已经很晚了，叶行洲没叫秘书来接他，被祁醒赶去客房对付了一晚。

叶行洲推开房间的玻璃门出去阳台，点了一支烟，视线随意扫过窗外。

前方就是淮江两岸的江景，高楼林立，视野开阔，这里的地理位置倒是不错。

可惜他向来讨厌热闹，不适合这个地方。

祁醒还没起床，他睡得倒挺安稳，头发乱翘，搭在鼻尖的一缕头发随着呼吸的频率浮动。睡梦中的祁醒翻了个身，面朝另一侧继续睡，然后被他爸的一个电话吵醒。

祁荣华说提前一天回来，马上到家了，让他在家就起来先给自己把茶泡上。

祁醒原本还迷迷糊糊地抱怨着他爸大清早扰人清梦，挂断电话的时候忽然想到什么，猛地睁开眼，想起叶行洲昨晚在他家里留宿，顿时困意全消。

祁醒手忙脚乱地从床上爬起来，套上衣服冲进客房四处看了看，瞧见玻璃门外阳台上的身影，他几乎是扑过去拉开门："你赶紧换衣服走人，我爸回来了，快！"

说着便伸手去拉叶行洲。叶行洲虽然有些意外，神色却不慌不乱，掐了烟，被祁醒扯进房间里。

推推搡搡间出了房门，听到玄关那头隐约传来的声音，祁醒立刻警觉地收住脚步，下意识抬手捂住叶行洲的嘴，又把他推回了房间，带上门，上锁。

祁醒抓耳挠腮急得脸都红了，他爸愿意跟叶行洲谈生意是一回事，跟叶行洲这个人来往那是另一回事了。

叶行洲好整以暇地看他，如同看戏一般。

最后祁醒咬咬牙，压着声音给叶行洲丢出一句："你就在这里给我待着，我没叫你不许出来。"

话说完，他回到房间胡乱换了一件毛衫和睡裤，下楼前手指在虚空中点了点客房门口的叶行洲，算作警告。

祁荣华刚下飞机回来，助理帮他把行李搬上来就走了。他独自进门，看到祁醒出现在客厅，一副没睡醒又慌慌张张的模样，皱眉问道："这都几点了？你怎么还这副样子？"

祁醒强迫自己放松，打着哈欠嘟囔着："这才几点？而且今天是周末，我怎么知道爸你提前回来了。"

怕被自己老爸抓着不放，祁醒说完就去了餐厅水吧那边给祁荣华泡茶。

祁荣华也懒得跟他计较了，脱了外套靠在沙发上闭目养神。

泡着茶的祁醒不时偷瞄客厅一眼，他爸估计是累到了，但是要睡能不能去房间里睡啊？坐在客厅里他没法把叶行洲那个瘟神送走。

祁醒将泡好的茶端去客厅，闭目养神的祁荣华忽然开口问祁醒："家里来客人了吗？我在门厅那里看到有别人的皮鞋。"

祁醒手一抖，差点儿把茶杯打翻，千算万算，竟然把这事给忘了……

祁荣华睁开眼疑惑地看向他，祁醒强装镇定地在单人沙发上坐下，扯谎道："是杨开明那小子，昨晚他喝醉了，我把他带回来让他在我们家借宿一晚。"

祁荣华听完又皱了眉："喝醉了？你们又去外头喝酒了？他人呢？"

祁醒："客房里，还在睡觉吧。他昨晚醉得东南西北都分不清，估计没那么容易醒，一会儿我去叫他。爸，你很累吗？我看你刚好像要睡着了一样，要不你去房间里洗个澡休息吧，茶先别喝了，等中午吃饭我再叫你。"

祁荣华其实也是这么想的，他刚回来确实有点儿累，没心情教训趁他们不在家又出去鬼混的祁醒。祁荣华刚要起身，叶行洲西装笔挺的身影出现在客厅里，从容地走过来跟他打招呼："祁叔。"

祁醒的心跳一下提到了嗓子眼，叶行洲这个杀千刀的！

叶行洲根本不理他，只与错愕中的祁荣华解释："祁叔早，昨晚我跟祁醒约饭谈公事，后来祁醒邀我回来一起喝酒看电影，结束后时间太晚了，就在这里借住了一晚。"

祁醒腹诽：脸皮比猪皮还厚，睁着眼说瞎话，吹牛皮不打草稿！

祁荣华满眼怀疑，看向自己儿子，祁醒只能硬着头皮附和："嗯，就是这样。"

祁荣华压根不信，周六晚上跟人约饭谈公事？他儿子什么时候这么上进了他怎么不知道？谈公事就算了，谈完了把人邀回家里看电影留宿是什么套路？

更重要的是，这小子刚才为什么说假话，骗他说来家里住的人是杨开明？

祁醒怎么可能不知道他爸在想什么，心虚地支吾道："那不是爸你不让我跟叶少走太近，我怕你不高兴，刚才随口说是杨开明。"

叶行洲在他身边的沙发扶手上坐下，一只手搭在他的肩膀上，对着祁荣华说道："我和祁醒挺合得来的，如果他愿意学做生意，我可以帮祁叔教他。祁醒的天分还不错，只要肯学，以后肯定没问题，祁叔不必担心他走歪了路。"

一番恭维肯定的话听得祁醒头皮都麻了，但在他爸的眼皮子底下，既不敢骂人也不敢反抗，只能勉强挤出一张笑脸。

祁荣华的眉头依旧皱着。叶行洲的语气轻快，脸上的笑容也算温和，可他怎么看怎么别扭，总觉得有哪里不对劲儿。

事实上，叶行洲虽然叫他祁叔，祁荣华却从没把这位叶大少当作小辈轻视过，对他还有诸多提防，不想自己儿子跟他走得太近也是真的。但是眼下的情况，祁醒这浑小子难不成真跟这位叶大少交了朋友？

祁荣华思来想去，都没觉得自己儿子有什么值得叶行洲花心思图谋的地方，除了他们荣华资本。

这么一想，他老人家牙都咬酸了，但伸手不打笑脸人，当着面他也不好说什么，还很客气地留了叶行洲一起吃中午饭。

家里多了叶行洲这么个大活人，祁荣华也睡不着了，干脆就留在了客厅，跟他喝茶闲聊。

祁醒趁机遁回房间，直到叶行洲敲响房间门。

"你家厨师来上班了，你爸说要露一手给我看，也去了厨房。"叶行洲进门冲祁醒说，"出去吧，别躲这里了。"

说起这个，祁醒就来气："你有毛病吗？我本来都跟我爸说了是杨开明喝醉在我家住一晚，我爸回房你就能走，你跑出来干吗？"

叶行洲冷声说道："我没有见不得人，除非你自己心虚。"

你怎么好意思说？祁醒骂他："明明是你脸皮厚。"

叶行洲看着他，忽然往前走了一步："想想我的提议，你这么大的人了，搬出去住，谈公事，喝酒玩乐也方便。"

祁醒："不要。"

叶行洲："那我现在就出去，告诉你爸你昨晚在酒吧里做的事。"

祁醒立马瞪眼过去："你敢！买通调酒师下药算计我的是你们家叶老四，我爸知道了只会扒他一层皮。"

叶行洲:"你可以试试。"

祁醒又踢了他一脚:"滚,搬出去住我爸会扒了我的皮。"

叶行洲盯着他的眼睛,祁醒坚持:"你出去说也没用,只会让我爸也扒了你的皮。他脾气真上来了可不管你是不是叶大少,你没见识过我爸以前在老家跟人打架的劲头,你未必打得过他。"

说到这个,祁醒又得意起来:"你也就只能在我这里占点儿便宜而已,我爸那儿你想都别想。"

叶行洲把他这副模样儿看在眼里,眸色略深,改了口:"我答应了你爸教你生意上的事,以后每周去我那儿三次,我先告诉你淮城的产业分布,你慢慢上手。"

祁醒:"你让我去我就得去?"

叶行洲:"去不去?"

祁醒闭了嘴,叶行洲都把话放出去了,他就是不去,他爸之后也会问起来。

叶行洲又问了一句:"去不去?"

祁醒终于松了口:"再说吧,看我心情。"

过了几日,叶行洲的微信消息进来,祁醒正在某个休闲会所里无聊地跟人吹牛打牌。

"现在过来。"

祁醒瞥了一眼腕表,心里嘀咕了一句,这才下午四点,上学他都没这么准时过。

"祁少,你今天怎么又换了一辆新车?上次那车还没开几天吧?你爸最近转性子了,肯让你这么挥霍?"有人好奇又羡慕地问起。

祁醒干笑:"我爸能转性子才怪。"

大家面面相觑,唯一知情的杨开明脸上是一言难尽。

这一个多月,祁醒几乎三天两头就换一辆新跑车,高调地招摇过市。毕竟他老爸钱多得他八辈子都挥霍不完,谁能想到那些车根本不是他的,都是叶行洲借给他的。

恰巧就有人八卦起叶家的事:"听说叶万齐那个孙子被他大哥送进去了,你们知道吗?那位叶大少够狠的。"

祁醒顺便听了一耳朵,说是叶行洲把自己不开的车放在叶家本家,叶万齐就偷摸开出去玩儿了。反正也不是第一回,但没想到这次叶行洲直接报了警,说他盗窃。警察找到叶万齐时,他正开着叶行洲的车在外潇洒快活,不仅酒驾,还查出了他以前致人车祸半身不遂的事,立马被带走了。

"上千万跑车的金额,光盗窃这一项罪名,要是那位叶大少坚持要追责,不肯写谅解书，叶万齐得蹲十年起步。"有懂点儿法的人啧啧感叹。

杨开明张了张嘴，下意识转头看向祁醒——你确定你开那位叶大少的车没问题吗？

祁醒无聊地甩着牌，心不在焉，压根没注意到杨开明在担心什么，手机上又有新消息进来："需要我去请你？"

祁醒暗骂了一句，把牌一扔，拿了外套站起身。

立刻有人问："祁少，你这就要走？这才几点？"

祁醒挥手："走了，你们自己玩儿吧，我要回去了。"

十分钟后，他开着跑车出停车场，往叶行洲家的别墅去。

车确实是叶行洲的，他开出来玩玩儿倒没什么，只要不让他老爸看到就行，反正叶行洲放家里也多半是做摆设。

祁荣华其实对祁醒结交叶行洲颇有微词，那次叶行洲在他家吃完饭离开，祁醒被祁荣华抓着盘问了半个小时，之后祁荣华又多次提醒他注意跟叶行洲打交道的分寸，但祁醒左耳进右耳出。

到叶行洲家刚下午四点半，祁醒直接刷指纹进门，来这地方他已经轻车熟路了。结果叶行洲那家伙自己却还没回来，发来消息告诉他还要几分钟才到。

祁醒随手回了个阴阳怪气的表情包，去了厨房冲咖啡，把冲好的咖啡倒进杯中时，玄关那边传来了脚步声。

听到声音，他探头朝外看了一眼，除了叶行洲，还有别人跟着进来。

祁醒意外地挑了挑眉，懒得出去，假装自己不存在。

跟叶行洲一起回来的是他的大伯，祁醒之前在叶家老三的婚礼上见过一回，也是个鼻孔朝天、自以为是的老头。

叶行洲跟他的大伯在客厅里的沙发上坐下，完全没有招待客人的意思，连杯茶都没奉，冷淡地开口："大伯有什么事，直说吧。"

这位叶大伯腰挺得笔直，双手交叠按在拐杖上，摆出长辈的架势，第一句便是："行洲，你对万齐做的事情，太过了。"

叶行洲不为所动："他做鸡鸣狗盗的事情不是第一回，我警告过他，他自己不听。"

"毕竟是亲兄弟，他开你的车出去玩儿有什么关系，怎么就闹到了要报警的地步？这事闹大了不是让外头人看我们叶家笑话？算了吧，给他个教训就行了，别再追究了。"叶大伯板着脸指责叶行洲，明明是来帮叶万齐说情的，却不肯放低姿态。

叶行洲不吃他这一套："大伯搞错了，现在不是我一个人追究责任。盗窃是刑事犯罪，牵扯金额巨大，不是我说算了就能算了的。况且他设计车祸致人终身瘫痪，现在人家要报警起诉他，这也是我说算了就能算了的事？"

叶大伯："那你也可以写谅解书，至少这个盗窃罪名能让他被从轻判罚。"

叶行洲淡漠地抬眼："不想写。"

叶大伯："你……"

叶行洲："大伯如果就是来说这些的，还是请回吧，我还有事，就不招待了。"

叶大伯："你这是对长辈说话的态度吗？"

祁醒听得好奇，往外看了一眼，他怀疑叶行洲再说下去，这位叶大伯估计要犯心脏病了。

"你就非要这样针对他？非要搞得这个家四分五裂？你爸在世时对你是最好的，你就这么容不得你那几个兄弟，容不得叶家其他人？"

叶大伯话没说完，被叶行洲冷声打断："大伯，饭可以乱吃，话不能乱说。"

叶大伯被噎住，一口气吊着，上不去下不来，憋得脸红脖子粗，但对上叶行洲这个油盐不进的，他所谓的长辈脸面半点儿用没有。

他以前一直以为这个大侄子温顺老实，其实都是假象，叶行洲才是他们家中最深藏不露、最穷凶极恶的那匹狼。

他死去的兄弟千算万算，只怕无论如何都没想到自己死后叶家会变成这样，他们做得最错的，大概就是当初把叶行洲认回来。

老头半天才缓过劲儿，嘶哑着嗓子换了个话题："你之前是不是给林鸿飞牵线拉了个大单子？他公司以前跟我们一贯没有生意往来，你帮他做什么？"

叶行洲不在意地说："蝇头小利而已。"

"让他不到两个月就赚了上亿的单子也叫蝇头小利？"叶大伯的语气分外不快，"我听人说你现在还帮他介绍入股了一家准备上市的大型企业，这种躺着收钱的项目为什么要便宜外人？"

叶行洲冷声提醒他："大伯，公司的事情，似乎不需要你来过问。"

叶大伯气道："我就算不是公司的董事了，也还是股东，为什么不能过问一句？我看你根本就是公私不分，你是不是为了帮他那个侄子，才做这么多事情？"

祁醒倚在岛台边慢慢喝了一口咖啡，这才意识到这叶大伯说的人，似乎是林知年和他那个二叔。

叶行洲慢条斯理地问道："是又怎样？"

眼见这位叶大伯的脸又涨红了一些，祁醒搁下咖啡杯，"啧"了一声。

"谁在那边？"老头耳朵还挺尖，竟然听到了声音，厉声朝祁醒这边呵斥了一句。

不过餐厅和客厅有一段距离，又有隔断柜遮挡，他没有看到祁醒，祁醒也懒得现身，看戏就够了。

老头在叶行洲这里半点儿便宜没讨到，说的话全被叶行洲不留情面地堵了回来，最后带着一肚子怨气走了。

祁醒喝完一杯咖啡，回到客厅伸脚就踢叶行洲："下次你家再有这种无聊的人出现，别叫我来。"

他盯着叶行洲这张气死人不偿命的脸，嗤笑："你大伯要是气出个好歹，罪魁祸首一定是你。"

叶行洲闲适地靠向身后的沙发背："随便他。"

祁醒岔开话题："叶万齐真进去了？"

叶行洲随意点头："我说了会帮你彻底解决他。"

祁醒心想他还真没想到是这么个解决办法。

"你那些车我以后不开了，"他一抬下巴，"你之前借我开的，我现在还给你。"

叶行洲笑了一下："怕我会用同样的方法对付你？"

"那没准呢，反正我没偷过你的车，是你自己说给我开的。"祁醒着重强调。

叶行洲："我的车你都可以开，随便开，不用还我，想要的话我过户给你也可以。"叶行洲说完这句，手摸进祁醒衣兜里，捉住藏在里头的手机，顺手牵羊。

祁醒立刻想阻止，叶行洲没给他机会，拿出他的手机看向屏幕，果然是录音界面。

叶行洲挑眉，祁醒抢回自己的手机，按下结束，反正该录的他都录到了。

"这么担心我会对付你？"叶行洲问道。

祁醒："谁知道你这种人会做什么事。"

第九章 见雀张罗

祁醒踢了他一脚:"叫人做晚饭,我要吃东西。"

叶行洲起身,慢悠悠地脱了大衣和西装外套,卷起一截衬衣袖子,往厨房走去。

祁醒跟上去问道:"你自己做?厨师呢?"

"有事请假。"叶行洲打开冰箱拿食材。

祁醒闻言不太高兴:"你早说啊,我不来了。"

叶行洲没理他,熟练地准备食材,洗洗切切,做得还挺像模像样。

祁醒在一旁看着,想起之前这人做的意面,虽然简单,味道确实还不错,他好奇地问:"你这个叶家大少爷,怎么还会干这种活?"

叶行洲快速腌制着牛排,随口说道:"我十五岁才进的叶家,上大学也独自在国外待过几年。"

祁醒愣了一下,好像是有这么回事,外头人议论叶行洲时确实说过他是上高中后才被叶家人认回去的:"你大学在哪个国家念的?"

叶行洲:"英国。"

"嗯?"祁醒奇怪地问,"那你跟林老师怎么十来年都不联系,林老师就在欧洲大陆,离那么近你为什么不去找他?"

叶行洲瞥了他一眼,不答反问:"为什么要去找他?"

又是这句,这天没法聊了。

祁醒打算走人,被叶行洲叫了回来:"就在这儿待着。"

他垮着脸嘟囔:"你再说这么噎死人的话,我不想理你了。"

"不是你先呛人的?"叶行洲提醒他,"自己嘴里说不出好听的话,就别指望别人说好听的给你听。"

祁醒：“我怎么呛你……”

好吧，他有。

叶行洲丢出两个字："蠢货。"

祁醒脸色一僵："你骂谁呢？那你到底是什么意思？你有病吧？你……"

叶行洲塞了颗刚洗干净的小番茄进他手里，他吃了进去，更多骂人的话被堵回去。

祁醒嚼了两下吞下去，顺便瞪了叶行洲一眼。

他懒得再搭理这个人，低头看手机时，杨开明发来消息问他晚上还去不去喝酒。

祁醒："再说吧。"

祁醒气不顺，一个两个都是神经病。

叶行洲伸过来的手顺走了他的手机，视线快速扫过屏幕。祁醒十分不痛快："你又干吗？"

叶行洲帮他关掉跟杨开明的聊天界面，退出时目光忽地一顿。

下面一条聊天记录是和他的，给他的备注是"败类"。

叶行洲抬眼，眼神嘲讽地看向祁醒。

祁醒抢回手机，意识到叶行洲看到了自己的备注，略感心虚，嘴上却理直气壮地道："你本来就是。"

被叶行洲盯着，他哼了一声，当着他的面改了备注，这次很正经，是叶行洲的名字。改完，他直接按黑屏幕，把手机揣回兜里。

叶行洲很快做好了晚餐，煎了牛排和香肠，煮了土豆泥和蔬菜，还烤了两只乳鸽，简单的西餐，卖相还可以。

祁醒去他的酒柜里摸了一瓶红酒，这段时间他没少在叶行洲这里吃饭喝酒，叶行洲这儿不但车多，各式各样的藏酒也对他胃口，要不他还不愿意来这儿听叶行洲念生意经呢。

叶行洲把食物端上桌，回头看到祁醒眯着眼嗅刚开的红酒，表情餍足得像只看到鱼的猫一样，他垂下眼，眼中有转瞬即逝的笑。

吃完饭，叶行洲开投影放了一部电影。

祁醒手里依旧捏着红酒杯，舒服地靠在沙发里，一边品酒一边看电影。

手机铃声突然响起，叶行洲瞥了一眼来电显示，随手调小了投影音量，按下免提键。

"行洲，"是林知年的声音，"我二叔今天跟格睿制造正式签订了入股协议，他很高兴，让我跟你道一声谢。"

叶行洲淡淡地"嗯"了一声。

祁醒皱了一下眉，林知年说的公司应该就是叶行洲大伯嘴里的那家大型企业，要道谢大可以让他二叔做东请叶行洲吃顿饭吧，让林知年大晚上打私人电话来道谢？

电话那头的人继续说：“这次多亏了你，还有之前那个项目也是，要不是有你帮忙牵线，我二叔跟他们搭不上关系，也没这样的机会。”

林知年絮絮叨叨地道谢，说了很多话，叶行洲既没出声，也没打断他，仍跟刚才一样，漫不经心地看着电影。

半晌，林知年的声音一顿，大约是听到了他这边的背景音，犹豫着问："行洲，你在看电影吗？我是不是打扰你了？"

叶行洲："没有。"

林知年像松了一口气："没有就好，我想请你吃顿饭，当面跟你道谢可以吗？"

祁醒踹了叶行洲一脚，翻白眼，那位林二叔又不是死了，道谢不该他亲自来？

叶行洲一副可有可无的态度："再说吧，有空再约。"

林知年："那下周呢？下周元旦……"

"我要出差，"叶行洲打断他，"元旦过后才会回来。"

"那好吧，那等你回来再说吧。"林知年有些失望，却也只能这么说。

元旦前两天，祁醒被他爸扔去京市出差。

发来邀请的是祁荣华在京市的一个熟人，对方有意邀荣华资本入股自己的公司，请他们过去参观考察。祁荣华没什么兴趣，为免直接拒绝人太尴尬，干脆让祁醒过去走个过场，也算让他出去历练一下长长见识。

祁醒无所谓，去就去吧，他正好去京市玩儿几天。

叶行洲的消息进来时，他刚下飞机。

"晚上过来。"

祁醒回了句"哪儿凉快哪儿待着去"，叶行洲这种发号施令的语气实在讨人厌，什么玩意儿！

半分钟后，那边又发来一条消息："现在在哪里？"

祁醒随手拍了车外的街景点击发送："京市，你有本事过来，少爷我不伺候了。"

这条消息回复过去，那边果然消停了，祁醒哼了一声，按黑了手机屏幕。

叶行洲看完祁醒的消息放下手机，秘书敲门进来跟他报告工作。

"今天林鸿飞已经把第一笔款项转去了格睿，他手里的全部流动资金包括从银行贷来的钱都压在了这个项目上，应该没有别的退路了。"

叶行洲闭眼靠进座椅里，漫不经心地"嗯"了一声。

秘书继续说道：“另外，这周开盘，晟发还在小规模地持续买进我们的股票，初步估计，他们手里持有的我们的股份已经超过了一个点，而且王鹏发最近到处张罗，想找人入股他们自己的公司，荣华资本那边似乎也收到了邀请。"

听到"荣华资本"这四个字，叶行洲的眉毛动了动，重新眯了眼，吩咐秘书："去改签一下飞机票，我们今天下午就去京市。"

祁醒落地京市是中午，对方公司派了专车来接，负责接待的人是对方公司老董的特助，一路热情地给祁醒介绍京市吃喝玩乐的好地方，像是针对他的个性提前做好了功课。

祁醒有一搭没一搭地听着，在对方说到晚上带他去放松一下时，冷不丁地问："怎么个放松法？"

对方一笑："祁少到时候去了就知道了，是好地方。"

祁醒"呵"了一声，只怕不是什么正经地方吧。

祁醒先前在飞机上已经吃饱了，到酒店后休息了一个小时，那位特助过来说要接他去公司参观，并和他们老董面谈。

祁醒巴不得今天就把这事儿敷衍过去，那他明天就能出去玩儿了，于是耐着性子让对方带路。

晟发集团的总部在商业中心，办公大楼是一栋比较老式的写字楼，但颇有规模，硕大的晟发集团的招牌还挺晃人眼。

晟发董事王鹏发已经在门口等着了，祁醒一下车他便笑眯眯地过来跟他握手寒暄。

祁醒应对自若，随口喊了一声"叔"，嘴上再甜脸上那笑也是皮笑肉不笑。

王鹏发很高兴，领着祁醒往大楼里走，一路说说笑笑与他商业互吹。

一个下午过去，祁醒跟着王鹏发参观公司，听业绩报告，还专程去他们公司的几个项目点转了一圈。

王鹏发极力推销，想要拉荣华资本的资金入场。祁醒嘴上对对方各种夸赞，至于入股投资的事情，反正咬死不松口。

后来王鹏发也算看出来了，祁醒并不是他以为的省油的灯。祁荣华是老油条，这小子就是个小油条，滑头滑脑的，远没有他以为的好糊弄。

晚上王鹏发做东，在公司附近的五星级酒店设宴，请祁醒一行人吃饭。

饭桌上就不谈正事了，一群老油条推杯换盏，开着自以为幽默的玩笑，祁醒这唯一的小鲜肉在他们眼里就是个没有真正见过世面的。王鹏发喝多了两杯，一口一句"大侄子"叫得亲热，说一会儿吃完饭就带他出去开开眼。

祁醒压根懒得搭理，借口说要上厕所，直接离席。

饭桌上的酒臭味儿熏得他难受，干脆躲去了包厢外。

祁醒在外面打了几局游戏，估摸着里头那群人喝得差不多了，才又转身回去。

走到包厢门口正要拉开门，身后忽然有人靠近，伸过来的手捂住了他的嘴。

祁醒立刻警觉，反手就要给对方一手肘，结果反被人按住，熟悉的气息和声音出现："喝了多少酒？"

祁醒身体骤然一松，回头瞪过去，果然是叶行洲，他竟然真的来京市了。

叶行洲松开祁醒，拉开包厢门，透过门缝瞥了一眼里面的情况，问道："什么时候能结束？"

祁醒没好气地说："不知道，他们还要带我去见世面开眼呢，哪能这么快结束。"

叶行洲只当他在说胡话："你来这里是为什么？荣华资本要跟晟发合作？"

"他们想要我爸入股呗。"祁醒随口说道，反正他爸没这个打算，说给外人听也没什么。

叶行洲闻言蹙眉，随即说道："拒绝他们。"

祁醒故意挑衅他："你管得着吗？"

叶行洲："我跟你一起进去，你可以看看他们的人是什么反应。"

祁醒不知道他这是什么意思，懒得多想，看就看，他向来喜欢看热闹。

"跟上。"叶行洲转身，推开了包厢门。

叶行洲跟着祁醒一出现，饭桌上吞云吐雾飘飘然的王鹏发等人齐齐愣了一下。王鹏发第一个反应过来，笑容满面地起身："叶少怎么来了？大驾光临，有失远迎，来来，快请坐。"

祁醒身边的下属让了一个位置出来，叶行洲神情自若地跟着祁醒坐下，接过王鹏发递来的烟点了点头："不好意思打扰了，恰巧来这边出差，刚下飞机。听祁醒说你们在这里，没打招呼过来一起吃顿便饭，还望王总别介意。"

王鹏发脸上的笑容局促："不介意，不介意，没想到叶少你也认识祁少，今天恰巧赶上了，能一起吃这顿饭那就是缘分。"

叶行洲："嗯，我们关系确实不错。"

祁醒闻言也当叶行洲在说胡话。

王鹏发又叫人加了几个菜，饭局继续，桌上众人依旧谈笑风生，但明眼人都看得出，王鹏发这边的人有些不尴不尬，嘴上说着不介意，其实根本不欢迎叶行洲的不请自来，且他们大约没想到叶行洲跟祁醒有这样的私交，被他的突然出现打了一个措手不及。

祁醒冷眼看着，大约明白了什么。

饭局结束，王鹏发也不再提带祁醒出去潇洒的事，亲自送了他上了叶行洲的车，叮嘱他们慢走，脸上的笑已经有些绷不住了。

车开出去，祁醒回头又看了一眼后方王鹏发一行人，撇嘴问叶行洲："你怎么知道我在这儿？"

"这家酒店离他们公司最近，"叶行洲淡定地说道，"晟发想邀你们入股，你来这里，不就是帮你爸应付这事儿？"

祁醒："你怎么知道得这么清楚？说吧，你跟他们之间到底有什么龃龉？"

叶行洲扯松了领带，靠在座椅里："你觉得他们看到我是什么反应？"

"尴尬呗，"祁醒想了想，"还有心虚？"

叶行洲"嗯"了一声："那位王总演技不行，不太能藏住心思，晟发集团这几个月一直在二级市场偷偷买入叶氏的股票，已经超过了一个点。"

祁醒眨眨眼，有些许意外："他想干什么？不过才一个点而已，你就盯上他了？啊，不对，你们叶氏一个点的股份也得挺多钱吧？他拿得出这么一大笔钱？"

这钱少说得几十个亿吧，那王鹏发手里要是有这么多现金，用得着拉人来入股晟发集团？

叶行洲："他背后应该还有别的人，你们不想惹麻烦，就别跟他扯上关系。"

"怎么可能？"祁醒不以为然，"那个老王八算盘打得精，想要我爸入股，又不想给我们经营决策权，当我们是做慈善的？他们公司这几年业绩平平，那个报告我听了，吹得天花乱坠，实际上要啥没啥，我爸为什么要投钱给他？"

祁醒说着声音一顿，伸脚踢了踢叶行洲："他背后还有别人是什么意思？他难不成还想打叶氏的主意吗？就算我爸真入股了他们公司，投的这点儿钱也不够他拿去继续买你们叶氏的股票吧？他到底哪里来的这么多钱啊？"

"现在还不知道，他手里的钱来得蹊跷，目的也还不清楚，我还在查。"叶行洲皱眉说道，"想拉你们入伙应该只是想拖个兜底的，你回去提醒祁叔一句就行，不要掺和。"

祁醒心道根本不用你说，他老爸本来就对王鹏发的公司没半点儿兴趣。然后他似乎想到了什么，问道："你特地来这里，不会就是来告诉我这个的吧？"

叶行洲原本在闭目养神，听到这句睁开眼觑向祁醒，给出的却是问句："你想听我怎么回答你？"

祁醒："你就不能说实话？"

"明天要去参加这边的一个投资论坛。"叶行洲平静地解释。

祁醒"啧"了一声，想起来那天在叶行洲家里，他跟林知年通话时说过元旦期间要出差来着。

不想再理叶行洲，祁醒也靠在座椅里，继续玩儿手机游戏。

"明天打算做什么？"叶行洲忽然问道。

祁醒的眼睛不离手机屏幕，随口回答："本来王鹏发安排了明天的行程，我一会儿让人给他们回个电话推了，正好，约了这边的朋友，可以多玩儿几天。"

叶行洲："什么朋友？"

祁醒哼了一声："能是什么朋友？反正是正经朋友。"

他手指一顿，退出游戏，点开微信，往上划了两下，点进去，点击放大对方的微信头像，举高到叶行洲面前给他看："看清楚了没？这几天都约了他，我高中同学。"

叶行洲瞥过去，是个长得还不错的年轻男生。

祁醒很快收回手机："所以你少烦我，这几天没空。"

叶行洲的神色有些冷，祁醒只当不知道。

车已经停下，祁醒目光转向车外，忽然意识到他们来的地方不是他住的酒店，而是一处藏于闹市灯火中的四合院。

"这是哪里？"

"我每回来京市落脚的地方，下车。"叶行洲丢出这句话，先推开了车门。

祁醒犹豫了一下跟进去，面前是一座古韵十足，颇有文化气息的小院。进了门，他兴致勃勃地四处打量，回身时却见叶行洲反手直接带上了院门，还落了锁。

祁醒一愣："你上锁干吗？"

"你明天就在这里待着，哪儿都别想去。我答应了别人，就得看好你。"叶行洲面无表情说完这句，不等祁醒反应，把他拽进屋里。

祁醒只好在四合院里待了一整夜，一觉醒来已经是早上十点了。他骂骂咧咧地起床，结果叶行洲早出门了，整座院子里就他一个人。

餐厅里的早餐还是热的，祁醒嘴里叼了个大包子，翻了一下手机，有叶行洲一大早留的微信消息："老实待着，哪儿都别想去，中午会有人给你送饭。"

祁醒干脆利落地把人拉黑，连同手机号一起。

外头的院门依旧锁着，确定自己打不开，祁醒气得对着大门踹了一脚，原地转了两圈，回屋里搬了两把椅子出来。

叶行洲不让他出去他就出不去？做梦！

五分钟后，他从两米多高的墙头跳下，摸了下自己差点儿扭到的脚，爬起身对着背后的房子竖起中指，头也不回地跑了。

中午，祁醒坐在某家热气腾腾的烤鱼馆里，对面坐的年轻男生正在给他倒啤酒。

祁醒打量着人,这位叫陈昶,几年不见,人似乎发福了,发际线也后退了不少,眼睛下面挂着硕大的眼袋和黑眼圈,跟几年前的清爽少年形象差得远,跟那张精修过的微信头像也差得远。

岁月这把杀猪刀在这位高中同学身上体现得可谓淋漓尽致。

他昨天跟叶行洲说的话,其实有一半都是假的。

陈昶考上了京市的大学,高中毕业后他们就没再联系过,只留了个当初加的微信号。昨天他到这里发了个带定位的朋友圈,陈昶主动给他发消息跟他约饭,他本来没兴趣,后面改了主意。

其实还是无聊,或者说被叶行洲激得,叶行洲越不让他做的事情,他越要做。

对方絮絮叨叨地说着自己这几年的经历,抱怨不停,言语间颇有些愤世嫉俗,尤其提到女朋友本科毕业后甩了他去国外,很是义愤填膺。

祁醒听得差点儿翻白眼,人家放着大好的前途不要,难不成吊死在你这棵歪脖子树上?

他没兴致再听,低头看着手机,几分钟前有一个陌生号码发来了一条短信:"在哪里?"

祁醒皱眉,猜到是叶行洲拿别人手机发的,再次拉黑了这个号码。

五分钟后,又有另一个新号码发来短信:"回复。"

就不回你,继续拉黑。

那边发一条,祁醒拉黑一次,反正他拉黑就是顺手的事,就看叶行洲能借到几个手机吧。

"我明年就研究生毕业了,打算回淮城找工作,荣华资本这几年风头正盛,谁都想进去,要是有合适的岗位,还得靠你这位大少爷帮忙打个招呼,你不会拒绝的吧?"

祁醒听到这句话,终于从手机屏幕上分出了一点儿注意力,挑了挑眉,看向对面坐着的人。

陈昶挤眉弄眼地冲他笑,故意表现出一副跟他很熟稔的模样。

祁醒没答应也没拒绝,笑着应付着,看着陈昶对自己殷勤讨好,又觉得没意思。他以前结交的朋友,最后大多会变成这副态度对他,没劲透了。

他果然眼神不好,眼光更差。

不过最糟糕的,还是惹上叶行洲这尊瘟神,早知道那是个阴晴不定的疯子,慈善酒会那晚他一定离叶行洲、离林知年都远远的。

现在后悔也没用了。

胡思乱想间,落地玻璃窗外的街边出现了一辆黑色商务车。

"这是什么豪车啊?!"陈昶注意到窗外的豪车,夸张地感叹,羡慕得摇头晃脑。

祁醒抬头看了一眼,瞬间黑了脸。

叶行洲的秘书先下车,推门进来,直接走到他们这桌:"祁少,叶少请您上车。"

祁醒:"不去,让他有多远滚多远。"

"你认识外头的人?"陈昶见状好奇地问他,"是谁啊?反正来都来了,要不叫他一块儿来吃饭呗?"

祁醒冷笑:"你去请?"

陈昶尴尬地抽了一下嘴角:"那算了,我又不认识他。"

叶行洲的秘书把自己的手机递过来,请祁醒接听。

街边,叶行洲下了车,倚在车门边上冷冷地盯着他们,手里握着手机。

祁醒剜了他一眼,不情不愿地接过电话:"有话就说。"

叶行洲:"出来。"

祁醒:"我还没吃饱呢,急什么,叶少要么滚,要么就在外面等着吧。"说完这句他直接挂断,把电话丢回去,拿起筷子继续大快朵颐。

这家烤鱼馆的烤鱼还挺好吃的,反正祁醒到哪儿都不会饿着自己的肚子。

秘书无奈地回到叶行洲身边。

和祁醒僵持了一阵,叶行洲坐回了车上,商务车仍停在街边,没有开走的意思。

陈昶犹豫地看了看外面,再看向面前没心没肺吃得正香的祁醒:"真就这样让人在外头等?他到底是谁啊?"

祁醒头也不抬:"叶氏的董事长。"

陈昶倒吸了一口凉气:"真的?"

"你看他那装腔作势的样子,能不是吗?别人能装到他那个份上?"祁醒不屑地说。

陈昶哈哈一笑:"那倒也是,不过你真不叫他进来?这么把人晾外头不好吧?"

祁醒:"说了你想就自己去请,反正我不去。"

陈昶缩了缩脑袋,他确实有点儿心动,但一想到刚才那个男人冷得掉冰碴的眼神,顿时没了勇气,到底有贼心没贼胆。

一顿烤鱼很快吃完,陈昶问起祁醒下午有没有别的安排,说带他去逛旅游景点,再到处转转。

祁醒本来没什么兴趣,余光瞥见还停在外头的车,改了主意:"也行吧。"

"行,那结完账一会儿我们就去。"陈昶去买单了。

祁醒吃饱喝足靠在座椅里眯起眼。

等了十分钟人还没回来,他不耐烦地拿起手机发了一条消息去催,结果陈昶那小子竟然把他的微信号删除了!

祁醒诧异抬眼,叶行洲不知何时重新出现在他眼前,站在桌边正居高临下地看他，神情依旧是冷的："你吃饱了，现在可以走吗？"

祁醒气得眉头都跳了："你把他弄走了？"

用脚指头想都想得到，能让陈昶突然删除他跑路，只有可能是面前这个浑蛋做的。

叶行洲面不改色："走不走？"

祁醒忍耐着问："你怎么找来这里的？"

叶行洲："问你助理。"

祁醒干笑，你行，你厉害！

他这次出差，他爸确实让人给他配了个助理，刚才也是助理安排车送他来的这里，他还真没想到叶行洲这么神通广大，连他身边的人都联系得上。

祁醒："我就不跟你走呢？"

叶行洲："你还想跟谁走？"

关你什么事。

走出烤鱼馆，瞧见路边开过来下客的出租车，祁醒心思一动，用力踩了身边的叶行洲一脚，在他皱眉分神的空当大步过去拉开车门，钻进了车里。

拜拜了您嘞！

半分钟后，出租车在阴着脸的叶行洲眼皮子底下扬长而去。

因为工作行程提前结束，祁醒的随行下属下午就回了淮城，他独自一人留在了京市这边。他确实约了人，但不是那个陈昶，而是他在这边工作的一个表哥，他们说好了趁元旦放假，他表哥带祁醒在这边玩儿几天。

祁醒回到酒店拿了行李退房，直接打车去了他表哥家里。他就不信了，这样叶行洲还能手眼通天地找到他。

他表哥下午还要上班，在微信上给祁醒发了指纹锁密码，让他先进门，下了班再来接他去外头吃饭。

祁醒无聊地打了两小时的手机游戏，傍晚时，他表哥打来电话说女朋友家里突然出了急事，要陪女朋友回老家去处理，现在他们已经在去机场的路上了，让他自便，要是找不到人玩儿就提前回淮城。

祁醒："那好吧。"

挂了电话，祁醒瘫进沙发里，暗叹自己倒霉，但也没办法了，要回淮城也得等明天白天回去，现在只能在他表哥家里将就一晚上。

陈老的电话打过来时，祁醒正在一边吃麻辣烫外卖，一边看电视，老爷子开口就问他在哪里。祁醒吸溜了一口辣得他眼泪都快流出来的烫粉，说道："京市啊，我前两天不是跟老爷子您说了，要帮我爸来这边处理点儿生意上的事，顺便在我表哥这儿玩儿几天。结果我表嫂家里临时有事，他们回我表嫂老家去了，丢我一个人在这里。"

陈老："那你现在在酒店，还是在你表哥家里？"

祁醒："表哥家里呗，老爷子您问这个做什么？"

陈老好笑地说："不是我想问，刚那位叶少给我打电话，说他去京市出差碰到你，你俩又闹了矛盾，你发脾气跑了。他联系不上你，怕你出什么事，请我联系你，问你人在哪里。"

"喀——"祁醒被一口辣椒呛到，惊天动地地咳了半天，他猛灌了大半瓶可乐下去才缓过劲儿。

电话那头的陈老笑他："你都几岁了？吃东西还会呛到？听到叶行洲的名字你怎么反应这么大？他又怎么你了？你们两个挺有意思的啊，我听他那语气，好像还真挺关心你这个朋友。"

祁醒嫌弃地说道："他就是个神经病，我和他不是朋友。行了，老爷子，你别管了，反正我好得很，就是不想搭理他而已。他要是再去烦你，你也把他拉黑好了，别理他。"

陈老还是笑："好吧，你表哥不在，你自己早点儿回来吧。"

祁醒满口答应了几声，结束了通话。

叶行洲的工作行程才刚结束，返程的路上，他接到了陈老的电话回复："祁醒他没什么事，这几天约了他表哥，你不用担心，让他自己玩儿吧。"

挂断电话，叶行洲闭了闭眼，重新睁开时，眼底依旧是一片波澜不惊，吩咐前座的秘书："祁荣华之前在饭桌上说过他有个外甥是京大中文系的副教授，你在他们学校的官网上查一下，看有没有简历资料符合的，问一下这边的人是否有认识他的，看能不能打听到他家里的住址。"

祁醒吃完饭后继续打游戏和看电视，没过半个小时，突然感到胃里一阵一阵难受，肚子也开始疼痛，很快就发展成了上吐下泻。他不知道是中午吃的烤鱼出了问题，还是晚上吃的麻辣烫不卫生，总之感觉非常难受。

在第六次从厕所里爬出来时，他已经快虚脱了，颤抖着手翻出手机通讯录，可惜在京市这边他几乎没有熟人。最后，他咬咬牙，把叶行洲从黑名单里放了出来，给他打了一个电话。

"喂，叶行洲，你在哪儿啊？你来给我收尸吧，我快不行了……"

听到电话那头祁醒无力的声音，叶行洲沉声打断他："你在哪里？出了什么事？"

"我在我表哥家，"祁醒快速报了个地址，"吃坏肚子了。"

叶行洲的声音顿了一下，说道："我马上到。"

祁醒十分怀疑叶行洲在忍笑，但他这会儿连骂人的力气都没有了，只能算了：

"你快点儿来啊,我真的要死了。"

叶行洲:"等着吧。"

祁醒以为还要等很久,结果叶行洲不到十分钟就到了,他听到门铃声时还是蒙的,挣扎着摸去门边打开门,来人竟然真的是叶行洲。

"你怎么来得这么快……"

叶行洲看到他这副虚弱无力的样子,眉头紧锁,把人扶住说道:"走,去医院。"

祁醒摇头:"不行,我走不动。"

叶行洲直接把他背了起来。

祁醒实在没力气挣扎,趴到叶行洲肩上耷拉着脑袋,人都蔫了,嘴巴却没消停:"我这么高的个子你背得动我吗?你住的那地方离这里挺远吧,你怎么一下就来了?不行了,我又想吐了,我要吐你身上。"

叶行洲背着他快步往电梯间走去,沉声丢出两个字:"憋住。"

憋得住才怪,他胃里翻江倒海跟火燎一样,要不是刚都吐光了,这会儿真能吐叶行洲身上去。

折腾到医院,果不其然是吃坏了肚子导致的急性胃肠炎,需要挂水。

在急诊输液室里挂上了输液瓶,祁醒把脑袋缩进自己厚重的羽绒服帽子里,靠在医院的躺椅里闭上眼睛,拒绝跟坐在他身边的叶行洲交流。

虽然是叶行洲送他来医院的没错,但要不是没得选,他才不会找这个人。人倒霉起来真是喝口凉水都塞牙。

"昨晚跟着晟发的人胡吃海喝,今天中午吃的是小馆子的烤鱼,晚上又吃了什么?麻辣烫?"叶行洲的声音略冷。

他刚去敲门的时候已经看到了扔在门口的外卖包装袋,祁醒这样大晚上的把自己折腾进医院,说起来无非都是自找的。

祁醒不想理他,叶行洲嘴里没一句好听的,爱说什么说什么吧。

"肠胃不好,以后不许这么吃东西。"

祁醒不耐烦听他说这些废话,用力拉下帽子上的松紧绳,把自己整张脸都藏了起来。

对着空气唠叨去吧你!

叶行洲终于闭了嘴,人却没走,坐在他身边安静地看着手机。

祁醒默默"啧"了一声,懒得搭理他,闭上眼睛靠向另一边,很快迷迷糊糊地睡了过去。

这一睡就睡了一个多小时,再醒来时他手上的针头已经拔了,输液室里其他病人也都走了。

祁醒揉着酸痛的脖子坐起身,发呆了两秒想到叶行洲大概也走了,刚松了一口气，然后下一秒叶行洲又出现在了输液室门口，进来看到他先开口问："现在能不能走？"

祁醒嘟囔了一句"你怎么阴魂不散"，伸手揉了一下自己的肚子，还是难受，但比起先前已经好些了。

"刚去外面打了个电话。"叶行洲解释。

祁醒依旧不理人，叶行洲接着说道："跟你爸说一声，告诉他你犯了急性胃肠炎，这两天我会照顾你，等你好些了我们再回淮城。"

祁醒直接无语了，这人是小学生吗？一天到晚打小报告，先是他干爷爷，再是他爸，除了这个就不会别的招了是吧？

"去我那里。"叶行洲说道。

祁醒没有任何犹豫地拒绝："不去。"

他今早翻墙出来还差点儿扭了脚，傻子才会再自投罗网。

"你现在这样还能找谁？去我那里。"叶行洲坚持。

祁醒冷笑："我才不去。"

叶行洲沉默地看了他两秒，什么都没说："走吧。"

上车后，祁醒再次提出要求，要回自己表哥家，他的手机铃声适时响起，是祁荣华打来的。

看到来电显示，祁醒一下就头大了，不情不愿地按下接听键。

祁荣华先问起他身体怎么样，为什么会突发胃肠炎，祁醒支支吾吾地说自己乱吃了东西，吊了水已经好些了，免不了又被他爸一顿教训。

之后，他爸话锋一转，问道："你跟叶行洲在那边是怎么碰上的？他说他送你去的医院？"

"啊，你不都知道了？"祁醒哼哼说道，"表嫂家里有急事，表哥陪她回老家了，我找不到其他人，只能让叶行洲帮忙，他正好在这边出差。"

祁荣华："算了，有个人照应也好，没什么事那我跟你妈就不过去了，你在那边多待两天吧，等好了再回来。反正都已经麻烦人了，就再麻烦叶行洲两天，回来我再当面跟他道谢。"

祁醒无话可说，反正他现在说什么都没用。敷衍了几句，祁醒挂了电话，靠在座椅里看着窗外发起呆。

"去我那里，我不会再锁门。"车停在路口等红绿灯时，叶行洲忽然说道。

祁醒愣了一下，转头看去，叶行洲正蹙着眉看着自己，声音有些生硬，但确实有服软的意思在其中。

祁醒盯了他几秒，嗤道："叶少这话说的，你不锁门我还得对你感激涕零不成？"

"下次不要翻墙出去，很危险。"叶行洲提醒他。

祁醒："那你就不要上锁啊！"

叶行洲："我说了，不会再锁。"

好吧，被绕回去了。

"我说你，"祁醒提高了声音，"我只是和我高中同学吃个饭而已，你瞧瞧你那样子！"

他已经做好了叶行洲会像之前一样堵他的话的准备，叶行洲却反问道："我的样子怎么了？"

祁醒瞬间哽住，叶行洲那莫名其妙的语气，突然盯着自己的眼神，都让他有种不太妙的预感。

微妙的片刻沉默后，叶行洲收回视线，重新踩下油门，淡了声音："那家烤鱼馆的卫生条件太不行了，不然你今晚能进医院？"

祁醒一口气刚提起来又硬生生给憋了回去。

"呵，叶少原来还挺幽默。"

叶行洲叮嘱道："医生说回去多喝点儿温水，给你开的两种药也要吃，这两天只能吃清淡流食，戒辛辣、生冷、刺激，以后都是。"

祁醒眼前一黑，那还不如给他一刀来得痛快。

"看窗外。"叶行洲忽然说道。

祁醒下意识转回头，目光落向车窗外，周围一幢幢摩天大楼外墙的射灯光线迅速变幻交错，最后汇集至前方最高一座楼外的LED显示屏上，倒计时的灯光乍然闪现。

"3、2、1……"

远远近近的人群里爆发出巨大的欢呼声，"新年快乐"的祝福声夹杂在其中。

祁醒愣了半天才反应过来，今晚是跨年夜，到处霓虹闪耀，难怪大半夜的街上还这么多人。

"新年快乐。"叶行洲的声音缓而低沉，几乎不像是他能说出口的话。

祁醒收回视线，诧异地看向叶行洲，见他目视着前方专心开车，祁醒甚至以为刚才那句话不是对自己说的——可这车里只有他们两个人。

他忽然就没话说了，抱臂裹紧自己身上的羽绒服，躺回座椅里，默默扭头继续看窗外，不再提要叶行洲送他去别处的事。

拥堵在车道上的汽车缓慢绕过大街上聚集狂欢的人群，直到那些热闹被完全屏退在身后，黑夜重归阒寂，祁醒再次闭眼前终于也含混地嘟囔出一句："新年快乐。"

第十章
猛虎嗅蔷薇

回到叶行洲落脚的四合院里，祁醒进门看到院子墙根下还叠在一块儿的椅子，和他走时一样，一阵牙酸。早上他翻墙出去时确实没想到这才二十四小时不到，他又回来了。

白折腾了一圈，还把自己折腾进了医院，果然是吃饱了撑的。

"你怎么不把椅子搬进去啊？"祁醒小声嘀咕了这一句，但叶行洲没理他，先进了屋子。

祁醒撇嘴跟进去，叶行洲脱了大衣和西装外套，回身看向他，祁醒莫名地有点儿不自在，转开视线，打量起四周。

昨晚来时光顾着和叶行洲斗气，今早又赶着跑路，他还没怎么仔细参观过这里。这么一看，祁醒又觉得这地方确实不错，麻雀虽小，五脏俱全，室内装修精致，还不失格调，叶行洲这个人闷声不响的，享受倒也真会享受。

"要洗澡休息吗？"叶行洲忽然问道。

祁醒："哦。"

洗就洗呗，去医院走了一趟不洗才难受。

他先去冲了个澡，等到叶行洲也洗完澡出来，祁醒已经霸占了整张床和用被子把自己裹成蚕宝宝，快睡迷糊了。

叶行洲在床边坐下，祁醒睁开一只眼觑向他："你不会还想让一个病号睡沙发吧？"

"你睡卧房。"叶行洲说道。

祁醒闻言立刻又闭了眼，装死。

"胃还有没有不舒服？"叶行洲问他。

祁醒闭着眼皱了一下眉毛，嘟囔着："你吵得我耳朵不舒服，闭嘴。"

祁醒脑袋往下缩了缩，整个人都快钻进被子里。

身边床铺下陷了一块，他被迫往旁边挪了挪，让出位置，叶行洲把卷在他身上的被子往上拢了拢。

叶行洲出去时顺手关了灯，房中骤然陷入黑暗，祁醒翻了个身挪回床中央，揉着还是不太舒服的胃，很快合眼没心没肺地睡了过去。

叶行洲靠在沙发上，一只手枕在脑后，沉默地盯着黑暗中虚空的某一处好一会儿，心情前所未有地平静，慢慢闭上了眼。

祁醒这病来得快，去得也快，睡了一觉又吃了药，第二天早上就已经生龙活虎了。

他肚子饿得咕咕叫，坐到餐桌前，叶行洲让人送来的却都是清汤寡水，看着就没食欲，但叶行洲居然也打算吃这些。

"你的胃还要养，这两天都只能吃这个。"

祁醒捏着筷子戳碗里的白米粥，不高兴地说："我已经好了，我要回去淮城。"

叶行洲："再休息一两天。"

祁醒："我又不是伤了，瘸了，至于吗？叶少是没事做吗？工作行程结束了也不回去？"

"还有事，"叶行洲淡声说道，"跟朋友约了谈个生意，本来约好去他们那边谈，现在改了地方，就在这里，他们一会儿就会过来。"

祁醒："那你谈吧，我要回去。"

叶行洲："你也跟着一起听。"

关我啥事啊？祁醒不耐烦地说道"不回去也可以，我要去逛街，逛旅游景点，我要吃好吃的。"

"你还想吃进医院？"叶行洲声音冷飕飕地提醒他，"打吊针好受吗？"

祁醒被他噎得无话可说，张了张嘴，半天憋出一句："知道我是病人也不宽慰我，你说点儿好听的能死啊？"

他闷头喝起粥，叶行洲却冷不丁地蹦出一句："你想听什么？"

祁醒一口粥猛吞下去，差点儿呛到了，诧异地抬眼，就见叶行洲皱眉问道："喝粥也能呛到？"

祁醒满眼幽怨地看着他。

叶行洲的声音一顿，改了口："今天先吃这些，休息一天别出门，明天要是没复发，带你出去走一走。"

祁醒哼了两声，这还差不多。

他喝着粥，看到清早叶行洲司机送来的他的行李，想起另一件事："为什么我昨晚给你打电话之后，你不到十分钟就到了？你当时在那儿附近？"

叶行洲:"你干爷爷说你在你表哥家。"

祁醒不信:"他不可能把我表哥家的地址给你吧。"

"恰巧有朋友认识的人跟你表哥是同事,打听到的。"叶行洲淡定地解释。

好吧,还真是手眼通天了,这样都能找到他。

祁醒心里有点儿发毛。

叶行洲的视线转向外头院子,提醒祁醒:"下雪了。"

祁醒的目光跟着挪过去,顿时眉开眼笑,他刚才都没注意到,外边确实下了大雪,这在淮城那样的南方城市很少见。

他三两口把粥喝完,刚要起身,叶行洲一把拉住他坐下:"你要玩儿雪?要是着凉了胃肠炎复发怎么办?"

祁醒不以为然:"我又不是弱不禁风,至于吗?"

叶行洲:"你是不弱不禁风吗?"

"你看不起谁啊?"祁醒踢了他一脚,坚持起身出门。

叶行洲跟了出来,祁醒抓了一把雪团成一团,直接朝站在门边屋檐下的叶行洲砸过去,砸中了便哈哈大笑,见叶行洲不动声色只是沉着脸盯着自己,又一脸无辜地说:"啊,不好意思,手滑了。"

叶行洲没跟他计较,倚靠在门边点了一支烟。

没能如愿看到叶行洲变脸,祁醒又觉得没意思,也不再搭理他,自己在院子中间堆雪人。

叶行洲漫不经心地抽着烟,看着祁醒,见他兴致勃勃地把积雪堆在一起,一点点地堆高,不时跑进跑出找合适的东西做装饰物,一个人玩儿也能自得其乐,高兴自在。

雪雾模糊了面庞,但笑容灿烂,比新岁初升的朝阳更耀目。

天真不谙世事的小少爷,被家人朋友宠着、让着、娇惯着,长成了如今这样。

与他这种自阴暗泥沼里挣扎长成的恶劣分子截然不同。

一支烟抽到底时,祁醒跑回叶行洲身边来,盯上了他的领带。

"这里都没别人,你打什么领带,就没见过比你更能装的,借我用用。"

他说着直接伸手去扯,同样的事情不是第一回做,所以熟练得很。

叶行洲的视线停在他脸上,祁醒抬起眼皮:"你也不用这么盯着我看吧?"

叶行洲眼神促狭:"不能看?"

祁醒压住声音低骂了一句:"再看挖了你的眼睛。"

叶行洲扬眉,得逞了的祁醒志得意满地回去继续堆雪人,把叶行洲的领带绑到了那圆滚滚的雪人胸前。

半个小时后，祁醒的杰作大功告成时，叶行洲约的客人也上门了。是两位岁数看着跟叶行洲差不多大的年轻男人，其中一位是和林知年同样温润俊秀类型的长相。

祁醒笑容满面，并不介意留下来听叶行洲跟他们谈生意。

叶行洲淡淡地瞥了祁醒一眼，给他们介绍祁醒的身份。

祁醒一眼看见的那位名字里也有个"知"字，叫宁知远，跟他同来的另一位叫岑致森，是叶行洲在英国念书时的同学。

实际上，应该是岑致森带着宁知远来见叶行洲这位老同学，顺便跟他谈一笔生意。

按这两人的说法，他俩算是亲兄弟，祁醒闻言有些意外，视线在两人之间转了一圈，亲兄弟吗？长得不太像啊？

另一位一看就是跟叶行洲臭味相投同一类型，怎么可能跟温润如玉的那一个是兄弟？这是什么世道？

叶行洲请他们进了门，祁醒落后一步，趁机拉住叶行洲小声问："他俩真是亲兄弟？怎么长得一点儿都不像，也不一个姓啊？"

叶行洲："不是。"

至于为什么不是又算是，他没有解释。

叶行洲什么都没说，把祁醒推进门。

临近中午，叶行洲叫人做了一桌丰盛饭菜待客。

既然是老同学，谈生意便没那么多顾忌，可以直接在饭桌上聊。选在今天这种日子见面，本就是朋友相聚的意思居多，谈生意只是附带。

祁醒能吃的东西就那么两三样，他倒没像早上那样不满地抱怨，还热情地帮叶行洲招呼起客人。

"小朋友，不用忙活了，你坐吧，我自己来就可以。"宁知远笑着说，谢绝了祁醒又一次起身帮自己倒饮料的举动，示意他坐下。

祁醒嘴角抽了一下，被称呼为小朋友，有点儿丢人。

他不情不愿地坐回去，瞥见身旁叶行洲睨过来的目光，立刻就看出来了，叶行洲眼里分明写着"鄙视"两个字。

岑致森见状低笑了一声，揶揄叶行洲："这位小朋友，还挺有意思的。"

叶行洲神色冷淡："你们自便，不用理他。"

祁醒轻哂，不理我就别叫我坐这里啊，耍我好玩儿吗？

叶行洲不再搭理他，跟另两位谈起正事。

岑致森这次带宁知远过来，是因为他们打算成立基金做风投，想邀叶行洲入伙做他们的出资人："我自己也会出资一部分，跟岑家的公司无关，用我自己的钱，这种规模不大的风投基金抢不了叶氏的生意，跟荣华资本也没得比，投的钱不用太多，算是玩票性质的，要是做得好，倒不愁赚不到零花钱，不知两位有没有兴趣？"

这位开口就提到荣华资本，显然对祁醒的来历已经一清二楚，想游说的人还算上了他一个。

祁醒有些意外，下意识地看了叶行洲一眼，叫他留在这里一起听，原来是惦记他的钱啊。

叶行洲没有跟他解释，转而问对面座的岑致森"基金由谁来负责投资管理？你？你有时间？"

"这倒不用你们操心，我自己确实没时间，"岑致森笑道，指了指身边的宁知远，"我特地带他来，就是想跟你们推荐他，他才是这只基金的发起人。他是常春藤商学院毕业的，之前在我们家公司里干了好几年，还做到了执行副总裁，学历和投资经验都有，凭他的能力管理一只风投基金应该绰绰有余。行洲，你要是信得过我的眼光，不妨捧个场，我虽然不能跟你保证一定能赚多少钱，但肯定不会让你亏本。"

宁知远随即跟叶行洲闲聊起来，分析起投资风口、市场行情、未来前景这些来头头是道，确实是个肚子里有货的。

祁醒听得心不在焉，投钱，投钱……他老爸是有钱，至于他自己，嗯……

叶行洲没有立刻表态，只说："我们考虑一下。"

饭吃到一半，祁醒胃又有些不舒服，先回去卧房休息了。

叶行洲给他送药过来，连同温水一起递到他手边："药吃了。"

祁醒蔫蔫地说道："你去招呼客人啊，把人家单独晾在外头不好吧，管我干吗？"

叶行洲皱眉："很不舒服？还要不要去医院？"

"不去。"祁醒赶紧摇头，拿起药快速吞了。

放下水杯时，他探头朝外面餐厅的方向看了一眼，摇头晃脑地感叹："你老同学的干弟弟长得好，学历高，还有本事，都做到你老同学家里公司的执行副总裁了，怎么现在又要出来单干？你真打算给他们投钱啊？"

叶行洲："你对宁知远这么欣赏？"

祁醒一噎："我欣赏谁你管得着吗？"然后他在叶行洲眼里看到了跟刚才一样的鄙视，顿时没好气，"你滚，不想看到你。"

"你脑子里除了玩儿还有生意？没看出来。"叶行洲奚落他。

祁醒酸溜溜地说道："你比我爸对我还大方呢，谁能比你更阔绰，反正我比不上。"

叶行洲："你没钱？当初一掷千金想花五百万拍一幅根本不值钱的画时，不是挺能挥霍的？"

"你还好意思说？也不知道最后谁花八百万拍了画，我那五百万不都没花出去？"提起这破事，祁醒的语气比刚才更酸，叶行洲这人哪壶不开提哪壶。

叶行洲盯着他的眼睛，祁醒要笑不笑的，移开了视线，谁都没再出声。

他们一个站着，一个坐着，各自沉默了片刻，气氛有些冷场。

叶行洲再次开口："不想欠我的人情，可以自己赚钱，也不用担心被你爸妈管，刚才饭桌上说的事情，有没有兴趣？"

祁醒抬眼问道："真的能赚钱吗？要投多少？"

叶行洲："你要是想投，我跟你一起，你投个两三千万就行，不够的我帮你补上。"

"那倒不用，两三千万我还是有的。"

祁醒确实有些心动，他爸虽然给了他不限额的信用卡随他刷，但挥霍太多一样会被训。他妈私下里倒是会给他另塞零花钱，他手里的钱都是他妈陆续塞给他的，不过他二十几岁的人一直被爸妈当小孩子管着，的确很烦。

"这是我全部的身家了啊，要是亏了……"

"亏了我补给你，"叶行洲镇定地说，"赚了算你的，亏了算我的。"

祁醒："那怎么好意思？"

叶行洲："没看出来你不好意思。"

吃完饭，叶行洲和岑致森在门外的屋檐下抽烟闲聊。

"小朋友身体好些了吗？我看他咋咋呼呼的，确实挺有意思，挺让人意外的，我记得你以前不是最看不上这种骄纵少爷吗？怎么现在转性子了？"岑致森一边笑一边问叶行洲。

叶行洲没理他，目光落至院中那个堆起的雪人上，岑致森注意到了，挑眉问道："那是你的领带吧？你竟然连这都肯纵容他？"

半天，叶行洲只说了一句："堆得挺好。"

岑致森抖了抖烟灰："你还真是，士别多日，叫人刮目相看。"

叶行洲深吸了一口烟，最后说道："钱我们投，之后的事情你们运作就行，以后没事少带你那个弟弟出来晃。"

岑致森无奈地说道："好吧，我保证没事不带他来你们跟前晃，这样行吧？"

叶行洲不再说话，视线停在那个圆头圆脑、样貌滑稽的雪人上，轻眯起眼，慢慢抽完了手上的那支烟。

祁醒推开窗户，瞧见单独出现在后院里的宁知远，叫了他一声。

宁知远站在水池边洗脸，一脸的水珠，甩了甩脑袋，听到声音抬头冲他笑了一下："小朋友，你不是身体不舒服吗？"

祁醒一撑手，翻窗户跳出去，走到宁知远身边问他："你怎么在外头用冷水洗脸啊？不冷吗？"

"没事，冷点儿醒脑子，"宁知远不在意地说，"你就算了，那位叶少说你昨晚还在医院打吊针，还是得注意点儿，保重身体。"

祁醒打量着他覆了水的脸，被冷水激得有点儿红。

宁知远点了一支烟，见祁醒一直盯着自己，咬着烟问他："小朋友，你一直盯着我看做什么？"

祁醒讪道："你们怎么都叫我小朋友？你也比我大不了几岁吧？"

他拿出手机，轻咳一声，扬起下巴说道："加个微信吗？交个朋友也不行吗？我就喜欢跟高学历、有能力的人交朋友。"

"行啊。"宁知远无所谓地笑了笑，拿出手机跟祁醒交换了微信号。

客人离开后，祁醒又睡了一觉，醒来已经是下午四点多了。关了窗帘的房间里光线暗淡，只开了一盏床头灯，叶行洲正坐在桌前看书，鼻梁上架着一副银框眼镜。

祁醒的眼睫缓慢动了动，抬头盯着他的脸。这两天叶行洲都没戴眼镜，他都快忘了这个人在人前是什么模样。他盯着看了片刻，直到叶行洲的目光落了过来："看什么？"

祁醒缩回被子里："我哪里看你了？自恋吧你！"

飞机落地淮城是傍晚，祁荣华两口子特地来接机，顺便请叶行洲吃饭，当面感谢他这几天对祁醒的照顾。

饭桌上，祁醒全程装乖宝宝，闷头吃东西，偶尔瞥一眼对面和自己爸妈谈笑风生的叶行洲，很怀疑这个人的脸皮究竟是怎么长的——不但坦然接受他爸妈的感激之情，并且厚颜无耻地说出把他当弟弟看，照顾他只是举手之劳的话。

人不要脸果然天下无敌。

"祁醒，你胃肠炎刚好，不要吃这么重口味的菜，喝汤吧。"祁醒捏着筷子的手一顿，叶行洲的目光落向他，提醒道，"别忘了医生怎么说的。"

祁醒干笑，他不就是想尝一尝那道辣子鸡丁，跟他爸妈说话就说话，盯着他干吗？

王翠兰见状也赶紧制止："对，别吃这么辣的菜，不许贪嘴。"

祁醒悻悻地收回筷子，他嘴里都快淡得没味儿了，不就是胃肠炎，至于吗？

祁荣华的视线转了一圈，再次与叶行洲说道："祁醒这小子给叶少你添了不少麻烦，这几天实在麻烦你了。"

叶行洲笑了笑："没事，我乐意的。"

祁荣华有些无言，半天又憋出一句："无论怎么说，我们都得跟你道声谢。"

叶行洲："祁叔不必这么客气，我拿祁醒当朋友，他的事就是我的事，不会觉得麻烦。"

祁荣华笑了几声，继续跟叶行洲闲聊起其他事。

吃完饭，叶行洲亲自送祁醒和他爸妈上车，客气地跟祁荣华两口子道别。

祁醒走在最后，回头看向盯着自己的叶行洲，瞪了他一眼。

叶行洲不以为意："回见。"

祁醒钻进车里，用力带上车门。

回程的路上，王翠兰对叶行洲赞不绝口，祁醒很怀疑他要是有个姐姐、妹妹的，他妈肯定要动招女婿的心思。

祁荣华却忽然开口问道："祁醒，你觉得叶行洲这人怎么样？"

副驾驶座上的祁醒正低头看手机，叶行洲半分钟前发来微信消息请他明晚一起喝酒，他回了一堆翻白眼的表情包，就听到他爸问起这个。

"爸，你之前不是问好几次了？就那样儿呗，还算可以，他反正想跟你和老爷子处好关系，所以对我比较客气吧。"

祁荣华不太信："他特地留在京市照顾你？"

"怎么可能啊？"祁醒立刻说道，"他约了人谈生意才留在那边，顺便照顾我两天而已。"

祁荣华说："我让你跟他别走太近，你也不听，那就算了，但是你得自己有分寸，别被人骗了。"

祁醒腹诽道，你儿子我一个二十多岁的大男人，又不是三岁小孩儿。

虽然在他爸妈眼里，也没差多少就是了。

这天下午，恰巧公司有份项目文件要送去叶氏，原本是项目员工跑腿一趟的活儿，祁醒主动揽上身，四点不到，光明正大地翘班溜了，亲自开车去了叶氏的集团大楼，结果他来得不巧，叶行洲在开会，而且短时间内结束不了。

叶行洲的秘书下来接他，跟他解释董事会会议已经开了一整天，估计要到晚上六七点才能结束。

"祁少，您如果不急着走，就先去董事长办公室里坐会儿吧，他说让您自便。"

祁醒心不在焉地听罢，问道："他在哪儿开会？"

秘书给他示意了一下会议室的方向，跟叶行洲的董事长办公室在同一层。

祁醒朝那边看了一眼，挥了挥手说道："行了，我知道了，你不用管我，去忙你的吧。"

这个地方他上周来过一次，是来跟叶行洲接洽关于星能科技的后续投资事宜。

打发走了叶行洲的秘书，他熟门熟路地进了叶行洲的办公室，往沙发里一躺，开始玩儿手机，结果游戏连着输了三盘，他把手机往地毯上一扔，不想玩儿了。

十分钟后，无所事事的祁醒出现在会议室外，透过百叶窗帘的缝隙，朝会议室里看去。

宽大的会议室里坐了一圈西装革履的董事会成员，有十几二十号人，周围还有几个旁听记录的人，气氛——反正不算好就是了。

叶行洲冷着脸，微蹙着眉，侧身在听身后坐的一个下属说话。会议桌上有人站起来激动地振臂高呼，其他人有的在交流议论，有的小心翼翼地盯着叶行洲的反应，有的则在跟站着的那个人对质，也有人低眉顺眼，一副想要置身事外的态度，整间会议室里热闹得跟菜市场一样。

可惜这会议室的隔音太好，祁醒一句都没听清他们在吵什么，吃不到瓜，他有些遗憾，视线最后锁定在叶行洲脸上。

哪怕是现在这张罗刹脸，帅也是够帅的，在这一屋子的中老年男人里尤为突出。

几分钟后，叶行洲靠回座椅里，长腿交叠，傲慢地冲还在大声叫嚣的那个人抬了抬下巴，说了两句什么，那位的脸色立刻就变了，表情扭曲的脸上浮起不加掩饰的愤怒和恨意。

祁醒"啧"了一声，忽然想起来了，难怪瞧着这位眼熟，这不就是之前叶家那场婚礼的主角，叶家老三叶万清？

当时看着还挺意气风发的，今天这副模样儿，跟一只垂死挣扎的丧家犬一样，风度、仪态全无。

几分钟后，叶万清愤然离席，摔门出来。

祁醒往旁边让了一步，对方正在气头上，并没有将注意力分到无关的人身上，阴着脸大步而去。

祁醒挑了挑眉，回头继续看向会议室内部。

叶行洲却忽然抬眼，瞥向他站的方向。祁醒一惊，下意识避开，然后又反应过来，不对啊，叶行洲在里头看不到他吧？

他的视线落回去，叶行洲又在发言，闹哄哄的会议室里终于安静下来，刚才那一下大概真是他的错觉。

祁醒顿觉没劲儿，刚准备走，会议室的门再次开了，这回出来的是叶行洲的秘书："祁少，您有事吗？"

祁醒："你们在里头看得到我？"

"看不到，"秘书解释，"不过刚开门的时候，董事长看到您了。"

祁醒无语，这人的眼睛怎么就这么尖呢？对着整个会议室的人，还能眼观四路，耳听八方？

他好奇地问道："刚才走的是叶老三吗？你们董事长对他做了什么？我记得他之前还挺听你们董事长的话的。"

他曾听人八卦叶万清的事情，知道他和叶万齐完全是两种人，虽然有点儿本事，但不多。在叶氏权力交替时，他在最后时刻出卖了自己的亲哥，临阵倒戈向叶行洲，因此还能在公司里混着。

只不过，他的亲妈进了精神病院，亲弟弟现在又去吃牢饭了，他的日子过得怎么样可想而知。

祁醒这么随口一问，并没有指望秘书真会把叶氏公司内部的事情说给他听，对方却很配合地满足了他的好奇心："是三少，他最近有些不老实，私底下小动作不断，想拿公司的资源谋取私利。董事长今天只是给他个警告，解除了他的职务，把他逐出董事会。"

"都解除职务，逐出董事会了，还只是警告啊？"祁醒惊讶道，"那真动手会怎么样？跟他兄弟那样直接进去？"

秘书笑了笑，避而不答："祁少，回办公室去吧，估计再有一个小时，会议就能结束。"

祁醒确实没兴趣再留在这里听墙角了，但让他再等叶行洲一个小时他也不太乐意。

杨开明的微信消息适时发过来，约他晚上吃饭聚会。

祁醒改了主意："行，去就去吧，地址发我。"

等杨开明发来地址，祁醒已经坐电梯去了地下停车场。

还没到下班的点，停车场里几乎没人，所以乍一听到有人打电话的声音，便格外明显。

祁醒倒不是有意偷听，实在是对方的嗓门有些大，而且怒气冲冲地对着电话里的人骂着脏话，就在离他车不远的地方。

他抬眼看去，果不其然是那个叶万清。他背对着祁醒的方向靠在车门边上，不知道在跟什么人打电话，句句不离叶行洲，嘴里不干不净地骂着"野种""有娘生没娘养"这些难听的话。

祁醒站定听了片刻，然后走了过去。

叶万清挂断电话时听到有人拍他车的引擎盖，不快地回头，瞧见祁醒一愣，粗声粗气地问："有事？"

他显然不记得祁醒是谁了，或许觉得有些眼熟，只以为是公司里哪个员工。

祁醒嗤笑着问道："你刚才骂谁呢？"

叶万清本来就不痛快至极，一听他的语气竟然是来找自己麻烦的，脸色瞬间黑得跟锅底一样："关你什么事？"

祁醒："你骂叶行洲就关我的事，谁让我正好听到了，那不好意思，我就是爱打抱不平，你骂他就不行。"

"你谁啊？"叶万清提起声音，"你想拍他马屁也看看地方，他人都不在这里，你多管闲事有什么用！"

"谁说我要拍他马屁？"祁醒说道，"我就是看你不顺眼，你有娘生照样没娘教，就你这副丧家犬的样子，混得比孬种还不如吧？"

叶万清气得脸都歪了："你是个什么东西？！你敢这么骂我！"

祁醒："你管我是什么东西，反正我知道你不是个东西就够了。"

叶万清怒火中烧，在会议室里憋着的那口气被祁醒三言两语彻底点燃，冲上来挥拳就想揍他。

祁醒早有准备，在叶万清扑过来的瞬间抬手挡了回去。

第十一章 犯病

叶行洲收到停车场里有人互殴的消息时仍在开会。

祁醒和叶万清扭打在一起,保安发现了过去阻止双方都已经见了血,有眼尖的保安认出祁醒,不敢擅自处理,也没听叶万清的嚷嚷报警,先把情况报告到了叶行洲的秘书这里,然后叶行洲便知道了。

董事会会议提前结束,叶行洲亲自下楼去了一趟保安部。

保安部的办公室中,祁醒正冷着脸靠在沙发里,两条腿都架在茶几上,脸上挂了彩也不妨碍他气焰嚣张,即便是在别人的地盘上。

他对面的叶万清一脸的血,还在龇牙咧嘴地催促人报警,叫嚣着要给祁醒好看,直到看到叶行洲进门。

叶行洲轻蔑地扫了叶万清一眼,视线落向祁醒。

面对叶行洲,祁醒终于生出了一丝后知后觉的别扭,默默别开脸,露出红肿了的那半边侧脸。

叶行洲的神色微沉,叶万清立刻起身,阴恻恻地冲他说:"这个疯子在地下车库突然袭击我,我要报警。"

他已经知道了祁醒的身份,不过他如今一无所有,光脚的不怕穿鞋的,只想找回面子,哪管祁醒是哪家的少爷,能坏了叶行洲和荣华资本的合作关系更好。

叶行洲在来的路上就听人说了事情的经过,冷声提醒他:"你先动的手,有监控,要报警随你。"

叶万清有一瞬间心虚,随即又恨得咬牙切齿。

祁醒立刻附和道:"是啊,就是他先动手,要报警就报呗,让警察来评评理也好。"反正他爽了。

叶行洲拿出手机,问叶万清:"要我帮你们报警?"

触及他眼神,叶万清想起亲弟弟叶万齐的下场,到底怂了,怕叶行洲使阴招,没再坚持说报警,最后咬牙骂咧咧地走了。

祁醒哼了一声,这种人,就会装腔作势。

叶行洲冷冷地看着叶万清的背影,示意身边的秘书:"去把停车场的监控调出来。"

祁醒一愣,立马问道:"他都走了还看监控干吗?"

叶行洲没理他,坚持让人调监控。

大老板都发话了,其他人当然听他的。监控室迅速调出了监控录像,恰巧当时祁醒和叶万清站的地方就有摄像头,监控录像不但画面清晰,连声音都录得一清二楚。

叶行洲无动于衷,神情不变半分,只是听到祁醒跟人对峙时说的"你骂叶行洲就关我的事""你骂他就不行"那几句话,他的眉峰才动了动。

祁醒顿时后悔,早知道就不说了,他真是多管闲事。

"走吧,回去了。"看完监控,叶行洲什么都没说,示意祁醒跟他回去。

祁醒哼哼唧唧,不情不愿地起身,身上哪儿还有半点儿刚才面对叶万清时的嚣张劲儿。

坐进叶行洲的车里,祁醒捂着嘴角哼了一声,动手时只顾着痛快,这会儿后劲儿终于上来了,是真疼。

叶行洲:"疼?"

祁醒:"你自己试试疼不疼。"

不过他大概忘了,叶行洲被他揍得鼻青脸肿过,这都不算什么。

叶行洲:"疼就长点儿记性,下次少跟人打架。"

"我是为了谁?"祁醒气道,话出口又觉得没意思,狠狠瞪了叶行洲一眼,扭开头不理人。

回到家,叶行洲拿出药箱,用下巴示意了下沙发让祁醒坐下。

祁醒一肚子牢骚,心情不太好,坐下来也不想理人。

叶行洲坐到他身边,盯着他这副鼻青脸肿的样子检查了片刻,在祁醒不耐烦想发脾气时忽然开口:"谢谢。"

祁醒瞬间哑口无言。

叶行洲拿出药膏,开始给他上药。

擦破了皮的地方,用碘酒消毒再搽药,另一种药膏是消肿的,涂抹在红肿但没流血的部位揉开。

"睡一觉能消肿大半,明天再涂两次,两天能好。"叶行洲随口叮嘱。

叶行洲给他上药，祁醒略微不适，干笑着问道："叶少还真是经验丰富，这药没少用吧？"

他说完又"哎哟"了一声，瞪过去，叶行洲竟然故意拿棉签压他的伤口。

叶行洲不再跟他计较，帮他上完药去洗了个手回来，接着去厨房冲咖啡。

祁醒跟过去，刚想说话，杨开明打来电话问他在哪里，怎么还没到。

祁醒完全忘了和杨开明约好的聚餐，尴尬地说道："我不去了。"

叶行洲顺手拿走他的手机，自己接了："有事？"

电话那头的杨开明沉默了一秒，丢出一句"没事"，麻利地挂了电话。

祁醒抢回手机："有病吧你。"

叶行洲由着他说，继续回去冲咖啡。

他自己的手机也响了，是他那位大伯打来的，手机就在手边，叶行洲既不接也不挂断，权当背景音。

祁醒瞥了一眼来电显示，好笑地问道："你故意逗那老头呢？"

叶行洲："随便他。"

手机铃声响了三轮，终于消停，祁醒几乎能想象出那老头暴跳如雷的样子："我说你，脾气到底是好还是不好啊？刚才那个叶万清那么骂你，你都没点儿反应的？"

刚才看监控时叶行洲的淡定模样还历历在目，祁醒实在很好奇，难道他真的一点儿不在意这些？

叶行洲眼皮子都没有抬："你不是已经帮我揍人了？而且他说的根本不是事实，我为什么要生气？"

祁醒："嗯？"

叶行洲把冲好的咖啡递给他："我不是私生子，我妈才是原配，跟叶崇霖领过结婚证的那种。"

祁醒目露惊讶，叶行洲问道："很意外？"

祁醒："那外头人怎么都说……"

"说我是私生子？"叶行洲轻哂，"不这么说，怎么显得叶崇霖跟那个女人名正言顺？"

提到自己亲爹，叶行洲言语冷淡，三言两语地解释给祁醒听。

叶行洲的妈妈确实是叶家老头的原配，年轻时，叶家老头也有过为爱冲昏头的时候，为了娶家境贫寒的叶行洲妈妈，放弃富家少爷的身份带她私奔，在外头领了证，还生了孩子。但也就那么一两年，爱情被现实打败，叶老头抛妻弃子回了家，听家里的话另娶了门当户对的对象。

"那个女人知道我跟我妈的存在，仍执意嫁给叶崇霖，婚后又疑神疑鬼，认为叶崇霖跟我妈藕断丝连，不断找我们的麻烦，最后还把我妈关了起来。我妈死了,我八岁进了孤儿院,十五岁被叶崇霖认回叶家,因为他年纪大了身体不好,不想叶家被那个女人和她生的三个儿子完全把控,所以想到了我。"

叶行洲的语气淡漠得像在说别人的事情。祁醒张了张嘴,却不知道该怎么说,像他这种父母恩爱,家庭和睦,从小在蜜罐里泡大的人,要说感同身受那是假的,但听叶行洲这么说,他心里又确实不太舒服。

莫名其妙的,明明就不关他的事。

"那你……"

"也不是没好处,至少我在他面前装了十几年的老实好儿子,确实让他放心信任我,还把手里大部分公司股份给了我,叶万清他们母子四个加起来的也只能跟我持平。虽然叶家那些蛀虫都偏向他们,公司其他股东董事却不想叶氏真的变成叶家一言堂,宁愿选择我。"

"那你爸到底怎么死的?"祁醒脱口问出,立刻又后悔了,要真是叶行洲动的手,他问人这种隐私是不是不太好?

叶行洲抿了一口咖啡,平静地说:"他心脏病发,倒在我面前,吃下去的心脏病药没有起效,最后耽误了抢救。"

祁醒:"哦。"

叶行洲的目光落向他:"害怕了?"

"我早说了,我有什么好怕的?"祁醒翻白眼,叶行洲第一次语焉不详地跟他提到家里的事时,就问过这个问题,他以前不觉得害怕,现在就更无所谓了。

叶行洲忽地笑了一声,搁下咖啡杯,隔着一个吧台桌的距离倾身往前,他嘴角的笑意也跟着收敛,眼神叫祁醒一阵莫名心惊。

叶行洲低声说道:"祁醒,叶家那些秘密你都知道了。"

祁醒回神,忽略那一瞬间心头涌起的恐惧,推了一下他的肩膀,骂道:"神经病啊你,威胁谁呢!"

叶行洲被他推得往后踉跄了一步,并不在意,又不紧不慢地靠回吧台边,优哉游哉喝完了剩下的咖啡。

祁醒避开他的目光,叶行洲今天的态度确实有点儿奇怪,从走出叶氏大楼起就是。

他想了想,想不通叶行洲又犯什么病,干脆算了,爱怎样怎样吧。

叶行洲:"晚上出去喝几杯?请你吃饭。"

祁醒有心拒绝,但是肿着脸回家肯定会被他爸妈盘问,很麻烦。

他眼皮子重新耷拉下:"明天我要跟爸妈回老家过年了,勉为其难让你请我一顿吧。"

叶行洲:"去几天?"

祁醒:"不知道,至少初七以后回来吧。"

两人晚上去酒吧喝了一夜，祁醒喝多了没敢回自己家，清早七点才又回到叶行洲家里。祁醒胡乱洗漱完，下楼看到叶行洲正在吃早餐，祁醒扑上前拿了一个馒头塞进嘴里说："快，送我去你公司，我车还在你们公司，拿了车我得立刻回家。"

　　叶行洲抬眼瞥见他脸上的滑稽神情，递了一杯牛奶过去："先坐下把早餐吃了。"

　　祁醒差点儿被嘴里的馒头噎住，不情不愿地坐下，吃就吃吧，也不差这一时半会儿。

　　他打开手机，点开微信，看到他妈半夜给他发来的消息，让他早上赶紧回去。

　　祁醒皱眉问道："你昨天拿谁的手机给我爸妈发的消息？到底说了什么？"

　　叶行洲："给你爸打了个电话，说你来公司送文件，晚上我们一起吃饭喝酒，你喝多了，在我家里住一晚。"

　　祁醒："我爸信了？"

　　"为什么不信？"叶行洲问道。

　　当然是因为他爸的防备心太重，祁醒话到嘴边没有说出口。叶行洲一贯脸皮比城墙厚，他又不是第一回知道，拉倒吧。

　　吃完早餐，叶行洲出门前又帮祁醒上了一次药。

　　到叶氏的大楼才八点，叶行洲跟着祁醒在地下停车场一起下车，祁醒找到他的车以后挥手示意他："你去上班吧，别管我了。"

　　叶行洲却站在他的车边没动，祁醒坐进车里落下车窗，脑袋钻出来问道："你还不上去啊？"

　　"今天就回老家？"叶行洲忽然问道。

　　祁醒点头："这都腊月二十八了，过两天就过年了。"

　　叶行洲的目光沉静。

　　祁醒发动汽车等得有点儿不耐烦。

　　叶行洲轻抬下巴："一路顺风。"

　　车开出去，祁醒自后视镜里又看了一眼依旧站在原地的人。

　　叶行洲这个人，跟刚认识的时候不太一样了。

　　不过话说回来，还有两天就过年了，叶行洲要怎么过？一个人吗？

　　祁醒想了想，晃了晃脑袋……又不关他的事。

　　屏蔽那些繁杂思绪，他一脚踩下油门，把车开出了叶氏公司的地下停车场。

　　回到家，爸妈都在等他，祁醒进门小心翼翼地问现在走不走。祁荣华瞥了他一眼，什么都没说，打电话吩咐司机准备出发。

王翠兰数落了他两句，忽然像是注意到什么，凑近过来看他的脸："你脸怎么回事？怎么破皮了，这边还红了一块？你又跟人打架了？"

"没有，"祁醒立刻说道，"昨晚喝醉了，走路摔了一跤，正好摔到脸了，真不是打架。"

王翠兰闻言又心疼起儿子，唠叨地问他疼不疼，还有没有摔到哪里，祁醒敷衍应付了几句。

祁荣华的目光在他脸上转了两圈，祁醒被他爸越看越不自在，移开眼冲他妈笑："妈，我去帮你拿行李啊。"

之后他们一家人坐车回邻省的老家，老家在邻省经济不发达的一个地级市。

祁荣华这些年在淮城的生意越做越大，已经有很久没带妻儿回老家过年了。今年老家一个以前照顾过他的叔父要做整寿，祁荣华便趁这个机会带全家一起回来了。

祁醒这位叔爷爷的家在市区下面的村里，回村玩儿了两天，祁醒如鱼得水，不亦乐乎，叶行洲是谁立马就忘了，也没再跟他联系过。

一直到除夕晚上，他跟着一帮孩子在外面放烟花，忽然想起叶行洲这个小可怜估计没玩儿过这个，才随手拍了张照片给他发过去。

微信上的照片发过来时，叶行洲正在叶家本家，懒洋洋地独自靠坐在单人沙发里，对面或站或坐围了一圈人，以那位端着大家长架子的大伯为首，正在问他要说法，或者说，讨伐他。

"拍得挺好，玩儿得开心点儿。"

"你在哪儿啊？不会一个人在家里过年吧？好可怜……"

"在叶家。"

"哇，你竟然还跟那群黑心肝的一起过年！"

"来看戏而已。"

祁醒的每一句回复都喜欢带上表情包，叶行洲被他的三言两语逗乐。

其他人瞧见刚才还对他们爱搭不理的叶行洲忽然笑了，却是在看手机，一副把他们这些人当空气的态度，不由得越发不忿。

叶大伯手中拐杖用力敲在地上："行洲，我们说的话你到底听到了没有？"

叶行洲漫不经心地抬眼，嘴角笑意敛去，神情冷漠："听到了。"

叶大伯："你什么意思？"

叶行洲："没意思，也不同意。"

叶大伯："你……"

他们这一大家子人聚在一起当然不是来吃团圆饭的，事实上是这位叶大伯借叶行洲那个爹的由头，要求叶行洲今晚必须回来祭拜，要不叶行洲根本不会来这一趟。

这些人无非想要他给他们一条活路，不能把叶家人赶尽杀绝了，面上却还要摆出高姿态，拿着所谓家族声誉和亲情道德绑架他，甚至提出要让叶万清和叶万齐的那位亲哥叶万耀回来总公司。

岂知叶行洲连装都不愿意装，开口便直接拒绝了他们的要求，根本没有商量的余地。

"你别太过分了，叶家的公司我们都有份，不是你一个人的，你真以为你能只手遮天不成？"叶万清咬牙切齿地说道。

在叶行洲面前装了这么久的孙子，结果半点儿好处没捞到，还灰头土脸地当众被赶出公司，他恨不能手撕了叶行洲。可惜现在不是从前，叶行洲也再不是他们谁都能随意踩一脚的老实人。

叶行洲冷眼瞥向他："叶万耀要是觉得在国外待得不舒坦了，可以辞职离开公司，我没本事只手遮天，离开叶氏他想去哪里我都拦不住，也不会拦。"

"一定要这样吗？大家都是叶家人……"叶大伯憋着气，试图苦口婆心地打感情牌。

奈何叶行洲不买账，直接打断他："我晚上还有事，饭就不吃了，你们没别的要说我先走了。"

他站起身时，叶万清提起声音问他："我昨天去看我妈，为什么他们不让我进去见人？我是她亲儿子，连去看她都不行？你到底想做什么？"

叶行洲神情淡漠地提醒他："当初你妈抑郁症，是你提议并亲自签字送你妈进去的，疗养院做事有他们自己的规章制度，你来问我也没用。"

话一出口，满座哗然，那位叶大伯的眉头皱成一团，惊讶地看向叶万清。

叶万清的脸一瞬间涨得通红，死死瞪着眼睛，这副反应很显然印证了叶行洲说的就是事实了，或许授意暗示的是叶行洲，但亲手把人送进去的那个，确实是叶万清这个亲生儿子。

他们叶家人大多不是东西，但不是东西如叶万清，当初为了讨好叶行洲，竟然亲自签字送亲妈疗养院这样的还是少见，确实是丧尽天良。

如果叶行洲没心肝，那叶万清就是个彻头彻尾的畜生。

家门不幸，一贯把家族脸面看得比天大的叶大伯气得够呛，顿时也没脸再教训叶行洲了。

叶万清脸红脖子粗，支支吾吾半天憋不出一句完整的话，被叶行洲当众揭穿自己做过的禽兽事，他脸上挂不住，脸色阴沉得几近狰狞，又半句反驳的话都说不出。

叶行洲懒得再搭理他和这个屋子里的其他人，径直离开，没有谁敢再出声阻拦。

走出叶家大门时，祁醒发过来一张新的照片，是他拿着烟花棒做鬼脸的自拍。烟花明亮闪烁，背后只露出半张笑脸的祁醒更夺目耀眼。

叶行洲脚步微顿，看着屏幕上的照片。

祁醒心满意足地收起手机，继续去放烟花，直到被他妈的电话叫回屋。

一屋子的长辈，个个笑容满面看着他，祁醒直觉奇怪："有事吗？"

王翠兰把他叫来身边坐下，兴高采烈地跟他说起明天带他去市里，去见个姑娘，让他想想明天要怎么表现，到时候见了面别丢人了。

祁醒："啊？"

说白了就是相亲。

介绍人是老家这边的一个表婶，对方笑着说姑娘是她嫂子的一个侄女，二十五岁，刚从国外的名校博士毕业，也在淮城工作。姑娘长得还挺漂亮的，正好过年回来，可以见一面，就当交个朋友。

祁醒直接无语了。

祁荣华冷冷看向他："怎么你还不满意？人家二十五岁的博士，你拍马都赶不上，你有什么好不满意的？"

"知道我拍马都赶不上，还叫我去见面做什么。"祁醒不满地嘟囔，"我才二十三岁，用不用急着相亲啊？我年纪比她小，学历远不如她，还一无是处，她能看上我什么？"

除非是看上他家的钱，或者他这张脸了。

表婶笑眯眯地说："小醒，你长得好看啊，她一开始也不愿意，后来看了你的照片，就答应见面了。"

还真是看上他的脸了。祁醒："我不去。"

祁荣华皱眉："为什么不去？"

祁醒："不去就是不去，我不想去，不想相亲，不想谈恋爱。"

祁荣华："年纪到了哪有不交女朋友、不结婚的？都跟你一样一天到晚无所事事，就会在外头瞎混，跟人喝酒打架？你看看你像什么样儿！"

祁醒估计他爸这口气已经憋了好几天，也不争辩："反正我不去。"

王翠兰赶紧推了推儿子的手臂，打圆场："去见一面又没什么，又不是说一定成，多交个朋友有什么不好？"

祁醒："不去。"

祁荣华气得差点儿拿手边的茶杯砸他："我让你去你就得去，没得你选。"

"你们自己去吧，我不会去的，绑我去也不去。"祁醒油盐不进，不肯松口。

王翠兰："你这孩子真是，这事有什么好倔的……"

"妈，我真不想去。"祁醒坚持道。

祁荣华气不打一处来，瞪着祁醒，顾忌着在场其他人，没有当场发作。

屋子里一众亲戚眼见着他们父子气氛不对，纷纷起身告辞。

做介绍的那位表婶走之前也帮着打圆场："小醒真不想去就算了，都是我多嘴，大过年的，你们父子俩别闹不愉快了啊。"

祁醒低着头不作声，握在手里的手机屏幕亮了一瞬，叶行洲的新消息进来，问他："还在放烟花？"

祁醒按黑屏幕，没有回复。

没有外人之后，祁荣华再次开口："你到底去不去？"

"不去。"祁醒抬头看向他爸，"要去你去，打死我也不去。"

祁醒的话一出口，祁荣华的脸色立刻变了，厉声喝道："你给我再说一遍！"

祁醒缩了一下脖子，话说出来又有些厌了："爸，我才毕业多久，至于上赶着让我相亲吗？"

祁荣华的暴脾气上来，抄起手边的一摞杂志就往他身上砸："要不是我让人调了你的账户流水，我还不知道你这段时间背着家里给别人的公司做投资！"

祁醒瞬间明白了，他爸能查到他的账户流水，估计也知道他把钱投在哪儿了。

祁荣华还在气头上："你说，是谁怂恿你投钱的？你想玩儿什么项目我没同意过？用得着背着我偷偷摸摸地投？"

祁醒争辩道："钱是我自己的，也是以我自己的名义投的，跟荣华资本没关系。"

"是叶行洲怂恿你的吧？我早知道他没安好心，他现在能从你手里掏出三千万，以后是不是连荣华资本都要一起吞了？"

祁醒解释道："风投基金是他介绍的没错，可我也考察过基金负责人。"

"那你知道叶氏在做局吞并其他家的公司吗？"

"那又怎么样？风投基金跟这些有什么关系？怎么不能投了？"

王翠兰看着自己儿子："你不要为了跟你爸斗气就说这些有的没的。"

祁醒低下声音，有些讪然："妈，我才投了一笔钱你们就觉得我败家，逼着我相亲，那我要是说这辈子不想结婚，是不是要不认我啊？结了婚就能收心稳重，这都是什么时候的思想了，那我也直说了，这辈子我都不会结婚。"

王翠兰："别胡说八道！"

祁荣华听见祁醒还在顶嘴，还不解气想砸第二下，祁醒下意识侧身挡了一下，木制茶盘砸在他后背上，一瞬间痛得他几乎眼冒金星。

王翠兰反应过来立刻起身，挺身挡在了儿子面前，柳眉倒竖："你发什么疯？！你再砸！你要是把儿子砸出个好歹，老娘跟你拼了！"

祁荣华气得脸上的肉不停地抖："你还护着他！就是你惯得他不像话，他才会变成现在这样！"

"我儿子怎么了？！"王翠兰提高声音，"他现在这样哪里不好？不比你个老东西好？！"

祁荣华脸都绿了。

祁荣华："你不要在这里胡搅蛮缠地护着这小子，他就是作怪，你少惯着他就不会这样！"

王翠兰："你才作怪，你才胡搅蛮缠！大过年的没事找事惹得一家人都不痛快！"

眼见着自己爸妈有越吵越烈的架势，祁醒终于受不了地开了口："你们别吵了！"

祁荣华气得还想抄东西砸祁醒，王翠兰帮着挡，只差没撸起袖子跟祁荣华对打。一片混乱中，祁醒干脆跑路了，反正他留在这里也是碍眼，不如麻利地走掉。

在这边他没几个认识的人，只能去市里投奔表哥。

一个小时后，表哥挂断电话，回头看向靠在沙发里蔫头蔫脑发着呆的祁醒，好笑地说："我跟你妈说了你今晚就住我这里了，让他们别担心，你吃晚饭了没？"

祁醒揉了揉自己空空如也的肚子，有些尴尬。

"你说你大过年的，怎么就跟你爸妈闹到要离家出走的地步？"

表哥摇摇头，去开冰箱拿菜，他一个人住在市里，父母也去了村里，原本年夜饭打算煮速冻水饺对付过去，现在多了个人，只能临时做一顿了："吃火锅吧，弄别的也来不及了。"

祁醒赶紧点头，自觉地起身去帮忙洗菜。

火锅煮上以后，两人边吃东西边闲聊，见祁醒一副心不在焉的模样，表哥再次问起他离家出走的原因。

祁醒有点儿尴尬，岔开话题："你怎么没把表嫂带回来过年？你们不是今年要结婚了吗？"

"还不一定能结成，她家里出了些事，元旦我们回去就是为了这个，她年后会辞职回老家，不会再去京市了，我暂时也不知道怎么办。"表哥说了几句不想多提，有些无奈。

祁醒心神一动，鬼使神差地问："那你喜欢她吗？"

表哥略显意外地看了他一眼："不喜欢怎么会走到要结婚这一步？当然喜欢啊。你小子不是一贯没心没肺的吗？怎么突然对这个感兴趣？跟你爸妈吵架难道是因为感情问题？"

祁醒有点儿词穷，他这个表哥就是太聪明了，什么都能一眼看穿。

"就……我跟我爸不太看好的生意伙伴做投资，还拒绝他们安排的相亲，跟他们说这辈子不结婚了，我爸气得想打死我……"

"这年头单身又不是什么大不了的事情，"表哥说着反应过来，"还是说你有对象了，但你爸妈不满意？"

祁醒："没有，主要还是跟生意上的朋友走得太近，我爸担心我耳根子软把家业败了，想让我相亲结婚，以为这样就能让我收心，我觉得他思想太陈旧。"

表哥："你也知道你爸是白手起家，荣华资本能做成今天这个规模不容易，他也是关心则乱。"

祁醒松了一口气，放松下来，冲表哥笑了一下："你看我像是会为情所困的人吗？这招对我没用。"

表哥："行吧，这两天你先安心在这儿住下吧。"

他们闲聊起别的，祁醒低头看手机，刚从爸妈那里出来时他给叶行洲回了条消息，叶行洲竟然不理他了。

之后他心不在焉，不时看一眼手机，几次跟表哥说话都牛头不对马嘴。

吃完火锅，表哥收拾完餐桌去洗碗，祁醒想帮忙被拦住："你坐着吧，我怕你一直走神把我碗都摔了。"

祁醒顿时觉得不好意思，嘟嘟囔囔地回到客厅，手机里还是没有叶行洲的回复，这都快三个小时了。

祁醒坐下揉了一把脸，有些郁闷，他不就是想找个人聊聊天吗？虽然大多数时候他嫌叶行洲烦，但叶行洲也没那么糟糕。

叶行洲会在他差点儿掉下山的时候拉住他，在他生病的时候背他去医院，还会让着他，挨他的揍，帮他教训他看不顺眼的人，提点他生意场上的事，比杨开明那伙只会玩儿的人强多了。

他爸因为他多投了一笔钱就想让他结婚收心，谈恋爱多烦啊，像他表哥、表嫂那样，谈了好几年最后还是走到可能分道扬镳的这一步，没意思。或者像他爸妈那样，老夫老妻二十多年牵手都像左手牵右手，更没意思。

祁醒瘫进沙发里，抱怨着一直不回自己消息的叶行洲。

闭起眼睛发呆片刻，他自暴自弃地坐起身，拿起手机，手指用力戳屏幕，发了一条微信消息出去。

"叶哥，叶叔，你不会被你家那些黑心肝的绑架了吧？"

叶行洲瞥见手机上弹出的消息时，车刚下高速正在往市区走，从淮城过来近四个小时的车程，已经是深夜。

在十字路口停下，他拿起手机终于回过去："发个定位给我。"

祁醒随手发了个定位过去，不再搭理他，退出微信点开了游戏。

二十分钟后，叶行洲的新消息进来："下楼。"

祁醒："啊？"

叶行洲："我的车在小区外面，现在下楼。"

祁醒半天才回过神,震惊地从沙发上爬起来,走到阳台上朝外看了眼。

离得太远了,看不太清楚,叶行洲的电话又响了:"下来,或者我上去请?"

"你真来了?"祁醒差点儿咬到自己的舌头。

祁醒有点儿无言,这人是会大变活人吗?但是听到叶行洲的声音,他一晚上的郁闷一扫而空:"那好吧,我马上下去,你等着啊。"

挂断电话,祁醒回到客厅,拿起自己的外套,正在看电视的表哥见状抬头:"你要出门?"

"有个朋友来了,我下去一趟。"祁醒有点儿心虚,含糊地解释完,挪开眼。

表哥笑了一声:"好吧,要我给你留门吗?"

"再说吧,我一会儿给你打电话。"他话说完赶紧溜了。

叶行洲的车停在小区对面的露天停车位上,他已经下了车,正倚在车门边抽烟。路灯的光影打在他身上,半边肩膀和整张脸都隐在黑暗里,但烟头的火光一明一灭。

祁醒穿过马路,脚步顿住。虽然看不清叶行洲的脸,但他有种直觉,这人的眼睛一直在盯着自己。

祁醒慢悠悠地走过去:"大半夜的,叶少来这儿做什么啊?"

借着一点儿路灯的光亮,祁醒看清楚了叶行洲。

叶行洲没说话,用力拉开车门:"上车。"

十分钟后,叶行洲在一条小巷口熄火停车了。

"叶行洲,你为什么来这里?"祁醒问道。

叶行洲开口,声音散漫:"散心。"

祁醒低声笑:"是没人陪你过年吧?"

叶行洲没否认,打开了车内暖风:"放烟花好玩儿吗?"

"好玩儿啊,我又不是你,小可怜一个。"祁醒伸了一个懒腰,结果肩膀撞到座椅上,疼得龇牙咧嘴。

"这怎么弄的?"叶行洲盯着他的肩膀问道。

祁醒郁闷地哼哼:"我爸砸的呗。"

叶行洲闻言皱眉:"原因呢?"

"我爸知道你怂恿我给你朋友的风投基金投钱了,怕我把家业都败进去,要给我相亲收心。"

叶行洲:"你也这么想?"

祁醒想到他爸说叶行洲在做局吞并其他家的公司,问道:"你真的会打荣华资本的主意?"

然后便是沉默。

或许有几十秒，又或许更久，叶行洲笑了。

祁醒问道："你笑什么啊？"

叶行洲："不会。"

他从十几岁起就早已习惯了隐忍和自我压抑，可他也不是十几岁时那个只能被迫选择和退让的他，想要的东西就一定要得到，无论用什么样的方式。

像最老谋深算的猎人，在捕捉猎物前按照猎物的习性、喜好、需求布置好陷阱，或一击即中，或以计让之慢慢沦陷，他都有十足的耐性。

祁醒问叶行洲要了一支烟，等烟抽完叶行洲说："跟我回去。"

"回哪里？淮城啊？我爸回头非把我打死不可。"祁醒讪讪道。

叶行洲："要不要我去跟他解释？"

"不用，"祁醒立刻拒绝，一阵心虚，"你还是别去了，不关你的事，等过段时间他想通了就好了。"

"现在跟我回去淮城。"叶行洲坚持。

祁醒低头想了想，说："我先给我表哥打个电话吧，这里是他家。"

旁边一道低笑声传来，祁醒抬头看到他眼中的揶揄笑意，不大痛快，说："叶行洲，你怎么总是这么游刃有余啊？"

大半夜特地开车几百公里来找他的是这个人，现在笑他的也是这个人，在跟叶行洲的对峙中永远占不到上风的感觉，确实挺让人挫败的。

明明上车之前，他还想着今晚怎么都要在叶行洲这里讨回场子。

叶行洲把车开出巷口时，祁醒已经跟他表哥打完了电话，说自己不回去了，让对方不用留门。表哥似乎半点儿不意外，祁醒不太好意思地道完谢，赶紧挂断。

"真不要我跟你爸聊聊？"叶行洲问他。

"不用了，你少管。"祁醒拿起手机想了想，重新拨了一个电话出去，这次是打给陈老的。

陈老有除夕夜守岁的习惯，这个点也还没睡。电话接通后，祁醒硬着头皮开口，求老爷子帮他糊弄一下他爸妈，说他回淮城去了清平园。

陈老听完来龙去脉一阵笑："你小子存心不想让他们过好年吧？"

祁醒尴尬赔笑："老爷子，你到底帮不帮忙啊？"

陈老："你先跟我说实话，你回来打算去哪里？"

祁醒正犹豫着要怎么说，身边叶行洲的手伸过来，拿走了他的手机，直接接了："陈老，是我，叶行洲。"

祁醒瞪向他，想要抢回手机已经晚了。

电话那头的陈老并不意外："你特地去那边接祁醒回来？"

叶行洲："是。"

陈老说："既然说了是来清平园，你们回来就当真过来吧，陪我在这儿住两天。"

叶行洲答应下来："好。"

挂断电话，他把手机递回给祁醒，说道："你干爷爷让我们回去淮城直接去他那里。"

车已经开上了出城的路，祁醒打了个哈欠，视线落到叶行洲身上，没话找话："要不要我来开车啊？你开了几个小时过来？还开得动吗？"

"你先睡会儿，"叶行洲目视前方，专注开车，"晚点儿再跟我换手。"

祁醒："所以你到底是来做什么的？心血来潮吗？"

叶行洲弯了弯嘴角："好奇？"

祁醒："不想说就算……"

"心烦，找你聊聊。"叶行洲说出口的话截断了祁醒的声音。

叶行洲回头看他："傻了？"

祁醒回神，又笑了："你是想聊天呢，还是想喝酒？"

叶行洲："你觉得是什么就是什么。"

祁醒："我觉得都是呢？"

叶行洲的视线落回前方，"嗯"了一声。

祁醒觉得稀奇，这人今天竟然转了性子了？

他也不再说了，背对着叶行洲靠在座椅里，舒坦地闭了眼。

叶行洲把车内暖风调高，加速驶入夜色里。

第十二章 不想输

凌晨五点多回到淮城,车开进清平园时,祁醒忽然说:"太阳要出来了。"

副驾驶座上的叶行洲睁开眼,透过车窗玻璃,看到前方黑暗天际的一角已显露出破晓的前韵。

安静看了片刻,他听到身旁祁醒的笑声:"能看到大年初一的第一束晨光,今年肯定行大运,发大财。"

叶行洲拿起手机,活了三十年第一次有兴致拍下了一张风景照。

十分钟后,车停在园内的一处小楼前,是祁醒每回来这边过夜小住的地方。

清平园的管家在小楼外等候迎接,说陈老让他们先休息,中午再过去跟他一块儿用午餐。

祁醒伸着懒腰下车,他精神其实还不错,回来这一路几乎都在睡觉,最后一个小时才跟叶行洲换了手。

陈老刚起,正在用早餐,看到叶行洲过来便招呼他坐下一起,笑着问起他:"你们连夜开车回来不累吗?祁醒那小子睡着了吧?你不用休息?"

叶行洲淡淡地说道:"还好,撑得住。"

对他来说,一天睡几个小时并无区别,只要他想,永远有办法让自己精神专注。

陈老拎起茶壶,亲手给他倒了一杯茶:"去那边见到祁醒爸妈了吗?"

"祁醒跟他爸妈发生矛盾,独自去了他表哥家中,我在他表哥家接到的他。"叶行洲说了经过。

陈老抬眼看向他:"你们之前关系不好啊,现在呢?是朋友?"

叶行洲平静地回答:"这需要由祁醒来下定义。"

143

陈老点了点头:"如果让我来说真心话,我确实觉得你,或者说你家里,太复杂,祁醒不适合结交你这样的朋友。"

叶行洲:"为什么?"

"祁醒才上初中那会儿,他爸刚在淮城的商场上站稳脚跟,正是最得意的时候。有一段时间,那老小子膨胀过了头,不听我的劝,行事激进,得罪了不少人,直接导致祁醒被人绑架,失踪了整整五天。警方那边毫无头绪,最后是我动用自己的关系,才把人找回来。"

叶行洲听完微蹙起眉。

陈老继续说:"好在那小子只是受了点儿外伤,没有大碍,他心大没几天就把事情忘了,没留下什么心理阴影。但从那以后他爸就变了,学会顾家了,做生意的手段也变得低调温和。他们两口子对祁醒心存愧疚,一直很宠他,在某些方面又管他管得特别严格,要求他每晚准时回家,哪怕现在他二十几岁了还给他设门禁,都是因为当年的事情。一朝被蛇咬,十年怕井绳,毕竟他们就祁醒这么一个宝贝儿子。

"我呢,这一辈子也算风光,唯一遗憾的就是亲缘淡薄,到老了只有祁醒这么一个干孙子。但我把他当亲孙子,他要什么我都能给他,唯一担心的,就是他识人不善,被人连累被人害。"

叶行洲坚持道:"不会,我不会害他。"

依旧是这一句,掷地有声。

陈老盯着他的眼睛,叶行洲今天没戴眼镜,跟平时确实不太一样。这个男人虽然年轻,眼神中的果敢坚毅却是陈老活了一辈子都很少在旁人身上见过的,所以看好他、投资他,为他介绍人脉,助他更进一步。

要说有什么不好,那便是叶行洲的强势中还掺杂了刻意掩饰却藏不住的狠戾,之前他并不在意,甚至觉得恶也有恶的好,但牵扯到祁醒,他老人家又不免忧心。

他从前想让祁醒跟叶行洲交个朋友,是希望那小子多少长点儿本事磨一磨性子,真在叶行洲这里栽了跟头他也能跟在后头收拾。

叶行洲这样的人,做对手都远好过做自己人。

"我听人说,林家那个林鸿飞把全部身家押上,入股投资了崇江市一家叫格睿制造的企业,是你给他牵的线?"陈老话锋一转,忽然说起了别的。

叶行洲淡淡点头:"是。"

"你是故意的?"陈老审视着他脸上的神情,却看不出端倪,"你既然跟那位林老师是故交,为什么又要这么做?"

"生意场上无朋友,我以为陈老不会问出这样的问题。"叶行洲面不改色。

"也许是我年纪大了吧,还是觉得得饶人处且饶人更好,这个道理祁醒他爸也是吃一堑才长一智。"陈老说着微微摇头,"如果对象是祁醒家的公司呢?你也会觉得生意场上不需要朋友?"

叶行洲:"让祁醒不高兴的事情,我不会做。"

他以前做事确实不择手段,也不懂收敛,只以利益为先,但现在他愿意让步。

陈老沉默片刻,不再问了:"吃早餐吧,东西要冷了。"

叶行洲说道:"祁叔昨晚跟祁醒动手了,他后肩有些瘀青,一会儿他醒了还是请医生过去看看,也麻烦您出面跟祁叔说一声,下次不要这么激进。"

陈老闻言蹙眉,听得出叶行洲多少都藏了对祁荣华做法的不满,除了叶氏和荣华资本之间的合作关系,他对祁荣华的尊敬大概都建立在对方是祁醒父亲这一身份上。

陈老却指责不了什么,他理解祁荣华的气急败坏,但若祁醒真要是被打出个好歹,别说叶行洲,他也要找那老小子麻烦:"一会儿吃完早餐,我打电话跟他说祁醒来了我这里,这事会顺便提醒他。"

叶行洲点了点头:"多谢。"

陈老一口气提着有些不上不下,叶行洲现在不但对祁荣华不客气,对他也越来越不客气了。这一句多谢看似礼貌,但和他一开始的谦卑比起来倒像是露出了本来面目。

祁醒一觉睡到临近中午才醒,他还有些迷糊,拿起床头柜上的手机看时间,竟然都已经十一点多了。

坐起身却因为动作过大,牵扯到背上的伤,叫了一声又倒回床上。

叶行洲听见声音推门进来查看,发现祁醒眼泪都快出来了,仔细看了看祁醒的背,瘀青比昨晚看着更明显,范围似乎扩大了。

"很疼?"叶行洲把他按住,让人去叫医生。

清平园里就有驻园医护,过来帮祁醒检查确定了没有骨折,开了活血化瘀的药油,提醒他这几天不要做太大的动作,多休息,也就这样了。

祁醒不情不愿地趴在床上,叶行洲把药油倒在手心揉热帮他抹药,他一会儿抱怨叶行洲按得太重了,一会儿又嫌他力道不够,难伺候得很。

叶行洲无端地想起自己小时候养过的一只猫,那是一只野猫,长得很漂亮。

那时他还在孤儿院,野猫经常翻墙进来找他讨要吃的,肚子饿时竭尽所能卖萌撒娇,躺在地上敞开肚皮让他摸,吃饱了又立刻翻脸不认人,趾高气扬地踩着猫步离开。

偶尔心情好时,野猫也会捉些小鸟、耗子之类的东西来送给他,时不时爬到他身上颠来倒去,将他本就不多的衣服弄得脏乱破旧,并以此为乐。

后来猫被孤儿院的其他小孩摔死了,他亲手把猫埋了,暗自设计让对方摔了一跤，瘸了一段时间。

那是第一次，他没有压抑自己本性里的恶。

从那天以后，孤儿院里再没有其他人敢惹他，动他的东西，他也再没养过猫。

祁醒察觉到什么，回头看他："你在想什么呢？"

叶行洲用力按了一下，祁醒倒吸一口凉气，瞪了过去："你是不是故意报复啊？"

叶行洲放开手，提醒他："知道疼以后就注意点儿，别总是弄得自己一身伤。"

祁醒气道："这我爸砸的，我能怎么办，难不成跟他对打吗？"

叶行洲："你可以躲，躲不过也可以跑，别傻乎乎地想着做好儿子任由他打。"

"我躲了没躲过而已，也跑了，再不跑被砸的就不止这一处了。我又不是缺心眼儿，才不会站在原地等着他，你犯得着说我傻吗？"祁醒嘀咕了两句，又觉没意思，趴了回去。

叶行洲没再说，安静地帮他上完药："去洗漱吃午餐吧。"

祁醒闷头玩儿手机，不想理他。

叶行洲起身，先去洗了手，回来见祁醒趴着发呆，手机也没玩儿了，叶行洲过去问他："你在生气？"

被叶行洲一直盯着，祁醒烦躁不悦地说："叶少好凶啊，受伤的明明是我，你还板着张脸教训我。"

叶行洲："我很凶？"

祁醒："你不凶吗？"

"说你两句就叫凶？"叶行洲好笑地说，"祁少，你见过我真正凶是什么样？"

祁醒说："那你说两句好听的吧，这次就算了，我勉为其难不跟你计较了。"

"什么好听的？"

祁醒："你自己想。"

叶行洲看着他，没有立刻出声。

能让他这么让步的，除了当年的那只野猫，就是现在的祁醒。

即便是从前和林知年关系最好的那段时间，他们之间的相处都是小心翼翼的，没有人能像祁醒，让他生气，让他笑，让他觉得自己还能找回作为人的共情能力。

叶行洲提醒他："你干爷爷那边派人来催了，赶紧起来吧。"说完，他转身先去拿衣服。

过完年，祁醒照旧三天两头地往叶行洲这边跑，要么出去玩儿，要么喝酒，反正不想回家。

对着他妈，他还能耐着性子说几句话，跟他爸则话不投机半句多，像是推迟了好几年终于进入了青春叛逆期，铁了心要跟他爸对着干。

祁醒一到下班的时间就跑，宁可去叶行洲的办公室里打游戏，也不愿意回家面对他爸那张冷脸。

但大概是他干爷爷跟他爸说的话起了作用，加上他妈一心护着他，祁醒的日子确实好过起来，他爸虽然对他鼻子不是鼻子，眼不是眼的，倒真没再找过他麻烦。

"不必跟你爸置气，你又不是小孩子了，还能一辈子这样不回家不跟他说话？"

祁醒正跷着腿躺在叶行洲办公室的沙发里打游戏，听到这句话操作失误了。

他直接退出游戏，抬头却见叶行洲仍靠坐在办公桌后翻文件，刚才那句话若非确实是叶行洲的声音，他都以为自己幻听了。

叶行洲还是一如既往的严肃模样，浅灰色衬衣没有一丝褶皱，贝母扣扣到最上面一颗，戴着那副银边的眼镜，头发梳得整整齐齐，一副精英派头。

连注意力都没分出半点儿给他，继续翻阅着手中文件，不时下笔批示。

与不务正业在这里躲懒打游戏的祁醒，完全是两个世界的人。

祁醒心里不痛快，把手机揣回兜里，将自己的外套搭上肩膀站起身："嫌我烦，我走了。"他反正有的是能陪他玩儿的朋友。

笔尖在文件纸上画出一长道痕迹，叶行洲手下一顿，抬了头。

祁醒扬起下巴："我真走了，晚上也别烦我。"

办公桌上的内线电话适时进来，叶行洲接起，那边的人不知说了什么，他的手指在桌上轻轻点了点，淡声吩咐："让他进来。"

这下祁醒非走不可了，叶行洲却说道："你就在这里坐着。"

祁醒慢慢翻起白眼："我不。"

叶行洲："坐着，别闹了。"

谁跟你闹了？莫名其妙。

祁醒撇了撇嘴，坐回沙发，歪靠着沙发背，重新拿出手机，不再理会叶行洲。

叶行洲的访客是林知年的二叔林鸿飞。

祁醒抬头瞥了一眼，稍感意外。林鸿飞脚步匆匆地进来，脸色难看得像是来讨债。他急着要找叶行洲问事情，大步过来，没有注意到隔断柜后沙发里的祁醒。他站定在叶行洲办公桌前，急不可耐地开口："叶少，我有事想问你。"

"坐吧。"叶行洲微抬了抬下巴，示意他。

林鸿飞拉开椅子坐下去半边屁股，立刻说起正事来："格睿的上市计划要搁置了，叶少你知道吗？"

叶行洲神色淡定地点头："听人说过。"

"那我这边怎么办？"林鸿飞急得呼吸都有些不顺畅，"我已经把钱都打到了他们账上，现在他们说上市计划搁置，那要等到什么时候再启动？我这笔钱几时才能拿回来？"

叶行洲反问他："你跟他们的协议书上怎么签的？"

林鸿飞面露难堪，他当初为了能顺利分到这杯羹，跟对方签订入股协议时，完全没有涉及业绩承诺补偿和股份回购的部分，现在对方上市计划面临搁置，他的钱被套进去，想要短时间内退出基本就是妄想。

听罢林鸿飞的话，叶行洲挑了挑眉："如果是这样，那确实有些麻烦。"

"我手头上的钱都投在了这个项目上，要是资金回不来，后续我公司别说运转别的项目，可能连工资都发不出来。我跟银行签的都是短期贷款，时间到了要是还不上，估计得破产！叶少，我当初是信任你，才孤注一掷把钱都投去了格睿，你不能这么害我，现在到底要怎么办？你必须得给我指一条明路！"

林鸿飞急得几乎抓狂，分明打定了主意要赖上叶行洲。

叶行洲的眼皮微垂，表情近似轻慢："所以林叔，你自己有什么打算？"

林鸿飞咬咬牙说道："叶少，你能不能先借一笔钱给我，或者帮我做担保向银行贷款，让我过了这关再说？！"

叶行洲："你要多少钱？"

林鸿飞狮子大开口："二十亿。"

叶行洲靠回座椅里，眼神意味不明地看着他，没有立刻作声。

林鸿飞被他这样的目光盯上，额头上莫名冒出冷汗，犹豫了一下继续说："叶少，就当看在你和知年的交情上，帮一帮我们吧。只要公司能渡过这个难关，钱我肯定还你，利息也不会少……"

沙发上的祁醒慢吞吞地换了个姿势，跷起腿，打了个哈欠。

二十亿？林鸿飞竟然想拿一个交情在叶行洲这里要二十亿？胃口真大。

当然了，二十亿叶行洲确实给得起，单看他想不想给罢了。

林鸿飞咽了一口唾沫："如果二十亿太多了，叶少一下拿不出来，那先借我十亿……"

叶行洲打断他："博顺成立近四十年了吧，虽然这些年的发展不尽如人意，在淮城依旧是数得上号的。要是林叔愿意变通，将公司转手，一样能解眼前的燃眉之急。"

林鸿飞一愣，竟没想到叶行洲给出的建议是让他把公司卖了。

他干笑了一声："博顺再怎么样也是我们林家三代人一手创立起来的，要是败在我手里了，我死了都没脸下去见人。即便真要卖我也不愿意拆开了卖，而且博顺现在这个情况叶少也知道的，就算我肯卖，也得有人有这个魄力和实力接手，只怕到时买家还没找到，银行那边就先上门了。"

"如果叶氏愿意买呢？"叶行洲忽然说道。

林鸿飞诧异地看着他，接着脱口而出："卖给叶氏，博顺还能保留自主经营权吗？"

叶行洲慢慢摇头，打破了他的痴心妄想。

叶氏不是做慈善的，博顺这种内里早就腐朽不堪的公司，根本没有继续存在下去的必要，他只对对方的资产感兴趣而已。

林鸿飞被他脸上似笑非笑的表情刺激，怒气陡然上涌："叶少的意思，是打算见死不救，趁火打劫了？"

叶行洲："我这么做就是想帮林叔。"

林鸿飞猛站起身，咬牙切齿："你这个反应，是不是早就打上了博顺的主意？！你早知道格睿那边有问题，故意把我骗去投资他们，让我套进去？你之前给我介绍项目让我赚点儿甜头不过是撒鱼饵，吊我上钩，让我信你！现在我要破产了，你就打算全盘接手我的公司了是不是？！"

叶行洲靠在座椅里，仰头看着他，眼神轻蔑，既不承认也未否认："我的建议，林叔不妨好好考虑，你年纪也大了，拿钱脱身早点儿享受退休生活，没有什么不好。"

林鸿飞气得胸膛不断起伏，捏紧拳头，手背青筋暴起，死死瞪着他。

叶行洲不为所动："不早了，林叔要是没别的事，先请回吧。"

僵持片刻，林鸿飞铁青着脸，拂袖摔门而去。

看了一出好戏的祁醒咂咂嘴，起身走去叶行洲身边："原来你之前给他们牵线介绍项目是下套啊？你竟然真的想吞了林家的公司？"

叶行洲："他自己送上门的。"

祁醒奇怪地问："你怎么知道格睿那边一定会出事？"

"先前那次你干爷爷邀我们去农庄。"叶行洲说。

祁醒不解："什么意思？"

"你干爷爷那些老朋友里有一个就是崇江人，对那边的情况比较了解。他们闲聊时提到过格睿制造，这家企业确实有改制上市的打算，原本是板上钉钉的事，但不巧碰上了当地的领导班子换届。新领导风格偏向保守，格睿制造那位老总又野心勃勃，想借着引进外来股东上市的机会让格睿走出崇江。格睿是崇江的纳税大户，你觉得这种情况下，当地领导班子能无动于衷任由他们得逞？

"上市当然还是会上市，但肯定不是眼下这个时机，最后的利益分配也肯定不会如林鸿飞所愿，他投进去的钱套在里面，想要解套慢慢等吧，只看他等不等得起。"

祁醒当时的心思全在吃和玩儿上，压根没听他们聊了什么，叶行洲不但听进去了，竟然还想到借这个机会给人下套？

叶行洲淡漠道："恰巧我与格睿制造那位老总有几分交情，就顺手为之了，要不是林鸿飞太贪，也入不了套。"

祁醒："那你真对他们家公司有兴趣？"

"破船也有三千钉，"叶行洲随意点头，"何况是博顺这种发展了几十年的大公司，他们早年做实业发家的，公司名下优质资产不少，整合一下能有大用处。"

祁醒啧啧："你就知道他一定会卖给你？"

叶行洲："他急着要钱，我能给出的价格别人给不起，就算他不肯卖，博顺也不是他一个人说了算，只要我愿意全盘接手，帮他们偿还债务，肯定有人动心。"

祁醒凑近到他面前："叶行洲，你的心肝果然是黑透了的，林老师没怎么得罪你吧？你竟然想把他们家公司都吞了，还真是一点儿情面都不讲啊？那你之前拉我爸一起投资星能科技，不会也在设计我们吧？我爸还打算追加后续投资，我是不是得回去劝他再考虑考虑？还有你那个老同学，把我三千万的家底都弄去了，你们不会合起伙来蒙我吧？"

叶行洲："星能科技有没有问题，你爸比你清楚，至于我老同学他们弄的那只风投基金，正要跟你说，他们已经完成登记注册了，刚把相关资料发过来，你看看吧。"

他打开了一份电脑文件给他看。

祁醒嘴上说着担心被骗，却没仔细看，确认了一下自己的占股比例，直到看到注册名字时目光一顿，念了出来："致远创投？这谁取的名字？名字就叫这个啊？"

叶行洲瞥了一眼："我老同学取的，随他们吧。"

祁醒："我怎么觉得我们投的只有钱？公司压根就没我们什么事呢？"

办公桌上的内线电话和手机轮番响了几次，叶行洲都没有理会，一直到下班时间叶行洲才有空看自己手机，最近的一通未接来电是林知年打来的。

"哟，来兴师问罪了。"祁醒凑过来瞧见通话记录，语气里的幸灾乐祸明显。

叶行洲懒得理，问他："现在回去？"

祁醒还想说什么，内线电话又响起，叶行洲随手接了，外头秘书告诉他林知年一个多小时前就来了，坚持要见他，一直在外面等。

叶行洲蹙眉："让他进来。"

祁醒"啧"了一声。

叶行洲挂断电话："你在这里还是进去里头？"

祁醒："我才懒得听你们昔日故友反目成仇。"

他直接进了休息室，但没有合上门，留了一条缝，懒洋洋地倚在门边，静静地玩儿起手机游戏。

叶行洲随手翻完了刚才在看的文件的最后两页，抬头时，林知年已经进来，站在他办公桌前，眼神复杂地打量着他。

叶行洲淡淡地示意："坐吧。"

林知年没有坐下，坚持站着，沉默了一下，开口问道："我二叔先前是不是来找过你？"

叶行洲："嗯。"

林知年盯着他的眼睛："你想要博顺？从你答应帮我二叔介绍生意起，是不是就已经打定了这个主意？"

"你想问什么？"叶行洲神色淡漠，"我是个商人，逐利是我的天性，送上门来的机会，我没理由拒绝。"

林知年愣了愣，随即苦笑："所以你的意思是我二叔蠢，活该被你坑，那么我呢？我随你出席那些晚宴酒会，让大家以为林家受叶氏的庇护，难道说你从那个时候就已经开始设套了，知道我二叔想借我们的交情从你这里换取利益，所以顺水推舟让他自食其果？"

叶行洲无所谓地说："你觉得是什么便是什么。"

他觉得是什么便是什么，林知年心头苦涩。

叶行洲从未表态过什么，或许还抱着看戏的心态，看他像个小丑一样放下自尊一再地示好，再加以利用。

他的那些煎熬与辗转反侧，在叶行洲这里其实通通不值一提。

"你就一定要这样吗？当年的情谊，在你眼里真的就什么都不算了吗？"林知年问得艰难，他甚至不知道自己在这里等一个小时，坚持见这个人到底是在执着什么，可不问到一个答案，终究心有不甘。

"当年我过生日，你跑遍全城就为了买一块我喜欢的蛋糕，你骑车载我去几十公里外的山上看日出，有外校的人来找我麻烦，你跟别人打架打到手腕脱臼，我生病进医院，你彻夜不睡陪护照看，这些经历难道都是假的吗？"

休息室里，祁醒心不在焉地打完一盘游戏，朝外瞥了一眼。

那位林老师神情恍惚盯着叶行洲，祁醒甚至觉得他的手都在发抖，拼命地压抑情绪，叶行洲却好似根本没看他，微低着头，连坐姿都没变过一个。

可惜叶行洲坐的位置背对休息室这边，祁醒看不到这人脸上的表情。

祁醒嘴角微撇，收回视线，开始新一局的游戏。

叶行洲其实也在走神，目光落至文件夹边掉落的一枚袖扣上。

颜色鲜艳的珊瑚石袖扣，不是他的，是祁醒的，应该是刚才不小心落下来的。

叶行洲捏起那枚袖扣到指腹间，摩挲了一下。

林知年注意到他的动作，终于意识到叶行洲或许根本没听他说了什么，对他追忆往昔毫无兴趣。

他咬住唇，越发难堪，但还是坚持说下去："行洲，我真的没办法。我爸妈去世早，家里是二叔说了算，我的日子也不好过，不会比你在叶家好多少。二叔他现在要我讨好你，是因为你是叶氏的掌权人，可是在当年，他只会把我当作眼中钉，除之后快。而且，不只是他，还有你爸，我一直没有跟你说过，你爸他找过我。"

叶行洲的手指顿住，眉梢终于不易察觉地动了动。

林知年双目通红："是你爸不允许任何人帮你，他跟我说他对你抱有很大的期望，要磨炼你，只要有人朝你伸出援手，他就会舍弃你，让你从哪里来再回到哪里去，我们当时的处境一样艰难，我不敢赌。

"我出国后试图联系过你，没有成功，寄回国的明信片我以为你收到了，但之前我问你，你说没有，大概是被你爸拿走了吧。这十几年我不敢回来，我怕你爸故伎重施，直到他去世，我才敢回来见你。"

他看着叶行洲，哽咽道："那幅拿了奖的画，是我画给你的，你是不是以为画中那个人是你？不是，那是我自己。我画的是我自己，我也是一直活在黑暗里的人。我早该跟你说清楚的，我是自私、是懦弱，可我对你从来都是真诚的，当年是，现在也是，但是为什么，你要用这样的方式报复我？"

办公室里有一瞬间安静得近似落针可闻，除了林知年不稳的呼吸声，谁都没有出声。

叶行洲始终垂着眼，一下一下摩挲着手里的那枚袖扣，没有人知道他在想什么。

林知年看不清他眼底的情绪，休息室里的祁醒更看不到，最后打破僵局的是祁醒的手机游戏声。

轻松欢快的音乐后是一句略为诙谐的电音"Game Over"，林知年一怔，诧异地抬眼看向休息室的方向。

祁醒推门出来，在林知年难以置信的目光中走到叶行洲身边，踢了他一脚："你们话说完了没有？我肚子饿死了，什么时候能走？"

叶行洲视线落向他，眼里带了隐约笑意。

祁醒轻哼了一声，移开眼。

林知年看着大大咧咧出现的祁醒，终于回神，心头陡然涌起一股愤怒。他之前在外面等了一个多小时，还有他刚才说的那些话，在此刻突然变得无比讽刺，或许在这两人眼里他就是个笑话。

"你为什么会在这里？为什么偷听我们说话？"

"我一直就在这里啊，我先来的。"面对林知年的质问，祁醒满脸无辜，"林老师讲讲道理吧，我人在这里，被迫听到了你们说话，怎么能叫偷听呢？叶行洲又没赶我走。"

"你不要强词夺理！"林知年不忿，甚至有些咬牙切齿。这位祁小少爷生来命好，有爸妈宠着，还有个有权有势的干爷爷惯着，要什么都有，偏要来跟他争，凭什么！

祁醒"啧"了一声："要我说啊，林老师，你说了一堆叶行洲当年为你做的事情，那你又为他做过什么啊？你不还是走了吗？好吧，你是被逼无奈，搁这儿上演狗血剧呢，我妈倒是挺爱看的，叶行洲这种人我看他肯定没兴趣，什么朋友哪有钱来得实际，有钱谁不赚，这算哪门子的报复？林老师，你也太看得起自己，太看不起钱的魅力了。

"啊，还有，虽然我不懂你们文化人那些文艺思想，但是劝你一句，人活着还是尽量阳光灿烂点儿的好，两个都是活在黑暗里的人，那不是抱团抑郁吗？"

林知年被他这么一顿损，气得几乎站不住，脸涨得通红，刚要反驳，却听到叶行洲一声笑。他下意识看去，这个男人像是被祁醒的话逗乐，神情愉悦而放松，是他从未在叶行洲身上看到过的，即便在当年也没有过。

林知年瞬间失语，愣了半晌，才勉强找回声音问祁醒："你当初结交我的目的也是在利用我？"

祁醒耸了耸肩："首先，叶行洲他爸已经去世了，现在谁还能插手叶行洲交什么朋友？其次，我真的看不上你二叔那种上不得台面的处事方式。当初我是真心欣赏你，想跟你交个朋友，可你不也一直瞧不上我这种只会玩乐的公子哥儿吗？"

祁醒越是说得这么满不在乎，林知年越觉得意难平，相比自己和叶行洲少年时的情谊被叶行洲弃如敝屣，现在叶行洲又是抱着什么目的结交祁醒的？

"你难道也是这么想的？"这一次林知年问的人是叶行洲。

叶行洲回头，嘴角笑意敛去，冷淡说道："过去的事到此为止，要是没有别的事，请回吧。"

林知年终于看清楚了，叶行洲确实不会再因为他起一丝一毫的波澜，唯有冷漠和厌烦。

清醒认识到这一点时，林知年只觉浑身力气都被抽干，寒意顿生，无地自容。他一秒都待不下去了，不想再被奚落、嘲讽，更招人厌，他后退两步，转身快步离开。

脚步声远去，祁醒冷冷瞪了一眼还坐着的叶行洲。

叶行洲把一直捏在手里的袖扣递给他。

祁醒看着他的动作，忽然说：“叶少难不成从酒会之前就算计上林知年家的公司了？”

叶行洲已经帮他把袖扣扣好。

祁醒盯着他的眼睛，似笑非笑：“还是说，叶少你其实有私心呢？”

沉默片刻，祁醒眼中笑意更显戏谑，叶行洲却不以为意：“你想多了。见我得势就上门来攀附逢迎，他们能拿故交情谊厚着脸皮结交，我不过是顺手利用，比起把那些项目交给叶家人，至少林家的公司有利用价值。”

祁醒站直起身，冷哂道：“那就是说，叶家那些人都知道你跟林老师当年那点儿事？也是，谁能想到叶少当年还真是个性情中人呢？为了买生日蛋糕跑遍全城，半夜骑车去城外看日出，帮人打架打到手腕脱臼，彻夜不睡照顾病人，我都要鼓掌了，感人肺腑啊！林老师都说了他是迫于无奈才出国，现在误会解除，你不应该追悔莫及吗？”

叶行洲靠着座椅，仰头看着他，将祁醒此刻脸上细微的神情变化尽数看进眼中。

叶行洲：“你妈爱看的电视剧，我看你也挺爱看的，挺会编故事。”

祁醒：“都是他亲口说的，我编什么了？”

“我跟你也看过日出，帮你打过架，你进医院照顾过你。”叶行洲提醒他。

那根本不是一回事。祁醒嗤道：“最后一个问题，刚才他说完话沉默的那十几秒，你在想什么？”

叶行洲皱眉。

祁醒没再给他说话的机会，又踢了他一脚：“我要回家了，你自己玩儿去吧，拜拜。”

叶行洲沉了声音：“现在回家？”

祁醒拿出手机在他面前晃了一下：“我妈刚给我发微信，家里有事，让我现在就回去。”

叶行洲：“留下来。”

祁醒笑嘻嘻地打开微信，让他看清楚，确实是他妈十分钟前发来的消息。

叶行洲冷下脸。

祁醒收起手机：“不好意思啊叶少，今天不奉陪了。”

第十三章
日出

车开出叶氏大楼时,祁醒长出了一口气。

他一脚用力踩下油门,头也不回地加速离开。

祁醒回到家已经七点半了,他爸妈还没吃晚饭,都在等他。

他们一家三口已经很久没有坐在一张桌子旁一起吃饭了。祁醒心情有些沉重,加上心虚,只是低着头吃饭,一言不发。

王翠兰向祁荣华使了个眼色,祁荣华似乎有些不自在,也埋头大口吃饭,不愿意说话。

王翠兰无奈,只好自己开口,问祁醒:"这段时间你每天早出晚归,还老是说去朋友家、干爷爷家住,你说实话,到底在外面干什么?"

其实他们夫妻俩是有办法查出真相的,但之前陈老曾苦口婆心地劝告他们,不想与儿子的关系越闹越僵,就要给祁醒留一些私人空间,不要一直把他当小孩子。

他们俩最终还是按捺住了,没有真的去查。

祁醒尴尬地笑道:"我没干什么,真的没有。"

"那……如果我们再给你介绍对象,你想去看看吗?"王翠兰小心翼翼地问他。

祁醒皱眉道:"妈,你们还要让我相亲吗?我都说了我不结婚……"所以他妈让他务必回来吃晚饭,其实是为了给他介绍对象?

祁荣华青着脸,越发不想说话,但没打断王翠兰。

王翠兰笑着解释:"试试你的口风,不想就算了,不聊这个了。对了,我们以前的老邻居李叔家的孩子,你还有印象吗?你们小时候经常一起玩儿的。"

祁醒张了张嘴，那都几岁大的事情了？要说有印象确实有那么点儿，但是……

"他们不是早年就全家移民去美国了吗？"

"是啊，不过你爸跟他们一直没断了联系，你李叔他两口子打算明年还是回国，他们儿子是美国名校毕业的高才生，在那边的投行工作，听说有本事得很，有没有兴趣跟他认识一下？"

祁荣华依旧没个好脸色，瞪了祁醒一眼，终于开口："知根知底的老邻居不好过外面不三不四的人？跟着外人做风投基金，不如多结交像你李叔儿子这样的归国才俊。"

王翠兰担心父子俩又要吵架，赶紧打圆场："儿子，你先考虑一下吧。如果你有这个意向，可以先加个微信，跟人家聊聊。说不定以后会有一起共事的机会。"

他妈说着，快速翻出手机里的微信名片，递到祁醒面前给他看。祁醒瞥了一眼，敷衍地说："妈，你推给我吧。"

吃完饭，祁醒还是不太高兴，随手给杨开明发了条消息，问他们在哪里潇洒快活。

杨开明秒回："祁少，你舍得出来了？"

祁醒："废话少说，定位发我。"

自动屏蔽了他妈的唠叨和他爸的训斥，祁醒找着机会溜了出去，开车去了杨开明他们玩乐的酒吧。

到了酒吧，已经是九点多，正是热闹的时候。

看到祁醒进门，人群里起哄声四起，祁醒这段时间修身养性，人影都见不着一个，今天突然出现了，可不得好好挤对他一番。

"祁少最近过得挺滋润的啊，这瞧着心宽体胖，皮肤越来越好了。"

祁醒听得不耐烦："吵死了，关你们什么事。"

他拿起酒杯先往嘴里倒了半杯，随手搁下，靠着沙发："玩儿你们自己的，少拿我逗乐子。"

大约是看出他心情不太好，大家终于识相地扯开了话题。大伙的注意力都移走后，杨开明才好奇地靠过来撞了撞他的胳膊："心情不好？"

祁醒："你也别问。"

不问就不问。

说是这么说，心里却更不舒坦，堵着一口气上不去下不来，让他看什么都不顺眼，做什么都不顺心。

酒不知不觉就喝了好几杯，杨开明怕他喝醉了，提醒他："祁少要玩儿骰子吗？"

祁醒："不玩儿。"

杨开明："打牌呢？"

祁醒："不打。"

杨开明："去楼上打桌球？"

祁醒："不去。"

对什么都提不起兴趣，他靠在沙发里心不在焉地翻手机，他妈刚把他那位做投行的幼年玩伴的微信名片推过来。

祁醒随手点击了添加，等那边通过了，打了一个"你好"，又觉得没什么意思，删掉退出。

对方也没发消息过来，说不定也只是想着荣华资本在淮城的地位发展一个人脉。

祁醒歪着身子，脸贴着沙发背，更觉郁闷，直到叶行洲的微信进来："在哪里？"

盯着这三个字看了片刻，他用力戳了两下屏幕，没有回复。

杨开明见他这样，提议道："祁少，要再喊点儿人来陪你喝酒解闷吗？"

祁醒像是没听清楚，斜了他一眼。杨开明解释："最近刚认识的朋友，喝酒，唱歌，聊天，要是能把祁少你哄高兴了，多少卖他们点儿面子。"

祁醒问道："你能认识什么正经朋友？上次那个调酒师就是你看走了眼，差点儿害我被叶老四暗算。"

"这次不一样，那小子说话好玩儿。"

"那行吧。"

几分钟后，有人走进包厢，径直坐在祁醒身前的单人沙发扶手上，微笑着对他说："祁少，您好，我叫Theo。"

祁醒依旧靠在沙发里，慢慢睁开眼睛，挑剔地打量着对方，对方歪着嘴笑的模样让他颇感不悦。

他闭上眼睛，酒劲上来让他有些不舒服："你别笑了，笑得怪油的，还有啊，你取个洋名在这里装什么，你没中文名吗？叫什么？"

对方嘴角的笑容僵住了，有些尴尬地说："王大兵。"

祁醒噗地笑出声来，这下是真的被逗乐了。

叶行洲的电话进来时，祁醒正在听着王大兵讲笑话，这人油腔滑调的，讲的笑话俗不可耐，却逗得祁醒眉开眼笑，心情似乎好了不少。

电话铃声响了足足半分钟，他才慢吞吞地接听："喂，谁啊？"

"你在哪里？"叶行洲的声音沉沉的，显然已经听到了包厢里震天响的背景音。

"关你什么事啊?"祁醒大约是醉了,说话软绵绵的,没什么力气,说出口的话却都不好听,"你别管我,你谁啊你?管得着我吗?"

叶行洲:"你喝了多少酒?"

祁醒:"说了不用你管,你烦不烦,不想跟你说话,拜拜。"

他直接挂断电话,冲对面的王大兵一抬下巴:"你继续说刚才的。"

杨开明正跟人打牌,陌生的电话号码进来,随手接了,还没等他开口,对面的人先说道:"我是叶行洲,祁醒是不是跟你在一起?把你们的地址告诉我。"

杨开明差点儿噎到,回头看了一眼角落沙发里的祁醒,额头上的汗都冒了出来:"是在一起……"

"地址给我。"叶行洲的语气格外强势。

杨开明有些欲哭无泪,对上叶行洲,他又格外怂,到底是把地址报给了对方。

挂断电话,杨开明连滚带爬去祁醒身边,推了他一把:"祁少,叶行洲一会儿要来,别跟他瞎聊了。"

祁醒不肯:"干吗?听他说话挺有意思的。"

杨开明压低声音,双手合十求他:"祁少,你饶了我吧,要是被叶行洲看到我又带你到酒吧喝酒,他不得杀了我?上回出了叶万齐那事儿,他就警告过我了。"

"他来就来,"祁醒挥挥手,"你别管他,跟你没关系,你去玩儿你的。"

杨开明:"那你反正别说是我找你喝酒的啊。"

祁醒白了他一眼,继续喝酒。

叶行洲推门进来时,一个人正扯着破了音的嗓子唱着"死了都要爱",唱到声嘶力竭,脑袋扭过去乍对上叶行洲那张罗刹脸,惊得手里话筒直接落地,带起哐当巨响。一屋子的人无论是喝酒聊天的,还是唱歌打牌的,集体愣住了,视线一同汇聚到了走进来的叶行洲身上,离他最近的几个人甚至下意识地纷纷避开,让出道。

祁醒依旧靠坐在沙发角落里,手里还握着酒杯,醉眼蒙眬地听人说笑。

背景音乐震耳欲聋,王大兵面朝祁醒坐着,刚给祁醒讲完笑话,丝毫没有察觉到异样:"祁少,一会儿要不要跟大家换个地方去喝酒?"

但是下一秒,背后伸出的另一只手扣住了他的手腕。

"嗷——"王大兵完全没反应过来,剧痛瞬间直冲天灵盖,手腕已经被拧痛,他被叶行洲从沙发甩到地上,摔了个四脚朝天,视线里只有居高临下的这个男人如同看死人一般看他的目光。

周围人惊慌避开,生怕被殃及池鱼,祁醒确实醉迷糊了,这么大的动静他才有了点儿反应。祁醒迷瞪着眼睛抬了头,在一片昏暗晃动的光线里捕捉到了叶行洲的身影,不自觉地蹙眉:"你来做什么?"

叶行洲上前弯下腰,高大的身形几乎罩住他,盯着他的眼睛,沉声问道:"还能不能走?"

祁醒闭起眼,嘟囔:"不能。"

被叶行洲拉进副驾驶座,扣上安全带,祁醒像终于后知后觉回过神,睁开眼,抬起的双手用力揪住了叶行洲的西装领,一副要跟他打一架的架势。

叶行洲安抚他:"跟我回家。"

"喀——"胃里一阵翻江倒海,祁醒抓着叶行洲的衣领,控制不住地吐了出来,全吐到了他身上。

叶行洲黑了脸。

祁醒靠在副驾驶座里,晕乎乎地看着叶行洲脱衣服、换衣服,被他吐了一身的西装衬衣直接进了垃圾桶,这人车上还随时备着一套衣服,不至于狼狈到需要赤膊上阵。

祁醒歪着脑袋迷迷糊糊地想着,他刚才确实有故意的成分,能看到这人变脸,哪怕一秒也是痛快的。

叶行洲发动汽车,祁醒闭了几闭眼睛,靠着座椅慢慢睡了过去。

再睁开眼时,叶行洲把他扶出车。祁醒模糊的视线里瞥见这个人绷紧的侧脸,心里不舒服:"你让开,谁要你扶,我自己能走。"

叶行洲没有理他,到家后直接把祁醒带到浴室,打开了淋浴器。热水从头顶倾泻而下,祁醒立刻张口骂娘。

叶行洲离开浴室去找干净的衣服,祁醒背过身,趴到浴缸边缘,重新闭上眼睛。浴室里弥漫的热气让他本就喝多了的脑子更加不清楚,只想一觉睡过去。

"我跟你说过,不要在外面乱玩儿,你又忘了。"叶行洲拿着衣服回来,冷声提醒他。

"关你什么事!我跟你拼了!"祁醒回过神来,怒火中烧,气红了眼,扑过去拳头直接往叶行洲脸上送。

浴缸里溅起巨大的水花,叶行洲皱着眉侧身躲开,祁醒脚下一滑,身体不稳,差点儿整个人栽进水里。叶行洲立刻伸手扶住他,却被祁醒推得向后倒下去。

祁醒趁势扑上去,双手掐住了他的脖子,狠狠地把人往水里按,一副要弄死叶行洲的架势。

被祁醒掐着脖子按进水里,叶行洲的脸上竟然没有显露出半分惊慌,他镇定地屏住呼吸,在水下睁开了眼睛,直勾勾地看向祁醒。

那双眼睛如同内藏镇在深渊之下的恶魔,在这一刻终于挣脱束缚。

祁醒呼吸不稳,那种被毒蛇盯上的不适感时隔这么久又一次冒了出来,今天更甚。隔着水雾，不确定和不安感一齐被放大，祁醒甚至被他这样的眼神盯得头皮发麻，下意识就松了手。

其实也只有那么几秒的时间，叶行洲破水而出时，祁醒也跟着站起身，阴着脸跨出了浴缸，大步而去。

祁醒打定了主意离开，随便找了几件干净衣服换上准备走，结果这房间的门也不知道是怎么控制的，他在里面竟然打不开。

尝试了几遍确定自己没法开门，他气得用力踹了一脚，泄气地走回床边，瘫倒进床里。

叶行洲绝对是故意的。

祁醒蜷缩在床中，又快睡着了。

叶行洲清理完身上残留的酒臭味儿，从外面打开门进了祁醒的房间，祁醒烦躁地皱了皱眉，慢慢睁开眼。

他的脑子里还是不清楚，对上叶行洲垂下的视线，含混地吐出声音："我得回家，快十二点了。"

"吹头发，吹干了再睡。"叶行洲对他说的回家的话置若罔闻。

祁醒连翻白眼的力气都没了，扭开脑袋，不想搭理他。

片刻后，叶行洲拿着新睡衣和吹风机又返回来。

祁醒不为所动，叶行洲便打开吹风机站在床边等着，暖风拂上被子没有蒙住的发顶，耳边是吹风机的嗡鸣声，实在叫人无法忽略。

最后祁醒忍无可忍，一个翻身起来使劲打了叶行洲的手一下。

叶行洲眉头微蹙，不在意地收回手，继续等他吹头发。

祁醒又倒回床上，拉起被子挡住自己的脸，不想理他。

"他说完以后我想的是——你还打算在休息室里待多久，偷听别人说话有趣吗？"头顶忽然传来叶行洲的声音，裹挟在吹风机的声响里，又隔着一层被子，有些不真实。

祁醒几乎以为自己幻听了，半天才从被子里探出头，怀疑地看向他，粗声粗气地问："你刚说什么？"

叶行洲关掉吹风机的开关，拔了电源，随手放下吹风机说道："你的最后一个问题，问我当时在想什么。"

祁醒不信："就这？"

叶行洲看着他："不然呢？"

祁醒有点儿被噎着，人家在跟你诉衷肠，解释当年的惊天误会，你竟然在想这种鬼问题？

"你的知交好友都低声下气求你了,你就没点儿触动吗?"

"不是知交好友,只是以前的同学。"叶行洲淡淡纠正他。

祁醒:"你胡扯,你那个京市的老同学都没这待遇吧。"

叶行洲再次提醒他:"朋友是阶段性的,不一样,你是现阶段的。"

祁醒重新拉起被子背过身说道:"少拿我当挡箭牌。"

叶行洲拉下他的被子,皱眉:"你想憋死自己?"

祁醒一眼瞪过去:"你别转移话题,我看你当年对人挺好的啊,要不能跑遍全城给人买蛋糕?淮城这么大,你跑遍全城不得跑一天?不上心的人你能做到这个地步?"

叶行洲漫不经心地说:"蛋糕是买了,跑遍全城是假的,那天回了一趟孤儿院处理点儿事情,不想让家里知道找的借口,被叶万清他们几个知道后故意拿出去宣扬,他听到误会了。"

祁醒:"那看日出呢?"

叶行洲:"摄影,学校有艺体学分要求,为了补转学欠下的学分,去拍日出,他说也想看看,才带他一起去。"

祁醒:"他明明说还约好下一次!"

叶行洲:"他说约我能说不约?"

祁醒:"帮他打架呢?"

叶行洲:"那些人找他麻烦的时候我也在场,难道丢下他一个人跑了?"

祁醒:"彻夜照顾病人?"

叶行洲:"学校夏令营,我跟他一个组,出门在外,既是同学又是朋友,我照顾他有什么问题?"

祁醒顿了一下,又问:"现在既然知道是误会了,你怎么不跟人解释清楚公司的事呢?"

叶行洲目光落向他,停住不动。

祁醒被盯得有些发毛:"我说你……"

"为什么要解释?十几年没见过、没联系过的陌生人而已,我和他早就不是朋友了。如果叶氏现在不是我做主,你猜我们还会不会有什么故交?"叶行洲语气淡淡,从头至尾连提林知年的名字都懒得。

林知年说叶崇霖找过他,叶行洲并不意外。若非摸清了叶崇霖的秉性,他这十多年也没法在叶家生存下来。

但对他来说,一旦被划归为不在意的人,那么所剩的价值便全部只能用利益来计算。

林知年包括林家都是自己送上门来的,他利用林知年,下套设计林鸿飞,想吞了林家的公司,于他都是家常便饭一样的事情,做起来没有半点儿心理负担。

"你以为这世上有几个人能十几年原地不动地等另一个人？那是你说的那些狗血剧里才有的情节，"叶行洲轻哂，"以后没事少陪你妈看那种东西。"

之后谁都没有再说话。

就在祁醒几乎要睡过去时，听到自己的手机铃声响起，他困顿地伸出手想够手机，叶行洲帮他从衣兜里摸出来："你妈打来的电话。"

祁醒瞬间清醒，睁开眼坐起身，在叶行洲帮他接听前抢过手机。

"我晚上不回去了，嗯，在杨开明家住一晚，反正明天周六。

"知道了，明天会回去的……"

做乖宝宝状，又嗯嗯啊啊地应和了几句，终于被放过后祁醒挂断电话，松了一口气，满脸幽怨地看向叶行洲。然后他又突然想到什么，给杨开明打了一个电话过去。

那伙人还在酒吧玩儿，祁醒开口就说："你让那几个人都把嘴巴缝上！"

那边是嘻嘻哈哈的笑声，杨开明开的大约是免提，有人帮着答应。

祁醒立刻挂断，把手机扔了，用力瞪了一眼叶行洲，他倒回床里气呼呼地拉起被子，装死。

他以后也真不用去跟那些人玩儿了，没脸再去。

叶行洲的声音靠近："这么怕你爸妈？"

祁醒："我爸看你是个黑心肝的坏种，不想被他扒了皮你就老实点儿，以后再说。"

叶行洲似乎半点儿不意外他会这么说："那你休息吧。"

闭着眼的祁醒最后呢喃出一句："我生日是五月八日。"

叶行洲："我知道，睡吧。"

进入三月后，祁醒终于没机会再游手好闲，他爸大概是看他成日不着家极度不顺眼，丢了个新项目给他做。

荣华资本旗下的一家子公司要在美国上市，推进工作已经进展到最重要关头，祁醒这个一窍不通的门外汉被他爸摁着头参与进去，每天都要跟顾问团队各方面的人打交道，开不完的会议，听不完的报告，还不能敷衍了事，回头他爸还得一一仔细盘问他。

要是答不上来，迎接他的便是信用卡停卡警告。

当然了，被他爸停了信用卡，他妈也会私下悄悄接济他，祁醒确实可以把他爸的话当耳旁风。但出于某种微妙的竞争心理，跟叶行洲来往的时间久了，他反而有了点儿想要上进的想法——虽然也只有那么一点儿——至少不能让叶行洲看扁了他。

抱着这点儿别扭心思，祁醒勉勉强强地接受了他爸的安排，工作虽然说不上多努力，至少没再摸鱼划水，每天按时去公司报到，不到下班点不会走，加班也成了家常便饭。

和叶行洲见面的次数少了，叶行洲问过一次，知道他是在做正经工作，便没再说什么，偶尔还会给他一些工作上的提点，两人终于有了点儿像样儿的精神层次上的交流。

相比他爸的扮猪吃老虎，叶行洲做生意的风格算得上铁腕强势，祁醒两头学着，还觉得挺有意思。

"听说叶氏前两天有个高层元老差点儿在叶氏大楼跳楼，幸亏被保安拉下来了，怎么说都是公司创立之初就在的人，不知道犯了什么错，竟然差点儿被那位叶少逼上了绝路，叶行洲这个个性，还真是叫人不敢恭维。"

跟着祁荣华在外参加完投资研讨会回公司的车上，祁醒正低头看手机，听到他爸说起叶行洲的事，眉头动了动，不待开口，就听他爸继续说道："之前博顺的那事也是，林鸿飞虽然德行不怎么样，又没得罪过他，何至于挖坑想吞别人的公司，这么到处树敌，他也不怕以后麻烦没法收拾。"

祁醒明智地决定不接话。

他爸近期没少在他面前说叶行洲的坏话，之前因为一起投资星能科技，在京市叶行洲照顾他几天而建立起的好感，因为叶行洲私底下说动祁醒一起做风投基金的行为没了，他爸现在防备叶行洲的程度，跟防狼防贼也差不多。

"之前听说他跟林鸿飞的侄子关系还挺好，谁知道下起手来一样不留情面，他这样的人，喜怒不定，心思深沉，做朋友都不合适，说不定哪天就翻脸不认人了，你长点儿记性，没事别跟他凑太近了。"祁荣华幽幽地提醒他。

祁醒干笑："哦。"

祁荣华一看他这样就知道他没听进去，没好气地哼了一声。

祁醒默不作声，由着他爸说，虽然他爸说的其实也没错。

他自己如果是嚣张跋扈的二世祖，叶行洲就是个彻头彻尾的"暴君"，得亏现在是法治社会，才能拴住叶行洲这条脱缰的野狗，大概也只有他天不怕地不怕，敢跟这人交朋友了。

偏过身，他悄悄地给叶行洲发消息："听说你差点儿逼死人了？"

那边没有回复，等了几分钟，他想起前几天叶行洲似乎说要去外地一趟，估计忙着呢，顿觉没劲，收了手机。

之后又是平平无奇的一天，祁醒工作结束回到家已经是晚上八点多。明天就周末了，杨开明发消息来约他出去玩儿，他刚洗完澡，懒洋洋地躺床里翻了个身，回复："不去了，没意思。"

白天忙了一天，祁醒便早早睡了，一觉睡到半夜被尿憋醒。祁醒爬起床上了厕所回来，迷迷糊糊地看了眼手机时间，凌晨两点多，屏幕上有一条叶行洲两个小时前发来的微信："刚回来。"

祁醒瞬间清醒，他拿起手机回复过去："你回来得真够晚的。"

发完这条，他重新爬上床，本以为叶行洲肯定睡着了，不到五分钟，却又有新消息进来："还没睡？"

祁醒靠着床头打哈欠："睡醒了。"

叶行洲的电话进来，他顺手接听，电话那头的男人沉声问："出来吗？"

"现在啊？"祁醒晃了两下脑袋，"这都几点了，你不睡我还要睡呢。"

叶行洲："我去接你，你换衣服。"

祁醒："好吧。"

挂断电话，他起身洗漱换衣服，明明也没睡几个小时，整个人都精神抖擞了。

车开出去，祁醒靠在座椅里放松下来："你今天去哪儿了啊？不回我消息故意的吧你？"

叶行洲目视前方开车，随口回答："你也跟其他人一样，这么八卦？"

祁醒："问问不行？"

叶行洲："没逼死人，一哭二闹三上吊的一般都死不了，那位年纪大了脑子不清楚，请他早点儿退休回去颐养天年而已。"

祁醒有点儿无语："你心肝真够黑的，叶家人都快被你赶尽杀绝了，现在又开始动其他人，真不怕众叛亲离啊？万一他们都觉得你是个'暴君'，合起伙来'谋朝篡位'怎么办？"

"稳住该稳住的人，给够甜头就行了，其他那些不重要，"叶行洲说着睨了他一眼，"担心我？"

祁醒扭开脑袋："我担心你？不如担心你什么时候对我们家出手……"

他还担心叶行洲禽兽事情做得太多，他爸以后化身唐僧，天天在他耳边叨叨，让他不得安生。

叶行洲没有再说，继续开车。

祁醒后知后觉发现车开去的方向不对："我们去哪儿？"

叶行洲："去了就知道。"

祁醒心想你不会要把我卖了吧，嘴上懒得提，靠在座椅上闭起眼："到了叫我。"

到达目的地是一个多小时后，祁醒睁开眼时叶行洲已经下了车，正倚在车门外抽烟。

他看了一眼手机,快四点了。环顾四周,这里竟然是他以前经常来跟人赛车的地方,城北那座山的山顶。

祁醒有些意外,下车绕去叶行洲那边,伸手推了他一下:"来这里干吗?"

这边山上入夜后连路灯都没有,唯见前方城市夜沉后的寥寥灯火,和漆黑夜空下一两颗黯淡的星星。

叶行洲嘴里咬着烟,目光落向他,烟头上的那一点儿火光沉在深色眼瞳里,有些意味不明。

祁醒被他这样的眼神盯着,心头冒出一丝没睡醒的不爽,从叶行洲手里抢过烟盒移开眼:"大半夜的不睡觉,来这种地方,无聊吧你。"

叶行洲打开车门,拿了一件稍厚点儿的西装外套出来:"天冷,多穿点儿。"

祁醒有点儿尴尬,他本来以为上了车直接去叶行洲家,就只穿了一件单衣,谁知道这人大半夜不睡出来兜风,还是来这种鬼影子都没有一个的地方。

"我说你,今天好像很不正常啊?到底来这里干吗?"

"昨天回了一趟我妈的老家,她忌日,给她迁到了新坟。"叶行洲忽然说道,声音有些缥缈,"叶崇霖之前把她埋在给他自己选定的墓地旁边,昨天我把她迁回老家了。"

祁醒怔了怔,第一次在叶行洲眼里看到了近似悲凉的情绪,虽然也只有那么一瞬。

"你……"不知道该说什么好的祁醒犹豫了一下,把烟还回去,"要不你还是抽吧。"

叶行洲的目光一顿,被他这副小心翼翼的模样逗乐。

烟味扑面,祁醒难得没远离他,还抬手在他背上拍了拍。

不可一世的二世祖,也会有笨拙想要安慰人的时候,叶行洲抽完最后一口烟,扔了烟头,以脚尖碾灭。

他是故意的,把自己的伤疤和最阴暗的一面一起暴露在祁醒面前。

可他也远没有面上表现得那么游刃有余,看似掌控一切对一切都无动于衷的他,实则内心如狂风过境,那风铺天盖地地席卷而至,轻易将他的心理防线击溃,从此在他心底筑起另一座囚笼。

山顶有些冷,抽完烟后两人回到车上。叶行洲又下车去后备厢拿了两瓶矿泉水,坐回驾驶座,递了一瓶给祁醒。

祁醒喝了口水,见他没有发动车子的意思,抬手揉了一把自己的脸:"风也吹了,还不回去啊?"

叶行洲:"再等等。"

"你怎么古古怪怪的?"

祁醒懒得想，眯起眼想睡觉："你自己不想睡也让我睡会儿，别再吵我。"

叶行洲安静地看着他，出声提醒他："看窗外。"

祁醒偏头看去，远方天际线处朝霞万丈，耀目红日瞬间跃于云层之上。

叶行洲特地带他来，是为了看这一场日出。

晨光映进祁醒惊讶的眼瞳里，他眨了眨眼，终于笑了。

第十四章 山雨欲来

下山时祁醒的脑子晕乎乎的，最近忙公司的事，觉也没睡好，大半夜又是兜风又是看日出的，心率都快了。

他没话找话："你早说来看日出啊，我就不来了，我宁愿回家睡觉，少分享些你那些无聊的风花雪月，谁稀罕……"

叶行洲偏头望过来，四目对上，祁醒的声音渐小，不好意思再说下去。

好吧，也不是真那么无聊，虽然他确实更想睡觉，但刚才看到红日初升的那一刻，他所感受到的触动到现在仍让他的心止不住地战栗。

叶行洲轻"嗯"了一声，视线落回前方，继续专注开车。

祁醒拿起手机想转移注意力，给他妈发了一条消息，说自己一大早就出门了，短短一句话竟然因为走神打错了好几个字。

放下手机时，他想起他爸说叶行洲心思阴沉，喜怒不定，还狂妄自大，冷酷无情，随时都可能挖个陷阱让人一脚踩进去万劫不复。

车开回市区，在一处茶楼前停下，祁醒浑浑噩噩梦游一般跟着叶行洲下车，进去喝早茶。

"你在想什么？"叶行洲的声音响起时。

祁醒一个激灵，终于把注意力拉回来，下意识地抬眼看过去。

叶行洲神色淡定地拎着茶壶给他倒茶，再夹了一个虾饺到他碗里。

祁醒盯着他，这人一夜没睡依旧神清气爽，除了头发有些凌乱添了些野性之外，不见半分颓废与疲惫。

"还在发呆？"叶行洲放下茶壶，扬了扬眉。

祁醒回过神，低头先喝了口茶，平复自己的心绪。

这样不行,跟叶行洲比起来,他在商场上还是太弱了,不行,绝对不行。

祁醒迅速整理了心绪,一杯茶也见了底。

叶行洲凭什么从头至尾都占据上风?

打定主意,祁醒镇定带笑的声音问对方:"叶行洲,我还以为你是根木头呢,原来你提点人还挺有一套的啊?"

叶行洲继续给他倒茶,瞅他一眼:"你有什么新觉悟了吗?"

祁醒骄矜地扬起下巴:"马马虎虎吧,我还有进步的空间,再接再厉。"

"祁醒,"叶行洲叫他的名字,声音一顿,接着说,"你脸上有东西。"

祁醒打开手机自拍模式看了看,根本没啊,叶行洲这个浑蛋,又在捉弄他。

叶行洲眼里有转瞬即逝的笑,继续给他夹点心:"别看了,吃东西吧。"

祁醒放下手机,又原形毕露地踢了他一脚。

祁醒还想骂他两句,叶行洲的手机铃声响起了。

打电话来的是他那位在京市的老同学,告诉他林鸿飞前几天去了京市,跟晟发的那个王鹏发见了面,他们大概率达成了某种协议,林鸿飞把自己公司名下的资产都抵给了晟发。

"我看他俩联起手来准没什么好事,林鸿飞能劝动他公司里那些人同意他跟王鹏发的交易,不定王鹏发许诺了他什么好处,王鹏发还在持续收购你们叶氏的股份吧?你自己看着办吧。"

叶行洲微蹙眉,跟老同学谢后挂断电话。

叶行洲开的是免提,祁醒随便听了一耳朵,好奇地问:"那个王鹏发之前被我爸拒绝了,现在竟然跟姓林的他们搅和到一块儿去了?那位林二叔不是自身难保吗,还有余钱去跟王鹏发勾搭?"

叶行洲冷声说道:"所以他把资产都抵给了晟发。"

祁醒眼珠子一转,明白过来,叶氏想并购博顺的事情在淮城商圈早已尽人皆知,甚至叶行洲已经说动了博顺好几个股东董事,只要他们合起伙来给林鸿飞压力,林鸿飞不想卖也得卖。但是现在峰回路转,这人竟然跟那个王鹏发搅和到一起,宁愿把公司资产抵给王鹏发,也不想便宜了叶行洲。

"王鹏发肯定出不起你能出得起的价,但是能让博顺其他股东都同意,那就是王鹏发许诺了他们其他好处。难不成是王鹏发真的觉得自己能打你们叶氏的主意,成功之后顺便给博顺分一杯羹?"

说到后面,祁醒都有些幸灾乐祸了:"你也有马失前蹄的时候啊?你打人家公司的主意,没想到人家非但不从,现在反过来想打你公司的主意吧?不过那个王鹏发到底是哪里来的自信?他收购你们叶氏股票的钱从哪里来的你查到了吗?"

"嗯,"叶行洲没将他的嘲弄当回事,慢悠悠地喝着茶,解释道,"半年前他低调参股了一家影视投资公司，这家影视公司的总部在海外，通过跨境资金池源源不断地将钱从海外转到国内，他再以股东身份把钱抽走，之后在自己集团名下的金融理财公司一番运作，放大以后的资金量足够他在二级市场上购买叶氏的股份。"

祁醒目露惊讶："海外来的钱？"

叶行洲点点头："王鹏发只是明面上的人，背后的那个是叶万耀。"

祁醒顿悟，搞了半天还是他们叶氏内斗："叶老二这么有钱啊，手里竟然有这么多现金？都被你'流放'了还不安生想搞事？"

"他外公有不少海外资产都留给了他，变卖了钱不会少，或许还有其他的资金来源，总有办法能弄到钱。只要王鹏发手里持有股份超过四个点，叶万耀他们那些人加起来的股份就会超过我，他可以大摇大摆地回到总公司把我赶走，用这么迂回的方式，是为了瞒天过海。

"要是我一开始没发现王鹏发的小动作，他只要购买的叶氏股票不超过五个点，连举牌都不需要，叶万耀可以直接回来杀我一个措手不及。就算发现了，只要我不知道王鹏发背后的人是叶万耀，也不会觉得他收购这点儿股票能起什么大作用，他们照样可以出其不意。

"叶万耀必定给王鹏发许诺了足够的好处，王鹏发是个赌徒，胆子虽然大，但还没到发失心疯的地步，知道这场豪赌一旦输了，他在放大资金量的过程中欠下的巨额利息就得他自己来还，所以到处拉人想找个兜底垫背的，包括之前惦记上荣华资本也是，要不是他自己露出马脚，说不定他们真的能得逞。

"我也没想到被他最后拖下水的人竟然是林鸿飞，不过已经到了这个地步，谁都一样。"

叶行洲的语气轻蔑，很显然是打算将计就计，把这些人一网打尽。

祁醒慢慢咽下嘴里的虾饺，有点儿庆幸他爸没掺和进来，要不这个一网打尽的，肯定还包括他们荣华资本。

叶行洲这个冷酷"暴君"，能对他们网开一面才怪。

"要是我爸真的参与进去了呢？"他故作笑嘻嘻地问。

叶行洲："我之前提醒过你，让你爸不要去掺和。"

祁醒："我说了又不算，谁知道他老人家有没有昏头的时候。"

叶行洲沉默地看他两秒，说道："不会牵连到他。"

这句话出口，祁醒虽然依旧是那副不变的笑脸，却显得很满意，某种程度来说，他确实很好哄。

祁醒一高兴，也给叶行洲夹了一块点心，嘴甜道："孝敬你的。"

叶行洲莞尔："多谢。"

"你一直在跟谁发消息？赶紧吃东西。"叶行洲出声提醒。

祁醒给宁知远回复，叮嘱他别把自己问的问题跟他干哥哥说，收起手机，冲叶行洲挤出一个笑脸："没事。"

叶行洲半眯起眼，盯着他。

祁醒低了头，有些心虚。

吃完早茶，重新上车后，祁醒想到宁知远刚才的话，在叶行洲发动车子时说："你送我回家吧。"

叶行洲挑眉："回家？"

祁醒："我家里有亲戚来做客，我妈让我回去吃饭。"

他倒没说假话，他妈刚确实发消息说家里来了客人，不是什么他必须去见的人，他本来不想回去，现在又改了主意。

叶行洲行事这么成竹在胸，游刃有余，他的确不能落在后面了。

"快点儿吧，回去晚了我爸又要说我了，够烦的。"祁醒催促道。

叶行洲的眼神摆明了不信，但祁醒坚持要回去，他便没说什么。

二十分钟后，车停在祁醒家小区对面，不等叶行洲反应，他丢出句"拜拜，有空再约"，钻出车外，跑着过了马路。

进了小区大门，祁醒才停下弯腰撑着膝盖喘了一口气。

祁醒原地蹲下，祸害了一朵地上刚开的野花，发呆片刻，捏在手里的手机有叶行洲的消息进来："好好休息，下次见。"

他埋头在膝盖间，悄悄松了一口气，还好叶行洲没有将荣华资本当成目标。

开会间隙，祁醒正盯着和叶行洲的微信聊天界面发呆，忽然听到身边人说起叶行洲的名字，下意识分了点儿注意力过去。

是其他人在闲聊，议论近日闹得沸沸扬扬的叶氏股权收购战。

林鸿飞跟着晟发集团的董事王鹏发在二级市场大举购进叶氏股票，一路高歌猛进，叶氏这头一直按兵不动，等到他们杀红了眼，几乎把身家性命都押进去之后，叶行洲终于作出了反应，向证监会实名举证他们操纵市场、内幕交易和非法集资。

"证监会已经受理开始调查了，公安也介入了，晟发那边不知道情况，反正那个林鸿飞据说是在公司董事会会议上直接被带走了。还不止他们，叶家那个老三叶万清也掺和了一脚，被一起带走调查了。据说他们家老二叶万耀也有份，不过那位人在国外，没有直接参与进来，应该能逃过一劫。"

聊天的几位啧啧感叹，那位叶大少每回都是深藏不露，不动声色，但只要他一动，出手必定直打七寸，完全不留余地。

经过这一战，叶行洲在叶氏的地位彻底稳固，再无人能动摇。

祁醒有一点儿无言，"暴君"果然是"暴君"，叶行洲做的这些事情确实符合他的行事风格。

叶行洲的微信消息适时发过来："今晚过来聚聚？"

祁醒盯着这一行字，其实叶行洲还是变了些的，要是以前，他发来的便不是询问句式，而是命令一般的"过来喝酒"四个字。

这一点让祁醒很受用，打定了主意一会儿就去，回复却故意吊着对方胃口："再说吧，看我心情，也看一会儿还有没有别的事。"

开完会，时隔这么久祁醒又一次提前翘班，四点不到离开公司，开车去了叶氏大楼。

熟门熟路地坐电梯上楼时，他顺便对着电梯门整理了一下头发。

门开的瞬间，他一只手还在脑袋上，对上门外林知年看过来的目光。

这人怎么又来了？祁醒面上笑吟吟地跟对方打招呼："林老师，又见面了。"

林知年看到他神色有些冷，点了一下头，走进电梯里，并不打算跟他多说。

祁醒心思一转，按住开门键，冲林知年示意："聊聊？"

五分钟后，他们在这一层无人的走廊落地窗边站定，林知年先开口："祁少有话请直说，我还有事，要赶着回去。"

"你来做什么的？不会又是找叶行洲忆往昔，打感情牌吧？"祁醒确实说得很直接，直接到林知年瞬间就变了脸色，他却像没瞧见一样，继续说下去，"我猜一下好了，你今天穿得这么正式，领带都打上了，应该不是代表你个人来的，那就是代表你们家或者公司来的？你那位二叔的事情我也听说了，他之前不肯把公司卖给叶行洲，还跟别人合起伙来想打叶氏的主意，现在山穷水尽、走投无路了，又想反过来求叶行洲救你们，花钱买下博顺？"

林知年冷着脸没有吭声，祁醒知道自己猜对了："但叶行洲肯定没同意吧？他之前对博顺有兴趣是想要那破船的三千钉，结果被你二叔转手给了晟发，你们博顺真就剩个空壳了，傻子才会去买，他还想要大可以去跟晟发的人谈，怎么可能还会搭理你们？我看那些让你来的人，包括你自己大概也知道这一点，但不试试总不会甘心，所以就把你推出来，想求叶行洲念在过去的情分上救救你们？"

完全被祁醒说中，林知年分外难堪，用力一握拳头："与你无关。"

上一次来，他确实心怀妄念，还想找叶行洲讨个说法，换来的是面前这个小少爷高高在上的一顿奚落，这一次他几乎把自尊踩到脚底来求叶行洲，那个男人却始终无动于衷，冷酷无情得近似可怕。

偏这样了祁醒还不放过他，依旧要在这里看他的笑话。

"你别生气啊，"祁醒摆了摆手，"放轻松，我又不是闲得无聊故意来找你不痛快，林老师，你要不听我一句劝吧，都这样了，你还管你二叔或者其他那些人的死活呢？他们进不进去、破不破产的跟你有什么关系？我看你那个二叔对你也没多好，你都说了在林家过得不顺心，还搭理他们干吗？又不是十几岁的小孩还需要家族庇护。你自己事业有成，还愁脱离了林家没有活路吗？干吗要跟他们共沉沦？"

林知年大瞪着眼睛看着他，像没想到祁醒会突然说出这样一番话，一时竟忘了反应。

祁醒笑了笑："我没说错吧，你以前在博顺能拿分红，那帮你二叔做事还有点儿价值，现在博顺这样了，救也救不回来了，你就别管了。还是你很缺钱？那要不这样，去年那次慈善酒会上，我干爷爷捐的那幅画，叶行洲不是花了八百万拍下来送给你了，你把它卖给我，就一口价，八百万。"说到后面，他的语气又有些酸，叶行洲可真大方。

林知年愣了半天："你想要那幅画？"

祁醒："嗯哼。"

林知年皱眉："那幅画根本不值八百万。"

叶行洲当初拍下画是为了捧陈老的场，画本身在叶行洲眼里也许不值一文，送给他不过是作为拿走他的那幅画转送给陈老的交换。

"我知道啊，不过无所谓了，我有钱，不占你便宜，既然叶行洲花了八百万拍下，我就花八百万买下来吧。你要是愿意，回头你派人把画送去叶行洲家，我把钱打给你。"

祁醒说完又添上一句："你就不用亲自去了啊。"

林知年盯着他带笑的桃花眼，沉默片刻，答应下来："好。"

他确实需要钱，到现在已经没有再假清高的必要，何况那幅画也没有任何意义了，其实早在叶行洲毫不犹豫地把他送出去的画作转手送人时，他就该看清楚。

"最后一句忠告，林老师，没必要沉浸在早就过去了的、带上滤镜美化过的记忆里，没意思的，往前看吧。"祁醒的语气难得有几分真诚。

林知年再次愣了愣，回神没再说什么，点点头，转身离开。

人走后，祁醒哼了哼，也转身往叶行洲的办公室去。

负责接待的女秘书看到他立刻笑容满面地起身迎接："祁少，下午好，董事长在里面，没有其他人，您可以直接进去。"

祁醒笑眯眯地跟人说了声谢，推开门。

办公桌后的叶行洲正在专注工作，看到他进来眉峰动了动，收回视线。

"今天这么早就有空过来？"叶行洲问得漫不经心，还能一心两用继续工作。

祁醒轻嗤："不来我怎么知道林老师来了？"

叶行洲："嗯。"

祁醒："嗯什么嗯？"

叶行洲："你都碰到他了，还问我做什么？"

祁醒看不惯他这副态度，抢了他的笔扔到一边，帮他把文件也盖上了。

叶行洲抬眼，祁醒说道："不要在我面前装，看你不顺眼。"

叶行洲无奈解释："他来说他们公司的事情，想把公司卖给我，我拒绝了。"

祁醒笑他："你现在威名远播，外头人人都知道你是个'暴君'了。"

叶行洲满不在乎："随他们。"

祁醒："你到底是怎么弄到他们那些内幕交易的证据的啊？我说你之前怎么那么镇定，还坐得住呢，原来早有准备了。"

叶行洲："王鹏发那个特助，在京市接待过你的那个，给了点儿好处套来的。"

祁醒想起当时那人油腔滑调的猥琐模样，有些受不了，叶行洲连这种人都能打交道，难怪能立于不败之地。

他也懒得问了，岔开话题："你借我八百万，等你老同学弄的那个公司赚了钱分了红再还你。"

叶行洲："八百万？"

祁醒不想解释原因："怎么，舍不得啊？"

他刚跟林知年说自己有钱是胡扯的，他的那点儿身家全投进叶行洲老同学那公司了，要买回那幅画又不想开口问爸妈要钱，只能找叶行洲。

叶行洲没多问，打了个电话出去，吩咐人去转账给他。

祁醒很满意——算叶行洲识相。

叶行洲也提前下班，去地下停车场拿车时，祁醒从自己的车上拿了一样东西，坐进车里放在叶行洲面前："送你的。"

叶行洲目光落到那样东西上："这是什么？"

"清明节礼物。"祁醒理直气壮地说，逢年过节送礼必不可少，谁让最近的一个节日是清明节呢！

叶行洲："清明节礼物？"

祁醒："你有意见？"

叶行洲打开一看，果然是一条领带，颜色鲜艳，确定是祁醒自己挑的，和之前随便叫人买来赔他的那条风格大不一样。

不等叶行洲表示喜欢与否，祁醒让他系上看看怎么样。

系好之后，祁醒抬头看了看叶行洲的脸，笑了一下："这样好看多了。"

叶行洲早已习惯了他的满嘴胡言乱语，没说什么，无所谓地坐回去朝后视镜里看了一眼，发动汽车。

刚进叶行洲家的门，祁醒想说点儿什么，门铃响了。

是送货公司的，把他向林知年买来的那幅画送上门来了。

检查确认后，祁醒直接签收。

叶行洲全程抱臂在一旁看，等送货的人走了冲祁醒抬起下巴："八百万？"

祁醒扭脸，不想回答他。

这画确实不值钱，八百万买来等于砸手里了，但他就是不想把画留给林知年，宁愿花这个钱。

"说了不许笑，八百万怎么了？又没花你的钱，我会还你的。"

叶行洲倒是没笑了，神情依旧很愉悦："嗯。"

祁醒垂着眼小声嘀咕："你笑什么笑，叶大少财大气粗，随便出手就能送八百万的画，可叫人羡慕死了，哪里像我，想买画还得问人借钱……"

"八百万不用还了，当我买来送你。"叶行洲随口说道。

祁醒："不要。"

他不要就算了，叶行洲也不强求："下个月和你爸说休假，一起出去旅个游。"

"去不了，"祁醒哼哼，"没空，要出国，月底要去纽约挂牌敲钟，我爸亲口下的命令，非去不可，你自己玩儿吧。"

叶行洲："哪天去？去几天？"

"那我怎么知道？行程还没定呢。"

"那旅游的事下次再说。"

祁醒："为什么还要等下次？"

叶行洲："免得你事后回想起来，说我诚意不够。"

祁醒："下次是什么时候？"

叶行洲不答反问："生日礼物想要什么？"

祁醒："这你别问我，那都看你。"

"好。"这次叶行洲答应得很痛快。

不就是生日那天吗，他等着就是了。

飞机刚落地，祁醒边喝水边揉着自己分外困顿的脸，顺便看手机，助理在一旁跟他报告今明两天的行程，他一句没听进去。

这次来美国是为了公司旗下的一家子公司在这边挂牌上市，敲钟仪式就在下个月月初，祁醒是代表他爸来的，只要能顺利完成任务，让他爸满意就行。

叶行洲的微信消息进来："到了好好休息。"

"休息不了，下午这边投行的人就会来，明天开始要到处跑，忙得很。"

祁醒随手回复，有些怨气冲天。

叶行洲："先去酒店吃点儿东西，别一直看手机。"

那你别给我发消息啊，祁醒心里不痛快，收起手机懒得回了，不看就不看。

到酒店已经快中午，吃了饭休息了一个多小时，祁醒的时差还没倒过来，不得不打起精神投入工作状态。

几家承销商投行的负责人都已经到了，让祁醒意外的是，他竟然在其中看到了一个自己认识的人——他爸妈提到的邻居李叔家的儿子。虽然当时只加了微信，一次都没聊过，但他看过对方的朋友圈，几乎一眼就认出了人。

对了，他妈当时是说过这人在这边的投行工作来着，难怪他爸莫名其妙地让他跟着看什么投行，原来是为子公司的上市做准备，让他提前熟悉这边的人脉，结果祁醒压根没上心。

双方互相介绍时，对方的名字也肯定了祁醒的猜测，李泽琛，确确实实是他当年的那位邻家哥哥。

祁醒挑了挑眉，没说什么，先坐下了。

跟这些承销商见面，无非是为明天就要开始的投资路演做准备，招股书已经更新了好几版，后续再根据路演情况，决定最终的股票发行价。

祁醒现在已经不是门外汉，不至于被这些美国人轻易忽悠，而且这次他们这边上市团队的人来了十多个，他虽然挂的职位是最高的，但碰到什么问题有大把人可以提点他。

会议开了一个多小时，各位承销商之间为了争抢投资份额硝烟味也颇浓，祁醒看着他们表演，特别注意了一下李泽琛。

这位看起来是这些人中最年轻的，身份是他们行的负责人的高级助理，人看起来很精明，亚洲面孔在一群高大的白人里却一点儿也不显得气弱，跟别的承销商互呛时有来有回，不带一句脏话，但完全不落下风。

祁醒在心里吹了一声口哨，人才啊。

结束之后，美国人们陆续离开，祁醒起身刚要走，送老板离开又去而复返的李泽琛过来，换了中文笑着跟他打招呼："祁少，好久不见。"

这位显然知道他是谁。

祁醒的助理们有些不明所以，祁醒也笑了，指了指身边的其他人，说得直接："你要是想跟我套近乎，指望我给你们的客户多分配些认购份额，那你打错主意了，这事我不管，他们负责。"

李泽琛全不在意，笑容不变："你误会了，我没兴趣在工作结束后再谈工作上的事，是想请你赏个面子，时间还早，要一起喝杯咖啡吗？"

祁醒倒无所谓，他爸虽然没事先明说，一定知道他这次来会碰到这位，他不给人点儿面子，回去只怕没法交代。

二十分钟后,他们坐到酒店一楼的咖啡厅,祁醒点了一杯冰的卡布奇诺提神,咖啡送来后又自己加了些糖进去。

"你还跟小时候一样,喜欢吃甜的。"

听到对方的笑声,祁醒懒洋洋地抬了眼:"你不喜欢?美国人不都喜欢吃甜到齁的东西?"

"不习惯,我来这边这么多年,还是中国胃。"李泽琛微微摇头,问他,"很累?你是早上才到的吧?是不是时差还没倒过来?"

"还好。"祁醒随口说道。

李泽琛解释道:"之前加了你的微信,考虑到时差,加上这段时间实在太忙了,一直没跟你联系过,抱歉。"

祁醒笑了一下,继续喝咖啡。

老邻居见面,叙叙旧、交个朋友也没什么,毕竟他就喜欢跟风趣的人交朋友。

李泽琛跟他闲聊起来,从小时候聊到他们这些年各自的经历。这位说话风趣、幽默,又很有分寸,祁醒一开始没什么兴致,后来被他逗乐,话也多了起来,抱怨吐槽起自己老爸,竟然还找到了共同话题。

李泽琛一边说一边笑,祁醒被他笑得有些难为情:"我爸妈那不是怕我在外头乱交朋友,担心我被人骗了呗。"

对方闻言笑得更厉害:"这样啊,那祁叔他们是挺有先见之明的。"

祁醒:"……至于吗?"

李泽琛笑完正经地说:"我开玩笑的,不过你爸妈有这样的顾虑倒也不算错,你愿意听就听,不愿意听就敷衍着他们就是,没必要太纠结。"

祁醒:"那你呢?我听说你们家打算明年回国了?"

"我爸妈年纪大了,现在还是觉得国内好,老朋友都在国内,所以想回去。我自己倒无所谓,回去就回去吧,申请调回国内工作就是了,跳槽都不需要。"李泽琛说道。

祁醒正低头看手机,叶行洲刚又发了消息来,问他工作结束了没有。他听到这句顺嘴便说:"那祝你早日成功。"

口中说着并不怎么走心的一句话,他的视线完全没有离开手机屏幕,李泽琛见状扬了扬眉。

祁醒随便回了句"在喝咖啡",顺手拍下面前的咖啡杯和蛋糕,直接发过去给叶行洲,后来发现对面座的李泽琛一只手入了镜。

半分钟后,叶行洲回复:"在跟谁喝咖啡?"

祁醒哼笑,就不告诉你。

他收起手机,继续跟李泽琛聊天,李泽琛也很自觉地没多问。

临近傍晚，咖啡已经续了两次，李泽琛主动说："今天就到此为止吧，我也不说约你吃晚饭了，你回房间早点儿休息吧，明天开始有得忙了，之后的路演我会全程陪同你们，希望下次有机会再一起吃饭。"

祁醒倦怠地点头："明天见。"

李泽琛看着他，微微一笑，十几年不见，祁醒还跟他记忆里小时候一样有趣。

回房后，祁醒让助理帮忙叫了客房送餐服务，但没什么胃口，有一搭没一搭地吃着东西翻手机。叶行洲发完那条后他没有回复，叶行洲也没再发过来。那会儿是国内凌晨四点，难道睡着了？

叶行洲那不正常的作息，竟然此时在睡觉？

正怨念着时，叶行洲的新消息进来："跟人喝咖啡开心吗？"

祁醒回复："开心得很。"

叶行洲发来视频请求，他顺手点了接通，手机屏幕里出现叶行洲没什么表情的脸："现在在哪里？"

"关你什么事？"祁醒打量着他，叶行洲的头发还是湿的，这人有早起健身的习惯，大约刚健完身冲了澡。

看到祁醒身后的背景是酒店房间，叶行洲的语气好了点儿："刚才在跟谁喝咖啡？"

祁醒扔了叉子，躺沙发里，举高手机正对自己的脸，冲他笑："你想知道啊？告诉你也行，小时候的邻居，在这边投行工作，正好是我们这次在这边上市的承销商，还挺不错的。"

那边叶行洲没有出声，就这么看着他，大约有半分钟的时间，祁醒嘴角的笑逐渐凝滞，莫名心虚起来，甚至想挂了电话。

"离他远点儿。"叶行洲终于开口。

祁醒："那没办法，这段时间都得见面，他们承销商要跟着我们跑，带我们见投资人。"

叶行洲："离他远点儿。"

依旧是这五个字，语气比刚才更强硬。

祁醒听得不舒服："关你什么事，你谁啊你，管得真宽。"

僵持片刻，叶行洲缓和了声音："祁醒，在那边专心工作，别搞那些有的没的。"

祁醒懒得再搭理叶行洲，直接挂断电话，饭也不想吃了。

视频电话再次进来，祁醒闭着眼睛嘟囔："我要洗澡睡觉，别打了。"

叶行洲皱了皱眉，半晌，轻声说了句："晚安。"

祁醒不耐烦地挥了一下手，再次挂断视频电话去浴室冲澡了。

之后一周，穿梭在几座大城市进行投资路演，余下的时间还要单独见投资人和机构,时不时地参加饭局,祁醒每天忙得脚不沾地,早上一睁开眼就要开始工作,夜里在疲惫困倦中睡去,偶尔看一眼手机,跟叶行洲吐槽一两句工作上的事就算放松。

"一会儿还要去见一家大的基金公司,约的时间是下午四点,你要是累了,现在闭上眼睛睡一会儿吧。"

祁醒瘫倒在酒店大堂的沙发里,听到李泽琛过来这么说,无力地"嗯"了一声。

李泽琛在他对面的单人沙发中坐下,看他这样忍不住想笑,养尊处优长大的公子哥儿大概从来没吃过这种苦,这么多天祁醒能坚持下来,面对那些鬣狗一样的投资者不露怯,不被占便宜,确实不容易。

发呆片刻,祁醒懒洋洋地拿起手机,拍了张自拍。

他颇为满意,和助理刚发过来的今早的路演现场照一起编辑,发到朋友圈。

短短几分钟便有七八个点赞和评论,都是杨开明他们几个,无聊地吹捧他越来越有精英才俊范儿,祁醒懒得回,本来也不是特意发给他们看的。

同样的事情他几乎每天都做,拍各种照片发朋友圈,虽然叶行洲没什么反应,但他不信叶行洲没反应——继续装吧,看你能装到几时去。

收起手机,祁醒坐起身抻了抻脖子,虽然累但在这里睡也睡不着,随口问了李泽琛一句:"这酒店楼上是不是有个商场?我想去逛逛,你要一起吗?"

李泽琛无所谓,祁醒说想逛商场,便一起去了。

商场里卖的都是各种奢侈品,随便逛了一圈,祁醒有些兴致索然,最后停步在一家男士精品专营店中,视线扫过玻璃展示柜里那一排款式各异、价格不菲的领带夹,随手招了个人来,点了其中一个说想看。

李泽琛好奇地问:"你想买领带夹?"

祁醒笑了笑,没有回答,他挑中镶嵌了红宝石的一枚,从店员手里接过,送到李泽琛身前比了一下,抬头看了看他的脸。

这位的气质过于阳光开朗,有点儿压不住这么夺目的红宝石,要是叶行洲的话,戴这个肯定好看。

这么想着,他很干脆地叫人包起来。李泽琛扬眉:"送人的?"

"送朋友。"祁醒接过包好的东西,随手塞到兜里,不想解释。这个就算是劳动节礼物了,等下次见到叶行洲再送他。

李泽琛的目光微微一顿,似乎是在想祁醒也有这么一面。

祁醒没注意到他的目光,去刷卡付了钱:"走吧。"

第十五章 险象

再回到纽约,是正式挂牌的前一天,明明应该激动兴奋,累得不行的祁醒却只想赶紧结束,赶紧回国。

傍晚吃完饭回到酒店,他刚要进房间,有外送员送来了一大束花,请他签收。

祁醒有些不明所以,签了字等送花的人走了,才看到夹在里面的卡片,翻开看竟然是李泽琛送的,预祝他明天一切顺利。

祁醒"啧"了一声,他以前祝贺林知年画展顺利举办的时候也是这么干的。回头就见送花的人已经出现在身后,正抱臂倚在墙边笑看着他:"明天就正式挂牌了,准备得怎么样了?"

祁醒:"马马虎虎吧。"

李泽琛笑着点头:"那就好。"

祁醒:"这花?"

李泽琛说道:"卡片上写了,祝你明天一切顺利,马到功成。"

祁醒上下扫了他一眼,决定解释一下之前加了微信,但没搭理李泽琛交流的事:"其实吧,我之前加你微信是我爸妈要求的,我爸估计知道我来这儿会碰上你。另外一个原因可能是他们觉得我最近太叛逆,想找个知根知底的人交流开导我。"

李泽琛并不意外:"你叛逆是不是因为你要送领带夹的那个朋友?"

祁醒没否认:"算是吧。"

李泽琛:"能说说吗?放心,我不会往外说,随便聊聊而已。"

"不知道怎么说,"祁醒望天,犹豫了一下说道,"他生意场上没有朋友,手段又太狠,不留余地,接管他们家公司以后斗倒了淮城好几家企业,我爸估计是担心下一个轮到我们荣华资本,觉得他不是个好人。"

"不是好人？"李泽琛这下倒真有些惊讶了，"真不是好人？"

祁醒摊手："我爸这么觉得。"

李泽琛："那他到底是不是好人呢？"

祁醒自己也答不上来，单纯拿好坏来定义叶行洲，未免太片面："不知道，管他呢！"

李泽琛的眼神变得有些微妙，大概也跟他爸一样怀疑他被人骗了还帮忙数钱。祁醒略不自在，想了想还是解释了一句："其实他对我还是挺照顾的。"

李泽琛："你来这里之后每天拍照，发朋友圈是故意给他看？"

祁醒闭上了嘴，心思被当面拆穿，有点儿尴尬。

对方就当他默认了："原因呢？"

祁醒无奈说道："我就是想让他看看我没那么无能，他在生意场上游刃有余，总是掌控全局，我做什么都被他牵着鼻子走，挺傻的。"

叶行洲明知道他们一直不对付，却因为他干爷爷的话开始关照他，让他跟着学商场上的那些手段，让他自己日思夜想地揣测这样的人当朋友还是当对手。他倒也不是不能低头让步，承认叶行洲确实技高一筹，但叶行洲这个态度，他要是先让步就彻底输了，怎么他都得赢这一回。

以祁醒不服输的性格，这点儿被对手太强悍激起的自立自强心思有些别扭，跟谁说都不合适，倒是李泽琛这个熟也不熟的旧友，可以聊上两句。

李泽琛听明白了，笑着问他："你这么一说我倒是好奇他到底是什么样的人了。"

祁醒警惕地问道："你打听他做什么？"

李泽琛笑着耸肩："好吧，那是我唐突了。走吧，晚上带你出去玩儿。"

祁醒："现在？明天要挂牌……"

李泽琛："早点儿回来就是了，放心，你来这里还没享受过这边的夜生活吧？去吗？"

祁醒犹豫三秒，松了口："行啊，那去吧。"

他们到达地方时才入夜，纽约的夜生活刚刚开始。

霓虹灯牌闪烁，晃动着人眼，还没进门就能听到里面闹哄哄的声响。

进酒吧门的瞬间，热浪扑面，随之而来的是鼎沸的人声和震天响的音乐，即便是酒吧常客如祁醒，也忍不住抬手揉了揉耳朵。

祁醒到吧台前坐下，李泽琛叫了两杯酒，递了一杯过去给他："怎么，以前没来过这种地方吗？"

祁醒灌了半杯酒下肚，没好气地说："怎么会？最近没什么时间而已。"

"来了就放轻松点儿，喝酒吧。"李泽琛跟他碰杯。

祁醒无所谓地往嘴里倒酒，这地方虽然不怎么样，但李泽琛点的酒还挺好喝的。

他俩一边喝酒一边闲聊，顺便看前方台上的演出。

祁醒问李泽琛："你经常来这种地方玩儿吗？"

"偶尔来，看看而已，喝几杯酒。"李泽琛笑着调侃他，"带你来这儿喝酒的事别让你爸知道，免得他觉得我带坏小朋友。"

一轮演出之后，台上又换了节目，现在是歌手在上头唱歌，轻快的乡村音乐，将台下观众从刚才的癫狂热潮中暂时带离出来。

祁醒觉得自己的耳朵好受了不少，撑着脑袋听歌，慢悠悠地品酒，越发惬意。

李泽琛见他这样笑了笑，搁下酒杯，冲他手势示意了一下，去前方上了台。

祁醒有些不明所以，就见李泽琛拿起一手风琴，加入了演出的乐队中。

一束灯光打在他身上，一张英俊的东方面孔，笑容爽朗，随性而恣意地弹奏着手风琴，惹得台下口哨尖叫声连连。

大概是酒喝多了两杯，祁醒有些头脑发热，举起手机，开了录像模式，对着台上演出的李泽琛拍了十几秒。

之后，他把这段视频编辑后发到朋友圈，还顺便附了这家酒吧的定位。

发完退出时，他顺手点开和叶行洲的微信聊天界面，又不由得心生烦躁。

昨晚发过去的消息，到现在还没有回复。

"你是不是故意的啊？故意不回我消息吗？"

"谁稀罕你回消息？"

"我在这边玩儿得可开心了，李家哥哥比你有意思得多。"

发完等了半分钟，他又觉得没意思，一条一条撤回，按黑了屏幕。

不知不觉间又多灌了两杯酒下肚，祁醒放下酒杯，起身晃悠悠地穿过人群，摸去洗手间。

他走到洗手台边开了水，水流声也阻断不了那一声比一声高亢的叫声。

祁醒慢慢地冲着手，最后看了看面前镜子里自己有了几分醉意的脸，轻轻闭了闭眼，转身离开。

他没有立刻回去吧台那边，而是进了场中随便找了个角落里的凳子坐下，周围混浊燥热的空气更让他觉得烦闷，他抬手扯了扯自己的衬衣领子，想透口气。

身后忽然有人靠近，不等他反应，有什么模糊的东西蒙住了他的眼睛，眼前已陷入一片黑暗中。

有一瞬间，祁醒甚至觉得嗅到了死亡气息，浑浑噩噩的脑子慢了半拍才反应过来这里是纽约——新闻里绑架案频发的地方，是治安混乱的国外。

下一秒，他剧烈地挣扎起来，已经晚了，不明身份的人将他推着拽着，快速退离喧嚣的夜场酒吧。

一路上,祁醒拼尽全力地拳打脚踢,不断挣扎:"你是谁?!你放开我!"

带离他的人始终没吭声,他的心脏狂跳,声音发颤:"你到底是谁?你放开我!"

回答他的仍是沉默,祁醒心头的惊惧迅速扩散,眼泪汹涌而下,是小时候被绑架时都未有过的绝望和恐惧,眼前是未知的黑暗,他悲哀地发现在异国他乡被绑架,语言不通,求救无门,已无逃脱的可能。

祁醒被推进汽车后座,侧脸贴着汽车的真皮座椅,被蒙住的双眼什么都看不清,眼泪不断滑落,身体蜷缩成扭曲的弧度,哭声已哽咽到含混,只能狼狈张着嘴,艰难地喘气,不断干呕。

浑浑噩噩间,祁醒甚至没有察觉到束缚被放开,直到蒙住双眼的领带也被解开,光线重回他眼睛里。他被泪水沾湿的眼睫才极其缓慢地动了动,勉强转过头,在模糊不清的视线里,看清了叶行洲沉默地盯着他的眼睛。

他木愣愣地看着对方,回神时一巴掌已经甩上了叶行洲的脸。

啪的一声,叶行洲的脸上立时浮现出了一个手掌印。

"你这条疯狗!"暴怒几乎冲破祁醒的理智,他的脑子里烧得一片空白,唯一的反应是猛地撑起身,扑上去劈头盖脸地揍叶行洲,眼泪还在不断流,一边揍人一边哭,身体仍在发抖,从未有过的狼狈。

叶行洲由着他拳打脚踢,偶尔抬手挡下一次攻击。

一个小时后,祁醒冷静下来窝在座椅里闭上眼,一句话都不想再跟叶行洲说。

叶行洲沉默看他片刻,声音冷硬:"说话。"

祁醒冷笑:"你是个什么东西!你管得着吗?你有什么资格管我?"

叶行洲提醒他:"今晚把你带走的人要不是我,你觉得会是什么后果?"

早在陈老说祁醒以前被绑架过之后,叶行洲就一直记着这件事,祁醒这么高调张扬的个性在国外很容易会被一些不法分子盯上。

祁醒瞪着叶行洲,委屈、愤怒和屈辱一起涌上,喝多了酒的脑子也不清醒,眼泪又开始噼里啪啦地掉,咬牙切齿:"你凭什么总是这副自以为是的态度?我为什么就一定要被你牵着鼻子走?捉弄我好玩儿吗?"

叶行洲冷了神色:"你不要无理取闹。"

祁醒愤怒地说道:"你有理?你有什么理?"

叶行洲抬手掐住了他的肩膀,厉声说道:"你再说一遍!"

"我说,"祁醒死死瞪着他,一字一顿,"我们一拍两散了。"

叶行洲手上力道加重,祁醒坚持不肯改口。

谁都不肯先低头,祁醒眼中的愤怒积蓄,僵持许久,叶行洲终于松开手,疲惫地闭起眼。

祁醒一怔，叶行洲嘶声说道："冷静点儿。"

"在国内你有杨开明他们陪着一起，彻夜通宵都可以，但这里是纽约，你只身一人如果真的有人趁机绑架，你考虑过后果吗？"叶行洲重新抬头，看向他，深深蹙起的眉目间有浓重的倦意。

他的语气似无奈，又似十分真诚。祁醒的脸上逐渐充血，硬气也硬气不起来了："那不都是你先吓唬我的？谁说我一个人，我和朋友一起来的。"

叶行洲："他人呢？不打歪主意的人会在挂牌前夕带你到酒吧买醉？"

"那是我爸妈知根知底的人，怎么不正经了？"祁醒说着又动了气。

叶行洲："我提醒过你离他远点儿，为什么还要跟他一起来这种地方玩儿？"

祁醒的声音又提起了些："我交个朋友都不行？我爸妈都不能干涉我交朋友的自由。"

这一场被误认为绑架的恐吓与吵架，最后在一阵沉默中结束了。

车开出停车场，祁醒窝在副驾驶座里等那股劫后余生的恐慌慢慢散去。

"你能不能别每次都跟条疯狗一样突然杀出来，下次换个温和点儿的方式行吗？"

叶行洲默不作声，安静开车。

祁醒心头不忿："你真的这么担心我？我们的关系什么时候好到这个程度了？"

叶行洲转头，目光落向他。

祁醒扭过头："算了，你还是别说了。"

"掉下山那次。"叶行洲说道。

掉下山那次？那都是多早之前的事情了？当时他们俩弄得灰头土脸，他去而复返居然还把叶行洲给打动了？

祁醒冷哼："救命之恩你就是这么报的？"

祁醒暗暗松了口气，还是有些别扭，摸起手机试图转移注意力，这才想起来李泽琛还被他丢在那酒吧里，手机里有几通未接来电和很多微信消息，除了李泽琛发来的，还有他的助理。

光顾着和叶行洲算账，他都没来得及接电话。

祁醒腹诽着，刚要回拨过去，叶行洲的手伸过来，顺走了他的手机。

"你有病吗？拿我手机干吗？"

"现在才想起来联系别人？"

"我联系我助理也不行？"

"不行。"

祁醒气结，这人的狗脾气就这样了，这辈子都改不掉，他就不该抱有期待。

回到酒店已经快凌晨，下车时祁醒才忽然想到，叶行洲怎么会来了纽约，他到底来干吗？

不等他问，在酒店大堂里急得团团转的助理看到他，大步迎了过来：“谢天谢地，祁少，你总算回来了，要是再联系不上你，我们都准备报警了。”

李泽琛早在一个小时前就回来了，也留在酒店这里等他，看到祁醒出现刚准备开口问，目光忽地顿住，落到了他身后的叶行洲身上。

叶行洲鼻青脸肿却不显狼狈，神色很冷淡，连眼睛余光都没有分给李泽琛一点。祁醒也不想解释，对李泽琛说道：“我没事，刚才碰到朋友先走了，没来得及跟你打招呼，抱歉，你赶紧回去休息吧，明天见。”

李泽琛见他平安无事，很识趣地没多问，走之前最后打量了一眼叶行洲，叶行洲冷漠回视，眼神里带着不屑。

真是傲慢的男人，李泽琛想着，和祁醒留下一句"明天见，你回房早点儿休息吧"，转身离开。

祁醒叮嘱助理别把今晚发生的事告诉他爸，上楼回房，一路上都没搭理叶行洲。

进门之前，他把人拦在门边，皮笑肉不笑地说道："你别告诉我你千里迢迢来了这里却没地方落脚，还需要我收留你，我明天有重要工作，今晚就不奉陪了，滚吧。"

叶行洲凝视他的眼睛："你酒醒了吗？"

祁醒瞬间闭嘴。

"我留下来。"叶行洲的语气坚决，根本不容商量。

祁醒从牙缝里挤出声音："留下来做什么？再跟我打一架吗？"

叶行洲："随你。"

清早，祁醒睁开眼，迷糊的脑子里第一个念头是看时间，还好，才刚七点，没有耽误正事。

起床回到客厅，祁醒的视线扫过，叶行洲果然提前过来了，起得比他还早，正靠门边柜上抽烟。昨天李泽琛送的那束花就在他身边，他手里还捏着夹在里面的那张卡片，眯起眼视线落在上头，半天没动。

这个人出现在这里，证明了昨晚他以为自己被绑架，还和叶行洲打了一架的事，确实不是自己在做梦。

一夜过去彻底酒醒了，祁醒看到叶行洲就没好气，昨夜他是没工夫计较，但不代表事情就这么算了。

祁醒翻了个大白眼，没搭理人，心里把叶行洲骂了百八十遍。

叶行洲的目光转过来，祁醒抬头瞪他："你看什么看？"

叶行洲抬了抬下巴，随手拿起那束花，在祁醒的目光注视下，准确无误地扔进了一旁的垃圾桶，连同那张卡片一起。

祁醒一愣，不可置信地提起声音："你有毛病吗？你又扔我的花！"

"占地方。"叶行洲冷着脸说，注意到原本放花的位置后面还有个黑色的小盒子，顺手拿了过去。

是祁醒先前在别的城市路演时买的那个领带夹，叶行洲打开看到，眉头动了一下："这也是你那朋友送的？"

"你扔，你继续扔。"祁醒既没承认也没否认，一副看戏的表情看着他。

叶行洲不出声地回视片刻，把盒子放了回去。

祁醒嘴角抽了抽，竟然不扔了，扔了他就把信用卡小票拿出来，让他睁大眼睛看清楚上面自己的签名，再让他滚去捡回来，竟然不上当？

叶行洲掐了烟，坐进沙发里，仰头看向他。

祁醒嗤笑："别装，看看你这张脸，快肿成猪头了。"

其实他是有点儿心虚，昨晚天黑还不觉得，也可能是过了一晚浮肿更明显，反正叶行洲的脸是彻底不能看了。

他昨晚气上头又喝多了，都没意识到自己下手这么狠，这应该是他把叶行洲揍得最惨的一次，虽然确实是他咎由自取。

叶行洲却不以为意，神色不动半分，依旧盯着他。

祁醒挪开视线，踢了他一脚，进浴室去洗漱。

再出来时，祁醒看了一眼手机时间，懒得去楼下餐厅吃早餐了，打了个电话让助理帮他叫客房送餐服务，挂断前声音一顿，吩咐人："你去附近药店看看有没有什么能消肿的药膏，买一支过来。"

刚挂了电话，祁醒看到叶行洲还在盯着他看："干吗？"

叶行洲提醒他："你昨晚说跟我一拍两散了。"

"有吗？"祁醒装傻，"我喝多了，忘了。"

叶行洲的眸色略沉，祁醒回以微笑。他说不记得就是不记得，他昨夜差点儿吓出心脏病，哭得稀里哗啦，要多丢人有多丢人，怎么都得找回场子。

"你到底来这里干吗？怎么事先都没说一声？"他没话找话地问，总不能叶行洲真就是看到他发朋友圈玩儿得那么高兴，也过来旅游的吧？

"来找这边的人谈笔生意，过两天要去趟拉斯维加斯，你跟我一起去。"叶行洲一句话打破祁醒的臆想，他是来谈生意的。

祁醒："没空，我爸还等着我回国汇报工作。"

叶行洲:"不差这几天,跟他请假休假。"

祁醒:"我考虑考虑。"

能去玩儿他当然乐意,但被他爸知道就麻烦了,尤其是跟叶行洲一起去。

叶行洲打定了主意要带上他,也不在意他怎么说:"今天几点敲钟?"

"九点半,"祁醒补充道,"你就别跟着去了啊,现场会有国内媒体拍照采访,叶少不想这副模样被人拍下丢了威风,还是少抛头露脸的好。"

叶行洲没有揭穿他那点儿小心思,本来也没打算跟着一起去。

二十分钟后,早餐送来时,助理也把药膏买回来了。

祁醒拿了药膏帮他搽,嘴上念念有词:"真可怜,肿成这样会不会破相啊?这得几天才能好?你还能出去见人吗?会影响你谈生意吗?要是被你那些对头看到,可不得笑死了?"

叶行洲忽然抬眼:"拜谁所赐?"

祁醒立刻说:"你自己。"

叶行洲懒得说他:"嗯。"

嗯什么嗯,本来就是你自找的。祁醒把药膏塞他手里,站起身:"自己搽吧,我要吃早餐了。"

祁醒抬头,见叶行洲竟然在走神:"你在想什么?"

叶行洲:"昨晚的事情,抱歉。"

祁醒甚至下意识地看了眼窗外,太阳没从西边升起来啊?这人真是叶行洲?他竟然会道歉?

祁醒:"你再说一遍。"

叶行洲:"你已经听到了。"

祁醒剜了他一眼,扭开脑袋,谦虚果然不过三秒,还是原汁原味的狂妄自大。

"吃东西吧,别耽误正事。"叶行洲提醒他。

"你确实该道歉。"祁醒吃着早餐跟他算账。

叶行洲气定神闲:"有什么问题?"

祁醒:"你绑架我,装神弄鬼吓唬我,不应该诚恳道歉吗?"

叶行洲垂目沉默了一瞬,回答他:"下次不要随便去那种地方玩儿,尤其在这里人生地不熟,你不知道自己会遇到什么,你自己想想真落到别人手里的后果。"

祁醒不耐烦听这些:"别说得我跟个菜鸟一样,那么容易就能被人得逞。"

"你很能耐吗?"叶行洲的声音略沉,"三脚猫的打架水平,你打得过谁?在这里可没有人看在你爸的面子上放过你。"

祁醒深觉自己被他讽刺了:"你……"

"我说了多少次,不许说脏话,你从来就不听。"叶行洲皱眉打断。

祁醒："你是为我好吗？你为我好可以好好说话，你不但狗嘴里吐不出象牙，还用那种极端手段吓唬我，你知道我当时有多害怕？"

叶行洲："害怕？"

祁醒讪讪地撇开眼睛："被外国人绑架谁不害怕呢？"

那时他浑浑噩噩，真以为自己落到什么歹徒手里，惊慌失措都不足以形容当时的无助和绝望。他甚至真的有想跟绑匪同归于尽的想法，结果却是叶行洲这个浑蛋故意吓唬他，他能不生气吗？

"抱歉，"叶行洲再次说出这两个字，"你要是不高兴了，我可以道歉，下次注意。"

祁醒眉峰一挑，狐疑地看向他："真心的？"

叶行洲点头："真心的。"

他的眼神诚挚，眼里确实有歉意，祁醒心头一松，这还勉强差不多吧。

"你下次再敢这么吓唬我，我一定让你吃不了兜着走。"

扔出这句没什么威慑力的话，祁醒继续吃起早餐，顺便把自己不吃的西蓝花一并扔进叶行洲的盘中，终于舒坦了。

八点半，吃完早餐，祁醒换好衣服，助理的电话也打进来，提醒他准备出发。

走之前，他最后问叶行洲："你还打算在这里赖着？"

叶行洲："暂时没别的去处。"

"那你就在这老实待着吧，"他顺手拿起门边柜上那个领带夹盒子，拍到叶行洲胸前，"送你的。"

叶行洲似乎有些意外，祁醒哼笑："你继续扔？"

叶行洲打开盒子，手指轻拨了一下里头的东西，抬眼看他："送我的？"

"不想要就扔了吧，随你。"祁醒走到门口又回头说道，"拜拜，祝你劳动节愉快。"

叶行洲："这是劳动节礼物？"

祁醒："我说是就是。"送出去了礼物，他心满意足，潇洒离开。

等人走远了，叶行洲打开盒子看了看，镶嵌了红宝石的领带夹璀璨又夺目，确实是祁醒喜欢的风格。

祁醒跟随团队到达纽约交易所时，还没到正式敲钟的时间。

李泽琛跟着他老板也才刚到，过来跟祁醒打招呼："提前恭喜你，终于完成任务了。"

祁醒顺嘴便说："多谢，你帮了不少忙。"

他低头看手机，叶行洲刚发了消息过来："专心公事，别跟无聊的人多打交道。"

祁醒没兴趣搭理，回了一个竖中指、翻白眼的表情包。

李泽琛笑着问他："昨晚跟你一起回去的那位有些眼熟，他是做什么的？"

"叶氏的董事长，"祁醒说完叮嘱了一句，"你别跟我爸说啊。"

"他昨晚来还跟人打架了？脸上都是伤，挺惨的。"李泽琛忍笑，叶行洲的身份确实出乎他的意料，不过昨晚那副模样，倒让人看了挺痛快。

祁醒："我揍的。"

李泽琛："你能打赢他？我感觉他挺不好相处的，脾气不好吧？"

"确实不怎么样，一言难尽，"祁醒收起手机，眯起眼笑，"但是我愿打他愿挨就行了，别人我还没兴趣揍呢。"

将祁醒的神态看进眼中，李泽琛理解地点头："看来你们关系不错。"

祁醒笑完不再说话，他跟叶行洲都能算关系好？

行吧，也不错就是了。

当夜，上市庆祝酒会在曼哈顿一座摩天大楼的顶层酒店举办，祁醒在一片觥筹交错和吹捧道贺声中频频举杯，笑容满面。

"我看你现在这样，身上倒是有些青年才俊的影子了。"李泽琛过来，举杯冲他示意，笑着调侃，"祁叔看到肯定很欣慰。"

祁醒与他碰杯，无奈摇头："饶了我吧。"

对方笑问他："有算过这一开盘，自己的身家暴涨了多少吗？"

祁醒："不知道，懒得算，反正我爸也不会让我随意挥霍。"

这家子公司他有近三成的股份，是他爸特地给他的，今日成功挂牌上市后股价一路走高，真要算身家他确实有钱了，没准明年国内的企业家排行榜都能看到他的名字，但是有他爸在，那也就是个名字，他买辆车都得跟家里报备。

"你爸这么管着你好也不好，烦是烦了点儿，确实能让你少走弯路，别人羡慕都羡慕不来。"李泽琛随口安慰他。

祁醒胡乱点头，可不就是烦，他连自由都没有，叶行洲明明就在楼下房间里，这个庆祝酒会他却不敢让人来，就怕他出现被其他人看到，事后传到自己老爸耳朵里去。

甚至这次来美国工作这么努力，与其说是为了自己的身家，其实是更想跟他爸证明他已经不是小孩子，也能做正经事，和叶行洲私下来往还是起了一些积极作用的。

患得患失顾虑这么多，这可真不像他。

又有投资商过来敬酒，祁醒盛情难却，只能笑纳。

等人走了，李泽琛示意他："把杯子给我。"

祁醒不明所以，将酒杯递过去。

李泽琛把杯中剩下的香槟倒掉，然后从酒水台上拿了可乐、雪碧和另外两种饮料，熟练地调配，最后竟然配出了一杯颜色与香槟差不多的混合饮料。

祁醒扬眉，李泽琛将酒杯递还给他："一点小把戏而已，我看你酒喝了不少，再有人敬酒喝这个吧，我也经常这么干。"

祁醒笑了："你这么温柔体贴的人，以后肯定不愁找不到好对象。"

"上市的事情忙完了，什么时候回国？"李泽琛笑着换了个话题，问他，"明天有空去我家里吃顿饭吗？我爸妈他们想见你，他们好多年没见过国内的朋友了，你小时候也经常来我家里吃饭的，你不会拒绝吧？"

祁醒刚要说"好"，身后伸过来的另一只手顺走了他的酒杯，他惊讶回头，是叶行洲，直接将李泽琛给他调配的饮料倒进了自己嘴里。

祁醒回神推了他一下："不是说让你别来吗？"

叶行洲搁下酒杯："你心虚什么？"

祁醒闭上了嘴，他能不心虚吗？这里这么多从国内跟来的人，还不知道有多少他爸的眼线呢。

"……你脸还肿着呢，这么跑出来也不嫌丢人。"

李泽琛的视线扫过叶行洲胸前的红宝石领带夹，主动朝他伸出手："叶董，幸会。"

叶行洲慢悠悠地伸手握上去，声音冷淡："幸会。"

僵了两秒，两人同时松开手。

"一会儿酒会结束，跟我走。"叶行洲直接打断他。

祁醒一愣："去哪里？"

叶行洲："我早上说过了，拉斯维加斯。"

"不用这么急吧？"祁醒摇头，"我都还没跟我爸说，至少得等其他人回了国以后啊。"

叶行洲："今晚就走。"

说不通，祁醒干脆懒得说了，浪费他的口舌。

从洗手间出来，叶行洲提醒他："去休息室歇会儿吧，前面招待宾客的人那么多，不需要你一直在那边待着。"

去就去吧，祁醒没什么意见，他也不想带着叶行洲再回会场晃。

进门他往沙发里一瘫，原形毕露，什么青年才俊，这辈子都跟他没关系。

叶行洲在他身边坐下，盯着他泛红的脸："又喝了多少酒？"

祁醒靠着沙发闭起眼："没多少，来敬酒的人太多了，总得给点儿面子。"

沉默片刻，叶行洲轻声笑问："你知道你现在这样像什么吗？"

祁醒下意识问："什么？"

叶行洲："像个装大人的学生。"

祁醒伸脚就踹："你滚。"

刚骂完人，祁醒的手机就响了，是他爸的电话，还是视频通话。

他一个激灵，立刻坐直起身，清了清嗓子，点下接听："爸……"

他爸打过来问他今天挂牌的具体情况，虽然这些都有专人会跟他汇报，但祁荣华显然更想听祁醒说。

"挺顺利的，跟预期一样，庆功酒会还没结束。"

祁醒这通电话短时间内大概结束不了，叶行洲起身去了休息室外。

电话那头他爸似乎察觉到什么，问他："你身边还有其他人？"

"没有，就小刘，他把我酒杯打翻了。"祁醒赶紧说，随便扯了个借口拉自己助理垫背。

叶行洲出来以后靠门边墙上随手点了一支烟，几分钟后有人过来了，是李泽琛。

叶行洲在烟雾缭绕里目光睨向对方。

李泽琛也停住脚步，看向他。

这个男人跟他印象中并不一样，国内媒体报道里的叶行洲，是初露锋芒的年轻企业家，斯文儒雅，稳重谦逊，但面前活生生站在这里的男人，摘了眼镜，脸上还有伤，吞云吐雾时高傲看人的神态，十足一头散发着危险气息的野兽。

祁醒说了快二十分钟，把他爸想问的问题都详细回答了，见他爸一脸满意，松了一口气。

"爸，我能不能请个假，在这边玩儿几天，晚点儿再回国啊？"

"你要在那边玩儿？你一个人跟谁玩儿？"祁荣华说着忽然想到什么，"你见到你李叔的儿子了吗？"

祁醒："见到了，这段时间他全程陪同我们跑路演，天天都见面。"

祁荣华："他人怎么样？你们合得来吗？"

祁醒还没说话，祁荣华接着追问："你留在那边玩儿，他有空跟你一起？"

听到这句话，祁醒心思一转，顺着他爸的话说了下去："啊，他正好也要放年假，说带我去其他城市到处转转。"

反正，过后跟李泽琛说说，让他别把自己揭穿了就行，应该问题不大。

得到祁荣华的首肯，祁醒喜不自禁，一再点头保证会注意安全，让他爸放宽心，终于挂断电话。

之后他兴冲冲地起身出去休息室想跟叶行洲说，结果他人却不在这里了，发消息过去也没回复。

恰巧助理出来找他，祁醒顺嘴便问："你刚看到叶行洲了吗？"

助理道："我刚过来，看到叶少跟那位李先生一起下楼了，似乎是去了楼下的击剑馆。"

祁醒："啊？"

五分钟后，祁醒走进楼下一层的击剑馆，场馆内，叶行洲和李泽琛正在对峙中。

双方各自手持剑指向对方，做出准备进攻的姿势，都只戴了防护面罩，连防护服都没穿。

祁醒有点儿莫名其妙，但没出声，站在场地外围安静观看。

李泽琛先动了，迅疾地猛攻向叶行洲，出手又快又准，步步紧逼。叶行洲从容应对，像是已经算准了对方进攻的目标和路线，连对节奏的把控都十分到位。在对方的剑尖刺向自己时，准确无误地以剑身挡开了李泽琛的攻击。

李泽琛一击未中，不由得蹙眉，却见叶行洲面罩后的嘴角扬起，轻蔑一笑，也许他看错了。叶行洲不再给他思考的机会，已然回击了上来，游刃有余地进攻、后退，再进攻，并不急于求成，他甚至耐心十足，随意玩弄手中的剑，如同在戏耍李泽琛。

李泽琛有些摸不准他的套路，出剑的动作不知不觉地带上了几分焦躁，叶行洲看准时机，趁其不备，忽然一个攻步上前，眼里有一闪而过的狠绝，手中的剑已凶狠刺向了对方。

李泽琛心头一震，那一瞬间他甚至生出一种错觉，这个男人浑身寒意凛冽，似当真想要向他下狠手。

但这些剑都是做过特殊处理的，没有真正的杀伤力，饶是如此，李泽琛身上的衬衣也被叶行洲手里的剑划破，心口被他刺得生疼，若是这剑能杀人，他此刻已经见了血。

李泽琛狠狠地后退了一步，叶行洲手里的剑在他身前停住，待到他那句"我输了"说出口，才不紧不慢地收回。

李泽琛摘下面罩，紧蹙的眉头却未松动。

叶行洲不再理他，随手摘了面罩，径直走向场边的祁醒。

祁醒歪了歪脑袋，笑问："你们挺有兴致的啊？竟然跑来这里玩儿这个？"

李泽琛也走过来，神色已恢复如常："是我提议的。"

祁醒提醒他："你衣服破了，你们玩儿这个怎么连防护服都不穿，不怕出事啊？"

"没事，我车上还有换的衣服。"李泽琛说完就准备走，转身时又脚步一顿，冲祁醒道，"我好像知道祁叔反对你们深交的原因了，他这么强势又危险，你爸估计很看不惯，你理智一点儿。"

叶行洲的神色略冷，祁醒有点儿被噎着，不等他说，李泽琛笑了笑，潇洒离开。挑拨离间的人拍拍屁股走了，留下他俩陷入某种莫名的尴尬沉默当中。

"那什么，他胡说八道的……"

祁醒有心想解释，叶行洲问他："现在走吗？"

祁醒："现在？"

叶行洲看着他："走不走？"

祁醒动摇了，他其实应该再回会场一趟，但忽然就不想去了。

"走吧。"祁醒不再说那些不重要的事情。

到机场后，祁醒才想到要发消息给自己的助理，又接着联系李泽琛，让对方帮忙圆谎，总之不能让他搞穿帮了。

"帮你这回也行，不过你别嫌我多管闲事，我真觉得那位叶董跟你不是一路人，你自己悠着点儿吧。"

李泽琛的消息进来，祁醒尴尬地挠了挠下巴，回复他："我知道了，多谢。"

叶行洲拿走了他的手机，瞥了一眼他们的聊天记录，然后看向祁醒。

祁醒伸出手："还我。"

叶行洲没有听他的，慢条斯理地操作着他的手机，祁醒看出叶行洲有想帮自己拉黑李泽琛的意思，一只手盖了上去，提高声音："手机还我。"

叶行洲抬眼，祁醒不肯让，瞪着他。

僵了几秒，叶行洲松开手，祁醒立刻把手机拿回去，按黑屏幕，揣进自己的口袋，顺便踢了他一脚。

"刚才嘴巴还挺甜，"叶行洲撩起眼皮，"这才多久，又原形毕露了。"

"就不能对你态度太好，"祁醒撇撇嘴，"得寸进尺，变本加厉。"

叶行洲："这么舍不得删了他？"

"我为什么要删他？"祁醒不快地说，"他是我朋友，朋友知道吗？而且是从小就认识的那种，我小时候跟着他玩儿玻璃弹珠的时候，你还不知道在哪里呢。"

"走吧，"叶行洲起身，回头睨向还坐在原地不肯动的祁醒。

祁醒懒洋洋地站起来，提步先走。

飞机就在外头停机坪上，是叶行洲的私人飞机。

上飞机后，祁醒直接往座椅里一躺，不想搭理人。叶行洲过来在他身边坐下，提醒他："想睡可以先睡一觉，要飞五个多小时。"

祁醒闭着眼转过身，背对着他。

"下次不会随便碰你的手机。"叶行洲忽然开口。

祁醒扭回身体,睁开一只眼觑向他,半信半疑:"你能改这个毛病?"

叶行洲沉默地看了他两秒,吐出声音:"我尽量。"

好吧,也算有进步了。祁醒不由得讽刺他:"你这副德行,难怪别人都觉得我跟你不是一路人,我爸要是知道了,一定觉得我是天真好骗的小白兔。"

"你是小白兔?"叶行洲的眼神戏谑,"你像小白兔吗?"

祁醒重新背过身,坚决不再理他。

飞机还没起飞,他无聊地玩儿手机,杨开明那小子发消息来问他哪天回去,祁醒顺手回:"我去拉斯维加斯玩儿几天。"

杨开明回复过来一个惊吓的表情。

祁醒:"你什么意思?嫉妒啊?"

第十六章 患难

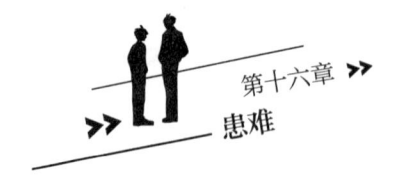

落地拉斯维加斯是当地时间凌晨。

祁醒在飞机上没睡好,下了飞机一路哈欠连天,迷瞪着跟着叶行洲上车,窝在座椅里继续闭着眼,完全没兴致欣赏这座灯火璀璨的不夜城。

迷迷糊糊间听到叶行洲打电话交代秘书事情,他才想起问这个人:"你真是来这里找人谈生意的?"

叶行洲挂断电话,随口回答:"嗯。"

祁醒:"哦。"

到酒店之后,祁醒简单冲了个澡,倒头就睡,一觉睡到第二天早上九点多才醒。

祁醒睁开眼,发呆了片刻,爬起床朝外看了一眼,叶行洲果然又不请自来了,正在外头一边打电话一边喝咖啡。

祁醒心不在焉地收回视线,打开行李箱拿换洗衣服打算去浴室冲个澡,起身时却不小心把护照从行李箱中带了出来。

叶行洲打完电话喝完咖啡过来,就见祁醒手里捏着护照本,还直愣愣地蹲在地上发呆。

"发什么呆呢?"叶行洲的声音在头顶响起,祁醒惊得直接扔了手中护照,抬起头。

叶行洲靠在房门边,饶有兴趣地看着他,抬了抬下巴:"一大早起来蹲在这里捏着护照发呆?想家了?"

"关你什么事,"祁醒脸上窘迫,故作凶恶,"你管得着吗?"

他胡乱捡起自己的护照,塞回行李箱最里层,拿了换洗衣服进去浴室,用力甩上门。

分明是恼羞成怒。

半分钟后,他默默朝着镜中的自己竖起中指,痛苦地扭开脸,都多大的人了还想家。

吃完早餐,叶行洲带着祁醒出门了。

一路上,祁醒不停地打喷嚏,叶行洲拿手摸了一下他的额头,没发现发烧:"感冒了吗?"

祁醒有气无力:"没有。"

车开到半途,经过这边的一座大教堂,门口有几对国外的新人在拍结婚照。

在外随便逛了一圈,吃了午餐,下午,叶行洲带着祁醒去了当地的一家大拍卖行。

进门前,祁醒奇怪地问:"你不是来谈生意的吗?怎么从早上起就没做过正事,还来参加拍卖会了?"

叶行洲:"不急。"

他们过来时,今天的这场拍卖会已经进行了一半。

台上正在拍的是一件价值不菲的古董,祁醒没什么兴趣,歪靠在座椅里又开始发呆。

叶行洲靠坐在他身边,长腿交叠起,闲适地翻着手中拍品资料册,这副模样的确像是出来度假放松的。

祁醒盯着他回想起第一次见到这个人的那晚。

也是这样的拍卖场,他为了跟叶行洲一争高低,头脑发热想要花五百万拍一幅名不见经传的画,被截和后心中不平,屡次找他麻烦,然后一直纠缠到今天。

"叶行洲。"

听到祁醒的声音,叶行洲偏头看过来。

祁醒其实没想说什么。

"做什么?"叶行洲的嗓音低沉,眼中隐约有笑。

"哦,拍卖场上的一幅画,咱俩从对头变朋友。"

祁醒一说,叶行洲几乎立刻就想起来了。

那个雨夜的慈善酒会,原本不过是一次稀松平常的应酬。他在人前维持着最佳状态,做的每一个动作,说的每一句话都是算计好的,唯独咋咋呼呼闯进他视野里的祁醒,是个例外。

其实要进清平园,并不只有那一次机会,那八百万他本可以不花。

大概是从那个时候起,他就注意到了祁醒和其他人的不同。

祁醒叫住他挑衅他时的那个语气和神态,他后来偶尔想起来依旧觉得张扬。

前方拍卖台上又在拍什么东西，祁醒完全不知道，他耷拉下脑袋也没兴趣看，叶行洲却开始举牌。

祁醒注意到他的动作，这才抬头瞥了一眼，叶行洲想拍的竟然是一颗红宝石，展示台后面的大屏幕里有拍品放大的照片和简介。

二十克拉的天然鸽血红宝石，足有鸽子蛋那么大，色泽饱满纯净，近乎完美。

起拍价就要五十万美元，抢的人很多，毕竟这地方最不缺的就是有钱人。

叶行洲一次次举牌，不疾不徐，但势在必得。

祁醒眨了眨眼，坐直起身："你要拍这个？你又钱多得没处花了？"

叶行洲没理他，依旧在跟人争夺台上的拍品。

祁醒靠回座椅里，懒得说了。

等到他从无聊的神游中回神时，台上的成交槌也已落下，最后的落槌价是四百万美元。

叶行洲淡定起身："走吧，去拿东西。"

祁醒跟着他去付款办交接手续时，人还是恍惚的，就这么几分钟，这个败家玩意儿就花了几千万人民币出去？他投进风投基金里的全部身家加起来也才三千万。

直到叶行洲签完合同，在支票上签上自己的名字，祁醒才回神："你真要买这个啊？"

叶行洲："现在还能后悔？"

祁醒瞬间不说话了，他这个所谓的挥霍无度的富二代，跟面前这位比起来，根本不值一提。叶行洲都不在乎，自己干吗要替他心疼钱？

东西送过来，叶行洲没有看，直接放到了祁醒面前。

祁醒小心翼翼地打开盒子，伸手想去碰，犹豫了一下还是算了，摔坏了他赔不起。

"这个跟八百万比起来怎么样？够诚意吗？"叶行洲忽然问。

祁醒惊讶地看向他。

叶行洲扬了扬嘴角，示意他："送你的。"

祁醒指了指那颗红宝石，再指了指自己，不可置信："你拍这个送我？"

"需要这么惊讶？"叶行洲敛回笑意，平静地说，"礼尚往来，你也送了我一枚红宝石领带夹。"

不，他送的那个不过万把块钱，那是一回事吗？

"……我还是不要吧，我爸知道了，能打断我的狗腿。"

叶行洲斜着身体朝后靠进沙发里，一只手搭在沙发背上，手指轻点了点，不出声地看着他。

祁醒被他盯得略不自在，改了口："这是生日礼物吗？"

叶行洲："不是。"

　　祁醒："那是什么？"

　　叶行洲只问他："红宝石的成色怎么样？"

　　祁醒实话实说："成色再好，花这么多钱买这个，有点儿亏。"

　　他一个大男人，也不能拿这东西做成首饰戴出去炫耀，最多放在家里做摆设，看着过过眼瘾，实在有些暴殄天物。

　　他这么说，叶行洲倒不在意："给你当玻璃弹珠玩儿好了。"

　　祁醒心想他现在二十三岁，又不是三岁，还玩儿玻璃弹珠呢。他随口一句话，这人竟然也要计较，而且拿这么昂贵的红宝石当玻璃弹珠……叶行洲这脑子似乎也不见得比他好。

　　"这不是生日礼物，那到底是什么啊？"

　　叶行洲没打算说："你先收着。"

　　祁醒不再犹豫，大不了回去再还给叶行洲。他盖上装宝石的盒子，想直接揣进裤兜里，又觉得对不起这玩意儿的身价，最后塞进了上衣内口袋，拍了拍，希望别一会儿走出这拍卖行大门就碰上打劫的吧。

　　"这里的人会安排保镖送我们回酒店。"叶行洲让他放宽心，更别说他自己还带了保镖来。

　　祁醒笑了："你是会读心术吗？那你还猜猜我现在还在想什么。"

　　叶行洲盯着他的眼睛，祁醒的眼里盛满了喜悦。

　　"猜不到。"他好整以暇地说。

　　祁醒不信，这人明明就是想看他的笑话。

　　之后几天，说着来这边做生意的叶行洲却没做过一件正经事，每天带着祁醒混迹于拉斯维加斯最有名的娱乐之都广场，挥霍无度。

　　祁醒惊讶地发现叶行洲平日里看着一本正经，玩儿起那些项目来竟然比他还如鱼得水。

　　一开始还只是小打小闹，当他们投下的钱越来越多时，后面直接被人请到了楼上的贵宾厅。

　　"你到底是来这里做什么的？不是说跟人谈生意吗？你就这么谈生意的啊？"进门时，祁醒随口问了一句。

　　这都几天了，叶行洲还没玩儿够呢？

　　叶行洲从路过的侍应生手中的托盘里拿了两杯饮料，递过一杯给他："就是来找人谈生意的。"

　　祁醒："在这里？"

　　叶行洲随口解释："对方不肯赏脸应邀，只能来这里碰碰运气。这家娱乐酒店和之前的拍卖行，都是同一个老板，我要找的人就是他。"

祁醒："你拍下那颗红宝石，原来又是另有目的啊？"他还以为真是特地拍给他的礼物呢！

叶行洲睨了他一眼："你觉得我真的钱多到没处花？"

祁醒："那谁知道呢！"

好吧，确实不大可能，应该只是想引起对方注意，顺便送礼物给他而已。

想通了，祁醒又高兴起来，问他："你找人谈什么生意？"

"之前叶万耀从海外弄来的钱，除了一部分是他变卖这边资产得来的，还有一大半是这位幕后老板提供的。既然想打叶氏的主意，我送他机会，跟我合作总好过跟叶万耀合作。叶万耀在这边的好日子也该过到头了。"叶行洲云淡风轻地说道。

原来又是他们叶氏内斗，祁醒对此不感兴趣，目光扫过四处："上桌吧。"

别的他不敢吹牛，但论玩儿牌，不管什么玩法，他就没怕的。

到牌桌前，叶行洲让祁醒坐到自己身旁，贵宾厅里的人非富即贵，周围人见又来了两个人下注纷纷看向他们。

叶行洲头发散乱，衬衣扣子解开了一颗，没系领带，也没戴眼镜。他悠哉地点了一支烟，这副模样跟平日里在人前的形象判若两人，与这种地方的氛围却格外契合，吞云吐雾时漫不经心地盯着牌桌的模样，活脱脱像个老手。

祁醒学着他的样子也叼了一支烟，笑嘻嘻地等着荷官发牌。

第一把就赢了。

祁醒高兴地把赢回来的筹码收入怀中，眉飞色舞。

不知道是祁醒运气好还是叶行洲运气好，他俩玩儿十把有八把都能赢，不用细算赢的钱也已有不少。

祁醒打着哈欠，嘴里嚼着口香糖，在发牌的间隙没话找话地跟叶行洲聊天："你说他们会不会怀疑我俩抽老千啊？要是我们在这里再待个几天，能不能把拍那颗红宝石的钱也赚回来？"

叶行洲一只手搭在他肩上："累了？"

祁醒的脸上确实有疲态，眼睛倒依旧很亮："赢了这么多钱，累也值得啊。"

叶行洲提醒他："小赌怡情。"

祁醒"啧"了一声，也不知道每次扔筹码时眼都不眨的那个是谁。

"到此为止吧。"叶行洲瞥了一眼他们面前堆积起的筹码，没有清点的兴致，直接叫人来帮他们拿去兑换。

他俩正是手气最好的时候，乐连着赢了十多盘，周围看客里起哄的人不少，都在怂恿他们继续，这些人里还不知道有多少是这儿的托。

换作别人只怕已经头脑发热越赌越大了，然后就等着形势逆转，瞬间输个精光,类似的套路在这种地方实在不算新鲜。

但叶行洲这样的人,除非他想主动把钱送人,没有谁能在他身上占到便宜,所以他说抽身就抽身,半点儿犹豫没有。

祁醒也无所谓,赢的这些钱够了,没必要再纠缠下去。

在休息室里等候换钱时,有西装革履的男人过来,客气地跟叶行洲说他们老板想见他。

祁醒笑了,揶揄叶行洲:"对方这么快就肯赏脸了啊,这是嫌你太难缠,怕你天天来这里赢他们的钱吧?"

"托了你的福。"叶行洲起身,见祁醒没有跟着去的意思,"你不去?"

"不去,"祁醒瘫在沙发里不愿动,"你去吧,你们谈生意跟我又没关系,没兴趣听。"

叶行洲叮嘱他:"就在这里待着,别去外头,我留人跟着你。"

祁醒闭上眼,挥了挥手:"知道了。"

叶行洲让跟来的三个保镖留下两个,转身离开。

祁醒闭目养神了片刻,在这种地方还是睡不着,干脆起身去了楼下继续玩儿。

但玩儿了一天一夜继续玩儿下去也没什么意思,他困得眼皮都快撑不开了,更别提叶行洲不在,身后还有两个寸步不离的保镖时刻盯着。

"你们要玩儿吗?"过于无聊,他甚至没话找话地跟身后保镖搭起讪,"我给筹码你们玩儿吗?"

两个保镖岿然不动,微微摇头,一副恪尽职守的态度。

祁醒觉得有些无聊,酒店一层的空气浑浊,让他感到不适,想出去透透气。身后的保镖开口提醒他:"祁少,叶少让您就在这里待着,不要出去。"

祁醒不耐烦地说:"我又不会走远,只是出门吹吹风而已。"

这里是市中心最繁华热闹的地方,而且现在是白天,能有什么事。

酒店对面一条街都是路边咖啡馆,祁醒随便找了一张空桌坐下,点了一杯咖啡喝了几口,终于感到有些精神了。

他眯起眼睛看了一会儿不远处在路边觅食的白鸽,视线一晃,忽然看见了一个熟人,还以为自己眼花了。

对方也看到了他,犹豫了一下,走过来跟他打招呼,果然是林知年。

"林老师,你怎么也在这里?坐吧。"祁醒示意他坐下。

林知年坐下后也点了杯咖啡,解释说自己是应邀来参加这里的一个艺术展,展馆就在附近:"没想到会在这里碰到祁少,你名下公司在美国上市的新闻我看到了,恭喜。"

祁醒懒洋洋地说:"多谢啊。"

林知年点了点头，抿了一口咖啡，继续说道："其实我才该跟你说一声谢，你那八百万帮了我大忙，确实解了我的燃眉之急。之前的事情，是我钻牛角尖失了风度，说的那些话多有得罪，还望祁少别放在心上。"

祁醒闻言有些意外："林老师，你这话，是真心的吗？"

林知年自嘲道："实话是，说完全放下也没那么容易，不过也只能这样了。"他轻出一口气，"祁少，你是跟叶行洲一起来的这里吧？"

祁醒扬眉："你怎么知道？"

"他的保镖，从刚才起就虎视眈眈地盯着我们，"林知年冲站在路边的人努了努嘴，"那是叶行洲的保镖吧？"

祁醒没否认，见那两人一副门神样儿板着脸站在这人来人往的街头，反而引得更多路过的人有意无意地朝这边看。

祁醒有些受不了，冲他们招了招手，示意左边那个保镖："昨天来的时候我看到隔壁街有家卖蛋糕的店很多人排队，你去帮我买两块来尝尝。"

他又示意右边那个："你回酒店里盯着，叶行洲出来了联系我，他应该也不会跟人谈太久。"

保镖们面露难色："祁少，至少留一个人吧，要不叶少知道了，得扣我们工资了。"

"去吧，"祁醒挥手赶人，"你们在这里杵着，我喝咖啡都不自在，我不去别的地方，就在这里坐坐，一会儿喝完咖啡要是叶行洲还没出来，我就回去找他。"

保镖们还是不走，但祁醒坚持，他们只能听他的话。

终于把人打发走，祁醒冲对面座的林知年说："我也不想他们跟着，很烦。"

"叶行洲他看重你，才会让人一直跟着你，国外毕竟不比国内。"说出这句时，林知年才忽然意识到，叶行洲对他确实已经半点儿都不在意了，所以那次他的工作室被人找麻烦，他打电话过去求助，叶行洲才会那么冷静甚至冷淡，还是面前这位祁少催促，才肯松口说过去看看。

上心与不上心，态度天壤之别。

祁醒不以为然："他大惊小怪而已。"

林知年敛回心绪，问他："你们是来这边玩儿的吗？"

祁醒："嗯。"

一起喝完了一杯咖啡，祁醒放下空了的杯子，看了看腕表的时间打算走，刚要起身，一辆越野车急刹车停在路边，巨大的刹车声惊飞了那几只原本悠闲散步的白鸽。

越野车上下来了三个人高马大的外国人，为首的一个人气势汹汹地走到他们桌边，手里捏着一张照片，视线在照片和林知年之间来回两遍，冲身后另一个人用英文示意："就是他。"

他们还嘀咕了一句什么，英文语速太快，无论是林知年还是祁醒都没听清楚，祁醒刚蹙起眉，对方一只手已经按上了林知年的肩膀。

林知年立刻警觉，试图挣扎："你们是谁？要做什么？"

无奈他跟对方的身形体力相差悬殊，对方一只手就能把他架起来往车上拖。

祁醒也跟着站起来，上前一步大声呵斥："喂！你们到底是干什么的？！"

走在最后的外国人回头，上下打量了他两眼，竟然用中文警告他："小子，不想倒霉，少管闲事。"

林知年已经被人拽进车里，祁醒有些犹豫，他没傻到就这么冲上去救人，也不可能救得下来。但眼皮底下看着这些人把人劫走，见死不救，不是他的作风。

眼尖瞧见对街有持枪的巡逻警察，祁醒提起声音大喊了一句，那个警告祁醒的外国人转头瞧见警察过来，咒骂了一句脏话，一只脚已经跨上车，又似乎被祁醒的行为激怒了，竟折返回来用力钳制住了他。

祁醒猝不及防被对方一掌劈到后颈，这一下够呛，他疼得眼冒金星，差点儿直接栽倒下去。

反应过来时，人已经被推进车里，跟上来的外国人又推了他一把，祁醒狼狈地倒在已经吓得面无血色的林知年身上，车门随之关上。

他挣扎着刚坐起身，黑漆漆的枪口抵住了他的太阳穴，暴躁的绑匪呵斥他："老实点儿！"

越野车扬长而去，车后的警察追着跑了几步，气喘吁吁地停下。

酒店里叶行洲刚谈完事下楼，祁醒身边的两个保镖脚步匆匆地过来。

第一句话出口，叶行洲就变了脸色，大步朝外走去。

十分钟前，祁醒正在路边咖啡馆和林知年喝咖啡，突然闯入一辆越野车，三名看起来训练有素的绑匪将他们两个人一起绑走了。

咖啡馆的服务员只能说出个大概经过，至于对方是谁，车牌号多少，没人说得清楚。

服务员将祁醒掉在路边的手机交还给了叶行洲，林知年的手机打过去则是关机。

叶行洲沉住气在警局里等了两个小时，除了回答警察重复的问话，事情没有任何进展。

第三次被不同的警察问起同一个问题，他阴着脸起身，直接离开。

听到脚步声进来时，祁醒警觉地坐直起身，还闻到了食物的味道。

有人上前在他面前放下餐盘，扯下了贴住他嘴巴的胶布，祁醒叫住对方："把我眼睛解开，要不我没法吃东西。"

送饭的人骂了一句，把绑住他眼睛的黑布一把扯下。

祁醒睁开眼，面前的是刚才绑架他们的那伙人里会说中文的那个，祁醒一提要求那个人嘴里就骂骂咧咧，很不耐烦。

祁醒抬起被手铐铐住的双手，示意把这个也打开。

"就这么吃！"对方丢下这句，转身就走。

摔门声响起，祁醒撇嘴，看到房间另一个角落里，林知年依旧被黑布蒙着眼睛，靠坐在墙边，一动不敢动，脸还是白的。

他们之前被那伙人劫持，一上车就被蒙住眼睛，拿枪抵着脑袋带到这里，祁醒看看外头的天色，估计他们被绑已经有两个多小时了。

叶行洲前两天还在纽约拿绑架吓唬他，哪料到他真的会在拉斯维加斯被绑架。

这地方看着是一栋废弃的小别墅，外头不知道守了几个人，跑肯定跑不掉的。

"林老师？"祁醒小声叫了一句。

林知年终于有了点儿反应，哑声开口："祁少，你在哪儿？"

祁醒看了看自己脚上也被铐住了，只能慢慢挪到林知年身边，帮他解开了蒙住眼睛的黑布。

林知年缓慢地眨了眨眼，看到祁醒稍微松了一口气。

祁醒问他："你得罪什么人了？这些人是哪里来的，你知道吗？"

林知年皱眉："没有，我不知道，我前天才到这里，昨天和今天一直都在展馆那边，打过交道的都是来参加艺术展的人。"

他看向祁醒，愧疚地说道："抱歉，连累你了。"

"算了，已经这样了，说这些也没用。"祁醒并拢着双手想摸自己的手机，没摸着，不知道是掉了还是被那些人拿走了，他的腕表和钱包也都不见了。

"他们难道是抢劫吗？"林知年也发现自己身上稍微贵重的东西都不见了。

祁醒："抢劫只是顺便吧。"

哀叹了一句倒霉，祁醒又挪回刚才的位置，弯下腰艰难地用被铐起来的双手吃东西，虽然这烤土豆和烤面包的味道实在不怎么样。

吃到一半抬头见林知年还靠坐在墙边发呆，食物一点儿没动，祁醒提醒他："你还是吃点儿东西吧，要不之后要是有机会能跑，你也没力气啊。"

林知年的视线落过来，犹豫地问："你一点儿都不害怕吗？"

"怕有什么用，坐在这里哭也改变不了既成的事实，再说我们现在是两个人，情况已经算不错了。"祁醒苦中作乐地想，只要不是要他的命，他确实还挺淡定的，毕竟这种经历不是第一回了。

"放宽心吧，叶行洲肯定会想办法来救我们。"

这句话既是安慰林知年，也是安慰他自己。要说一点儿不害怕那是假的，但也只能这样了。

从警局出来，叶行洲直接回到酒店，找上先前才谈过生意的对象。

对方看到他去而复返有些意外，抽着雪茄示意他坐："叶少还有事？"

这位汤先生是祖上三代移民过来的华裔，中文说得很流利。

叶行洲开门见山地说道："我朋友被这里的人绑架了，我可以把利润全部给你，只要你动用关系帮我把人找回来，提供线索也行，不论你用什么方法。"

汤先生挑了挑眉，似乎在考虑。

他们刚才谈的生意彼此都有意向。他想通过叶氏让名下的投资公司打通国外市场分一杯羹，叶氏也想打开这边的市场，确实是一拍即合的事情。比起跟叶万耀那个不怎么讲信用的小人打交道，还要兜一个大圈子，跟叶行洲直接合作要简单高效得多。

唯独在利益分配上，双方没有谈拢。结果这才几个小时，叶行洲竟然回来说把利润全部给他，只为了救一个被绑架的朋友？

"什么朋友这么重要？"

叶行洲："你不需要问这么多，只要你能做到，我现在就可以跟你签订合同。"

"那倒不必，"对方摆了摆手，"要你让出全部利润太无耻了，我这人做生意奉行以和为贵，细水长流，你只要答应我一开始说的，退一步就行。"

"可以。"叶行洲答应得很痛快。

汤先生很满意，既然答应救人，也不耽搁，立刻叫了一个人进来，他示意叶行洲："具体情况跟他说，三天之内他肯定能帮你找到人。"

"我等不了三天，"叶行洲沉声说道，"一天，最多一天，我一定要见到人回来。"

汤先生笑笑："好吧，我们尽量。到底是什么人绑架了你的朋友？你自己有头绪吗？"

叶行洲："叶万耀，一定是他。"

"其实我小时候也被人绑架过一回。"祁醒开口，有话没话地找林知年聊天，免得气氛太压抑。

林知年："后来呢？什么人绑的你？"

祁醒："我爸生意上的对头吧，记不太清楚了，也跟现在差不多，被人绑了手脚关起来，饭照吃，觉照睡，后来我干爷爷的人找到我时，我还在睡觉。"

林知年一时不知该说什么好，他知道祁醒又是在变相地安慰自己，他快三十岁的人，危险关头还不如二十出头的祁醒镇定，确实挺没用的。

"要不是我多嘴,你没有支开那两个保镖,至少你自己不会出事。"

"这跟你没什么关系,"祁醒叹气,"确实是我心太大了点儿,本来我们在那边赢了那么多钱,一个人出来就挺危险的,说不定还会碰上打劫的。我其实就是不太喜欢有保镖一直盯着,尤其我一个人的时候,当初被人绑架没留下多少心理阴影,后来我爸给我安排了两个保镖,我吃喝拉撒走到哪里跟到哪里,我上课他们都要站在教室外面盯着,搞得没一个同学愿意跟我玩儿,我才被搞得逆反了。算了,说这些也没意思。"

他说着打了个哈欠,跟叶行洲在牌桌上玩儿了一天一夜他其实早就撑不住了,这会儿被关在这里,估计短时间内不会有人来找麻烦,困意上头,祁醒只想先睡一觉。

"林老师,我睡一会儿,你先盯着吧,有什么事叫我一声。"

祁醒靠着破旧不堪的沙发很快闭上了眼,林知年强打起精神压下惧意,至少,他不能让祁醒也看扁了自己。

叶行洲留在酒店,等待消息的时间一直握着祁醒的手机,目光阴沉盯着窗外逐渐铺开的夜色,身后的保镖一声不敢吭。

直到祁荣华的电话进来,叶行洲按下接听,礼貌开口:"祁叔。"

对方一愣,听出了他的声音:"你是叶行洲?"

"是我。"叶行洲道。

祁荣华:"祁醒呢?你跟他在一起?"

叶行洲:"他的手机落在我这里了,我让他明天给你回电话。"

祁荣华:"祁醒是跟你一起出去玩儿的?"

叶行洲:"是。"

祁荣华没有再问:"那先这样吧。"

不等叶行洲说,那头立刻就挂断了,叶行洲平静地按黑屏幕。

保镖进来向他报告刚收到的消息:"汤先生的人查到叶万耀前几天就来了这边,似乎在找门路想买违禁炸药,至于他的藏身位置,他们还在找。"

叶行洲眼底一片冷沉,一直在盯着电脑的秘书猛地站起身,激动地说:"叶万耀还没联系上,但刚才邮箱里收到了一个视频通话地址,应该是他发过来的。"

叶行洲走回沙发边坐下,视频通信已经连接上,失踪了五六个小时的祁醒和林知年出现在画面里,都被绑了手脚,蒙着眼睛,各自靠坐在房间一角。

一道经过变声器处理的声音随之响起:"叶行洲。"

叶行洲冷声说道:"叶万耀。"

对方阴恻恻地笑,不否认也不承认:"啧啧,真没想到,还能看到你这么狼狈的样子。"

重新被人蒙住眼睛时，祁醒象征性地挣扎了一下，好在对方也只是警告他们老实点儿就又走了。

他试着喊林知年："林老师？"

林知年疲惫地回应："我没事。"

祁醒还想说什么，静谧空间里忽然响起叶行洲的声音："你想做什么？"

隔着电波他的声音有些不真实，祁醒一愣，下意识地喊了几声："叶行洲？叶行洲你在吗？"

叶行洲仍在问："你究竟想做什么？"

祁醒很快明白过来，他们能听到叶行洲的声音，叶行洲听不见他们的。

叶行洲连着问了两遍，另一个人怪腔怪调地回答他："不干什么，想看你身败名裂而已，没想到那几个人还有点儿用，抓住了两个人，买一送一。"

叶行洲并不意外，叶万耀大概从他来这里第一天起就盯上了他，但他身边人太多，不好下手，所以打上了恰巧也在这里的林知年的主意。

祁醒不禁蹙眉，他大约已经猜到是谁绑架他们了。

叶行洲淡漠地抬眼看向视频画面："有什么事你冲我来，何必多此一举，做这些没意义的事情。"

"要真是一点儿意义都没有，你根本不会给机会让我跟你说这些。"

叶行洲没有说话。

"叶氏掌权人树敌无数，见死不救，连累两位昔日好友命丧国外，"叶万耀笑道，"相信这个消息传到国内，你苦心维持的正面形象很快就会崩塌，我要看看那时候你还能不能收场。"

叶行洲："直说吧，你究竟想要什么。"

叶万耀："现在就发函给国内，辞去叶氏董事长的职位，这边时间明天下午两点前，我要看到公告，之后我会放人。"

叶行洲面无表情地答应："可以。"

叶万耀的笑声越发古怪起来："刚才忘了说，我只会放一个人，他们两个二选一，你自己选，而且，明天要你亲自来接人。对了，再提醒你一句，我们的对话他俩都能听到，特地给他们听的。"

叶行洲垂目静默了一瞬，问他："我要是不去呢？"

叶万耀恶狠狠地威胁道："那你就等着给他们一块儿收尸吧。"

"我选林知年。"叶行洲很快做出了决定，掷地有声。

视频画面里，祁醒微微侧过身，叶行洲看不清楚他的脸，甚至没有分多少注意力给他。

叶万耀："这么快就决定了？果然还是老朋友分量重。也是，毕竟你被我们兄弟合伙打压的时候只有林知年敢跟你来往，不过，另外那位你就不管了？"

"不用我管，"叶行洲冷声说道，"他是荣华资本的太子爷，祁荣华的命根子，还有清平园的那位陈老护着，你要是动了他，他们一定会追究到底，你这辈子都别想回淮城了，我很乐意看到。"

叶万耀陡然提起声音："你敢吓唬我？！"

叶行洲："你不信大可以试试。"

叶万耀咬牙切齿，最后丢出一句"明天你给我等着"，切断了通信。

叶行洲用力合上笔记本。

秘书试图劝他："您明天真的要亲自去吗？他一定不会轻易放人，如果他真的买了炸药……"

叶行洲闭眼靠进沙发里，以沉默截住了秘书的声音。

对话声结束后，祁醒低头发呆片刻，听到林知年轻声叫他。

"别出声，"祁醒回神提醒对方，"我们还是别说话了，这里肯定装了监控。"

他自己也不说话了，现在才真正心焦起来，叶行洲明天肯定要来送人头了……他能搞得定吗？

第十七章 恶人

中午十二点,叶行洲独自开车出现在闹市街头,五分钟后,他在一处垃圾桶旁停车,降下车窗,拿过桶盖上的黑包,取出了包里的手机。

手机里只有一条短消息,指示他去往下一个地方。

整整半个小时,他一直在城中转圈,对方如同戏耍他一般,直到确认了没有其他车子跟着他,才将他引导出城,往城外的山区去。

停车之后又走了十分钟,眼前出现了一栋早就废弃了的一层小别墅,叶行洲不动声色地打量四周,推门进去。

偌大的空屋里只有林知年一个人,被蒙住眼睛贴住嘴绑在椅子上,不出叶行洲所料,林知年身上绑了炸药,倒计时的时间显示还有最后二十分钟。

叶行洲只看了一眼,没有走上前。

头顶响起叶万耀那依旧经过变声器处理的声音:"你果然来了。"

叶行洲一只手插在裤兜里,轻摸了一下自己始终处于接通状态的手机,抬目看向前方墙上的监视器,平静地说道:"你的目的就是这个?"

听到叶行洲的声音,林知年微微转了一下脑袋,很快重新安静下来,一动不敢动。

"还有最后二十分钟,"叶万耀的语气难掩兴奋,"你既然来了就别想离开,二十分钟后这个炸弹就会爆炸,你要是敢轻举妄动,只要我手里的遥控按下,你们立刻就会身首异处,就算现在你的人知道你在这里,赶过来也来不及了。"

"我人已经来了,你现在不按下遥控?"叶行洲镇定地问。

叶万耀:"当然不,最后二十分钟,我要看着你一点点走向死亡,欣赏你垂死挣扎的糗态。"

叶行洲哂了哂,入耳的蓝牙耳机里响起他秘书的声音:"遥控炸弹的操纵距离不会超过五千米，他人肯定就在附近，我们的直升机已经在缩小范围搜寻了。"

叶万耀咬牙问道："你的辞职公告呢？为什么还没有发出来？"

叶行洲："国内现在早上六点不到，没这么快。"

叶万耀："你不要要花招！"

"这份公告对你来说根本不重要，"叶行洲拆穿他，"我要是死在这里，没有人会替我追究，叶家人人求之不得，只要这边的警察找不到足够的证据逮捕你，风头过了你可以光明正大地回去拿到你想要的。"

叶万耀讥讽道："原来你也知道自己人憎狗嫌啊。"

叶行洲偏了偏头："叶万耀，你从小到大就没输过吧？第一次在我这里栽了这么大个跟头，滋味是不是很不好受？"

叶万耀冷笑："那又怎样？你以为你还嚣张得了多久？"

叶行洲："其实我今天大可以不来，我要是见死不救，你拿我一点儿办法都没有。"

叶万耀："所以我该夸你一句，明知道我想要你的命，还跑来送死。"

叶行洲冷冷地盯着面前的林知年，看进眼底的却是另一个人的影子。沉默了一瞬，他慢悠悠地说："是啊。"

出门之前，他的秘书、保镖，甚至那位汤先生，不止一个人劝过他，不必以身犯险，但叶万耀不傻，他能骗得了这人一时，一旦他不出现，叶万耀立刻就会意识到，祁醒才是他想救的人。

他唯一能赌的，是以他对叶万耀个性的了解，这人除非狗急跳墙，一定会留他到最后一分钟，就为了看他低头认输。

叶万耀啪啪鼓掌："真感人啊，你要是对待叶家人有对待外人一半这么好，也不至于落到今天这个地步。"

"叶家人？你说的哪个叶家人？"叶行洲难得有兴致，在这儿跟他闲聊。

叶万耀："你敢说叶崇霖不是你害死的？他偏心你偏没了边，到最后还死在你手里，也不知道到了地下会不会后悔把你认回来。"

叶行洲满不在乎："早就把他的心脏病药换了的人是你，我不是个好东西，你也一样，还有你那两个好弟弟，我们不是一家人不进一家门。"

"原来你早就发现了，"叶万耀咬牙切齿，"看着我做这些最后全便宜了你一个人。"

叶行洲："承让。"

叶万耀："当初你回叶家时，我就应该弄死你！"

"你做过了，还不止一次，只是没本事做到而已。"叶行洲冷淡提醒对方。

他进叶家的第一天，就被这三兄弟关在常年低温的地下酒库一整夜，叶崇霖要真偏心他，就不会睁只眼闭只眼口头教训他们几句就把事情带过。

这十几年他跟这三兄弟，还有他们的跟班打过多少次架，鼻青脸肿，骨折脱臼进医院缝针早就成了家常便饭，能活到现在是他命大，所以祁醒那三脚猫的功夫，怎么可能打得过他？

叶万耀愤恨道："你现在也就只能逞口舌之快，只有最后十分钟了，你还是输了。"

耳机里传来秘书格外激动的声音："找到了，是一栋两层楼的别墅，就在附近，祁少也在，叶万耀房里只有他一个人，遥控器在他手上！"

叶行洲背靠向身后墙壁，姿态完全放松下来："输了便输了吧，随你。"

别墅房间里，祁醒背对着监控的方向坐在地上，捏着刚在床下摸到的一根铁丝，小心翼翼地转动脚铐上的钥匙孔。

这种老式的手铐他小时候在他干爷爷家里玩儿过，用铁丝拨能拨得开，不过太久没玩儿技术有些生疏，还得防备着随时可能进来的人。

昨晚他就被单独带来了这里，这地方比那废弃的小别墅稍微好点儿，有能睡觉的地方，伙食也比之前好，看起来绑架他的人确实因为叶行洲的那番话心生忌惮，不打算对他下手了。

不过要放了他估计也没这么容易，对方的目标是叶行洲，那肯定得等到得手之后。

他看了一眼墙上的钟，马上就下午两点了，不由得加快了手上的动作，有些着急。

秘书的声音再次响起："狙击手已经做好准备了，他现在在冲咖啡，遥控还在手里，等他放下遥控器确保他不会误碰到，就会开枪。"

"快了，他马上要放下遥控器去拿水壶了！"

叶万耀冲着咖啡，眼睛依旧盯着监控里的叶行洲，没有看到他变脸分外不痛快，只以为他到这个时候还在强撑，出言讥讽道："我还以为你这种人会特别惜命，现在死到临头了，后悔了吗？"

"那没办法。"

叶行洲默默在心里倒数。

"三——"

"毕竟，我跟那么多人打过架，他是唯一一个愿意为我打架的。"

"二——"

叶万耀眉头一皱，隐约觉得不对。

"叶万耀，"叶行洲的声音一顿，"你才是死到临头了。"

"一——"

房门被一脚踹开,祁醒惊讶地回头,脚上的脚铐应声落地,进来的大兵跟他大眼瞪小眼。

"你们是谁啊?"

子弹爆开的巨大声响伴随着叶万耀的惨叫声传到了叶行洲这边。坐在椅子上一直没什么反应的林知年身体抖了抖,胸前的炸弹倒计时还剩最后五分钟。

"祁少没事了。"电话那头的秘书说道。

叶行洲转身就走,与冲进门的拆弹专家错身而过。

祁醒走下楼时,还有些脚软。他之前没吓着,扛着枪一脚踢开门来营救他的人倒把他吓得够呛。

叶行洲的秘书从直升机上下来,看到祁醒马上大步跑过来:"祁少,您还好吧?"

祁醒尴尬地点了点头:"叶行洲人呢?"

"他也没事,在过来的路上。"秘书话音刚落,叶行洲的车已经到了。

看到从车上下来完好无损的叶行洲,祁醒才彻底松了口气。叶行洲走到他面前,盯着他不动。

祁醒知道自己现在的模样儿肯定很狼狈,又有点儿心虚。被叶行洲这么盯着,他硬着头皮开口:"那什么……"

下一秒,叶行洲用力将他拉到身边。

祁醒一愣,抬起手碰了他一下。

叶行洲吩咐秘书:"带他上飞机去,叫医生先给他检查一下有没有哪里受伤。"

祁醒下意识地拉住他:"你要做什么?"

叶行洲神色平静:"不做什么,你先上飞机去等我,我马上就过来。"他话说完抽出手,抬步走进了别墅。

祁醒看着叶行洲离开的背影,皱了皱眉。秘书说道:"走吧,祁少,飞机上有医生,让他先给您检查一下。"

叶行洲走上二楼,叶万耀瘫坐在地上,一侧肩膀被狙击手击穿,正在痛苦地呻吟。

那位汤先生帮他们请来救人的雇佣兵都在楼下,现在在这里的人全是叶行洲自己的保镖。

看到叶行洲过来,叶万耀捂着满是血的肩膀挣扎起身:"你想做什么……"

叶行洲居高临下地看他,叶万耀又惊又惧,鼻翼翕动,不断喘气,哪里还有半点儿刚才恐吓他时的扬扬得意。

叶行洲没有回答,慢条斯理地抬起下巴。

他的保镖一左一右架起叶万耀，有人将装了消音器的手枪递到他手中。

叶万耀脸色忽变："你要做什么？！这里是美国！你敢！"

"楼下的人，没有一个是美国警察，"叶行洲的声音冷得能结出冰碴，"你自找的。"

没有让警方参与，是他故意的；提前交代狙击手留这个人的狗命，也是他故意的。

上机之前，祁醒忽然停住脚步，回头看向身后的别墅，二楼的窗玻璃一片灰蒙蒙，只能看到隐约的人影。

"祁少？"秘书犹豫地叫了他一声。

祁醒问："你说叶行洲他，回去干什么去了？"

秘书的话到嘴边，没有说出口："我不知道。"

祁醒叹气："还真是不省心啊。"

秘书道："祁少，你先上飞机吧。"

祁醒目光落向他："林老师呢，他怎么样了？说实话。"

"……身上被叶万耀的人绑了定时炸弹，已经救下来了，没什么事，但是受了点儿惊吓，送医院去了。"秘书无奈说道。

祁醒挑眉："炸弹？你们是不是早知道叶万耀会装炸弹？"

秘书闭了嘴，不想说假话，便干脆不说。

祁醒："真是的，一个个都爱搞狗血剧，还一个个都不想当文明人，好歹是法治社会，就不能用斯文点儿的方式解决问题吗？"

他提步折返回去，秘书立刻跟上："祁少，你还是别过去了。"

祁醒冷了脸："你真觉得我不该去？"

秘书："可……"

祁醒："走吧。"

叶行洲慢慢摩挲了一下枪柄，当初吓唬他那位堂叔时用的是模型枪，还被祁醒撞个正着，那小子惊慌失措的滑稽模样儿，他到现在都记得。

叶行洲的嘴角浮起一点儿笑，被死亡恐惧笼罩的叶万耀看在眼里，觉得格外骇人。

"不、不要，你放过我，我把手里的叶氏股份都给你，我再也不招惹你，不回淮城，我保证，我保证说到做到！"

叶行洲手中的枪口已经抵住了他的脑门，淡漠地看着叶万耀痛哭流涕，挣扎求饶，心里却生不出一点儿快意。

小时候在孤儿院里养的那只野猫被人摔死，他弄断围栏让人摔下楼，所有人都围了上去，唯独他站在一旁冷眼看对方痛苦哀号，那时他的感受也跟现在一样，报复了，却不觉得痛快。

但是渐渐地，他已经习惯了这种以牙还牙的处事作风，弱肉强食，无论是当初在孤儿院，还是后来回到叶家，他只有比别人更狠，才能保全自己。

他是个恶人，他比任何人都清楚，但是做恶人，也远没有那么畅快，不是他还会心软，是心硬如铁后，便再感受不到心脏蓬勃跳动的意义。

叶万耀还在求饶，但在叶行洲眼里，只余厌烦。

结束了就好了。

子弹上膛，他的手指慢慢扣上了扳机。

"叶行洲——"身后忽然响起祁醒叫他的声音，习惯性的尾音拖长，带着一点儿抱怨，"你到底在干什么啊？怎么这么慢？走不走？"

叶万耀的哭喊声戛然而止，死瞪着眼睛不断地大喘气。

叶行洲的手指顿住。祁醒走近，一眼没看那跟丧家犬一样的叶万耀，手掌覆上叶行洲手上的枪："回去吧。"

叶行洲的目光落过来，祁醒眼里都是笑，明亮灿烂，只看着他。

祁醒重复道："我们回去吧。"

叶万耀颤抖着手签股权转让书时，叶行洲靠坐在一旁的沙发里闭目养神，神情依旧冷漠。

祁醒瞥了他一眼，伸脚过去踢他，叶行洲起身，没再看叶万耀，示意祁醒："走吧。"

祁醒神色一顿，笑了："先等等。"

他转身走向叶万耀，这人以为他反悔了，惊恐地睁大眼睛。祁醒一脸不怀好意，抬起手慢慢转了转手腕，不等叶万耀反应，两记老拳送上他的脸。

"嗷——"叶万耀痛得哀号不止，愤恨地瞪向他。

祁醒挑起眉梢，完全忘记了自己十分钟前才说过的要用斯文方式解决问题："揍你就揍你了，你有意见？"

叶万耀眼神闪烁，到底不敢再惹他。

祁醒冷哼："你这人狗血剧是不是也看多了？还二选一，你睁大狗眼看清楚，少爷我有钱有势，叶行洲除非眼瞎了才会不救我。"

叶万耀完全没想到他会说出这种话，不可置信地瞪着眼睛，呼哧喘气。

叶行洲停住脚步，看向祁醒的目光变得柔和，甚至隐约有了笑，没有打断他。

祁醒举起手还想揍人，看到叶万耀这张猪头脸又觉得倒胃口，收了手。除了叶行洲，让他揍别人都没兴趣："二选一好玩儿是吗？行啊，我跟你玩儿，二选一。

"第一，学三声狗叫，说你有眼不识泰山，得罪了祁少，你卑鄙，无耻，不是个东西。

"第二，还是学三声狗叫，说你有眼不识泰山，得罪了祁少，你下流，无耻，不是个东西。"

叶万耀的吸气声更重，死死咬着牙。

祁醒居高临下地说道："怎么，给你机会你还不愿意？"

他这摆明了就是羞辱叶万耀，但是没办法，不出了这口恶气，别说叶行洲，他自己都不痛快。

在叶行洲面前装乖什么的，到底维持不了三秒，又原形毕露。

叶行洲一个眼神示意，拿着枪的保镖抬了抬手，叶万耀见状吓得立刻开口："汪汪汪，我有眼不识泰山，得罪了祁少，我卑鄙，无耻，不是个东西。"

祁醒勉强满意："别停啊，继续。"

叶万耀吸了口气，咬牙接着叫："汪汪汪，我有眼不识泰山……"

祁醒欣赏够了他的滑稽样儿，交代那些保镖："让他重复一百遍。"这才趾高气扬走回叶行洲身边，"走吧。"

坐上直升机，叶行洲的目光落到祁醒身上时，祁醒立刻抬起手，示意他看自己被手铐勒红的双手手腕："手疼。"

叶行洲盯着他，祁醒坚持说："真的疼。"

叶行洲的视线落到他手腕上，不禁蹙眉。祁醒"哎哟"了一声，要多可怜装得有多可怜，就怕叶行洲跟他算他到处乱跑被人绑架的这笔账。

叶行洲却什么都没说，垂下的眼中情绪不明，半晌才开口，也只是让机上跟来的医生给祁醒做检查。

"那也不用吧，我没受伤……"祁醒才说了一句，在叶行洲抬眼看过来时又闭了嘴，"好吧，检查就检查呗。"

除了手脚被勒红了，他确实没受什么皮外伤，在医生检查时顺嘴问起叶行洲："林老师是不是进了医院？"

叶行洲语气略微妙："你很关心他？"

祁醒："关心一下不应该吗？要不是因为你，他怎么会被绑架？你回头记得给人补偿点儿精神损失费。"

叶行洲沉着脸没表态。

祁醒："别装没听到，少爷我在教你为人处世的道理。"

他就知道，就应该让叶行洲跪下来求他才对，这人真是白活了三十年。

见叶行洲依旧盯着自己不出声，祁醒脑袋往他面前凑："你不服气啊？"

叶行洲："你现在很有精神？"

祁醒道:"还行吧,昨晚睡得挺好的。"

要说睡得很香那也没有,但昨晚他实在是累着了,被带到这边之后就一夜无梦到了早上十点多,精神确实不错。

叶行洲:"那去医院吧。"

祁醒以为叶行洲说去医院是去看林知年,结果这人竟然强按着他去见了心理医生。

半个小时后,走出门的祁醒把心理评估报告拍到叶行洲身上,其实他更想拍在叶行洲的脑门上:"看清楚了,完全正常,各方面都正常。"

创伤后应激反应有一类是表现得过度兴奋,看似跟常人无异,实际是在回避掩饰自己的精神伤痛,叶行洲大概有这方面的担忧才带祁醒来检查。但祁醒显然不是这一类,他确实就是没心没肺,经历了一场绑架依旧能活蹦乱跳,嬉皮笑脸。

当然医生也提醒他最好过一周或者半个月来复查一次,他懒得跟叶行洲说,没事找事,正不正常的,没谁比他自己心里更清楚。

叶行洲仔细看完他的评估报告,神色稍有放松。

祁醒问:"林老师是不是也在这家医院?既然来了,我们去看看他。"

林知年其实也没受什么外伤,不过确实吓到了,一直干呕发抖,还得在医院留院观察两天。

进病房之前,叶行洲去接了个电话,祁醒干脆一个人进去了。

林知年原本闭着眼在睡觉,听到动静立刻警觉,睁眼见来的人是祁醒,卸下防备松了一口气。

"祁少,你也没事就好,坐吧。"他哑声示意祁醒,神情很疲惫。

祁醒其实有一点儿尴尬,原本以为自己是被林知年连累,结果其实是林知年被叶行洲连累,还差点儿丢了性命,这位林老师也怪惨的。

"你还好吧?"他打量着林知年的神色,问得有些犹豫。

林知年微微摇头:"没什么事。"

祁醒:"……这次的事情,叶行洲会补偿你的精神损失,呃,不好意思啊。"

"谢谢。"林知年没有拒绝。

昨天叶行洲说选他的时候他还不明白,后来被人绑上炸弹,再到今天听到叶行洲跟人说的那些话,他才终于意识到叶行洲的用意是什么。要说他的感觉,现在唯一剩下的只有恐惧,劫后余生的恐惧,和对叶行洲这个人的恐惧。

犹豫之后,林知年还是没忍住说:"我今天才明白你说的过去的记忆滤镜是什么意思,我确实把他想象得太好了。叶行洲这样的人,你真的不害怕吗?"

祁醒:"怕什么?"

林知年："他做事太不择手段，得罪的人太多了，你不怕同样的事情发生第二次？"

祁醒想了想，说："也还好吧，这种事情怕也没用，杞人忧天每天活得提心吊胆，那不是自己先吓死自己？绑架毕竟是小概率事件，比起来还是出门被车撞，被花盆砸这些倒霉的事更容易发生吧。"

林知年有些无语。

到今天他才不得不承认，他对叶行洲真的一点儿都不了解，那个人太冷酷，一旦绝情起来，别人的命在他眼里就都不是命，实在叫人心寒。

其实还有一句他没有问，祁醒难道不担心以后叶行洲会对他也翻脸无情吗？

祁醒继续说："所以说呢，想那么多也没用，不如活得轻松点儿。林老师，你也别东想西想了，事情已经过去了，绑架我们的是叶家那个老二叶万耀，人已经交给了这里的警察。"

林知年点了点头："……难怪你能和叶行洲这样的人打交道，你和他确实是脾气相投。"

他这话说得真诚，也许是他想多了，丧心病狂的叶行洲或许就适合祁醒这样的乐天派，所谓一物降一物。

"但是他这样的个性，你父母应该挺反对你跟他来往吧？"林知年又多问了一句。

祁醒望天："再说吧，我认定的事我爸妈一般都会接受的，他们反对我结交叶行洲也无非是因为生意上的那些事。"

祁醒出来时，叶行洲刚打完电话，说他们还得去一趟警局做笔录："你要是太累了，我让他们推到明天，你是受害者，不需要那么配合警方的时间。"

祁醒问他："那人的肩膀被你雇来的人打了一枪，你会不会有麻烦？"

叶行洲："正当防卫而已，我带了律师过来，汤先生也会帮忙请这边的大律师陪我们一起。"

祁醒："那还是去警局吧，早点儿解决了事。"

叶行洲没再说什么，打发秘书去跟林知年谈赔偿的事，带着祁醒离开。

路上，叶行洲把祁醒的手机递还给他，祁醒顿时乐了："原来手机在你这里，我还以为被那些绑匪摸走了。"

叶行洲："你爸昨晚打了电话来，我答应他让你今天给他回电话。"

一句话成功让祁醒脸上笑容僵住。

叶行洲淡定示意他："你给他回吧，现在国内早上八点多，他应该起来了。"

你故意的吧？祁醒对叶行洲翻了个白眼，缩去一边，不情不愿地戳着屏幕，给他爸打电话。

电话响了两声，那头接了，祁醒先开口："爸……"

祁荣华："你在哪儿？"

祁醒："拉斯维加斯。"

"和谁一起？"

"……叶行洲。"

"哪天回来？"

"再过几天吧，你之前说给我放半个月的假……"

"那就回来再说。"

祁荣华就问了这么几句，没给祁醒多的解释机会，直接挂断。

祁醒舔了舔唇，总觉得他爸也要化身冷酷暴君了，抬眼瞪向叶行洲，这人神情却不动半分，还提醒他："你被绑架的事，没法一直瞒着你爸妈，迟早他们会知道。"

祁醒："我当然知道，你别管，我警告你啊，这事儿你千万不能让我爸妈知道跟你有关，绝对不能。"尤其是，他和林知年是一起被绑架的，情况比他一个人被绑还糟。

叶行洲："被人绑架是因为谁？"

祁醒立刻说道："你！"这一次他理直气壮。

在警局又折腾了几个小时，回去已经是入夜。出于安全考虑，他们换去了汤先生所在的酒店住。

祁醒已经知道这次营救他们那位汤先生出了大力，好奇地问叶行洲："你跟他的生意这么快就谈成了？他肯这么帮你？"

叶行洲随意点头，不打算说他到底让出了多少利益给对方，第一次在生意买卖上没占到任何上风。

"爱说不说。"祁醒懒得问了，先去了浴室冲澡，洗掉身上的晦气。

叶行洲站在窗边点了一支烟，指尖微微发颤。

之前哪怕站在随时可能会爆炸的炸弹旁，他都没有表现出任何胆怯，直到现在平安救出祁醒，叶万耀被捕，他才生出了一种绝无仅有的，类似于后怕的情绪。

他以为他母亲之后自己不会再为任何人、任何事让步。

祁醒洗完澡出来时，叶行洲一支烟也已抽到底，随手在烟灰缸里掐灭烟头，拿药膏让他涂抹手上、脚上红了的地方。

祁醒盯着叶行洲紧绷起的侧脸，莫名又心虚起来，小声问他："叶行洲，你这次不跟我算账吗？"

叶行洲抬眼："你很想我跟你算账？"

祁醒："……才不是。"

他就是觉得稀奇，他以为按照叶行洲的性格，这次怎么都得大发雷霆，结果竟然一句责问都没有？转了性子吗？

"我不说你，"叶行洲慢慢说道，"说了也没用，你下次一样不会长记性，你知道多一个人担心你就行。"

他这么说祁醒更加心虚，这人现在换招数了，知道他吃软不吃硬，专攻他的软肋。

叶行洲最后语带警告地说："没有下次。"

好吧，这句才符合他的风格，也是个三秒钟就暴露本性的。

祁醒哼笑："既然你不跟我算账，行，现在换我跟你算账了。"

叶行洲从容地问他："算什么账？"

祁醒："你早知道叶万耀会装炸弹？"

叶行洲微颔首："嗯。"

"知道你还去？他手里的遥控随时可能按下，你就一命呜呼了，你有没有想过啊？"祁醒很生气，叶行洲嘴上教训他的时候最本事，对自己的安危却半点儿不上心，哪有这样的？

叶行洲沉默地盯着他的眼睛，祁醒没好气："你说话。"

"你要算的账就是这个？"叶行洲忽地问。

祁醒："那不然呢？"

他的眼底一片澄澈，从来藏不住情绪，他要算的账确实就只有这个。

祁醒不觉得自己有什么问题，他必须让叶行洲意识到事情的严重性，被绑架这种事已经在他身上发生过两次了，叶行洲竟然敢孤身一人赴绑匪的约。

叶行洲有些走神，在他的记忆里，只有很小的时候，他母亲还在时，会不厌其烦地叮嘱他注意安全，在他触碰到危险时提醒教育他，在他以身涉险时板着脸生他的气。

祁醒说道："你说话啊，别想逃避。"

"不生气那个二选一？"叶行洲反问。

祁醒微微睁大了眼睛，愣了一下，然后冷笑："那个……"

叶行洲镇定地看着他。

祁醒："我妈平时最爱看那些狗血宫斗剧，暴君总要对外立个靶子做挡箭牌……"

他在叶行洲的眼神里败下阵："好吧，正经说，我又不傻，想也知道你肯定有你的打算，要是换了我也会那么选，虽然确实有点儿对不起林老师，可谁叫叶万耀绑架的是两个人，而两个人都必须要救呢。"

再说，他已经特地交代了叶行洲的秘书，多给林知年点儿精神损失赔偿，反正钱是叶行洲出。

"你不要转移话题，我跟你的账还没算完。"祁醒好歹没忘了自己的目的，他是很严肃地在跟叶行洲说这事。

叶行洲很快点头："跟你一样，没有下次。"

祁醒："你就这种态度？"

叶行洲："账算完了，你要是还有精神，那就先别睡，给你讲讲汤先生要打开国外市场的构想。"

"滚啊你，大半夜的还谈生意经……"

"你挂名的公司才刚上市，以后要学的还有很多。"

祁醒认命地听讲，顺便小声警告他："叶行洲，就算有下次，你也顾着点儿自己啊。"

叶行洲没有说话，他现在有这个能力，他确信自己能做到的，即便再有下次，他还是会选择那么做。

但祁醒的担忧和关切，他很乐意照单全收。

第二天早上，祁醒睁开眼时，叶行洲给他留了一条微信消息，说出门去办点儿事，让他自己一个人玩儿。

祁醒爬起床，总觉得自己忘了什么，直到微信里不断跳出祝福他生日快乐的新消息，他才想起来，按国内时间算，现在是八号凌晨了，他的生日。

叶行洲是不记得还是故意的？就发这么一句话打发他？

祁醒拿起手机回复："什么时候回来？"

"不知道，你自己先玩儿吧，让人跟着别乱跑。"

"哦。"

跟叶行洲发完消息，祁醒收起手机，不打算再回复了，爱回来不回来。

吃完早餐，他去楼下打发时间，今天没上贵宾厅，就在普通厅里随便玩玩儿，但或许是心不在焉，也可能是手气确实不好，玩儿什么输什么。

他双手交叠在脑后，懒洋洋地跷着腿靠在座椅里，反思自己是不是牌桌失意，商场要得意了。

至于前两天才在牌桌上得意过，但那之后他就倒了大霉，应该是扯平了。

见他站起身，身后的保镖下意识地问了一句："祁少不玩儿了吗？"

"不玩儿了，去外头看看。"再玩儿下去还是输，没意思。

走出酒店大门，祁醒回头看了一眼身后的一排保镖，略微别扭："你们别跟我太近了，不要出现在我视线里，我就当你们不存在。"他说罢挥了挥手，自己逛去了。

其实也没走远，酒店就在娱乐广场里，广场附近有个教堂，就是上回他们去拍卖行经过时看到过的那个。

祁醒四处转了一圈，不知不觉间他就走到了这里。

今天天气好，艳阳高照，教堂外拍照的新人比那天更多。

祁醒停步，眯着眼抬头望去，教堂的尖顶在日光下反射出五彩光晕。

他随手拍了张照片，发了朋友圈。

退出微信时，过来了一对穿着简约风礼服的年轻新人，问他是不是中国人。祁醒随意点头，对方换了中文说："我们结婚需要一个证婚人，能麻烦你帮下忙吗？十几分钟就行。"

这种热闹祁醒爱凑，十分爽快地答应。

新人宣誓交换戒指时，他就站在一旁观礼，顺便帮他们摄像。

叶行洲的消息回复过来："去了外头？"

祁醒顺手回："附近的教堂。"

"去做什么？"

"看别人结婚，原来这里随便在街上拉个路人证婚就能结婚啊，还挺好玩儿的。"

"好玩儿？"

"算了，说了你也不懂。"

以证婚人的身份帮人在结婚许可证上签下名字，搁下笔时，祁醒随口笑问："你们是在这边生活，还是过来旅游的？"

对方解释是来这边旅游，顺便结个婚。

祁醒便好奇地多问了一句："那这婚结不结的，其实意义不大吧？"

新人相视一笑，回答他："自己觉得有意义，那不就有意义？"

祁醒咂摸了一下这话，觉得还挺有道理："那恭喜啊。"

之后，他谢绝了对方请客吃饭的邀约，只拿了一包他们事先准备好的喜糖。

走出教堂，见那几个保镖还在外头虎视眈眈地盯着，祁醒有些好笑："你们都放轻松点儿吧，来来，都吃糖，沾沾喜气。"

他把喜糖倒出来，给这些保镖一人分了一颗，留下最后几颗塞进自己兜里。

叶行洲回来已经是傍晚，祁醒还坐在外面的露天咖啡摊上发呆，捏着面包有一搭没一搭地喂鸽子。

车停在路边，看到叶行洲从车上下来，他微微仰起头，打量着面前风尘仆仆的男人："你到底去哪里了啊？"

"去吃晚饭。"叶行洲没多解释。

他们去了酒店楼上的顶层餐厅，坐下后，祁醒拿出一直装在兜里已有些化了的喜糖，剥开一颗，示意叶行洲："给你。"

叶行洲瞥了一眼他手里的糖，大约有些嫌弃。

祁醒目露不满："嫌弃啊？"

叶行洲："这什么糖？"

祁醒把糖递过去得意地笑了笑，靠坐回沙发里："喜糖，我今天帮别人证婚换来的。"

侍者将他们的晚餐送到，叶行洲没再说什么，示意祁醒："先吃东西。"

祁醒还是有些不得劲："你有没有觉得你忘了什么？"

叶行洲问他："你很着急？"

祁醒捏着叉子用力戳了戳自己盘子里的面："忘了算了。"

"生日快乐，"叶行洲开口，"这句够吗？"

"不够。"祁醒想也没想，消失了一整天，就一句"生日快乐"打发他吗？

但叶行洲没再说别的，优哉游哉地用起晚餐。

祁醒气得继续拿叉子戳面。

餐后还差最后一道甜品没送来，祁醒不想理人，掏出手机低头打起游戏。

叶行洲斜身靠着沙发，一条手臂搭在旁边扶手上，手指一下一下轻点着，视线转移到对面祁醒的身上。

"生日有什么愿望？"

听到这句时，祁醒抬了头。叶行洲微扬起下巴，他们面前的餐桌上有侍者刚送来的生日蛋糕，已经点上了蜡烛。

祁醒本来不想说，但触及叶行洲一直盯着自己的眼睛，嘟囔出一句"希望你以后说话好听一点儿"，闭眼快速对着蛋糕蜡烛许了愿。

等到他一口气把蜡烛吹灭，叶行洲递了一样东西过去，说："送你的，生日礼物。"

"你这是什么意思啊？"他问。

叶行洲："我说了，生日礼物。"

是生日礼物，所以不能不收，诡计多端的男人。

叶行洲提醒他："尝尝蛋糕。"

祁醒一口气吊着，差点儿噎着。

他重新捏起叉子，勉为其难地尝了一口："还行吧。"

其实味道是很不错的，比他在这家酒店和楼下其他甜品店里吃过的甜点都强，祁醒心思一动，鬼使神差地冒出一句："这蛋糕，你不是跟这家酒店订的吧？"

"不是，"叶行洲平静地说，"飞去别的城市提的。"

祁醒瞬间无语。

他从蛋糕上拿下了一个装饰牌，背面有蛋糕品牌的logo，点开手机搜了一下，这是家百年老店，只有少数几个城市有连锁店，最近的一个城市离这里单程也要飞三个多小时。

"你消失了一整天就是去买这个蛋糕？"

叶行洲："现在满意了吗？"

祁醒被噎住，他就是开个玩笑而已，这人竟然真的跑遍全城给他买生日蛋糕，再说跑遍全城是假的，叶行洲今天却实打实地飞了将近八小时，才把这个蛋糕买回来。

他真不知道该怎么评价了。

感动是真的，觉得叶行洲吃饱撑的也是真的。

"怎么，是要感动哭了？"

被叶行洲眼中的揶揄打断情绪，祁醒三秒破功："美得你。"

说是这么说，他明显有了胃口，蛋糕吃进嘴里都觉得比刚才香甜不少。

叶行洲弯了弯嘴角，也拿起叉子。

第十八章 东窗事发

"拍张照吧。"祁醒招了个站在远处的保镖过来,让人给他们拍张合照。

按下快门的瞬间,他侧过身,笑嘻嘻地伸手在叶行洲头顶比了个剪刀手。

拍完照,祁醒随手发了朋友圈,叶行洲看着他的动作:"就不怕被你爸妈看到?"

"屏蔽他们了,"祁醒摇摇头,"被我爸看到我生日不是跟他们过,不得扒了我的皮?"

他说完这句又转了话题:"等回去了,我会跟我爸聊聊,你也不是什么豺狼虎豹,以后叶氏和荣华资本合作的机会还多着呢。"

"以后再说吧。"叶行洲其实无所谓,除了祁醒,他根本不在意别人的想法。

之后,他们又在这里继续玩儿了几天,绑架案的事情差不多解决了,剩下的交给律师对接就行,祁醒的假期只剩下最后两天,不得不回国。

下飞机前,叶行洲提议:"今天跟我去喝几杯,明早再回家。"

祁醒:"我爸妈知道我今天回来。"

叶行洲坚持:"去吗?"

"……那就去吧。"祁醒破罐子破摔了,反正他爸知道他是跟叶行洲在国外玩儿,之后问起来再说。

"还有,这颗红宝石太贵重了,心意我领了,东西你还是收回去吧。"祁醒把宝石盒子塞到了叶行洲手上。

叶行洲瞥了一眼手里的宝石盒,说道:"那就捐给慈善基金会,当作慈善拍品吧。"

祁醒只当他又想在国内树立什么正面形象,调侃他:"全淮城谁的算盘打得过叶少啊,这颗红宝石也算物尽其用了。"

叶行洲没说话，也没有说红宝石会以祁醒的名义捐出去。

祁醒没想到，他爸妈会亲自来机场接他。看到人的瞬间祁醒头都大了，他爸坐在车里冷冷地瞥了他一眼没下车，对他身边的叶行洲，则直接视若无睹。

半分钟后，他爸的助理过来，请他上车去。

祁醒干笑，叶行洲镇定如常："走吧，我陪你去跟祁叔打个招呼。"

叶行洲过来问候，祁荣华依旧没下车，神情不咸不淡，完全没有跟他客套的兴致。

倒是他身边的王翠兰见到叶行洲很意外："叶少，你怎么跟祁醒在一起？你们一起从美国回来的吗？"

"妈，你别问了，"祁醒不情不愿地坐上车，冲叶行洲挥了挥手，"你回去吧，下次见。"

叶行洲点头："回见。"

车开出去，王翠兰继续追问自己儿子："到底怎么回事啊？你怎么会跟这位叶少一起回来？"

祁醒下意识地看了一眼冷着脸的祁荣华，犹豫起来，不知道怎么开口。

祁荣华冷声说道："他当然没脸说，本事长了学会撒谎了，明明是跟这个叶行洲在那边玩儿，还骗我们说是跟老李的儿子一起。"

王翠兰用眼神询问祁醒，祁醒默默转开眼，确实不敢再说下去，更不敢提他被绑架的事。

回到家已经是中午，饭桌上的王翠兰看了一眼依旧冷着脸的丈夫，再看一眼心虚得跟老鼠见到猫一样的儿子，主动开口："祁醒，你自己说说吧，你跟叶行洲是怎么碰上的？你们都去哪儿玩儿了？"

"他去美国谈生意的，偶然碰到了顺便一起在那边玩儿，李叔儿子临时有事没法陪我。"祁醒低着脑袋扒饭，含混地说。

倒不是他不想说实话，但他爸这个态度，只怕他一开口说他被绑架，立刻就要原地爆炸。

祁醒再不说话了，快速把碗里的饭都扒了，放下碗筷："我吃饱了，时差没倒过来，我去睡觉。"

祁荣华一声哼，祁醒赶紧溜了。

回房间锁上门，他才长出一口气，人倒进床里，半天没动。

叶行洲的微信消息进来："到家了好好休息。"

他没有问别的，祁醒捏着手机发呆，叶行洲被他爸甩了脸，回家会不会躲被窝里哭？

223

"我过两天去你家。"

"嗯。"

"我爸脾气臭，你小心。"

"小心？"

"……要不明天我爸出门了，我去你家吧。"

发完这条，那边没有再回复，祁醒又开始发呆，不知不觉间就真的睡着了，再醒来时外头已然天黑。

他去浴室冲了个澡，出来看到家里只有他妈一个，正在边看电视边等他起来开饭。

"我爸呢？"

"出去应酬了，"王翠兰随口说道，"你别理他。"

祁醒松了一口气，他爸不在家更好。

王翠兰闲聊间只问起他美国好不好玩儿，祁醒随便说了点儿，只字不敢提自己因为叶行洲被绑架的事。

吃完饭，杨开明那些人发微信来问他要不要出去玩儿，祁醒兴致索然，回复了"不去"，陪着他妈看了一会儿电视，直到叶行洲的微信消息再次进来："今晚有空吗？喝点儿。"

瘫坐在沙发上的祁醒坐起身，换了个姿势，几乎立刻就心动了："现在啊？"

叶行洲："来吗？"

反正他爸不在家，他妈也不会问那么多……祁醒回复："好。"

叶行洲："下来，我在你家小区门口。"

祁醒一愣，叶行洲竟然已经到了？

看到祁醒忽然兴冲冲地站起身，跟刚才的无精打采状判若两人，王翠兰奇怪地问他："你怎么了？"

祁醒胡乱扯了个借口："妈，我约了杨开明他们，出去玩儿一下啊。"

"现在？"王翠兰提醒他，"你才飞了十几个小时回来，不累吗？今晚还要出去玩儿？"

祁醒："下午睡饱了，不说了啊，我先走了。"

趁着他妈起疑之前，他赶紧滚回房间，快速换了衣服，风风火火地出了家门。

叶行洲的车就停在他家小区门口，开了一边车窗，人坐在车里正在抽烟。

祁醒是跑着下来的，这会儿还有些喘，看到叶行洲才停步，双手插兜里，慢步走向他。

叶行洲的视线移过来，祁醒已走到驾驶座边，居高临下地看着他。

祁醒弯腰趴到了车窗上，顺手拿起叶行洲放在中控台上的烟盒，自己点燃了一支抽了一口，眉飞色舞的表情格外生动。

祁醒："你不会真的回家钻被窝哭了吧？我爸妈亲自来了机场接我……"

"下午去了趟公司，才把事情处理完。"

叶行洲的一句话成功让祁醒闭上了嘴，他就知道，叶行洲这种人怎么可能会哭，果然是他想多了。

"你不是在家休息吗？！"祁荣华的咆哮声石破天惊地响起，吓得祁醒手上的烟掉到地上。

祁醒听到声音动作一顿，他爸刚从自己车上下来，正怒气冲冲地大步过来。

祁醒抖了一下，完蛋了。

"爸……"

祁醒才开口，叶行洲也下了车，镇定地与祁荣华打招呼："祁叔。"

"我担不起你这一声祁叔。"祁荣华提高声音，是一点儿面子都不打算再给叶行洲。

"爸，你干吗啊？"祁醒有点儿不高兴，他爸生气可以骂他，冲叶行洲发火做什么，"就不能好好说话吗？"

祁荣华怒目而视："出了一趟国就翅膀硬了，连我也不放在眼里了？"

"爸，你现在说话怎么这么难听？"祁醒不满地说道。

祁荣华听见祁醒当着叶行洲的面跟他犟嘴，胳膊肘往外拐，想起祁醒出国前跟他们闹的那些别扭，直觉都是被这个叶行洲挑拨鼓动的。

一怒之下，祁荣华把西装外套甩给跟过来的助理，撸起袖子就要揍祁醒。

叶行洲上前一步，挡在他身前："祁叔，冷静点儿。"

祁荣华的怒火当下转移了对象："别以为一点儿蝇头小利就能收买我，祁醒是个傻的好骗，我可不是，你们认识这么长时间，你怂恿他干了多少好事。"

祁醒："爸，你讲讲道理好吧，我二十好几岁了，你还要管我交什么朋友，当街吵架不觉得丢脸吗？"

"你还敢犟嘴？我打死你！"祁荣华本来就是个脾气不怎么样的大老粗，在外头装得憨厚、随和，那都是假象，年轻那会儿，他也曾是老家县城一霸，叶行洲这种心思不正的小人他一拳可以打十个。

巴掌挥上来时，祁醒立刻抱头鼠窜，都是小时候调皮被他爸揍出来的条件反射，这么多年了，虽然动作生疏了点儿，但好在他爸年纪大了，揍人的动作没有以前那么利索。

叶行洲蹙眉，在祁荣华的巴掌落下前帮祁醒挡了一下，被祁荣华砸中面门，当下就流了鼻血。

祁荣华见状越发生气："你信不信我连你一起打？"

叶行洲不为所动："只要祁叔能消气，随你。"

祁荣华被他这副态度彻底激怒，咬牙挤出一句"你自找的"，一拳接着一拳挥了过来，管他什么叶氏董事长，什么叶少，现在的叶行洲在他眼里就是个城府极深的死对头。

叶行洲不躲不闪，由着他揍，且不还手。

几下之后，祁醒终于反应过来，扑上去把人推开，脾气也上来了："爸，你够了吧！跟他有什么关系？你打他干什么？"

叶行洲抬手，轻拍了一下祁醒的胳膊，温言提醒："你先让开。"

祁醒回头瞧见他已经没眼看了的脸，气道："你还想挨揍？你看看你这张脸！"

祁醒的行为更刺激了暴怒中的祁荣华，祁荣华又作势上前动手，叶行洲反应迅速地将祁醒扯到身侧，躲开了那一下。

也许是上了年纪又久不活动，或许还是因为在气头上，铆足了劲儿的祁荣华拳头突然无处可落，就那么扑空跌倒在地上。

祁醒瞬间蒙了，和祁荣华的助理一齐愣在原地，目瞪口呆。

祁荣华跌倒时，叶行洲眼疾手快地伸出手护住了对方的头和脸，然后随着祁荣华一起狼狈地摔在地上。

这一下摔得着实够呛，祁荣华的里子面子全没了。

二十分钟过去了，祁荣华光着膀子，阴沉着脸坐在沙发上，瞪着对面一言不发的祁醒。

王翠兰给祁荣华揉着因摔倒而扭伤的腰，虽然叶行洲在他摔倒时伸手托了他一把，但毕竟年纪摆在那里，而且他已经好些年没有和人动过手了，一把老骨头早已经僵硬，扭到腰并不稀奇。

王翠兰絮絮叨叨地数落着："你也不看看你现在多大年纪了，还以为自己是年轻时候？脾气一上来就不顾后果地和人动手，你以为你现在还打得过谁？丢人不丢人？"

祁荣华的脸色变得更加难看，气愤是真的，丢人也是真的。

"怎么？你还不服气？要不是人家让着你没还手，你现在只怕已经进了医院！"王翠兰一句一句，专往他心窝子上戳。

要说祁醒和祁荣华这父子俩的脾气还真是一模一样，一旦冲动起来就只想用拳头解决问题，从来不掂量自己到底有几斤几两。

王翠兰教训完人又忍不住叹气，他们夫妻俩年轻时一个是县城一霸，一个是县城之花，谈恋爱也谈得轰轰烈烈，当时多少地痞流氓打她的主意，来一个祁荣华打回去一个，祁醒这小子的那点儿身手全是跟他老爸学的。

就没想到这么多年过去了，祁荣华这德行还跟当年一样，根本一点儿都没收敛。

"就是你惯的这臭小子，"祁荣华回嘴，愤愤不平，"你是没看到他刚才那样儿，我打不死他。"

王翠兰优雅地翻白眼:"我儿子怎么了,你要打死他?"

祁荣华老脸涨得通红:"叶行洲那是能深交的人吗?这小子跟他在一起被卖了指不定还得帮人数钱,被生吞活剥了都不知道发生了什么事吧!"

"怎么就严重到这个程度?"王翠兰不屑地说,"你怎么就知道那个叶行洲不是好人?"

王翠兰撕开膏药贴用力拍到他腰上,祁荣华痛得倒吸气,气势瞬间弱了一半。

从头到尾没出声的祁醒掏了掏耳朵,站起身:"我出去一趟。"

祁荣华立刻吊起声音:"你又要去哪儿?"

"去找叶行洲,"祁醒摆出一副死猪不怕开水烫的态度,"你把他揍成那样,我得去看看他。"

祁荣华:"你不许去!"

祁醒权当没听到,转身就走。

出家门时,还能隐约听到他爸的骂声,祁醒充耳不闻,快步走进了电梯。

"我去你那里。"

这条消息发出去,叶行洲很快回复过来:"我还没走。"

祁醒有些意外,他以为叶行洲已经回去了,没想到这人竟然还在他家楼下。

叶行洲的车依旧停在原地,祁醒看到的一瞬间心神沉静下来,走过去拉开车门坐进副驾驶座。叶行洲把正在抽的烟掐灭,回头看向他说:"你爸肯让你出来?"

祁醒:"不管他。"

叶行洲的脸比上回被自己揍得还惨。

叶行洲自己却好似不在意,一脸的伤配合扯起嘴角的表情,格外恣肆。

祁醒:"……你笑什么?"

叶行洲:"没什么。"

他什么都没说,发动车子。

回到叶行洲家,已经快十点。

进门后,祁醒先去拿药箱,给这人上药。

同样的事情他做过好几回,今天的心情却格外不好:"你不会躲吗?我爸揍你你就挨着,我才知道你有这么好的脾气。"

叶行洲:"不让他发泄一下,他这口气顺不了。"

祁醒:"我还以为你根本无所谓呢。"

叶行洲背靠着沙发,神色有些散漫,随便"嗯"了一声。

祁醒:"嗯什么?"

叶行洲不想多解释,抛开生意利益上的关系,他对祁荣华两口子的态度,全取决于他们在祁醒心中的重要程度。

"你还回去吗？"他岔开话题问祁醒。

祁醒："不想回去了，我在你这儿住几天再说。"

叶行洲："那就先在这里住着，等你爸气稍微消点儿，我去跟他谈谈。"

"怎么谈？"祁醒有些担心，"他那种脾气，我妈都劝不动。"

叶行洲："不试试怎么知道？"

祁醒懒得说了，捏着棉签小心翼翼地给他上药，问他："叶行洲，我是第一个为你打过架的人？"

叶行洲抬眼，眼里有显而易见的情绪波动。

祁醒："是不是啊？"

叶行洲："是。"

祁醒沉默了一下，继续捏着棉签为他上药。

这一句是那天去医院，林知年告诉他的。

当时林知年说，叶行洲念书时总被叶家那三兄弟找麻烦，三天两头地跟他们打架，日子很难过："因为那三兄弟带头，他被学校里其他同学孤立，每次被人打都没人敢帮他，我也不敢，只能在事后去给他送药安慰他。我以为我做得已经足够了，原来在他那里还是不够的，他说你是唯一一个愿意为他动手的人，我好像懂他为什么愿意这样对你掏心掏肺了。"

"以前真的经常被人打？"祁醒原本不想问叶行洲，到底没忍住。

叶行洲："习惯了，还好。"

祁醒："这也能习惯？"

"你不也总在外头惹是生非？"叶行洲语气平淡，大概没什么兴趣提以前的事。

祁醒："那又不一样。"

他跟人动手，那都是别人先得罪他，但叶行洲这是被人欺负，那能是一回事吗？谁能想到现在这么傲然的叶行洲学生时代其实是个人人可欺的小可怜呢，祁醒有点儿郁闷，可惜自己那个时候还是个小学生，也不认识叶行洲。

叶行洲不想说他也不多问了，看了一下这人脸上没伤着的地方，有点儿庆幸还好他爸没把人打破相："叶行洲，我以后都不揍你了。"

叶行洲眼里浮起点儿笑："你能忍得住？"

祁醒本来想说"能"，话到嘴边还是决定不说这么满："我尽量克制，你只要不犯病，我保证不揍你。"

叶行洲随意点头，他倒无所谓，挠两下而已。

祁醒郁闷完又道谢："今晚谢谢了啊。"

叶行洲些微意外："谢什么？"

"要不是你，我爸就揍我了，虽然我宁愿他揍我。总之谢了，但是下次你也别给他揍了，他宽于律己，严于律人，你别理他就是。"祁醒说着，想到他爸今晚摔得四仰八叉的惨状，估计一辈子的老脸都丢光了，他其实挺于心不忍的。

叶行洲："你过几天回去了，跟你爸服个软吧。"

祁醒："我再想想，他不分青红皂白就动手。还有以后除了我，谁都不能揍你。"

叶行洲提醒他："你刚还说以后不揍我。"

"我都说了尽量克制！"祁醒把手里的棉签一扔。

之后一周，祁醒一直没回家，班照上，早上从叶行洲这边过去，下了班再回来这里，打定主意跟他爸玩儿冷战，谁也不理谁。

祁荣华这段时间忙，本来就没多少精力管儿子，当然最主要的，还是他老脸挂不住，说什么都不肯先低头。

车上，祁醒打了个喷嚏，嫌弃地说："肯定是我爸在骂我。"

叶行洲淡定地开着车，提醒他："不想让你爸骂你，就不要故意刺激他。"

车在路口停下等红绿灯，叶行洲随手扔了一颗祁醒放在他车里的糖，堵住祁醒的喋喋不休。

祁醒咬着糖瞪过来，红灯已经转绿，叶行洲目视前方，重新踩下油门。

祁醒还想说点儿什么，手机响了，是他妈打来的，他随手按下接听。

王翠兰开口便说："明天周六，回家来吃饭。"

祁醒："你们让我请叶行洲一起去，我就回去。"

王翠兰："可以。"

没想到他妈答应得这么痛快，祁醒又确认了一遍："真可以？"

"管他呢，人来了他还能把你们轰出家门？你们先来再说。"王翠兰说道。

祁醒："那好吧。"

挂断电话后，他冲叶行洲示意："明天去我家吃顿饭。"

叶行洲"嗯"了一声，完全不见尴尬。

"我妈比我爸好说话得多，"祁醒传授他拿下自己爸妈的秘诀，"你到时候嘴甜一点儿，哄她几句，她一开心，肯定会帮你在我爸面前说好话。"

叶行洲笑了笑："好。"

祁醒的手机铃声又响起，这次打电话来的人是那位李泽琛，祁醒稍微意外，点了接听。

李泽琛的第一句话却是问他："祁醒，你之前在拉斯维加斯，是不是被人绑架过？"

祁醒："……你怎么知道？"

"那就是真的了，"李泽琛解释道，"绑架你的是叶氏的那个叶万耀吧？他是我的一个大客户，最近突然联系不上了，我找他之前的助理问才知道他进去了，稍微打听了一下，听说他涉嫌绑架、谋杀和非法使用爆炸物品，被绑架的对象是叶氏董事长的两位朋友，其中一个我猜就是你。"

祁醒说："事情有些复杂，一两句也解释不清楚，反正最坏的就是那个叶万耀。"

李泽琛笑了："好吧，我也不是想过问你的私事，就是恰巧听说了才来问问你，你没什么事吧？被人绑架没受伤吧？"

"没有，叶行洲把我们救出来了，"祁醒说罢叮嘱他，"不过这事，你千万别跟我爸说啊，也别告诉其他人。"

"你爸妈不知道吗？"李泽琛提醒他，"这不是小事，我觉得你最好告知他们一声。"

祁醒："反正我也没出什么事，还是不跟他们说了，免得他们白担心，你就帮我个忙，千万别说出去啊。"

李泽琛："你跟那位叶董出去玩儿，我帮着你隐瞒，后来还被祁叔发现了，算起来你出事我也有点儿责任，不过算了，既然你不想让家里知道，我也不多管闲事了。"

叶行洲的目光移过来，祁醒结束通话，冲他露出一个笑脸。

叶行洲什么都没问："晚上想吃什么？我让人做。"

祁醒："你做。"

叶行洲点了点头，祁醒的要求只要他能做到的，都愿意满足。

回到家，这里却来了个不速之客，是叶行洲的那位大伯。

看到祁醒跟着叶行洲一起回来，叶大伯先是惊讶，随即想到什么，多打量了他一眼。祁醒看不惯这老头，压根懒得搭理他，进门先去了厨房冲咖啡。

这位叶大伯却丝毫没有意识到自己讨嫌，坐下后先问起叶行洲："那是祁荣华的儿子？"

叶行洲双腿交叠靠进沙发里，神情略冷："你找我是为了打听这个的吗？"

对方面色一僵，再开口时语气更生硬了些："万耀在美国出了事，是你做的？你已经对付了万清和万齐，现在连万耀也不肯放过？"

叶行洲没有立刻回答，眼皮微垂，极其轻蔑地一哂。

正在冲咖啡的祁醒闻言都忍不住皱眉，这老头是发癫吗？竟然跑来找受害者兴师问罪，还这么理直气壮？

叶大伯似乎被叶行洲这副态度刺激到了，阴了脸："所以真是你做的？"

叶行洲懒懒开口："大伯既然知道他在美国出了事，想必也知道了其中的前因后果，何必来问？"

叶大伯脱口而出："你是打定主意要对我们叶家人赶尽杀绝了不成？你毫

发无伤地回来，他根本没把你怎么样，倒是你还用非常手段逼迫他把手里的股份都转让给你，你做的这些也不对！"

原来，这才是这老头来找叶行洲麻烦的重点。叶万耀的确是被他们逼着签下的股权转让书，但那又怎么样？现在他在美国官司缠身，根本分不出精力顾这些事，旁的人再怎么义愤填膺都是白搭。

叶行洲也不否认："我做了便做了。"

叶大伯："你休想就这么得逞！我只要还有一口气在，叶氏就不会成为你的一言堂，你……"

"那你这口气还是吊久一点儿，要不哪天真被叶行洲气死了，回头你们叶家人又要赖在他头上。"祁醒从厨房过来，端了两杯咖啡，一杯递给叶行洲，一杯自己喝着，至于叶大伯，白开水都没有。

反正这老头估计也不爱喝咖啡，想要好茶招待，门都没有。

祁醒在叶行洲身旁的沙发扶手上坐下，在叶大伯瞪过来时接着奚落对方："怎么，我说的话不对？毕竟你们叶家人都是颠倒是非黑白的高手，叶万耀做出绑架杀人的勾当，你都能怪到叶行洲头上，真是够没脸没皮的。你也一把年纪了，谁知道有没有什么高血压、高血脂、心脏病、糖尿病，要是真在这里出了什么事，你们叶家人能不找叶行洲的麻烦？"

老头气红了脸："你小子怎么这么没家教？祁荣华就是这样教儿子的？"

祁醒不屑地说："你们不一直觉得我家是暴发户，不配跟你们这种老淮城人相提并论？既然是暴发户，那还讲什么家教素质？不好意思啊，我家就是这种家教，被人害了就得以牙还牙，要不那就是孬种。你们叶家人怎么斗跟我无关，但你既然都知道了叶万耀那个卑鄙小人在美国出了事，肯定也知道我是受害人，你是他大伯，不帮他跟我赔礼道歉就算了，还在这里咄咄逼人，你这家教也不怎么样吧。"

叶大伯："你……"

"你什么你，"祁醒顶撞回去，"我看你就是来自找没趣的，简而言之，讨人嫌不自知。"

"你不要，太过……分……"

这位叶大伯大概第一次碰到祁醒这种伶牙俐齿，还半点儿不给他面子的小辈，气得胸口不断起伏，手指指着祁醒一直在颤抖，半天都憋不出一句完整的话，像当真要心脏病发作了。

叶行洲却在这个时候不合时宜地笑了，抬眸看了一眼骂人正骂到兴头上的祁醒，并不搭理他那位大伯，慢慢抿了一口手里的咖啡。

祁醒却不觉得畅快，一想到叶行洲在叶家这么多年一直被人欺负，这老头作为长辈只怕从来没帮过他，还当着他这个被牵连的受害者的面替绑架犯说话抖威风，他就畅快不起来。

祁醒用力地将咖啡杯放到茶几上，抬起下巴，冷声示意对方："这位大爷，你可以走了，这里是叶行洲家，以后他没有邀请你，麻烦不要随便上门。"

叶大伯："我是叶家人，我想来就来……"

祁醒脱下自己一只拖鞋拿在手里挥了挥："你走不走？你信不信我拿鞋底板抽你？我没素质，没家教，可不懂尊老爱幼那一套。"

这老头想赖着不走也不行了，叶行洲刚已经在手机上联系了别墅区的物业，对方派了保安过来，不客气地将人请了出去。

把瘟神送出门，祁醒最后朝着对方竖起中指，用力带上房门。

回身见叶行洲盯着自己，眼里隐约有笑，他哼了一声，走过去："这种不讲理的人，以后来了也别让他进家门。"

要不是看对方年纪大，走路都颤颤巍巍，他刚才已经动手了。

叶行洲随意点头，其实没放在心上，要不是这位大伯在对付叶家其他人时还有点儿用，他从一开始就不会让人进家门。

但祁醒乐意帮他出头，他也乐得接受。

叶行洲进厨房准备晚餐，祁醒跟过来，在一边碎碎念："你这个小可怜，是不是从小到大都没感受过家的温暖？你们叶家人看着没一个好东西，我要是你，翻身之后一定要抓着他们一人狠狠教训一顿，才不会跟你一样，还跟他们演戏，搞虚假和平那一套。"

"小时候有，"叶行洲冷不丁地说，在祁醒不解地看过来时解释，"我妈还在的时候。"

"这样啊……"祁醒有点儿后悔自己戳了叶行洲的痛处。

叶行洲知道祁醒这是误会了，大约还觉得他一直吃不饱穿不暖，被人欺负被人打，实际叶家在物质上并没怎么亏待过他，至于被人欺负被人打，他同样打回去了，根本不算什么。

不过就让祁醒误会吧，祁醒觉得他可怜，那他就可怜吧。

"你上次不是说帮你妈妈迁坟回了老家？要不你带我去看看吧？"祁醒主动提议。

叶行洲："你要去看她？"

"想去拜访一下，毕竟她是你唯一的亲人。"祁醒说得直接。

叶行洲的目光一顿："过段时间带你去。"

吃完饭，祁醒一边玩儿手机一边看电影，李泽琛的电话再次打来。

他顺手按下免提，李泽琛开口便跟他道歉："抱歉，刚才我跟你打的那通电话被我爸听到了，他把我臭骂了一顿，已经将你在这边被人绑架的事情告诉了祁叔，我拦不住他。"

祁醒心里咯噔一下："……我爸知道了？"

李泽琛："知道了。"

挂断电话后，祁醒人还是蒙的，叶行洲提醒他："你妈打电话来了。"

祁醒低头看来电显示，确实是他妈打来的电话，一时有些犹豫。叶行洲拿过手机，帮他按下了接听。

王翠兰的声音难得严肃："你人在哪儿？现在回家来一趟。"说完甚至没给祁醒拒绝的机会，直接就挂了。

叶行洲先站起身，对祁醒说道："起来吧，我跟你一起去。"

祁醒抬头，叶行洲用眼神示意他。

祁醒愣了愣，叶行洲帮他拿起外套："别想太多，船到桥头自然直。"

祁醒痛苦地闭眼："我爸这次真的要扒了我的皮了。"

叶行洲轻声说道："走吧。"

车快到家时，祁醒又接到一个意料之外的电话，这次打来的人是林知年。

"祁少，你爸刚找了我，问我们在美国被绑架的事。"林知年开口便说了来电原因。

祁醒惊讶地问道："他还问到你这里来了啊？"

林知年解释："我也不知道他从哪里弄到的我的电话号码，我知道你不想让家里知道这事，但我听他语气特别严肃，一直追问我，我没顶住就都给说了，抱歉啊。还有你爸还问了叶行洲以前的事情，我都如实说了。"

祁醒挂断电话后幽幽地看了叶行洲一眼，说道"你还是别跟我一起上去了。"

叶行洲靠路边停车："不能去？"

祁醒："不能去。"

绑架这事本就是他爸妈的逆鳞，再扯进一个林知年，更会叫他爸妈不好想，叶行洲现在跟他上去，无异于火上浇油。

"你不想让我上去，我先不上去，"叶行洲提醒他，"手机按下免提保持通话状态，跟你爸妈好好说话，别故意刺激他们，你爸要是打你就躲开。"

祁醒："我知道，我又不傻。"

叶行洲："跟他们说我想跟他们聊聊，他们要是同意，我再上去。"

十分钟后，祁醒深吸一口气走进家门。他爸妈都在，脸色也都不大好，正在客厅里严阵以待地等他。

祁醒皱了皱眉，想到叶行洲说的"不要故意刺激他们"的话，走上前乖乖地坐下了，还主动开口打了招呼："爸，妈。"

祁荣华冷着脸没出声，王翠兰先问："你李叔说你在拉斯维加斯被人绑架了，事情跟叶行洲有关，是不是真的？"

祁醒："你们已经问过林老师了，也知道事情的前因后果了吧，就是叶万耀想对付叶行洲，绑架了我跟林老师，后来叶行洲找人把我们救出来了，我没什么事。"

王翠兰："这么大的事也叫没什么事吗？为什么之前完全不跟我们提？"

祁醒："我……"

祁荣华插话，声音凉飕飕的："他当然不敢提，因为那个叶行洲被绑架，他怎么敢说出口？我早说了叶行洲挨不得，他们叶家一家子都是豺狼虎豹，他偏不听，现在出了事还不知道害怕。"

祁醒反驳他："爸，你这话太偏颇了，这事叶行洲也是受害者，你这么说完全是受害者有罪论，这跟叶行洲有什么关系？不做人的是那个叶万耀。"

"怎么跟他没关系？你要是离他远点儿，怎么会被叶万耀盯上？怎么他不绑别人偏绑了你？"

"叶万耀盯上的不是我，是林老师，我当时是跟林老师在喝咖啡，才被一起带走了。"

"有什么区别？他不也是因为叶行洲才会被盯上？"祁荣华也在忍耐，今天没有像那天一样上来就劈头盖脸地骂人，甚至动手，但言语之间对叶行洲的敌意，比上回更加强烈。

王翠兰大约怕他们父子又吵起来，不再给祁荣华说话的机会，自己问起祁醒："那个叶万耀为什么绑架那位林老师？"

祁醒："他们是高中同学，以前叶行洲被叶家三兄弟欺负的时候林老师帮过他，叶万耀估计觉得无父无母又没朋友的叶行洲会顾念当年的恩情，才绑架林老师威胁他。"

王翠犹豫道："叶行洲跟那位林老师一起出入各种社交场合，我们都是亲眼见到的，不是假的，叶万耀就因为这个打他的主意？"

祁醒瞬间语塞，再解释下去他爸妈只会更加觉得叶行洲这个人危险难测，而不是他们叶家兄弟本身就不是什么正常人。

"一边不留情面地吞并林家那小子他们家的公司，一边还骗着你这个傻子，这样的人也就你觉得他是好人，处处维护，你也不怕他拿同样的手段在你身上故伎重施。"祁荣华说着又来了气，真想撬开自己这个傻儿子的脑袋看看，里头到底都装的是什么东西。

祁醒："……他怎么故伎重施？爸，你又不是那个林鸿飞，他能从我这里把你的公司骗去吗？何况他拉你入伙投资星能科技那个项目，你实打实赚了钱吧？"

祁荣华哽了一下:"你老子我怎么可能跟那个林鸿飞一样又贪又蠢?"

"那不就结了?"祁醒摊手道,"叶行洲既然从我这里捞不到好处,又怎么可能是在打歪主意?还不是你们想太多。"

王翠兰:"你也说他跟林老师是发小,有恩情,那都能完全不念旧情,不管他的死活,要是他以后也这么对你怎么办?"

"妈,"祁醒都无奈了,"当时那个情况,叶行洲明知道叶万耀会装炸弹,他难道要因为念恩情让我被叶万耀绑炸弹吗?"

王翠兰立刻说道:"那当然不行!"

祁醒:"叶行洲选我,你们觉得他不念旧情,冷血,怀疑他以后也会那么对咱们家;叶行洲要是救别人,你们只怕更要恨死他了,那他不是怎么做在你们眼里都是错的?而且他明知道有炸弹,在叶万耀没放我走之前还是去以身涉险了,这么做还不够吗?换了别人有几个人愿意冒着生命危险去救人啊?"

王翠兰似乎被他说动摇了,轻推了一下身边的祁荣华。祁荣华却依旧沉着脸,完全不吃这一套:"他这人太危险,麻烦太多,得罪的人也多,谁知道身边还有没有第二个叶万耀。"

"那爸你当初行事作风那么野蛮,我因为你也被绑架过,还是干爷爷派人才把我找回来的,我难道要跟你脱离父子关系吗?你讲不讲道理啊?"

"你个小浑蛋有没有良心?我是你老子,一辈子都是你老子,不会现在护着你以后就不护着你了,他是谁?他能做到吗?他就算发誓赌咒也不算数,你看看那个林家小子,他差点儿都被炸成肉泥了!"

祁荣华想脱鞋抽这死小子,被王翠兰的眼风扫过来,生生按捺住。

王翠兰忧心忡忡:"儿子,你真的就非同叶行洲这样的人来往不可吗?"

祁醒:"妈,当初是干爷爷觉得我能跟他交个朋友,我相信干爷爷看人的眼光。我做风投基金不是昏头,美国那边的子公司也上市了,这几个月我够上进,够有成绩了吧?以前我只想吃喝玩乐,现在觉得不能被他给比下来,我是豁达,又不是真傻,我爸就不如我豁达。"

祁荣华到底没忍住,手里的拖鞋甩过来,祁醒动作迅速地避开。

在他看来,听话乖巧了二十多年的乖儿子是在结识叶行洲之后才开始叛逆、顶撞他们的。

"总之,我说了不行就是不行,马上跟他断了来往!"

祁醒:"爸,怎么断了来往啊?你现在跟叶氏是合作商关系,是能拿巨额支票打发他,还是你也要收购叶氏啊?他吃你这套吗?"

除非他爸把整个荣华资本都赔给叶行洲,但以叶行洲的个性,一定欣然笑纳,然后坚决无视他爸的要求。

祁荣华的第二只拖鞋也甩了过来。

第十九章 淡泊

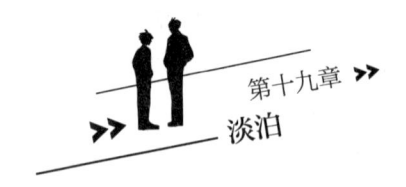

半个小时后，祁醒回到自己房间给叶行洲发消息："你要不先回去吧，我爸现在抱着鸡毛掸子就坐在家门口，不会再让我出去的。"

叶行洲："你早些休息。"

祁醒放下手机，还是有些郁闷。

王翠兰进门来，带上房门坐下问他："你爸现在不在，跟妈聊聊吧。"

祁醒："妈，我现在知道上进了也不好吗？"

王翠兰："可你真的不担心他会害了你？听你爸说叶氏斗倒了淮城多少企业，他手段那么厉害，你能比得过？你知道你爸这些年为家里的生意付出了多少心血。"

祁醒想了想，说："我觉得可以信任他，我也相信叶行洲说到做到。"

王翠兰沉默了一下："我知道了。"

"妈，你放心吧，我是不会让自己吃亏的主儿。"祁醒的语气轻快。

王翠兰了解自己儿子，这小子从小就是这种乐天派的个性，当年是，现在也是，一直瞻前顾后的，其实是他们做父母的人。

"你爸那个脾气你是知道的，他也是为了你好，你别总跟他生气，也别总是说那些话惹他不高兴。"

祁醒："不说就不说呗，叶行洲想上来跟他聊聊可以吗？"

王翠兰："下次吧，他现在看到叶行洲就火大，而且还在生气上回叶行洲让他丢了面子，你让他再缓缓。"

祁醒轻哼："那是爸不讲理，一来就动手打我，还把气出在别人身上。"

王翠兰离开后，祁醒起身出门去外头倒水，他爸还坐在玄关处，手里抱着鸡毛掸子闭目养神，岿然不动。

祁醒有些无语，祁荣华听到动静睁眼就瞪他，他立刻转身往餐厅那边走。

爱守就守着吧，还能一夜不睡吗？

祁醒完全没有体会到老父亲的良苦用心，回房倒头就睡，直到凌晨两点被设定的闹钟叫醒。

他摸黑爬起床出门，玄关处传来祁荣华节奏均匀的鼾声。祁醒踮着脚走过去，他爸那鸡毛掸子还抱在臂弯里，人倒是睡着了。

出家门后，祁醒立刻下楼，叶行洲的车不出所料还停在这里。

祁醒拉开车门坐进去，叶行洲睁眼看向他。

"走吧，叶行洲。"

叶行洲半躺在座椅里看着他没动，祁醒刚系上安全带，抬头对上他盯着自己的目光，做贼似的低声问道："一直看着我做什么？"

叶行洲的视线停在他脸侧，那里有一块颇明显的红印子："脸。"

祁醒抬手摸了摸他指的地方："不是我爸打的，是我自己睡觉压出来的。"

叶行洲问道："为什么不在家里好好休息？"

"我在家睡觉了，你不得在这里坐一整夜啊？"祁醒顺口便说。

他当然知道叶行洲的意思，最好他就老实待在家里，等他爸慢慢消气，可他就不是这样的人。

叶行洲淡淡地"嗯"了一声，最近发生了很多事，叶行洲心里也有些堵，他调起座椅，发动汽车："带你去看我妈，去吗？"

祁醒："现在？"

叶行洲："去不去？"

祁醒"哦"了一声，丢出一句"到了叫我"，坐回去靠在座椅里，闭眼很快睡了过去。

叶行洲开了一小段路靠边停车，自后座拿了一条毯子盖到他身上，给陈老发了一条消息过去。

"我带祁醒出去散心玩儿两天，麻烦您告知祁叔他们一声。等之后我们回来，还请您帮忙约祁叔他们出来，我想当面跟他们解释一下之前的那些误会。"

睡梦中的祁醒翻了个身，也不知道做了什么美梦。

叶行洲重新发动汽车，朝着高速公路的方向驶去。

祁醒睡了两个多小时醒来，天还没亮，他们还在高速公路上，除了偶尔呼啸而过的大车，就只有他们这辆跑车。

他坐起身揉了一下睡得酸痛的脖子，叶行洲目视前方，提醒他："还早，你再睡一会儿。"

"换手吧，要不你又得一夜不睡。"

叶行洲的目光转过来，见祁醒神色坚持，没再多说，在应急车道停了车。

五分钟后，祁醒看了一眼车载导航，顺便提醒叶行洲："还要三个多小时呢，你睡觉吧，到了我再叫你。"

叶行洲靠在座椅里，只说了一句："开慢些。"

车开出去，祁醒几次转头看副驾驶座上的人，叶行洲的睡眠很浅，无声无息。

"专心开车。"叶行洲闭着眼睛提醒他。

祁醒的视线落回前方，心不在焉地开着车。

他忽然想到，他跟叶行洲认识这么久，叶行洲似乎永远睡得比他晚，醒得比他早，从没让看过他睡着了的模样，最多也只是在他身边闭目养神。

这个人大多数时候都是精神且警觉的，但他好像忽略了，叶行洲也是人，不是机器，更不是神，他不可能不会累。

他们的目的地是邻省的一个县级市，到的时候天已经大亮了。

不需要祁醒叫，下高速后，叶行洲听到车窗外的些微动静，立刻便睁开眼。祁醒再次转头看他，怀疑这人根本一分钟都没睡着过。

"换我来吧，你不认识路。"叶行洲喝了一口水，冲他示意。

"叶行洲……"

"嗯？"

目光撞上，祁醒犹豫了一瞬，话到嘴边还是算了，换回副驾驶座后提醒叶行洲："先找个地方吃早餐吧，我饿了。"

这小子从来都是肚子饿的时候最诚实，吃饭大过天。叶行洲似乎笑了一下，车继续往前开。

他带着祁醒来到了这边一家开了很多年、生意很红火的路边早餐店。当他们停车下来时，还有不少来吃东西的人有意无意地打量着他们。叶行洲神色自若，带着祁醒找了个空位坐下，随口跟过来的服务员点了东西。

祁醒转着脑袋四处看了一圈，有些惊讶："你竟然会来这种地方吃饭？"

"小时候家住在这儿附近，每天早上跟我妈买完菜会来这里吃早餐。"叶行洲随口说道，还帮他掰开了一双一次性筷子。

祁醒愣了愣："那后来怎么又去了淮城？"

叶行洲："六七岁的时候，为了让我接受更好的教育，我妈带我去了淮城。"

之后不到两年，他成了孤儿，进了那边的孤儿院。如果有选择的话，他宁愿当初就留在这里。

他们点的早餐送过来，叶行洲吃着东西，有些沉默。

祁醒却食不甘味："……你妈家里还有别的亲戚吗？"

"叶崇霖走后,外公去淮城找他讨说法,回来的路上出车祸没了,外婆没两年也病故了,我妈是他们的独女,其他亲戚关系都比较远,没什么往来。"

　　叶行洲的语气很平淡,祁醒有些摸不准从前的事情到底在他心里留下过多少伤痛,有心想安慰他两句,又觉得事情过了这么多年,自己说什么好像用处都不大。

　　"叶行洲,你说这些,是想要我可怜你吗?"

　　叶行洲抬眼,祁醒小心翼翼地看着他,连眼神都很像他小时候养的那只猫,懵懂的,带着一点儿疑问,所有的情绪一览无余。

　　"是。"叶行洲没有否认。

　　如果祁荣华一定坚持让祁醒跟他分道扬镳,他在祁醒这里其实没有丝毫胜算。

　　他唯一的筹码,只有祁醒对他的可怜、同情,还有一点儿想和他斗气的不服输。

　　祁醒舔了舔嘴角沾到的油:"好吧,你赢了。"

　　叶行洲扬眉,祁醒的手拍上了他肩膀:"自信一点儿,不跟我爸妥协,祁哥说到做到,这年头像我这么真诚的朋友可没几个了。"

　　他虽然心大,但不是真的傻,而且现在似乎越来越能琢磨叶行洲的心思,稍微想想就明白了叶行洲把自己带来这里、说这些的目的。

　　叶行洲拂开他的手:"有油。"

　　祁醒干笑了一下,转移话题:"你小时候家在这儿附近?具体住哪里?带我去看看?"

　　叶行洲:"没什么好看的,早拆了,现在建了一座商场。"

　　祁醒:"那幼儿园呢?你在这边念过幼儿园吧?有没有你小时候的照片给我看看呢?"

　　叶行洲:"没有。"拒绝得很干脆。

　　祁醒"啧"了一声,低头大口吃东西,他就不该可怜叶行洲,一丁点儿都不应该!

　　吃完早餐,他们要去城外的公墓。上车前,祁醒看到街对面的花店,提议:"我们不能两手空空去,我得买束花。"

　　店员听说他们是要去祭拜故人,帮他们挑了一束白菊。付账时,祁醒顺口又问:"我要是买花送朋友,什么花最合适?"

　　店员小姑娘笑道:"门口的香槟玫瑰是今早刚到的,很新鲜,开得也很好看。"

　　祁醒不经意地瞟了叶行洲一眼,发现叶行洲瞧着那花,眼神嫌弃,扔出一句"我去开车,动作快点儿"先走了。

祁醒结账付款，小姑娘问他还要不要买别的花，祁醒意兴阑珊："不要，就要这束白菊。"

坐进车里，他先发制人："叶行洲，我当初送花给林老师，你把我的花扔了，李泽琛送我的你也扔了，你才是鲜花过敏的那个吧？"

祁醒说的过敏是叶行洲见不得他们互相赠礼的行为。

叶行洲没有理他，开着车手指轻点着方向盘，自己也在思考这个问题。

说林知年对鲜花过敏所以扔了花，不过是个随便扯出来的借口，他当时大约确实有些不爽。

"嗯。"他随意点头。

祁醒都已经在低头玩儿手机了，听到这句十分惊讶："真的？"

叶行洲点了点头。

"以后少跟林知年联系。"叶行洲提醒他。

从美国回来以后，祁醒跟林知年的关系确实比从前好了点儿，偶尔会朋友圈互相点个赞，但也就仅此而已了。

行吧，也算是风水轮流转了。

"那叶行洲，你要我送你什么贺礼吗？"

"俗不可耐。"

半个小时后，他们到达了目的地。

这种小城市的公墓都不大，叶行洲的母亲和外公、外婆都葬在这里，叶行洲给他们修的墓并不奢华，唯独选的位置不错，在山上很清净的地方。

祁醒放下花，打量了一眼墓碑上照片里的女人，很年轻，也很漂亮，叶行洲有七分像他妈妈，难怪比叶家那三兄弟长得好看得多。

叶行洲什么都没说，蹲下把墓碑周围的杂草给拔了。

祁醒上前一步，双手合十弯腰拜了三下："阿姨，我叫祁醒，比叶行洲小七岁。这个世上除了阿姨你，大概只有我对他最好了，我跟他保证过以后不会让人欺负他，现在也跟你保证一遍，只要有我祁醒在，天塌了我蹦起来也会先帮叶行洲顶着，绝对不让他再受苦、受委屈。"

叶行洲回头看他，祁醒说这些话时笑嘻嘻的，眼神却格外真诚。

叶行洲从来不信那些说给别人听的承诺，叶崇霖当初对他妈许过的甜言蜜语就一句都没实现，他只会说他确信当下能做到的事情。

但是今天，当祁醒站在他母亲墓碑前，用开玩笑的语气说出这些话，他信了。

是祁醒说的，所以他信。

从山上下来后，他们已经走到了车门边，叶行洲忽然停住脚步，回身看向他。炙热阳光落进祁醒带笑的眼眸中，在他的虹膜上映出奇异的色彩。

祁醒："叶行洲，刚才路上，你是不是根本没睡着？"

叶行洲的神情有些散漫，微微颔首。

祁醒："睡不着吗？我好像从来没问过你，你是不是会失眠啊？"

叶行洲："还好。"

"不信，"祁醒追问，"说实话。"

叶行洲："有时候会，我习惯了浅眠而已。"

"一直没有深度睡眠容易老，你这样不行，"祁醒把叶行洲推进后排车座里，"反正也不急着去哪里，你先躺着睡一觉。"

叶行洲半条腿还在车外面，蹙眉看着他，祁醒催促他："快点儿啊。"

被他盯着，叶行洲最终躺了下去，他大概从没在车上这么睡过，身体有些僵硬。

祁醒看他收腿以别扭的姿势躺了下去，把来的路上他盖的毯子拿给了叶行洲："好好睡一觉吧。"

让一个大高个在后排车座上躺着睡觉，只有祁醒能干得出来这事。

叶行洲面无表情，眉头却逐渐舒展开，语气像是无奈："闭嘴吧。"

祁醒偏不："靠烟和咖啡可续不了命，虽然咒你不好。"

叶行洲还是那两个字："闭嘴。"

祁醒笑完回到车上又正经说："我想了想，像以前那样天天花天酒地，醉生梦死，其实很无聊，跟着你好歹能做点儿正经事呢！所以叶行洲，你可得好好保重自己啊。"

叶行洲轻"嗯"一声，一条手臂横过眼睛，挡去了眼中情绪，没有让祁醒看到。

祁醒说道："睡吧。"

他拿出手机，调了静音，安静地玩儿起手机游戏。

片刻后再低头去看，叶行洲的呼吸已然平稳，这次是真的睡着了。

叶行洲这一觉睡了两个多小时，睁眼先看到的是祁醒脑袋靠着车窗合目睡着了的脸，盯着他良久，直到祁醒眼睫动了动，迷迷糊糊地也睁开眼。

"你醒了啊……"才说了这一句，这小子整张脸皱成一团，"啊啊"叫着抬起胳膊揉自己的脖子，"麻了，我脖子要断了。"

叶行洲坐起身下车绕到驾驶座那边上了车，祁醒疼得龇牙咧嘴，倒吸了一口凉气。

他歪着头睡这一觉差点儿落枕了，足足十分钟他的脖子才恢复如常。

祁醒感觉终于活过来了，踢了叶行洲一脚："我们现在去哪儿？"

叶行洲："带你去别处看看。"

重新出发，车往反方向开，两个小时后他们到达了这边一座挺出名的海滨城市。

车沿着海边公路开了一路，停车时已经过了中午饭点，他们随便在路边找了家露天小餐馆坐下，打算先填饱肚子。

祁醒靠进椅子里，放松筋骨，惬意地眯起眼："这里人还挺多的。"

放眼望去，前方沙滩上到处都是玩乐的人群，叶行洲这样西装革履的派头，在这地方分明格格不入。

叶行洲不在意地脱去西装外套，卷起一截衬衣袖子，随手拿过菜单，问他："以前没来过这里？"

"没有，"祁醒抬头看头顶蔚蓝的天空，阳光刺得他有些睁不开眼，"总觉得有点儿不真实。"

叶行洲忽然抬眼："看什么？"

祁醒揶揄他："看你长得帅。"

叶行洲无动于衷。

祁醒啧啧，懒得解释。

吃完饭，叶行洲接了个电话，祁醒起身先去买单。

叶行洲听人汇报工作上的事情，耽误了快二十分钟，挂断电话回头时却发现祁醒不知道跑去了哪里。

四下张望了一圈，没看到人影，他不禁蹙眉，电话打出去没人接，问餐馆服务人员，对方也说没看到。

沙滩上依旧人山人海，叶行洲的视线又快速扫了两圈，神色逐渐凝重起来，一边往前走一边环顾四周找人，脚步不自觉地加快，甚至他自己都没察觉到自己的情绪已变得焦躁，完全失了冷静。

直到祁醒的身影再次出现在视野里——背对他的祁醒就在前头不远处，正兴致勃勃地低着头在看人做沙雕——叶行洲的目光猛地顿住。

祁醒一边看一边还要好奇地问东问西，正在兴头上，被突然伸过来的手扣住肩膀，用力往后一扯。

他惊讶地抬头，撞进叶行洲死死盯着自己，格外冷厉的双眼里，愣在了原地。

"你在这里做什么？"叶行洲的气息似乎有些不稳。

祁醒不明所以："你刚在打电话，我看这边很多人围观，就先过来看看……"

叶行洲："为什么不跟我说一声？"

"你一直在跟人讲电话，我怎么跟你说？"祁醒皱了皱眉，"你放手，疼死了。"

叶行洲扣他的手太用力，祁醒挣扎了一下，手臂滑下去："你干吗？怎么反应这么大？"

僵持了片刻，叶行洲松开手，声音依旧是冷的："打你电话为什么不接？"

"你给我打过电话吗？我没听到啊。"祁醒说着掏出手机，上面确实有两通未接来电，"哦，我刚在车上调了静音，忘了调回来。"

叶行洲盯着他的眼睛，祁醒的脸上写满无辜。

"走吧。"叶行洲丢出这两个字，先一步朝前走去。

祁醒赶紧跟上："喂！"

往前一段沙滩人流渐少，祁醒追上叶行洲推了他一把，叶行洲根本不理他。

祁醒快走几步超过去，转身倒退着走，不让叶行洲避开自己，瞧见他紧绷的脸："噢，生气了。"

叶行洲停步，面无表情地看向他。

祁醒上前，脸凑到他面前来："真生气了？担心我又被人绑了？"

叶行洲的视线在他脸上缓慢游移，冷哂："除非你真傻。"

祁醒："那你还担心我？不是更傻？"

叶行洲又不理他了，继续朝前走。

祁醒站在原地没动，忽然开口："叶行洲，其实你没有那些人说的那么无情无义吧？"

叶行洲的脚步再次顿住，回身看他的表情，确实像在看傻子。

跟自己预料中的反应不一样，祁醒有些失望："好吧，不是就算了。"

十分钟后，他们在附近的一处礁石边坐下，这边人更少，更清净些。

祁醒刚想说点儿什么，手机响了，是他干爷爷打来的。

陈老问他现在在哪里，什么时候回去。祁醒犹豫了一下说："明天吧，后天要是不去上班，我爸更要气死了。"

陈老："知道他会生气，你还招呼都不打一声就跑出去，你才是故意想气死他。"

祁醒："我哪有？"

老爷子没再问，只提醒他："明天下午前回来，带叶行洲来我这里吃饭，你爸妈他们也会来。"

挂断电话，祁醒发呆片刻，躺倒下去。

他的身边，叶行洲倚坐在礁石上，专注地凝视着前方的海天一色。他顺着叶行洲的视线看了片刻，没看出什么稀奇的东西，心思有些飘忽。

"叶行洲，你是不是真的无情无义？"莫名其妙地，祁醒还在纠结这个问题，问出口又觉得自己确实怪傻的。

叶行洲依旧目视着前方，语气很淡："这个世上没有人天生就是无情无义的。"

祁醒微微一怔，点头："嗯，本来就是。"

叶行洲回头，目光落向他，停住不动。

祁醒被他的眼神盯得心里有些不舒服，沉默一阵，转了个身，回避开了他的视线。

祁醒小声说道:"其实我不但没来过这里,很多地方都没去过。小时候爸妈工作忙,根本没时间带我出来玩儿,等我长大了自己能出来玩儿了,又找不到合适的伴。杨开明他们那些人只会喊一大堆人去酒吧,这种地方他们根本没兴趣。

"叶行洲,你会觉得孤独吗?其实我有的时候觉得挺孤独的。"

这话说出来或许没人信,在绝大多数人眼里,他是可以躺在他父母创造的财富上衣食无忧的富二代,事实也确实是,但衣食无忧不代表他想一辈子过这种生活。

他爸妈宠他,爱他,但在他年少最需要关心的时候,的确没有多少时间陪着他。也因为家里财富增长得太快,他身边来来去去的那些玩伴,跟他交往时多少带了讨好跟奉承,连杨开明那小子都是。

他之前一直过得没心没肺,说到底还是因为孤独,但与那些人交往无一例外最终都会让他觉得索然无味,没有任何意思。

他爸说叶行洲钩钩手指他就跟着跑了,其实不是,是叶行洲的出现,让他知道了什么是真正的有意思,无论是最开始的针对和挑衅,还是后来叶行洲豁出性命的营救,只有叶行洲和别人不一样。

被叶行洲一直盯着,祁醒扭开脑袋:"算了,我跟你说这些干吗。"

在这里坐了一会儿,他们起身往回走,之后上车漫无目的地沿着海边公路继续往前开。

走到尽头,没有路之后又返回,祁醒随口感叹:"原来这条路是有尽头的啊。"

来来回回,很快到了日沉时分,暮霞晕染整条海岸线,绵延至无尽的远方。

祁醒安静地看了许久,拿起手机拍了一张照片。

上回他们一起在山上看了日出,今天又在海边看了日落,这些就够了。

第二天傍晚,他们回到淮城,直接去了清平园。

祁荣华两口子也在,正在陪陈老喝茶聊天,看到祁醒和叶行洲进来,祁荣华拉下脸,不想搭理他们。

叶行洲送上他们从邻省带回的当地特产给几位长辈,陈老高兴笑纳,祁荣华却连看都懒得看一眼,一点儿面子不给。王翠兰无奈,主动把东西收下了,随口问了他们几句去了哪儿玩儿,免得气氛太尴尬。

祁醒汗都快冒出来,叶行洲倒是一直镇定自若地跟他妈和干爷爷聊天,完全不在意祁荣华的冷眼相待。

直到陈老放下茶杯,示意说:"先吃晚饭吧,别的等吃完饭再说。"

饭桌上也一直是叶行洲在和陈老谈笑风生,王翠兰偶尔插几句话,祁荣华始终冷着脸,除非陈老把话题抛给他才会接,至于祁醒,全程埋头苦吃,不想掺和。

叶行洲不时还会提醒祁醒夹菜，态度自然，并非刻意表现。

祁荣华看不惯，又找不到挑刺的理由，只能不停地皱眉头。

王翠兰忍笑，给他夹了几次菜："你也吃东西吧，一直盯着儿子的饭碗做什么。"

祁荣华哼了一声，这下连陈老都笑了。

祁醒脑袋快埋到饭碗里去："叶行洲你吃你的吧！"

叶行洲神色如常，提醒他："吃饭。"

吃完饭众人坐回客厅，重新让人上了茶，才终于进入正题。

陈老先开口，问叶行洲："你和那位林老师的事情，按理说我们不应该多问，但之前祁醒和那位林老师都因为你被人绑架了，祁醒他爸妈很担心同样的事情会再发生，所以想听你自己说一下。"

"怎么又说到林老师？叶行洲和叶万耀的事情跟他又没关系……"祁醒话没说完，被叶行洲轻按了一下肩膀打断。

叶行洲平静地解释："我跟林知年是高中同学，念书时他帮过我，高中毕业后就断了联系。去年他回国我们有一段时间走得近，是我利用他。后来叶万耀和晟发集团的人勾结，林家的公司也掺了一脚。"

陈老："利用？"

叶行洲："我刚接管叶氏，地位尚未稳，对外需要一个温和形象，让叶家人包括你们都误以为我是个念旧的人，后来又利用林知年青年艺术家的身份在慈善酒会上吸引陈老的注意，叶万耀觉得绑架林知年就能威胁我，并揭穿我的伪善和冷酷。事情我已经跟林知年说清楚了，他因我被绑架的事我也给了他金钱补偿，他也都接受了。"

"连朋友也能利用，你这人看来品性不怎么样。"祁荣华直接下定论。

叶行洲并不否认，他本来就不是个好人，也从来不介意别人当他是恶人。

祁醒："爸……"

祁荣华瞪他："你这个脑子看着还不如那位林老师好使，我看你早晚也得被人利用把自己卖了。"

王翠兰轻推了自己丈夫一把，想让他少说两句。

其实祁荣华这些年早在生意场上修炼成了人精，不知道多少年没这么直截了当地给人甩过脸色了，更别提当面说人品性不行。即便他和叶行洲的公司还有利益合作关系，但面对叶行洲他实在很难心平气和，也不想给对方任何面子。

更何况叶行洲也没给他面子，他的老腰到现在还隐隐作痛呢。

王翠兰主动问起叶行洲："祁醒比你小不少岁，生意上的事没有你，他爸也会教他，你如果真的存了别的心思要怎么办？"

"口头的承诺我说了你们估计也不会信，"叶行洲拿起手边的两个文件袋放到面前茶几上，是他刚才特地去车上拿过来的，"这里有两份文件，其中一份是我名下的资产清单，另一份是以祁醒的个人名义拟定的参股协议，祁醒签了协议以后可以拿到叶氏的股份分红。"

他话一出口，别说祁荣华两口子，连陈老都惊愕不已："你确定？"

祁醒目瞪口呆，回神赶紧制止："你搞什么？你先前都没跟我说过，叶氏的股份多少人争破头都分不到的，你随便一句话就让我以个人名义参股？"

祁荣华铁青着脸："这算什么？拿钱砸我们吗？荣华资本现在的规模也许还比不上叶氏，但也算不错。我跟祁醒他妈奋斗一辈子，这些东西最后都是祁醒的，我们稀罕你给他的仨瓜俩枣？"

当然不是仨瓜俩枣，叶行洲那个爹去世后，个人资产几乎都被叶行洲弄到了手。

陈老第一个拿起那份清单翻了翻，里头的数字即便他看了都觉得不少。叶行洲说让祁醒参股叶氏，还整理了个人资产清单，至少态度上来说，确实诚意十足。

叶行洲将第三份文件也推过去："这一份是我拟好的私人协议，里面的承诺既是对祁叔的，也是对祁醒的，无论以后合作与否，叶氏永远不会损害荣华资本的利益。"

祁醒立刻说："你有毛病吗？我差你这些东西？"

王翠兰也赶紧说："这祁醒真不能要，哪能平白无故就让祁醒收这些东西？"

祁荣华的脸色更加难看，就算不是他拿钱打发叶行洲，也没有反过来的道理吧？叶行洲来这么一手，简直不按常理出牌。

"你这么做传出去，我祁荣华还能不能在淮城混了？"

叶行洲："我以为祁叔不会在意外人的那些评头论足。我没有别的意思，只是拿出我的诚意而已。叶氏和荣华资本的合作不会止步于此，祁醒以后在商场上还有更广阔的未来。我们可以是彼此信任的合作伙伴，到那个时候祁叔你也不必再担心祁醒会被像我这样的人算计蒙骗了。"

"你想，我不想。"祁醒气道，"我不要什么叶氏的股份，你在给我找麻烦！"

叶行洲："答应吧。"

祁醒："滚。"

"我看这份资产清单里有些东西，祁醒，你这小子肯定很喜欢。这些跑车就有好几十辆，既然叶行洲都能整理进去，说明他没拿你当外人防着。"

陈老还在翻着那份资产清单，笑着打圆场："叶行洲要表诚意，你怎么还先跟他反过来？要我看就签参股协议好了，至于叶行洲那份额外的协议，你让他写就是了，反正对祁家也是多一重保障。"

祁醒瞬间闭了嘴。

叶行洲点头："可以。"

祁醒不出声，陈老便当他没意见了，转而问起祁荣华两口子："你们的意思呢？"

祁荣华："老爷子你是知道的，祁醒在美国被人绑架，那个叶万耀手上还有炸弹，这次是侥幸没事，万一下次又碰上同样的事情呢？我是为了他好。"

王翠兰犹豫了一下，没有说话，祁荣华的担忧也是她的担忧。

陈老想了想，对叶行洲说："事情的经过我已经听说了，你肯不怕死亲自去救人，这点我佩服你，但祁醒他爸的顾虑也是人之常情，你身边的那些人，如叶万耀那样的，有第一个也可能有第二个，同样的事情再发生第二次，你们未必就能平安无事地回来。"

叶行洲："我会把麻烦都解决了，不会再有下次。"

陈老："能做得到？"

叶行洲："可以。"

陈老："好。"

至于叶行洲要怎么解决，他没有问，叶行洲既然这么说了，必然有本事做到，不需要多问。

祁荣华闷头生气，陈老再次问起他："人都在这里，你不如摊开来明说，你究竟对叶行洲哪些地方不满意，全部说出来。"

祁荣华皱了皱眉："他为人太强势，得罪的人太多，身边危险、麻烦太多，品性也有问题，对曾经的朋友利用起来毫不手软，这种个性说实话我不敢恭维。"

陈老："我们一条一条说。太强势，如果是说他做生意的手段，这点你我都是过来人，没什么好评价的，是好是坏以后自有定论。你要是觉得他对你不够尊重，那这小子这点确实做得不好，别说对你，他现在对我都没以前客气，叶行洲你自己说呢？"

叶行洲："抱歉。"这两个字不算多诚恳，也没有多少愧疚，但他确实说了。

祁荣华有些被噎着，陈老笑着叹了口气："你要想让他像其他小辈一样对你毕恭毕敬，我看你还是趁早打消念头。祁醒对你毕恭毕敬吗？还不是三天两头地气你，连你亲生儿子都做不到，你还指望别的人？以后面子上让他让着你点儿就行了。叶行洲，你听到了没有，阻止人气上头的方式有很多种，激怒长辈这种事情，以后不能再做。"

叶行洲这次回答得干脆："好。"

祁荣华又哼了一声。

陈老满意地点点头，接着说起祁荣华："这事你自己也有错，就算再担心祁醒被人坑骗，也没有上来就打人的道理吧？你都这个年纪了，怎么这脾气藏了十几年又原形毕露了？你这样以后还有什么底气教训祁醒在外头惹是生非？"

王翠兰附和："就是，老爷子说得对。"

祁荣华顿时就硬气不起来了，一脸讪然。

陈老继续说道："你说他得罪的人太多，身边危险和麻烦太多，这点我也赞同，但他已经说了他会解决，我们不如先看着就是。"

祁荣华："他说能解决就能解决？"

陈老："他说你不信那他说什么都是白搭，总得给他个机会，你自己想想，当初祁醒因为你被绑架的时候，有没有抱怨过你？他要是也不肯给你机会，坚决不要你这个爹了，你是什么感觉？"

祁荣华："我是他老子，那能一样吗……"

陈老："怎么不一样？你不就是担心叶行洲心术不正，或者以后也会利用祁醒？那不是从一开始你就把祁醒定位成弱势的那一个？要是祁醒跟你这个爹一样有本事，他跟叶行洲合作，你还会担心这担心那的？叶行洲他能骗得了你？"

祁荣华嫌弃道："祁醒这小子要是能像我，从一开始就不可能结交叶行洲这种人。"

祁醒插进声音，心里不痛快："我知道你们担心这顾虑那的都是为了我好，但也不用跟审判犯人一样审叶行洲吧？怎么没人问过我的意见？"

祁荣华："你个小浑蛋！"

祁醒："我又没说错。"

叶行洲再次按了一下他的肩膀，示意他闭嘴，祁醒虽然还一脸不服，倒真的听话没有再说了。

陈老拍了拍祁荣华的手臂，让他消消气："我看祁醒也不是头脑发热，他清醒得很。你扪心自问，你们两口子这些年是不是忙着事业，对他的关心不够？也就他性格好，不跟你们计较，还成天嘻嘻哈哈的，换个别的心思细腻敏感点儿的小孩，指不定得叛逆成什么样儿。

"他这小子别看成天在外头胡混，真正玩儿得来的朋友都没几个，有什么不高兴的事情只能跟我这个老头子说说。他念中学被绑架那次，过后你紧张他，安排了一堆保镖跟着他进出，弄得他身边的同学全都疏远他，他连学校都不想去了，要不是后来我跟你们两口子说，你们还没意识到问题的严重性。这次他在国外把保镖都甩了，被人绑架，算起来你们是不是也有责任？"

祁荣华想反驳，竟然找不到反驳的词，王翠兰也神色黯然，看着祁醒，欲言又止。

等祁荣华心平气和了些，陈老又接着说道："要不我提个建议吧，你不是一直担心祁醒不学无术，以后没有出息？那就让他多念点儿书，我有个老朋友的公司跟英国的一座商学院有深度合作关系，让他跟那边打个招呼，祁醒可以直接过去读个MBA（工商管理硕士）。上次好像听他说十八个月就能拿到学位，祁醒过去了也能学点儿东西，深造一下。我看你也别这么管束他了，要不到最后还落得个父子离心，何必呢？

"至于叶行洲，你家里、公司或者外边的那些麻烦，你都给解决干净了，我不管你用什么手段，以后都别牵连到祁醒就行。

"祁醒，你也知道，人不能一辈子依赖别人。等你能够独当一面的时候，你爸妈也就不会像现在这样事事都替你操心，担心你被人骗。到那个时候，你才能真正有底气说你也有叶行洲这样的本事。"

陈老说完这番话，祁醒愣住了，他没想到他的干爷爷会提出这样的建议。

王翠兰第一个表示："我觉得可以。"

祁荣华已经彻底冷静下来了，大概是陈老提到"父子离心"四个字，提醒了他。

视线在祁醒和叶行洲之间转了一圈，祁荣华终于答应："就按老爷子说的，但我有个条件，这一年半祁醒在那边专心念书，你俩不能有其他生意上或生活上的往来，否则这个约定便不算数。"

祁醒下意识想说"不"，叶行洲已经先一步答应下来："可以。"

祁醒诧异地抬眼，叶行洲看向他，眸光动了动，沉默对视片刻，他低了头。

陈老问："祁醒，你怎么说？"

"……你们都决定了，还问我做什么？"祁醒有些郁闷，这似乎是个不错的解决方式，但他心里觉得憋屈。

"祁醒。"叶行洲叫他的名字。

祁醒低着头不出声，叶行洲冲陈老他们说了一句"我跟他单独谈谈"。

"走吧，我们去别处说。"

两人走到了园中回廊，祁醒喂过鱼的池塘边上，叶行洲眉心微蹙，直视着祁醒低落的双眼。

祁醒瞪着他，呼吸不平。

叶行洲先开了口："要真的不愿意，就不理会你爸妈的想法。"

祁醒一愣："……不行。"

叶行洲："嗯，不行。"

祁醒跟他不同，他可以不理会任何人的想法，祁醒不可以，所以只能做出妥协。

祁醒自己当然也知道，陈老提出的建议其实是最好的解决办法，今天如果不是他干爷爷这一番话，无论叶行洲如何放低姿态，表诚意，他爸都不会满意。

但他心里憋屈得厉害，又无奈又憋屈，甚至生气叶行洲这个时候还能这么冷静，明明他知道这不是叶行洲的问题，他的迁怒是在无理取闹。

"我爸让我们不许来往,你就一点儿反应都没有吗?"

叶行洲:"你爸说的只是你爸的想法,你要是不想听你爸的,这句话对我便无效。"

祁醒一听却更生气:"你这是把所有难题都丢给我?"

"祁醒,"叶行洲提醒他,"我说过了,只要你可以不在乎,我也不在乎。"

祁醒耷拉下脑袋,他不可以。

他又不像叶行洲那样像个孤家寡人,他爸妈和干爷爷对他都挺好的,他确实不能不考虑他们。

"我一点儿都不想再念书……"

叶行洲:"多学点儿东西没什么不好。"

"你少跟我干爷爷一个口吻,"祁醒撇嘴,"非要我去念书,你们不就是都嫌弃我不学无术?"

叶行洲:"没到那个程度。"

"那就是嫌弃我。"他的拳头又硬了。

叶行洲静静地看着他,祁醒胡乱发泄了一通,倒没有刚才那么无精打采了,捏着拳头张牙舞爪的模样才更像是他。

可惜祁醒羽翼未丰,需要家里人庇护,他也没法强迫他割舍一切。

叶行洲说:"那你自己说,答不答应你干爷爷和你爸的条件?要是不想答应,我带你回去跟他们说。"

祁醒说:"你不都已经答应了,还怎么说?"

"我的想法代表不了你。"叶行洲再次提醒他。

祁醒低头,发呆片刻,讪讪道:"那还能怎么样?除了这也没别的办法了,就这样呗,去念书就念书吧。"

祁醒并非真的抵触念书,他干爷爷说的那句独当一面才能真正有底气的话也在理,只是他一想到要一个人远赴国外这么久,心里难受而已——但也只能这样了。

之后他们回到长辈那边,祁醒往沙发里一坐,主动开口:"干爷爷的提议我也没意见,爸,你到时候不能耍赖啊,我念完书以后你就不能再像现在这样事事都干涉我了,干爷爷,你得给我做个见证。"

陈老笑着点头:"好。"

祁荣华脸色抽搐:"你把你老子我当什么了?我是那种言而无信的人?"

"那谁知道?"祁醒小声嘀咕了一句,最后说,"还有这段时间我要跟我朋友们聚餐告别,不会经常在家,你们不能反对。"

这次不等祁荣华说,王翠兰先答应下来:"好。"

上车前，王翠兰忽又叫住他们，把叶行洲单独叫过去说了几句话，祁醒站在叶行洲车边等，瞥见先一步上车的他爸在车中探头探脑，做贼一样盯着他妈和叶行洲的方向。

祁荣华似有所觉，目光落过来，对上祁醒，立刻板起脸正襟危坐回去。

祁醒有些好笑，叶行洲已经回来："走吧。"

祁醒："我妈跟你说了什么？"

叶行洲："没什么，回去再说。"

回去的时候下了雨，祁醒靠在座椅里看着车窗外雨雾朦胧的城市，莫名想起那个雨夜的慈善酒会，叶行洲离开前坐在车里最后看他的那个眼神，他到现在都能清晰记起。

哪里想得到叶行洲最后不是他的对头，而是他爸的对头。

"叶行洲，"祁醒的视线依旧落在车窗外，"你真要让我参股叶氏？"

叶行洲："嗯。"

片刻，祁醒才回头看他，眼神疑惑："你是脑子坏了吗？那可是你辛苦筹谋了十多年才得到的。"

雨刮器来回刮着前车玻璃，溅开的雨雾在叶行洲眼里模糊一片："有个能让我信任的人，挺好。"

祁醒瞬间就说不出话了。

叶行洲也没再说，继续专注开车。

他确实愿意把公司分担给祁醒，他是真正的孤家寡人，拥有的财富再多，都不过是一个数字，能有个可以交托信任的人让他心甘情愿送出东西，本身就是一种意义。

祁醒之前问他孤独吗，他的确很孤独，在遇到祁醒之前一直都是。他也并不是一直这么稳操胜券，他在商场上走的每一步都没有外人看到的那么容易，更别说让他无条件信任一个人。

祁醒："……那好吧，我答应就是了。"

叶行洲："嗯。"

之后半个月，祁醒照旧留在叶行洲这里，不是和以前的旧友聚餐喝酒，就是帮叶行洲处理一些工作上的事，偶尔一起喝两杯酒。本以为还要一段时间，没想到他要去读书的安排来得这么快，就在半个月后。

这一期课程的开学时间恰在五月底，有陈老的人帮忙，两个星期就帮他把所有手续都办理完毕，正好赶上了。

上飞机前一晚，祁醒才回去家里，要收拾一些行李。

其实也没什么好收拾的，去了那边有他爸安排的管家帮他打理日常起居，他只要安分守己地念书就行。

手机里不断有新消息进来，都是他以前的那些朋友，约他出去喝最后一顿酒，最后聚一下。祁醒兴致索然，散伙饭前两天已经吃了，这酒喝不喝的也就那样吧，杨开明那些人狗嘴里也吐不出什么象牙来，只会让他苟富贵勿相忘。祁醒支着脑袋想，他现在富贵是够富贵了，可惜马上得入苦海做苦行僧，前途一片黯淡无光。

叶行洲的消息进来时，祁醒刚去浴室冲了个澡回来。

"今晚别出去玩儿，在家好好休息。"

祁醒随手回复："我就算出去玩儿了，你也管不到吧。"

叶行洲今早飞去了京市出差，参加一个很重要的商业活动，后天才能回来。原本他打算安排下面的人代自己过去，祁醒知道后直接把人轰走了。

叶行洲不在也好，祁醒想着，他一点儿都不希望叶行洲来给他送机。

"去阳台看看。"看到这条，祁醒有些疑惑，推门走出阳台："看什么？"

他的房间正对着淮江，现在是晚上八点，正是两岸城市灯火最繁华的时候。

"抬头。"新的一条消息进来。

祁醒下意识抬眼看去。

八点整，江对面全城最高的那栋摩天大楼外闪烁的LED灯忽然浮起字幕。

祁醒愣住。

周围的背景灯光不断变换颜色，璀璨耀目。

连通客厅的阳台那头隐约传来王翠兰的感叹声："这又不知道是哪里的小年轻在烧钱。"

祁醒回神笑了，回复消息过去："你好土啊，这就不俗不可耐了吗？"

叶行洲："高兴点儿。"

好吧，祁醒想，这人是不是有读心术，这也能猜到他心情不好。

他拿起手机直接拨过去，只响了一声那边就接了："叶行洲，这个要亮到几点啊？"

叶行洲："十二点就熄灯了。"

祁醒："哦，你现在在哪里呢？"

"刚参加完一场酒会，在回去住处的路上。"

"哦，那下次见吧。"

下次就得等一年半以后了，叶行洲提醒他："不想我去送你，那就打起精神来。"

祁醒："你别来了。"

叶行洲："嗯，不去。"

第二十章　如故

飞机落地前，睡了一路的祁醒趴到舷窗边朝下看，云层下的城市轮廓已隐约可见。

叶行洲也曾在这个国家生活过好几年，因为这个，他心里的抵触又少了几分。

祁醒平平无奇的留学生活自这一天正式开始，算不上头悬梁，锥刺股，为了能早日拿到学位回去，他也确实很刻苦。

大概活了二十几年，一直在吃喝玩乐，如今终于到了发愤图强的时候。

每每深夜走出学校图书馆，又或是熬夜做小组作业写论文时，祁醒自己都不得不感叹，竞争性的友谊力量真伟大，他现在真的在上进。

他的同学来自世界各地，有如他这样的二代、N代，有自己创业成功的佼佼者，也有杰出卓越的行业精英，祁醒经常能在这些人的身上看到叶行洲的影子，但他们又通通不是叶行洲。

如果一定要说，叶行洲是独一无二的，无论是生意场上叱咤风云的他，还是曾经失控发疯又最终愿意忍让包容的他。

到这边的第三个月，祁醒已经逐渐开始适应了高强度的学习节奏，虽然会跟叶行洲和他爸妈抱怨太辛苦不想读，但他在课业上的表现很优异，考试成绩还能名列前茅。

叶行洲时不时地会在闲聊时点拨他几句，帮他打开思路，祁醒能咬牙坚持读下来，很大程度归功于叶行洲的鼓励。

某次视频通话快结束时，叶行洲忽然提醒他："你头发很长了，有空记得去理个发。"

祁醒对着镜头看了一眼，他的头发本来就不短，还带了点儿天生的自然卷，几个月没剪已经快到肩膀，都能扎起来了。

"难怪昨晚我跟同学去酒吧，看门的死活拦着我，非要查我的证件，看完之后还不相信，以为我是未成年。"

未成年就算了，还当他是个小姑娘，祁醒有的时候真怀疑他们的眼睛是不是有毛病，这都能看错？

"你还有空去酒吧？"叶行洲挑眉，十分会抓重点。

祁醒："正经酒吧，同学聚会，我都没喝两口酒，他们后来都笑我是未成年小姑娘，只给我饮料喝。"

叶行洲："看起来跟同学相处得不错。"

祁醒笑道："那有什么办法？总得结交点儿朋友，要不这一天天的不得闷死我。"

说完这句，他们同时沉默了一下，叶行洲先开口："时间过得挺快的。"

祁醒心想他一点儿都不觉得时间过得快，说是度日如年还差不多。

"闭嘴吧你。"祁醒半天才挤出这一句，手已经按到通话挂断键上了，挂视频前又提醒他，"明天记得收包裹。"

从英国寄来的包裹第二天准时送达叶行洲家中，是祁醒寄给叶行洲的生日礼物，一块手表，附赠一张字条。

"生日快乐。"

圣诞假期时，祁醒和几个同学一起去了周边的另一座城市游玩。

叶行洲在应酬结束后的回程车上，收到了他发来的照片，熟悉的红砖、红墙建筑和旁边的梧桐。

祁醒问他："你以前是不是在这座教学楼里上过课？"

叶行洲抬手松了松领带，在收到祁醒的消息的这一刻，喧嚣都被屏除在了他的世界之外。

"为什么去了这里？"

祁醒："就想来看看。"

叶行洲以前去过的地方，他刚好可以来看看。

回复完这条，祁醒让同学帮他跟那株梧桐和身后的红墙合影，照片拍得很好。

祁醒想，有的时候他还挺羡慕那位林老师，毕竟十几岁时的叶行洲，他从来没机会认识。但也感谢那位林老师，让他有机会认识现在的叶行洲。

他把刚拍下的照片发给叶行洲，决定下次有机会再拉叶行洲来拍张合照，或者等以后回去找找有没有叶行洲十几岁时的照片，修个图也可以。

照片中的祁醒眉目张扬，眼神明亮，叶行洲盯着看了片刻，回复他："拍得挺好。"

祁醒很高兴，他都不需要说，叶行洲肯定知道他在想什么。

叶行洲点开日历看了看时间，彻底放松下来。

圣诞之后很快就是过年，祁醒春节没假，他爸妈一起飞去英国陪他。

中午祁荣华就进了厨房，亲自准备起年夜饭，祁醒躲进房间里和叶行洲打电话，问他今年是不是又孤家寡人，一个人过年。

"在飞机上。"

叶行洲的回答出乎祁醒的意料："你在飞机上，飞去哪里？"

"去国外谈个生意。"叶行洲随口说道。

祁醒："今天吗？今天过年啊……"

叶行洲："所以是去国外谈，在国外就不用过年。"

祁醒没有问叶行洲去的是哪个国家："那你先休息吧，下了飞机再给我打电话。"

那之后一整个下午他都心神不定，不时看手机，一直到入夜。

叶行洲的电话打过来时，已经是晚上十点："祁醒。"

"你在哪儿啊？"祁醒开口就问。

叶行洲轻声笑道："新年快乐，去窗边看看。"

祁醒快步走去窗边，抬头的刹那，远处山上蓦地有礼花弹冲天而起，在墨色夜空下绚烂炸开。

烟火璀璨，如流星闪耀，如银河倾泻。

祁醒足足愣了半分钟，电话那头的人问："怎么样？"

祁醒："你安排的？"

叶行洲："嗯。"

祁醒深吸一口气："……你在哪里？"

"别问了，"叶行洲提醒他，"不想坚持了这么久最后白费，就别问。"

祁醒无言，山上的烟花雨仍在继续，斑斓色彩映进祁醒的眼瞳里，他激荡起伏的情绪逐渐平复："这次又会放到几点？"

叶行洲："凌晨一点，规定只能放到这么晚。"

祁醒笑了："你真是来跟人谈生意的吗？别是特地就为了来给我放一场烟花的吧？"

"都是。"

"叶行洲，我以前觉得你没有人情温度，看来是我的错。"

"嗯。"

"再接再厉。"

再冷酷无情的人，一旦觉得有些事有了意义，都会改弦易辙。

"我怎么觉得，你比以前温和了？"祁醒想了想，应该是从他出来念书以后，叶行洲终于不再一直跟他较劲。

"今天高兴了吗？"叶行洲问道。

听到这句，祁醒忽然就明白过来，叶行洲做的这些，都是为了让他在这里的这一年半，能过得开心、高兴。

"嗯，这个，"他盯着那还在持续绽放的盛大烟花，眼眸中浮起笑，"是还挺高兴的。"

即便不能见面，但他们站在同一片夜空下，看了同一场烟花。在这一刻，他终于释怀。

祁醒的微信消息进来时，叶行洲正在淮城的证券交易所出席星能科技的上市敲钟仪式。

"我爸今天给你好脸色了吗？"

台上的星能创始人在发表致辞，叶行洲闲适地靠在座椅里，顺手回复："勉勉强强。"

祁醒："你带他投资的项目给他赚了这么多钱，还只是勉勉强强啊？"

星能科技在经过多轮融资后今天正式挂牌上市，资本市场一片看好，投资回报率未来可期。祁荣华满意归满意，但要他因此就把叶行洲当自己人，那也没门儿。

祁荣华其实就坐在他身边的位置，除了刚坐下时皮笑肉不笑地打了个招呼，颇有些不尴不尬。当然，是祁荣华单方面的。

叶行洲倒是很自在，跟祁醒来来回回地发消息，也没特地避着他。

仪式结束时，叶行洲主动叫住祁荣华，对他说道："祁叔，下周祁醒的毕业典礼，我打算去参加。"

他的语气并非询问，而是已经做出了决定，告知祁荣华一声而已。

祁荣华冷哼："不许提前去。"

叶行洲："好。"

眼不见心不烦，他老人家没心情再留在这里跟叶行洲扯淡，直接走人了。

车上，祁荣华别扭地问起自己的助理："你刚看到跟叶行洲一起来的那个下属没？那么年轻，凭什么被他带在身边？"

助理："……那好像是叶少秘书的助理，叶少用人看重能力。"

祁荣华泄了气，靠在座椅里。

助理回头看他一眼，犹豫之后又说："听说前两天叶氏跟潮海集团达成了战略合作协议，应该很快就会对外公布这个消息。"

祁荣华一听就皱了眉："潮海？那不是做实业为主的企业？叶氏跟他们合

作？"

不过这都不是重点，重点是这个潮海集团之前跟博顺有深度合作，林鸿飞被证监会和公安带走调查后直接进去了，博顺也垮了，潮海受牵连颇多，差点儿资金周转不灵跟着破产，求到叶氏头上，叶行洲没搭理，虽说最后挺过来了，但据说家里还因此出了人命，说是跟叶行洲仇恨不共戴天都不为过。

所以祁荣华一直觉得，叶行洲就是个麻烦精，得罪的人实在太多了，到处都是仇家，但是现在叶氏竟要跟潮海合作了？

助理说："潮海前段时间不是董事会大换血吗？就是他们内部斗争的结果。叶少应该从一开始打的主意就不只是博顺，还有潮海，但是潮海之前的那位掌权人似乎比较倨傲，据说去求叶氏还不肯放低姿态让利，叶少干脆支持了他们公司其他人夺权，这次潮海的内斗叶少应该出了不少力，所以新任掌权人一上位就跟叶氏合作了。"

祁荣华十分无语，他满以为叶行洲会改一下行事作风，结果这一年多他非但没有，反而变本加厉。以前在人前还会装一装，现在则干脆摆明了顺我者昌，逆我者亡的态度，外加玩儿一手转移仇恨，比如潮海，把对他的仇变成对方的内部矛盾，让他们自己慢慢斗去，就是他解决问题的办法。

这种事叶行洲还不是第一回做，祁荣华其实一直在关注他的各种消息，叶行洲今天斗这个，明天整那个，如今非但叶氏人人怕他，他还俨然成了淮城一霸，比当年他爸还有过之无不及，叫祁荣华每每听到都忍不住心惊。

之前他还曾忧心忡忡地跑去陈老那里告状，陈老听完却反而笑了，说："虽然忍耐、退让、低调做事是大多数人的成功之道，但真有本事反其道行之，高调到让绝大多数人都愿意奉承他，剩下的人即使不服也惧怕他，那也未尝不可。"

祁荣华心想您老当年可不是这么跟我说的，他有种自己在陈老这里被叶行洲那小子比下去了的不快，想想还是算了，他一把年纪了，不兴玩儿暴君那一套。

最后祁荣华无力地冲助理挥了挥手："罢了，随他去吧。"

大约那小子确实有这个本事，能做到他当年做不到的事，他看着就是。

下午工作结束后，叶行洲去了一趟医院，他那位大伯前两天中风了，人还在医院躺着。

病房里吵吵嚷嚷挤了一堆人，都是叶家的亲戚，已经为分遗产的事情吵上了，明明病床上的人还吊着一口气。

叶行洲进门，一病房的人才同时噤声，各怀心思小心翼翼地看向他。

叶行洲如今在叶家就是个活阎王，叶家没有人不怕他。

他走进去，谁都没搭理，先到床边看了一眼他那位大伯，人是醒的，但眼斜嘴歪，口水都兜不住，也说不出话，只能从喉咙里发出啊啊啊的声音，不知道在表达什么,当然,也根本没人在意。

叶行洲依旧对这位大伯没兴趣,坐进沙发里,傲慢地抬起下巴,冲病床边大伯的长子、他的大堂兄示意:"我之前的提议,你跟他们说了没有?考虑得怎么样?"

病房里的人神色各异,谁都没先开口。

这位大伯是叶家家族基金会的理事长,叶家一大家子人绝大多数是连公司干股都没有的,就靠每个月从家族基金会里领生活费。叶大伯能在叶家掌握话语权,就是因为这个。但这位就是年纪大点儿,姿态高点儿,能力实在有限,基金会在他手里这些年,别说资产财富增长,甚至已经快入不敷出了。

现在他人倒下了,基金会得由别的人接手,叶行洲只给出两条路让他们选,一是注销这个基金会,剩下的资产大家分一分拉倒,二是基金会他接手另外找人打理,以后每个人领到手的钱有多少他保证不了,也可能没有。

叶家人当然不愿意,他们更想把基金会的钱拿到手,但叶行洲不会给他们这个机会。

这个基金会叶行洲根本不在意,叶家这些米虫在公司里的股份已经被他用各种方法稀释得所剩无几了,让这些人每个月躺着拿点儿钱确实影响不了他什么,他只是厌恶"叶家"这个称呼而已,家族基金会一旦没了,这些人很快就会成为一盘散沙,从此叶家也将在淮城不复存在。

说是二选一,他只会给他们唯一的可选项。

"叶万耀在美国的监狱里跟人斗殴死了,你知道这事吗?"有人壮着胆子问了一句。

叶行洲淡漠地抬眼:"是吗?"

他的语气、神态都是极其冷漠的,叫人瞧不出任何端倪。他知不知道,知道多少,没有谁敢下定论。

但越是这样捉摸不透,越叫人胆战心惊,甚至恐惧,叶万耀的前例摆在这里,敢得罪叶行洲,这就是下场。

从医院出来,外头下了雨,天灰蒙蒙的一片。

淋漓不尽的雨让人心生厌烦,直到祁醒的微信消息进来:"我起来了。"

叶行洲回复:"昨晚又熬夜了,这才睡了几个小时?"

祁醒:"你别管。"

原本还打算去公司一趟的叶行洲直接回了家,进门便拨通了视频电话。祁醒慢吞吞地接了,脸贴到了镜头前,蔫头耷脑地喊他:"有什么事?"

叶行洲:"论文答辩都过了,怎么还这么一副无精打采的模样?"

"别提了,本来都以为解放了,昨晚教授连夜发邮件,说后天要举办最后一场论坛活动，让我们分组自行定主题，还要新颖，有创意，我想不到。"

祁醒郁闷得几乎要用脸滚键盘，叶行洲却笑了。

"你笑什么？"祁醒怒而瞪他。

叶行洲："没什么，你前两天不是还说自己实习、考试成绩和论文都优秀，天下无敌了，怎么一个活动主题而已，又难倒你了？"

"我还不能跟你吹吹牛吗？"祁醒哼道，"我想到了，干脆主题就叫《论标榜现象在现代企业文化中的传承和传播》好了。"

叶行洲："随你。"

祁醒："你就是故意看我笑话吧。"

叶行洲："要我帮你？"

"不用了，"祁醒的脸凑近了镜头，"我自己想吧，这是最后一次了。叶行洲，我爸今天跟你说什么了？"

"没说几句话，我跟他提了下周去参加你的毕业典礼，他同意了。"叶行洲说道。

祁醒有些怀疑，他爸能这么好说话？不过叶行洲可以过来就行。

出发去英国的前两天，叶行洲主动联系祁荣华，邀请他们夫妻搭乘自己的私人飞机一起过去。

祁荣华不太乐意，王翠兰先答应下来，在祁荣华皱眉时开口便说："那不然你让你儿子跑两趟飞机场去接人？"

祁荣华："他就不能只去一趟？"

王翠兰："你觉得他会更想去接我们还是接叶行洲？"

祁荣华被噎住了，说儿子肯定想去接他，他还真没这个自信。

不就是私人飞机吗？他又不是买不起，回头他自己也去买一架给祁醒。

怀着这种别扭心思，他们夫妻二人到底和叶行洲一起飞去了英国，一路上不说相谈甚欢，有王翠兰在，气氛还算过得去，只谈公事，祁荣华和叶行洲其实还挺有共同话题。

飞机落地是当地时间的傍晚，祁醒提前半个小时就到机场了，接机的时间里，他断断续续地玩儿手机，不时地停下发呆。

虽然几乎每天都在线上聊天，但一年半没见，他竟然有些紧张，想着一会儿见了叶行洲第一句要说点儿什么时，管家提醒他："他们出来了。"

祁醒下意识站起身，抬眼看去，他空白一片的脑子里在这一瞬间全然忘了思考。

回神时，祁醒已向着叶行洲和他爸妈的方向飞奔过去，他挺意外三个人能一起来参加他的毕业典礼的。

祁醒拖长声音才跟叶行洲寒暄两句，祁荣华用力咳嗽了一声，叶行洲侧头低声笑，祁醒讪讪地转身跟他爸妈打招呼。

祁荣华一脸不爽的表情，王翠兰倒是笑得很开心："走吧，先回去再说。"

因为人多，回去的时候分坐两辆车，祁醒和叶行洲晚一步上车。看着他爸妈的车开出去后，他松了一口气，走到叶行洲面前，仔细地打量着这个人的脸："你好像没什么变化。"

叶行洲抬手捋了一下他乱糟糟的头发："你也一样。"

一定要说有什么变化，至少祁醒觉得，自己比以前稳重了不少。

回到住处以后，他爸妈忙着问祁醒生活过得怎么样，祁醒下意识地将目光落向窗外，这栋别墅是他来这里念书前他爸特地购置的，他的房间在二楼，窗外楼下是个院子，外围一圈都是灌木，院子处于斜坡道路的上方。

他看到沙发对面的叶行洲，忽然想到如果年三十那天叶行洲的车就停在院子外斜坡下沉处，被灌木遮挡视线，他确实看不到，更何况那时他的注意力全在前方山上的烟花海，完全没有看其他。

祁荣华夫妻上楼休息以后，祁醒隐约懊恼地问叶行洲："除夕夜你是不是来过这儿？"

"嗯。"叶行洲点头回答。

"你在外面，根本看不到我吧。"

叶行洲："嗯。"

祁醒："那你当时，在这里待了多久？"

叶行洲："一整夜。"

他在这里等了一整夜，一直到第二天祁醒出门上学，车开出去时，才从半降下的后车窗外，瞥见了一个模糊的侧脸。

然后，那一整天他跟着祁醒上学，去图书馆，始终没有现身。

十点半，祁醒洗完澡回到客厅时，叶行洲随意地站在窗台前，正在抽烟看窗外的夜景。

听到脚步声，叶行洲回头望去，祁醒走上前问道："你的烟瘾是不是比以前又大了？"

有一段时间叶行洲抽烟抽得少了些，现在一年多没见，他似乎又跟以前一样了。

叶行洲："以后会注意。"

说是这么说，他却没有掐了烟的意思，这房间里也没有烟灰缸，一会儿还得去外头。

祁醒依旧盯着他的脸，他的下巴上有冒头的青色胡楂，从这个角度看，吞云吐雾中的叶行洲模样确实有些不一样。

"你是只能靠香烟续命？"

原本只是一句玩笑话，叶行洲却轻易承认了："嗯。"

祁醒嘴角的笑意一滞，不知该怎么接话。最后，祁醒叹了一口气，半天才郁闷地说："回去我搬出去住吧。"

"我帮你搬家。"

祁醒的毕业典礼结束后回国已经是十二月下旬了，他爸给他放了半个月的假，让他元旦过后再去公司上班，正好趁着这段时间，他可以把搬家的事情搞定。

搬家是祁醒主动提出的，要搬去叶行洲那边住，他参股叶氏毕竟不能真的躺着拿分红。当时祁荣华青着脸半天没吱声，大概没想到儿子留学回来不是先回自己家的公司，而是要帮别人打工。

王翠兰先答应下来："既然之前说好了，我们也不能出尔反尔。"

想出尔反尔的祁荣华一脸讪然，但拉不下面子，坚持说："搬家可以，你不能住他家去，我们家是买不起房吗？我给你买套房。"

祁醒对此无所谓，住哪儿不都一样？

新房离他家不远，祁荣华特地给买的别墅，小区环境、地理位置比叶行洲家好，别墅面积、均价也在叶行洲那套之上，陈老知道后笑言这老小子分明是存了攀比的心思，让祁醒高兴接受就行。

祁醒确实还挺高兴的，他爸攀比的方式如果是这种，那还挺好的。

搬家以后，祁醒每周末会回去陪家长吃顿饭，叶行洲要是有空，也会跟着一起去。祁荣华虽然面上哼哼唧唧的，对叶行洲的态度其实越来越好了。

别说他儿子现在还挺争气，回国后，不仅在叶氏做得得心应手，重回荣华资本直接进了核心部门，在董事会跟班学习，做起正事来有模有样，俨然一个合格的二代继承人。外头人说起来总要称赞一句"虎父无犬子"，让祁荣华老怀安慰，倍有面子，深觉再过个几年，自己就能退休，安度晚年。

"我爸就是太看得起我了，竟然说还要给我加任务，我今天一下班就跑了。"

祁醒瘫坐在叶行洲办公室的沙发里，由衷感叹："还是做米虫轻松。"

叶行洲批示完最后一份文件，抬目冲他说道："真不想做就停下来休息，等想做的时候再做。"

祁醒："那你帮我吗？"

叶行洲笑了一声："可以。"

祁醒从沙发上爬起，笑嘻嘻地趴到办公桌上："叶行洲，现在我们是一条船上的了吧？"

叶行洲搁下笔，仰身靠在座椅里，长腿交叠起来看向他。

祁醒挑眉："我说得不对？"

叶行洲："嗯。"

祁醒伸手，指指点点："总有一天我会比你有本事。"

叶行洲点头，从善如流地说道："拭目以待。晚上有个商务酒会，要不要一起去？"

祁醒瞬间被转移注意力："商务酒会？不去。"他最讨厌这种无聊的应酬。

叶行洲："那你先回家。"

祁醒忽然觉得回家早也无聊："好吧，我跟你一起去就是了。"

酒会现场，祁荣华刚跟人应酬寒暄完，回头听到别人说到叶氏，便竖起耳朵多听了几句。

无非是叶氏最近又并购了什么公司，叶行洲做事太雷厉风行，用的手段也激烈，别家都还在观望阶段，他就已经先动手了，半点儿不讲江湖道义。

当然了，做生意这事本来就没什么江湖道义可言，只不过叶行洲向来作风强势，寸步不让，尽人皆知，偏偏他次次都能如愿以偿，免不得要让人背后议论。

祁荣华听着他们七嘴八舌，你一言我一语，听似吹捧的话，实则酸气冲天，不由得撇嘴。

"他能给得起别人给不起的价格，当然他会赢，生意上的事情还讲什么先来后到，那不都是谁有钱谁说了算？你们这话听着怎么跟他白捡了个天大的便宜一样。"祁荣华笑着插进声音，语气像是调侃，却让别人不好意思反驳。

谁都没想到他会突然这么说，他这笑容满面的模样也看不出是有意帮叶行洲说话，还是就事论事。

有人笑着打趣他："祁董看起来跟那位叶少交情确实不错，你们公司投资的星能科技这段时间可是大赚了一笔，听说还是叶少当初特地给祁董送上门的生意，这可叫我们眼红，以后要是还有这样的好项目，还得仰仗祁董和叶少也让我们有份分一杯羹。"

祁荣华心里暗骂你个老王八，一边讽刺老子捧叶行洲那小子的臭脚，一边还眼馋艳羡老子有钱赚，想要沾老子的光，美得你！

他皮笑肉不笑："那不都是他应该做的？"

祁醒跟着叶行洲在酒会开始之后才过来，一进门就看到了正跟人谈笑风生的老爹。

"叶行洲你个浑蛋，你之前没说我爸也会来。"祁醒已经想转身走人了。

叶行洲倒是很淡定："我以为你之前知道。"

祁醒根本不知道，他一下班就跑了。

"走吧，过去打个招呼。"叶行洲推着他往前走。

祁醒干笑，他不跟他爸来，反而跟叶行洲一起来，他都能想象一会儿他爸是什么表情了。

叶行洲一出现，便陆续有人过来跟他打招呼寒暄，大多数人都不知道祁醒是谁——毕竟他很少出现在这种场合，从前即使在陈老的生日宴上见过，那也都是两年多前的事情了，记得他模样的人根本没几个。

叶行洲刚要开口介绍祁醒的身份，人群之后祁荣华忽然喊了一声："祁醒！"

祁醒缩了一下脖子，小声跟叶行洲说了句"我去去就来"，快步去了他爸那边。惊讶的人不少，叶行洲没有解释的意思，自若地跟人聊起其他的。

祁荣华把祁醒叫到一边，要不是大庭广众下，他就要揪这小子的耳朵了："你来这里为什么不跟我说一声？"

祁醒心虚："这又不是什么不三不四的场合，商务酒会我为什么不能来……"

"没说你不能来，"祁荣华气道，压着声音教训他，"是你不该这样跟着叶行洲来，你没看到刚才那些人看你的眼神？"

祁荣华实在忍不住，一巴掌拍上他的后脑勺："你个小兔崽子，你是故意想气死我是不是？"

"不说了，"祁醒讨饶，"我来都来了，那爸你不能让我走吧。"

祁荣华："你跟着我，不许乱跑。"

之后一整场酒会，祁醒被迫跟在祁荣华身边，到处跟人应酬打交道，敬酒或是被敬酒，听别人夸他，顺便吹捧他爸，默默在心底翻白眼，第一万次后悔今晚他就不该来。

最后是叶行洲主动走到他们身边，叫了祁荣华一句："祁叔。"

祁荣华从鼻孔里蹦出一个"嗯"，对他有些爱答不理，大约是不满他今晚自作主张叫祁醒过来。

周围看热闹的人不少，叶行洲看了一眼多喝了两杯酒的祁醒，说："不早了，我顺路送祁醒回去。"

他来酒会这一趟是为了结识一位国外来的投资商，目的已经达成，没必要继续待在这里。

祁荣华皱眉，祁醒已经放下酒杯，动作极快地挪到叶行洲那边："爸，我走了啊。"

祁荣华暗骂：小兔崽子。

坐上车，祁醒闭眼说道："我就不该来这里。"

叶行洲轻声笑道："送你回去。"

夜色更深时，祁醒在楼上房间外的露台上看月亮，酒不能喝了，便咬了一支烟在嘴里，有一搭没一搭地抽。

楼下院子里种了一株矮树，树梢延伸到露台前方，不知几时爬上来了一只野猫，正和他大眼瞪小眼。

野猫是一只黑猫，浅绿色的眼睛像玻璃珠子一样，很漂亮。

祁醒来了兴致，咬着烟含糊地喊道："小家伙，你从哪里来的？过来。"

野猫喵喵叫了两声，突然顺着树梢爬上去消失了。

"喂——"怎么就跑了？

祁醒回头，看到叶行洲走过来，皱眉说道："肯定是你，把猫吓跑了。"

叶行洲嘴里也叼着烟，抽了两口问道："为什么是我？"

祁醒："当然是你，黑面煞神，猫看了你就跑了。"

叶行洲随手弹了弹烟灰："何以见得？"

祁醒："难道不是？"

叶行洲："你不就没跑？"

祁醒："我又不是猫！"

叶行洲嗤笑了一声，转开眼睛继续抽烟，心情颇好地欣赏夜景。

祁醒凑近过去："你给我说清楚，你什么意思啊？"

叶行洲的视线落向他，祁醒瞪着眼睛张牙舞爪的模样，确实像极了猫。

他终于慢悠悠地开口："以前养过一只猫。"

这是第一回，叶行洲跟人提起从前在孤儿院养过的那只野猫，不咸不淡地说着往事，没有过多的情绪外露。

祁醒听罢，眉头紧蹙："什么人啊，孤儿院的小孩，竟然也这么坏，一只猫而已，都不肯放过。"

叶行洲没再作声，祁醒不知道，弱势之人一旦心理失衡，便会以欺负更弱小的生物为乐，这就是人性的恶处。

他也是个恶人，是祁醒的出现给他套上了一副枷锁，才让他站在了祁醒为他划定的底线之上。

祁醒嘀咕了几句，忽然想到什么，垮了脸："原来我是你那只猫的替身啊？"

叶行洲的嘴里仍咬着烟，烟头上的火光明灭，映在他烟雾背后的那双眼睛里，然后他笑了，嘴角上扬："你觉得你是？"

祁醒很郁闷，他怎么就沦落到变成一只猫的替身的地步了？

祁醒没话说了，大约也觉得自己怪逗的，才让叶行洲有机会笑他。

露台外，晚春初夏的夜风拂过树梢，也拂进了心底。

祁醒感受到晚风和夜景的曼妙，终于高兴了。

"我去睡觉了,说不定能梦到你的那只猫。"

叶行洲垂目看着他,神情逐渐温和:"晚安。"

番外一 往事

从冰激凌店出来,祁醒左右手各拿着一支不同口味的甜筒,趁着爸妈不在,好吃个痛快。

他站在路边舔冰激凌,等家里的司机来接,因为没来过这边,好奇地打量着四周路过的学生。

这一片是学校的高中部,刚到放学的时间,到处是高中学生,他这个小学生为了这一口吃的,特地绕了两条街过来。

天热得厉害,小朋友摇头晃脑,觉得没什么意思,视线无聊地四处扫过时,注意到了前边不远处的另一个人。

高中生,男生,倚在自行车边低头看手机,脸上冷冰冰的,没什么表情。

祁醒大大咧咧地盯着人看,心里想的却是,这个大哥哥可真帅气。

不像其他那些满身臭汗,动辄想秀拳头恐吓人的男生,面前这个大哥哥干干净净,长得跟他看过的那些漫画里走出来的人一样,连头发丝都在发光。

小朋友半点儿没有小学生跟高中生没法做朋友的自觉,举着甜筒迈步走了过去。

"大哥哥——"

听到拖长的清脆童声,叶行洲抬眼,面前是个十来岁的小孩,正笑容灿烂地看着他:"大哥哥,我能跟你做朋友吗?"

叶行洲微不可察地蹙起眉,神情仍是冷的,没有出声。

小朋友把手中的冰激凌举到他面前:"请你吃这个,草莓味的。"

叶行洲的视线落到那已有些化了的冰激凌上,顿了一下。

这小孩不知道从哪里冒出来的,说不定又是受谁指使的一出恶作剧,叶行洲从来不觉得小孩子就一定天真无邪，至少他自己就从没有过天真无邪的时候。

尤其面前这个小孩，长得倒跟个瓷娃娃一样，但一脸乖张，谁知道是不是个小恶魔。

见这位大哥哥盯着自己的冰激凌不动，祁醒以为他是想吃但不好意思，热情地又把冰激凌往前递了一些，见对方仍是不动，干脆直接塞他手里去了："给你。"

手无意间相碰时，叶行洲眼里有转瞬即逝的不耐烦，眉头蹙得更紧。奶油流到手指上，让他心生厌恶，阴着脸将冰激凌丢进了一旁的垃圾桶。

"离我远点儿。"叶行洲的语气凶恶。

小朋友愣住，难以置信地瞪大眼睛："你怎么扔了？你这个大坏蛋，不要就算了，为什么要扔了？你还凶我，你凶什么凶？有什么了不起？你赔我的冰激凌！"

果然还是讨人厌的男生！

林知年从书店出来，看到叶行洲脸色不悦地低着头正拿纸巾擦手。他的面前站着一个穿着小学生校服的男孩，红着眼睛气呼呼地瞪着他，嚷着要他赔冰激凌，但叶行洲根本不理会。

这一幕让林知年有些摸不着头脑，叫了叶行洲一声，叶行洲瞥了他一眼，跨上自行车："走吧。"

他先骑车出去，祁醒一看人跑了，更生气："你不许跑，你欺负小孩子，你浑蛋！"

他追了几步，当然追不上，气喘吁吁地跺着脚停了下来。

林知年看了他好几眼，最终没说什么，骑车跟了上去。

这事让小朋友生了几个小时的闷气，然后就忘了。

再见到那长得好看，但讨人厌的男高中生是在一个星期后，他嘴馋放学后又绕路去高中部那边买零食。走近道穿过街心公园时，碰巧撞见一伙高中生在吵架。

祁醒天性爱看热闹，又不怕事，别人碰到这种场面一定会远离，他却叼着棒棒糖站在一旁围观起来。

七八个人围着一个人，被欺负的那个人却很厉害，脸上虽然挂了彩，但还没怎么落下风。

祁醒一眼认出来，被打的那个就是上次扔了他冰激凌的坏蛋，他有些幸灾乐祸，看热闹更加起劲儿。

小朋友吃完棒棒糖，觉得再这样下去，这个讨人厌的坏蛋大概要破相，眼珠子一转大喊了一声："警察叔叔，这里有人在打架！"

就要敲上叶行洲后脑的棍子一顿，被叶行洲反手抢去。

七八双眼睛同时落过来，祁醒大声冲着灌木后的方向喊"警察叔叔来这里！他们还在打！"

那些围攻叶行洲的混混交换眼神，被灌木和矮树挡住了视线，一时不知道祁醒说的是真是假，到底心虚，犹豫了几秒，爬起身往另一个方向撤了，转瞬跑没了人影。

警察当然没有过来，小朋友绕过灌木丛走上前，仰头把手伸向叶行洲，气势汹汹地说："你赔我冰激凌！"

叶行洲根本不理睬他，捡起先前扔在地上的书包和校服，随手往一侧肩膀一甩，抬脚便走。

"大坏蛋！"祁醒大怒，他就不该救这个坏蛋，让他被打破相最好！

叶行洲全无反应，扬长而去。

某天祁醒闲来无事，从叶行洲的旧书里翻出一张已经泛黄的高中毕业集体照，最后一排最边上，个子最高，脸最冷，但也最帅的那个，除了叶行洲不会有别人。

他盯着照片里略显青涩却依旧冷着脸的叶行洲看了片刻，忽然"咦"了一声："我以前是不是见过你？"

叶行洲抬眼，祁醒看看他，又低头看看照片，高中时期的叶行洲头发更短，皮肤更白，模样其实没变多少，但要不是看到他身上这身校服，祁醒早忘了自己小时候统共也就只见过那么两回的一个浑蛋。

"我上小学时，有一次在高中部校门口买冰激凌，看到一个挺帅的哥哥，本来想请他吃，结果他非但不领情，把我的冰激凌扔了，还凶我。"祁醒声音幽幽地说。

叶行洲神色淡定："嗯。"

祁醒："后来我碰到他被人拦在公园里欺负，我把揍他的人吓唬走了，他还是不理我，连句'谢谢'都没说就走人了，这种浑蛋，我是不是就不该多管闲事，让他被人揍一顿拉倒？"

叶行洲依旧点头："嗯。"

祁醒诧异，那人竟然是叶行洲？竟然真的是叶行洲？

"你是不是早就知道了？"

叶行洲确实知道，但也不算早，之前有一次去祁醒爸妈家吃饭，他妈妈拿祁醒小时候的照片给他看，他只翻了几张就想起来了，当时那个嚣张又嘚瑟的小孩，原来就是祁醒。

世事往往就是这么奇妙，原来他们真的在很早以前就见过，虽然不是什么特别好的回忆。

祁醒一看他这副等同默认的态度就不高兴，揪住他的领子说道："你说你这个人怎么这么讨厌？别人向你示好你不领情就算了，还摆一副臭脸，难怪你没朋友。"

叶行洲戏谑地问："你那是在向我示好？"

"那不然呢？"祁醒生气地戳他，"我夸你长得帅，想跟你做朋友，还送你冰激凌，不是示好是什么？"

叶行洲："从小就会油嘴滑舌，送的冰激凌还是快化了的，你那叫示好？"

祁醒："……小孩子说的真心话怎么就是油嘴滑舌了？化了的冰激凌怎么了？那不也是冰激凌，对个小学生你要求怎么那么多？"

叶行洲难得笑出了声音。

祁醒怒目而视："你笑什么？"

"没什么，"叶行洲打量着他，慢条斯理地说，"你小时候长得确实挺可爱。"

祁醒还是不痛快，既然可爱，叶行洲还凶他，要是叶行洲当时态度好点儿，他们不早交上朋友了？

"祁醒，"叶行洲一眼看穿他的心思，提醒他，"高中生不会跟小学生交朋友，你是在强人所难。"

原来在他最孤立无援的那段日子里，祁醒就已经出现过，还帮过他。

番外二 成为猫

祁醒一睁开眼就发现了不对劲，视角不对，原本抬眼就能看到的那些东西消失在视线范围之内，他迷迷糊糊地以为自己没睡醒，伸手想去摸床头柜上的手机，爪子伸出去时忽地一怔。

的确是爪子，他的手变成了一只毛茸茸的猫爪，黑色的猫毛包裹起粉嫩的爪心，突兀地出现在他眼前。

一定是他睁开眼的方式不对。

几分钟后，因为不适应手脚并用的走路姿势，他四脚朝天地从床上直接摔到地板上，天旋地转半天才缓过劲儿。

艰难地挪到落地镜前，祁醒和镜中的黑猫大眼瞪小眼。

通体黝黑，浅绿色的眼睛，跟他前几天看到的，爬上院子里那棵树上的野猫一模一样。

祁醒眼前一黑，瞪着镜子里的猫足足五分钟，终于不得不接受事实，猫就是他，他就是猫，他真的变成了一只猫。

祁醒想说话，发出的声音却是猫的叫声。

他立刻闭上嘴，恨不能当场死一死算了。

叶行洲回来时，小野猫已经把家拆了。

桌椅橱柜东倒西歪，碎瓷器、碎玻璃，一地狼藉，高档真皮沙发上全是猫爪子弄出来的抓痕，已经彻底不能看了。

叶行洲蹙眉，视线扫过，发现了躲进餐桌下的猫，小野猫正暴躁地摇着尾巴原地打转，气急败坏。

祁醒听到脚步声，从桌子下钻出来，努力抬头，依旧看不清叶行洲的脸，他更加抓狂，扑上去爪子往叶行洲裤腿上挠。

叶行洲捏着小野猫的后颈把他拎起来，祁醒惊慌失措，四肢不断扑腾，和叶行洲目光对上，泪眼汪汪地看向他。

叶行洲极其少见地愣住了。

五分钟后，被放回地上的祁醒咬着叶行洲的裤脚，把他拖去书房的电脑前，用爪子艰难地按下了启动键。

叶行洲眉头紧蹙，看着他的动作，这只小野猫试图跳上桌，但或许是不习惯这具身体，别说上桌了，连椅子他都跳不上去，急得不停地喵喵叫。

叶行洲大约从他焦躁的情绪里读懂了他的心思，弯腰把他抱上了桌子。

祁醒扑到电脑屏幕前，试图滚动鼠标，奈何这猫爪子根本抓不稳，光标在电脑屏幕上乱窜，他急得差点儿把鼠标也拆了。

叶行洲快速点开了一个记事本，放大页面，并且调大了字体。

祁醒的爪子搭上键盘，艰难地一个键一个键按下去，打出一行字。

"我是祁醒，救命！"

叶行洲的脸色有些难看，紧锁的眉头未松。

由不得他不信，他刚才去看了，祁醒的手机还在房间的床头柜上，人却不见了。

比起暴躁无措的祁醒，叶行洲还算镇定，问他："怎么变成这样的？"

祁醒继续打字："不知道，醒来就这样了。"

他只是睡了个午觉，外头风和日丽，没有任何天降异象，他怎么就变成了一只猫呢？

叶行洲把小野猫抱起来："走吧，我带你去找人问问。"

叶行洲带着祁醒去问了一圈，听了各种猜测和说法，能尝试的办法都试了，折腾来折腾去却半点儿用没有，祁醒每晚闭眼前许愿自己醒了变回人，第二天睁开眼他依旧是只猫。

老天爷跟他开了个天大的玩笑，而且似乎不打算结束。

但变成了猫，日子还得过下去，也不能真的就一头撞死，指望下辈子投胎重新做人吧。

适应了几天，祁醒很快熟练掌控了自己这具变成猫的身体，不但不会再走三步摔一跤，还能灵活地蹦上跳下，变成猫大概也就这点儿好处了。

叶行洲给他买了猫窝、猫架、猫砂盆、猫玩具等一堆东西，当真有把他当猫养的架势。祁醒内心是拒绝的，但他人心猫身，那些属于猫的习性不自觉地就会展露出来，到底别别扭扭接受了这些东西。

他还吃起了猫粮，因为吃了一顿人类的饭菜上吐下泻，被送进宠物医院后，不得不面对现实，猫粮什么的，其实还挺香的，吃吃就习惯了。

祁醒有时候觉得，叶行洲对他变成猫这回事，似乎接受得颇为良好，除了第一天时有一点儿惊讶，在他还郁闷自闭的时候，这人已经能镇定地带着他出门，兴致勃勃地挑选、购买小猫咪需要用的各种东西。

甚至他因为变不回人，感到心灰意冷时，叶行洲都没流露出过多的情绪起伏。

他果然是猫的替身吧，祁醒想，他现在变成猫了正合叶行洲心意，所以他才这么淡定。

但他也只能生生闷气，毕竟他现在连话都没法说，总是靠键盘敲字他爪子疼还累得慌，不乐意。

好在大多数时候不需要他动，一个眼神叶行洲就能领会他的意思，满足他的需求。

时间长了，祁醒似乎越来越适应成为一只猫的生活，甚至连心性都在逐渐变化。

高兴时，他会冲着叶行洲露出肚皮打滚，生气了他也会炸毛，会故意躲起来，会咬叶行洲，甚至做出一些幼稚的报复行为，打翻叶行洲的咖啡杯，挠坏他的衣服，在他工作时捣乱，给他添麻烦。

祁醒总觉得，有一天他或许会失去作为人的本性，彻底变成一只猫，他害怕、恐惧，但不想告诉叶行洲，只能憋在心里跟自己怄气。

有时他们相顾无言，叶行洲专注工作，他窝在一旁发呆，便忍不住想，要是他一直变不回去，叶行洲会不会为他伤心难过？

他变成了猫，脑袋似乎转得越来越慢了，叶行洲到底在想什么，他看不透，更猜不明白。

就这样过了好几年，连他爸妈都慢慢接受了现实，让叶行洲好好养着他，时不时地过来看看，绝口不再提从前。

祁醒自己甚至也快忘了，以前做人是什么感觉，恍惚间便以为，他好像生来就是一只猫。

那一次他生日，饱餐了一顿最喜欢的口味的猫粮，还得到了比平常多一倍的炸小鱼干，小猫难得开怀，竖起的尾巴不停地摇来晃去。

他餍足地舔着嘴抬头时，却愣住了，叶行洲闭眼靠在沙发里，眉头紧蹙着，手边酒杯里还有喝剩下的半杯红酒，他人却像是喝醉了，疲惫不堪。

他越来越迟钝的脑子模模糊糊地想到，这两年叶行洲工作似乎比从前更拼命，觉睡得更少，烟却抽得更狠，他好像也很久没在他脸上看到笑了。

祁醒心里莫名一慌，跳上沙发，爬到叶行洲脑袋边，听到了他的低声梦呓："祁醒……"

叶行洲叫他，但此刻他清楚地意识到，叶行洲叫的并不是他，而是梦中那个爱笑的人。

他垂头发呆片刻，然后向后退了两步，悄无声息地从沙发上下来，躲进黑暗中。

直到今天，他才真正意识到叶行洲确实会因为他的变化感到伤心难过。这么久以来，这个人从未在他面前流露出一丝情绪，可能是不想让他感到难堪。

他再也无法变回人了，即使只是猫的模样，大概也无法陪伴叶行洲太久，因为猫的寿命太短，不过十几年。

小猫将脑袋埋进自己的爪子里，呜咽着。

祁醒皱着眉睁开眼时，不知何时叶行洲已经进来了，他垂眼看向祁醒："醒了？"

他愣了半晌，回神后猛地坐起身，他难道已经变回人了吗？

不，他根本没有变成猫，那只是睡迷糊时做的一个梦！

叶行洲看着他神色古怪："在想什么？"

祁醒双手捂脸，尴尬得不知道怎么说，他到底为什么会做这么诡异的梦啊？一定是那晚看到的那只猫成精了，给他吓得梦魇了吧？！

叶行洲听罢他说的，沉默了片刻，看他的眼神也变得略微妙："你，变成猫？"

祁醒："你这什么表情？你是不是很想养猫啊？"

叶行洲转开眼："不必了。"

祁醒想骂人，又好像没什么底气，郁闷地倒回床中。

叶行洲却又说道："别想太多了，梦都是反的。"

祁醒顺嘴便说："那就是你会变成猫？"

他的语气分明有些跃跃欲试，叶行洲收回手，沉了声音："不会。"

好吧，不会就算了。祁醒翻了个身，依旧很郁闷。

"叶行洲，我们还是谁都不要变成猫了，怪惨的。"

叶行洲："放心，不会。"

还是这两个字，祁醒心头一松，梦而已，确实不会。

他安下心，继续再睡一觉。

番外三 明天快乐

叶行洲这段时间在京市出差，到今天是第五天，行程安排得很满，一天的工作结束时已经快晚上八点了。

坐上回去住处的车，秘书汇报着明天的工作安排，他闭目养神，听得有些心不在焉。

直到停车时，叶行洲睁眼，看到小院门口的路灯下，靠在墙边低头玩儿手机等他的祁醒。

"祁少来了。"秘书小声提醒他。

叶行洲的视线落在祁醒身上，停住没出声。

祁醒突然过来，他事先不知道，这小子总是这样，想到什么就做。

意外吗？当然是意外的，对叶行洲来说，能在工作一天疲惫回来时看到祁醒在这里等他，再没有比这更惊喜的事。

他推开车门下去，专注玩儿游戏的祁醒听到声音从手机屏幕上抬头，看到他的一瞬间，笑容绽开在灯火下。

叶行洲大步上前，祁醒收起手机问道："忙完了？"

叶行洲说道："进去吧！"

院门一关上，祁醒嘻嘻哈哈地问他："叶行洲，祁哥哥特地来看你，是不是特别惊喜和感动？"

叶行洲回头看他："毫不意外。"

"没点儿诚意。"祁醒轻哼，"我其实是明天也要参加这边的投资高峰论坛。"

叶行洲："嗯。"

祁醒："你好像一点儿不意外啊？"

"猜到了，"叶行洲眼里浮起点儿笑，"难不成你还真是特地跑来的？"

祁醒骂了一句，继续打他的手机游戏了。

叶行洲从小到大的记忆，其实大多是不怎么愉快的，冷暗、阴郁，如同蒙着一层灰，鲜有亮色。

他见识过形形色色的人，无论是年少时那些凶恶、嘲弄和鄙夷的面孔，还是后来围着他奉承、讨好、虚与委蛇的大多数人，在他眼中无一例外最后都只剩一个个模糊的符号，淹没在他蒙尘的灰调记忆里，不值得再被记起。

真正在他漫长的人生中留下痕迹的人极少，也并非都是什么特别好的回忆，祁醒是其中唯一浓墨重彩、永不褪色的一笔。

当年对别人的那一点儿情谊，不过是年少时渴求的一场抱团取暖，但祁醒不一样，祁醒不只是照亮他灰暗人生的光，祁醒更是发出光的太阳，祁醒的存在就已经足够让他重拾丢失的美好。

如果不是祁醒冒冒失失地闯进他的生命，他或许永远不会知道，他原来也可以纯粹地，甚至不顾一切地去信任一个人。

祁醒打完一盘游戏，再次回头："叶行洲，我肚子饿了。"

叶行洲说道："我们出去吃夜宵。"

开车出门已经是十点多，城市灯火最璀璨时。

祁醒欣赏着窗外夜景，忽然想起他第一次来这边，跟叶行洲你追我逃，最后还把自己弄进了医院，忍不住地笑。

叶行洲开着车，问他："笑什么？"

祁醒："你当时跟我说了一句'新年快乐'。"

他突然冒出这么一句，叶行洲却立刻就听懂了他说的当时是什么时候："你还记得？"

"那当然记得。"祁醒心想那是叶行洲第一次正儿八经对他说好听的话，他当时可算受宠若惊，可以记一辈子。

叶行洲也笑了，他也记得，那是这么久了，他第一次有机会对别人说新年快乐。

祁醒同样跟他说了新年快乐。

看到叶行洲笑，祁醒的嘴角止不住地上扬："我们吃什么？"

叶行洲："随你。"

让祁醒随便的结果就是这小子去便利店，买了一堆啤酒、饮料、辣条和膨化食品，拉着叶行洲在路过的城中湖边僻静处坐下，说是要欣赏夜景。

叶行洲随意翻了一下他买的东西，只开了一罐可乐，其他的碰都不碰。

"明天还有工作，酒少喝些，垃圾食品也少吃点儿。"

祁醒拉开一罐啤酒，再随手拆开一包辣条："我就买了两罐啤酒，醉不了，垃圾食品怎么了，吃垃圾食品满足口腹欲才是人过的日子，不然你试试变成猫，成天吃那些寡淡无味、少油少盐的猫粮，活着才叫没意思。"

叶行洲："你梦里变成猫，不还挺喜欢吃猫粮的？"

这都是祁醒自己说的，要不他也不会知道。

祁醒想扑上去揍他，不拆台能死吗？

祁醒教育他："垃圾食品虽然不好，但是吃了能让人心情好啊，你不觉得？"

叶行洲只是笑了笑。

祁醒"喊"了一声："那算了，我小时候喜欢吃这些，后来也好多年没吃过了，今天吃起来好像确实没小时候的味道好，明明是同一个牌子的来着。"

叶行洲："小时候经常吃？"

"那倒也没有，"祁醒摇摇头，"我爸妈以前管着我，不让我吃，我只能偷偷买。我那两次碰到你，都是提前放学去高中部那边买零食，结果你还把我的冰激凌给扔了一个。"

叶行洲沉默了一会儿，站起身。

祁醒仰头看他："我东西还没吃完呢……"

"你坐着，我去去就来。"他丢出这句话，走回了他们刚才买零食的便利店。

五分钟后叶行洲回来了，手里多了一支草莓味的甜筒冰激凌，他递给祁醒："赔你的。"

祁醒一怔，然后便笑得直不起腰来。

这都多少年前的事情了，叶行洲竟然现在赔他冰激凌？

叶行洲扬眉："要吗？"

当然要。祁醒把冰激凌抢过去，撕开包装纸，又递回给叶行洲，捏着嗓子重复当年说过的话："大哥哥你真帅，我能跟你做朋友吗？"

这么多年了，这句他竟然也还记得，叶行洲扬起嘴角，接过冰激凌："多谢。"

入口的冰激凌过于甜腻，不是叶行洲喜欢的味道，他吃得很慢，但都吃下了。

祁醒继续喝啤酒，不时看他一眼，眼里都是笑。

叶行洲知道他这是真正开心了。

"祁醒。"

"嗯？"

"明天快乐，每天都快乐。"

那一瞬间，他看到，万千喜悦一起绽放在祁醒的眼中。

番外四 平行世界：那时相遇

祁醒小学二年级快放暑假的时候，学校组织了一场公益活动，前往市儿童福利院做帮扶。

其他同学大多捐了书、衣服和玩具，祁醒想了想，用自己存的零花钱买了一大包零食带过去。

"福利院的小朋友为什么不喜欢吃零食呢？"被老师问起时，祁醒眨着眼睛满脸天真地问道。

老师笑了："那到时候你自己把零食分给他们。"

儿童福利院其实就是孤儿院，里面的孩子大多是生病残疾的，健康的小孩也有，一般进来时年纪已经比较大了，自己不愿被人领养就留了下来。

祁醒挨个给人分零食，一圈下来手里只剩最后一根棒棒糖，回头时看到了从院长办公室里出来的人。

高个子的男生表情冰冷，但那张脸比祁醒见过的任何一个人都好看。

小朋友目不转睛地盯着他转身走向另一个方向，听到了身后几个阿姨的小声议论。

"院长把人叫去问话估计也没什么用，就算是叶行洲这小孩故意做的，他也不会承认吧。"

"要不是故意的，他把扶手栏杆弄断是想做什么呢？他之前经常逗的那只猫被陈谦那小子摔死了，现在陈谦摔伤了，很难说他不是故意报复，这些小孩一个个，都够不省心的。"

"叶行洲这小孩太早熟了，我有的时候看到他的眼神都觉得怪吓人的。"

祁醒跟出去，见那个大哥哥坐在院子里的树下看书，祁醒歪着脑袋打量他一阵，走上前。

"大哥哥，请你吃棒棒糖……"

叶行洲抬眼，面前是个笑容灿烂的小男孩，举着棒棒糖想送给他。他神色冷淡，只一眼便收回视线，没搭理人，低头继续看书。

被不给面子地拒绝，对方还连句话都不跟自己说，小朋友原本该生气的，但一想到刚才那几个阿姨说的这个大哥哥的猫被人摔死了，他又觉得这大哥哥好可怜，自己就大方一点儿不跟他计较了。

祁醒把棒棒糖剥开，再次递到叶行洲面前："大哥哥吃吧，你要是不吃，我就告诉大家，你故意弄断栏杆，让别人摔伤了，嘻嘻。"

叶行洲重新抬头，眼神冰冷。祁醒却不怕他："你吃了我就不说了哦。"

"你想做什么？"叶行洲终于开口。

祁醒心花怒放："我想跟你做朋友呀！"

棒棒糖到底送出去了，虽然叶行洲捏在手里并没有吃。

走之前，祁醒最后说："大哥哥放心，你的事情我不会告诉别人的，我叫祁醒，下次再来找你玩儿，拜拜。"

回家后，祁醒就和他爸妈说起了这位大哥哥，撒泼打滚一定要他们领养叶行洲。

他已经听老师说了，福利院的孩子是可以领养的，他是小朋友，领养不了大哥哥，但是他爸妈可以！

"你们要不再给我生一个哥哥，而且要跟大哥哥一样的，要不就让大哥哥做我的哥哥！"

祁荣华和王翠兰相顾无言，不，他们真的生不出来。

祁荣华两口子就没当回事，领养孩子又不是买玩具，哪能祁醒想要就满足他的。再说，他们的事业刚刚起步，每天忙得脚不沾地，祁醒都没时间管，哪来那个精力再养一个孩子。

算了吧，反正这小子最多惦记三天一准就忘了。

结果祁醒对这件事却异常执着，非但没忘，一到周末就死活缠着他爸妈，说一定要去福利院看大哥哥。

祁荣华最终无可奈何地带着人去了，也见到了祁醒嘴里的那个帅气大哥哥。

祁荣华第一反应就是拒绝，十五岁的大男生个子比他都高一截了，一副生人勿近的冷淡模样，正值青春叛逆期的孩子是最难管教的，他吃饱了撑的搞这么大一个麻烦回去。

祁醒却一副即将把人领回家的兴奋态度，高高兴兴地去跟叶行洲说他爸要领养他。

叶行洲紧蹙起眉，面对小朋友亮晶晶的眼睛，冷不丁地想起自己那只猫，那句"不去"到嘴边，忽然就说不出口了。

叶行洲沉默了一下，说道："你爸不会想领养我的，你放弃吧。"

祁醒拍拍自己的小胸脯："我想办法。"

叶行洲有种说不出的感觉，莫名其妙地被一个自以为是的小鬼缠上，他本应该觉得烦，但一看到祁醒这双眼睛，听着小朋友这些颠三倒四，没什么逻辑却自信满满的话，他竟然极其难得地被逗乐了。

"等你想出办法再说吧。"

大哥哥都这么说了，那他必然要想出办法。他爸不肯松口，小朋友脑袋瓜子一转，又打起了其他主意，去找他干爷爷说这事，想要他干爷爷领养叶行洲。

陈老的孩子年轻时出意外没了，妻子去世得也早，一个人孤身多年，本来得了祁醒这么个干孙子已经没什么其他念想了，祁醒这小娃突然跑来说要他领养个哥哥，他一开始当听笑话，后来听完祁醒说的，反倒起了兴致。

"别人把他的猫摔死了，他就想法子让人摔跤？这么狠的人你不怕？"

虽然答应了不说出去，但他干爷爷不是外人，祁醒毫不犹豫："我才不怕，是坏的人太坏了，他是为了给小猫咪报仇。"

陈老笑着点头："你说的倒也没错，这小子似乎是有点儿意思。"

陈老亲自带着祁醒去了一趟福利院，见了叶行洲一面。

他们俩谈了什么在院子里玩儿的祁醒不知道，等到他干爷爷出来，告诉他手续办好了就会带他的大哥哥回家，小朋友兴奋地欢呼一声，蹦了起来。

陈老笑容满面，祁醒这小娃娃可真是给他找了个好宝贝，叶崇霖的儿子，有意思。

叶行洲的身世不难查，毕竟叶家在淮城颇有地位，叶崇霖当年跟人私奔，后来又抛妻弃子灰溜溜地回来继承家业，知道这事的人并不少。

虽然叶行洲出生时叶崇霖已经走了，出生证上没有叶崇霖的名字，但他母亲不知道出于什么心理依旧让他姓了叶，并且告知了他的身世，刚才被问起时，那孩子自己还承认叶崇霖是他爸爸。

少年脸上有着不符合他这个年纪的冷漠和狠厉，说只要能帮助他回到叶家拿到他想要的，让他做什么都可以。陈老喜欢有野心且心够狠的人，这两样叶行洲都有，所以他乐得成全，也好哄自己的宝贝孙子开心。

叶行洲就这样跟着陈老回了清平园，祁醒一周有一半时间会来这边，恰巧现在是暑假，他干脆也常住这里，每天缠着叶行洲跟他这个至少有两道代沟的小朋友玩儿。

叶行洲已经习惯了小朋友这样的缠人劲儿，总能面不改色地听着他叫自己大哥哥，倒也不觉得厌烦。

他看书时，小朋友就在他身边看动画片吃零食，不时嘀嘀咕咕，又或笑得前仰后合，他的目光偶尔落过去，不自觉地被小朋友的情绪感染，仿佛心底积攒已久的那些阴霾，也有了逐渐消散的趋势。

"醒醒。"

忽然听到叶行洲叫自己，祁醒眨了一下眼睛，脑袋凑到他面前来："大哥哥你在叫我？"

叶行洲问他："我听你家里人都是这么叫你的，我也这么叫你，可以吗？"

祁醒嘿嘿笑着点头："当然可以。"

叶行洲抬手摸了摸他的脑袋："好。"

叶行洲将他的反应看在眼中，似乎找到了对付这小朋友的办法。

祁醒动画片看到一半，脑袋一歪，靠着沙发睡着了。

叶行洲偏头看他一眼，去拿了条毯子来盖到他身上，在他身边坐下，继续看书。

小朋友的身体慢慢下滑，最后毛茸茸的脑袋枕到了他的腿上，小声梦呓了一句什么，沉沉睡去。

叶行洲低头看他片刻，视线落回书本上，心情前所未有地平静。

他不需要祁醒这么小的孩子和他做朋友，但有祁醒陪着，似乎也不错。

这一幕在之后的许多年里，叶行洲一直都记得。

盛夏时节平平无奇的午后，他们一起靠坐在阳光最明亮处，时间慢慢流淌，这一刻便可以到永远。

两个月后，叶行洲回了叶家。

祁醒人是蒙的，大哥哥不是他干爷爷领养的孤儿吗？怎么一夜之间冒出了他爸爸和一大家子人？

他不喜欢叶行洲的爸爸，叶崇霖亲自来清平园接人，跟陈老客气寒暄时，祁醒瞧见了便本能地觉得不喜欢，大哥哥的爸爸看起来就不像好人，要是好人，大哥哥之前怎么会进孤儿院呢？

小朋友噘着嘴回去找正在收拾行李的叶行洲，想到什么便直接说："大哥哥，我不喜欢你爸爸。"

"我也不喜欢。"叶行洲收拾着东西，淡淡地接了一句，头也不抬。

祁醒："那你不要跟他回去啊。"

叶行洲："不行。"

他把昨天刚买的玩偶娃娃塞进小朋友的怀里："送你的。"

祁醒抱着娃娃，却不高兴："大哥哥，你回家了不能忘了我。"

叶行洲："不会。"

祁醒："那我们拉钩。"

小朋友伸出手指，仰头望着他，一脸天真。

叶行洲看他两秒，手指钩上去："好。"

祁醒似乎当真怕他大哥哥会忘了他，叶行洲回去的第二天，就迫不及待地让陈老安排司机，送自己去叶家找大哥哥玩儿。

他虽然是个小孩，但有陈老干孙子这个身份，陈老的贴身助理还陪着一起来了，叶家人不敢怠慢，好吃好喝地招待。祁醒说想见叶行洲，接待他的叶家女主人却支支吾吾，笑得满脸尴尬。

昨天那个孩子一回来，就被她的几个儿子关在地下酒库一整夜，清早才被放出来，这会儿正在房间里发着烧呢，她哪儿敢让陈老的人看，偏叶崇霖这会儿去公司了，没人在这儿顶着。

女主人试图转移话题，祁醒可不吃这一套，大声嚷嚷着就是要见大哥哥。叶行洲不知几时听到了声音，不顾人阻拦下楼来，叫了他一声："醒醒。"

祁醒一回头看到叶行洲，立刻跑过来，瞧见叶行洲面色虚弱，小眉毛皱成了一团："大哥哥，你怎么了？"

叶行洲刚说了一句"没事"，陈老的助理打量着他，犹豫地问："你脸这么红，是不是发烧了？"

祁醒一听，踮起脚伸手试图去碰他的额头，奈何碰不到。

叶行洲按下他的手："还好，不是很严重。"

祁醒这小家伙却不那么好糊弄，转身气势汹汹地问那位女主人："为什么我大哥哥一来你们家里就发烧了？你们是不是欺负他了？"

被个不大点儿的孩子这么质问，女主人脸上挂不住，也冷了脸。

陈老助理再次问起叶行洲,叶行洲冷淡地扫了一眼想偷偷开溜的那三兄弟，平静地说起昨晚发生的事情，他被这三兄弟故意关在地下酒库里，关了近十个小时才出来。

助理一听就皱了眉，地下酒库的温度一般只有十度左右，现在这个天气还是穿单衣甚至短袖的时候，被关进那种地方一整夜，难怪会生病发烧，叶家这几个小子做得未免太过了。

但他只是个助理说不得什么，祁醒却十分生气："你们几个坏蛋！欺负我大哥哥！我跟你们拼了！"

小朋友撸起袖子就要上去揍人，被叶行洲一只手按住肩膀拉回来："不要你多事。"

祁醒："他们太坏了，我要找他们算账！"

"你谁也打不过，别闹。"叶行洲把人按住。

小朋友张牙舞爪，愤愤不平，死死瞪着那三兄弟。那三人虽然有点儿心虚，却似乎颇为痛快，更没把他这个小毛孩放在眼里，还故意扮鬼脸挑衅他。

助理考虑了一下，问叶行洲："你要不要先跟我们回去？"

祁醒也说："大哥哥，你跟我回去吧！"

叶行洲却拒绝了，他既然回了叶家，就不会这么离开。

祁醒很生气，叶行洲把气呼呼的小朋友送出门："你乖点儿，回去吧，过几天我再去看你。"

祁醒："他们要是还欺负你怎么办？"

叶行洲安抚他："放心，我有办法对付他们。"

祁醒根本不信，他的大哥哥一个人，怎么可能对付得了那三个大坏蛋？

瞥见跟出来的那三兄弟在门边探头探脑，像是故意看他们笑话，小朋友越发气愤，眼珠子转了一圈，两步上前，捡起院中浇花用的水管，直接拧开，对着那三兄弟喷了过去。

他的动作太快，别说那毫无准备的三兄弟，连叶行洲都没料到，等到众人反应过来时，那三兄弟已经被喷了满头满身的水，活脱脱像三只落汤鸡。

小朋友叉腰哈哈大笑，让你们坏，让你们得意！

叶万齐尖叫一声，冲上来想要揍祁醒，叶行洲立刻挡在了祁醒身前，陈老的助理又上前一步，张开手将他们护在身后。

不过叶万齐那小子也没得逞就是了，人还没到他们跟前，被急匆匆赶过来的叶家管家拉开了。

回去后，祁醒便去找他干爷爷告状，陈老听罢评价道："叶家的家风似乎很不怎么样。"

祁醒不清楚家风是什么意思，但大抵知道他干爷爷也觉得那家人坏："大哥哥会不会再被他们欺负？"

"不用担心，"陈老笑着说，"他要是没这个心理准备，就不会回去，要是护不住自己，也没必要回去。"

祁醒："但是大哥哥好可怜，他在那里会不会连肚子都吃不饱？"

陈老忍着笑说："那倒不至于，你要是不放心，多去看看他就是了。"

当然了，人是他领回来的，陈老也不能真就不管不问了，之后他还是给叶崇霖打了个电话，过问了一下这事。

叶崇霖在他面前向来以小老弟自居，态度毕恭毕敬，当即保证回去管教好儿子，让他放心。

不管心里怎么想吧，亲生儿子能搭上陈老的关系，确实是叶崇霖求之不得的事情，伏低做小，做做表面功夫，那倒也没什么。

当天叶崇霖回家，直接拿皮鞭抽了他那三个儿子一顿。

叶崇霖假模假样地教训着儿子，那三个小子哭天抢地，那位继母在一边伤心抹泪，叶行洲站在楼梯上冷眼旁观他们做戏，从头至尾无动于衷。

几分钟后，他转身上楼，没兴趣再看。虽然这出闹剧是为了给别人看的，但这样也好，省了他自己动手。

祁醒打来电话慰问他："大哥哥，你要赶紧好起来，以后有我罩着你，再不让人欺负你。"

叶行洲："嗯，谢谢。"

祁醒放下心，大声说道："不客气！"

祁醒上三年级以后，叶行洲也进入了跟他同一所国际学校的高中部。

开学第一天，小朋友便不放心地跑来高中部巡视，果不其然看到那三兄弟带人在找叶行洲麻烦。

小朋友立刻上前挡在叶行洲身前，仰头对着一伙高中男生怒目而视："你们做什么？别想欺负我大哥哥！"

叶万耀冷嗤道："叶行洲，你就这点儿能耐？靠个小学生帮你出头，丢不丢人？"

其实他们几兄弟现在还真不敢做得太过分，顶多阴阳怪气说叶行洲几句而已。

叶行洲根本不想搭理他们，收拾了书包本来就打算走了，祁醒这小娃娃没头没脑地冲出来，像一只斗鸡一样要为他出头，他只有无奈。

"走吧，带你去吃冰激凌。"

一句话成功转移了小朋友的注意力，叶行洲带着人离开，不再理会身后那些人的骂骂咧咧。

"他们这么坏，大哥哥你要是受了欺负一定要告诉我啊。"祁醒不放心地叮嘱。

叶行洲好笑地看着他："告诉了你能怎么办？又去找你干爷爷告状？"

祁醒挥舞着拳头："我揍他们。"

叶行洲："那等你长大了再说吧。"

祁醒低头看看自己的小身板，再抬头看看比他高上一大截的叶行洲，莫名气馁，他为什么就不能早出生几年呢？都怪他爸爸妈妈！

虽然被叶行洲看扁了，祁醒照旧每天放学就来高中部等他，叶行洲会骑车先送他回家再回去叶家，周末他们再一起去清平园。

高中生和小学生，其实也可以做朋友。

很快所有人都知道了叶行洲身边有个跟屁虫小学生，那些讥笑嘲讽少不了，叶行洲从来都懒得理会。

他被叶万耀那几个兄弟带头孤立，也根本无所谓，反正他独来独往惯了。

祁醒虽然是个小学生，但有这么个活泼开朗的小孩每天跟着他，吵闹着，他的日子过得比以前有趣得多，连带面对叶家那一群豺狼虎豹时，都能够心平气和。

祁醒这小朋友哪里都好，就是有点儿娇气，不过还好，被宠着长大的孩子，总归都是这样。

想着这些事情时，叶行洲在学校门口的冰激凌店外，靠着自行车边看手机边等祁醒。

小朋友嘴太馋，也是个毛病。

有人过来叫了他一句，叶行洲抬头，是跟他同班的林知年。

林知年是少有的能跟他聊上几句的同学，但也就这样了，叶行洲不咸不淡地点头："有事？"

林知年从书包里拿出一本习题册，说是刚去书店买到的，问他要不要："这是店里最后一本了，我看你没有，你要的话我让给你，我明天再去大点儿的书店看看。"

叶行洲还没开口，身后传来小朋友习惯性拖长的声音："大哥哥——"

祁醒过来看了林知年一眼，回头把刚买的冰激凌甜筒塞到叶行洲手中："走不走啊？"

叶行洲跟林知年说了句"不用了，我自己去买吧"，把冰激凌递给祁醒让他帮拿着，骑上车载着小朋友离开了。

祁醒坐在后座上吃冰激凌，看见林知年依旧站在原地，撇了撇嘴："大哥哥，刚才那是谁？"

叶行洲："同学。"

祁醒："他是你好朋友吗？"

叶行洲："只是同学。"

祁醒满意了:"有我做你好朋友就够了。"

他看不到叶行洲的表情,但能听到叶行洲带笑的声音:"你才几岁,就这么霸道?我只能有你这一个朋友?"

祁醒理直气壮:"那是当然!"

叶行洲:"你自己呢?文具袋里不还装着你邻居哥哥送你的玻璃弹珠?"

祁醒:"大哥哥,你不要这么小气。"

叶行洲:"学你的。"

祁醒:"邻居哥哥去美国啦,我也只有大哥哥一个朋友。"

"小骗子,"叶行洲揭穿他,"昨天不还去了同学家参加生日会?"

祁醒并不心虚:"那也是同学,我的好朋友只有大哥哥一个。"

叶行洲的笑声随风送来,比刚才更轻松愉悦:"好,你记住这句话就行。"

叶行洲高中毕业那年,申请了英国的学校出去留学。

那会儿祁醒刚升小学六年级,和之前的几年一样,小朋友高高兴兴地跟着他大哥哥玩儿了一个暑假,临到叶行洲上飞机前几天,他才从别人那里知道大哥哥要走了,且一去就是好几年。

从叶行洲嘴里证实了事情,小朋友红着眼睛憋了半天,最后憋出一句"我再也不要跟你做朋友了",然后跑了。

叶行洲去他家楼下守了两天,十分生气的小朋友才勉为其难地出来见他,叶行洲把人带去清平园,陪他放了一晚上的烟花。

"大哥哥是坏蛋,根本没把我当朋友,别人都笑我是你的小跟屁虫,你肯定也这么想,去国外念书都不肯告诉我,要不是别人说,是不是等你走了我才会知道啊?"

"你是不是特别高兴?以后没有人缠着你了,你就不用烦啦。"

"高中生都不愿意跟小学生做朋友,以后你是大学生了,更不会跟我这个小学生做朋友了,那我也不要再见你了,拜拜,我去找别的朋友就是了。"

小朋友耷拉着脑袋坐在石阶上,越说声音越委屈。

叶行洲递了一根烟花棒到他面前:"玩儿吗?"

祁醒仰起头,怔怔地看着他,黑夜烟火下,叶行洲的面庞有些看不清,那双温柔注视他的眼睛却带着笑意。

小朋友:"……你笑什么?"

"没有提前跟你说,是我的错,因为不知道怎么开口,但也没想到你会这么伤心,抱歉。"

叶行洲说得很认真,并非哄小孩的语气,他是真心实意地在跟祁醒道歉。

祁醒:"那你能不去吗?"

叶行洲:"不能。"

虽然很抱歉,他也舍不得这个小跟屁虫,但他有想要拿到的东西,只能按自己选择的路一步步走下去。小朋友或许现在不理解,以后长大了总能慢慢明白。

祁醒生气郁闷,却又无可奈何。

他太小了,即使大人都宠着他,让着他,很多事情却不以他的意志为转移,他只能接受。

"祁醒,我不会忘了你。"

"只要你还记得我这个大哥哥,我肯定不会先忘了你。"

"你要是不相信,我可以跟你拉钩。"

叶行洲伸出手,扬起下巴冲他示意。

祁醒自认已经不是小孩了,他早不相信拉钩作保证这一套,但叶行洲这么说了,他还是勉为其难伸出手。

"你不许骗我。"

叶行洲走的那天,祁醒没去机场送行,他大约还在生气,觉得自己去了当面哭一顿太丢人,不如不去。

叶行洲走之前给他买的那些手办和零食,他一股脑儿全扔进了垃圾桶,过了一夜没忍住又去捡了回来,最后抱着东西发呆许久,偷偷抹眼泪。

之后那一年他们的联系很少,叶行洲初到国外要适应学习生活,没有太多时间,祁醒这个小学生能上网看手机的时间也不多,他依旧在赌气,干爷爷让他给叶行洲打电话他不肯,除非叶行洲打给他。

这样交流的频率维持在一两个月一次,电话接通了却没什么好说的,以前祁醒能嘀嘀咕咕把身边所有鸡毛蒜皮的小事都说给叶行洲听,现在却不愿说了。

叶行洲其实很无奈,除了时不时地寄些礼物回来,他也不知道还有什么别的办法,能哄小朋友开心。

那一年的暑假叶行洲没有回国,在那边找了一份实习工作,为了日后能顺利进入叶氏,他必须积累更多经验,拿出一份漂亮的履历。

祁醒从期望到失望,干爷爷提醒他可以自己去英国看大哥哥,他想了想,摇头:"我才不要去,他那么忙,我去了他也没时间陪我玩儿。"

从那天以后,他不再提叶行洲的名字,仿佛就这么忘了这个陪了他好几年的大哥哥。

升上中学后,祁醒身上发生了一件大事。

他爸那两年的生意版图极速扩张，高调过了头，得罪的人太多，他被他爸的一个竞争对手找人给绑架了。

祁醒失踪了整整五天才回来，万幸只受了点儿皮外伤，他自己没心没肺惯了，没怎么被吓着，倒把他爸妈吓得够呛。

叶行洲听说这事已经是半年以后，是陈老打电话告知他的，他和祁醒已经有很久没联系过，并不知道祁醒遭遇了绑架。

"祁荣华那两口子都是糊涂蛋，祁醒那小娃娃快被他们整抑郁了，现在连话都不爱说了，你要是有空安慰他几句吧。我一个老头子，他有什么心里话也不肯跟我说的。"

叶行洲没想到祁醒身上会发生这样的变故，挂断电话他沉默了很久，重新联系上了祁醒。

祁醒的脸出现在电脑屏幕里，并非陈老说的不爱说话，他依旧跟以前一样笑嘻嘻的："大忙人终于有空理我啦。"

叶行洲打量着他，稍松了一口气，先开口道歉："对不起，我食言了，我以为你不想再理我了。"

祁醒噘起嘴："大哥哥真会倒打一耙，明明是你总是忙，没空理我这个小朋友。"

叶行洲："嗯，是我的错。"

就这么三言两语，他们之间横亘已久的隔阂好似就消失了。

叶行洲后来才想到，祁醒生气了这么久，忽然就原谅了自己，或许是因为陈老说的，他确实没有其他的朋友一起玩儿了。

从那天开始，即使叶行洲的课业再繁重再累，他都会尽量抽出时间陪祁醒聊天。

他们又回到了从前，祁醒有什么高兴、不高兴的事情都会跟他说，他也会尽可能地找话题，说些在那边的新鲜见闻，逗他开心。

从那之后每年暑假，祁醒会去英国看他，跟他玩儿一个月，圣诞假期期间，他也会回国看祁醒。

时间匆匆，叶行洲到英国已经六年了，硕士毕业后他暂时留在那边，进入当地的一家投行工作，而祁醒也从小学生长成了一名高中生。

那年寒假，祁醒独自一人飞去英国，下了飞机后才给叶行洲打了个电话，叶行洲匆匆赶到机场时，他正在接机大厅的角落里席地而坐，靠着行李箱呼呼大睡。

被叶行洲叫醒，祁醒抬头看了他三秒，爬起身，直接给了叶行洲一个大大的拥抱。

上一次见面还是去年暑假，圣诞那会儿叶行洲因故没能回国，祁醒等不及下一个暑假，便趁着寒假提前跑来了。

　　"大哥哥见到我是不是特别开心？"

　　"你看我是不是又长高了，终于不用再仰头看你了。"

　　"你要是让我高兴了，我就留在这里陪你过年，免得你一个人孤家寡人可怜兮兮的。"

　　这小子还跟小时候一样聒噪，叶行洲由着他说，把他推进车里，系上安全带："坐好，回去了。"

　　车上他们有一搭没一搭地聊天，叶行洲是临时请假出来的，中间还接了两个工作上的电话。

　　挂断电话时，祁醒忽然问他："你都毕业了，还不回国吗？还要在这里工作多久啊？"

　　"攒两年经验就回去。"叶行洲随口说道，也问起他的打算，"马上高三了，你准备去哪里念大学？"

　　祁醒有点儿不高兴，不太想说。

　　他爸妈的想法，当然也是让他出国，可他不稀罕。

　　"我就考淮城本地的大学。"

　　叶行洲闻言挑眉："参加高考？你能行？"

　　不行也得行，要不然明年叶行洲回国了，他接着出国念书？

　　"我可能请不到假陪你玩儿，你自己不要到处乱跑，有什么事情打我电话。"叶行洲叮嘱他。

　　祁醒："我来这里给你添麻烦了吗？"

　　叶行洲："不会。"

　　祁醒只能在这边待一周就得回去过年，叶行洲却还要每天上班。

　　第二天清早醒来，一个人面对空荡荡的公寓时，祁醒才终于后知后觉地意识到，叶行洲现在不是学生了，以后跟他的时间只会越来越不同步，叶行洲很难再像以前一样抽空陪他玩儿。他招呼都不打一声就跑来这里，确实是在给叶行洲添麻烦。

　　祁醒不由得生闷气，也不知道是生自己的气，还是生叶行洲的。

　　之后那一周，他白天要么待在叶行洲的住处打游戏，要么独自去附近的商场集市转一转，百无聊赖。

　　早知道就不来了，祁醒回想起来之前自己兴冲冲的雀跃心情，总怀疑他当时是不是中邪了。

假期最后一天的下午，他走到叶行洲办公的地方附近，在对街的路边咖啡馆坐下，想等叶行洲下班。

二十分钟后，叶行洲出来，跟他同行的还有个非常漂亮的金发外国女人，他们站在路边说话，叶行洲背对着街边，祁醒看不清楚他脸上表情，但见那女人一直抬头盯着叶行洲，脸上笑容灿烂。

女人上车先走了，叶行洲回身看到他，有些意外。

祁醒瘫坐在座椅里，不想理他。

一直到入夜，祁醒无论做什么始终郁郁寡欢，提不起劲儿，对叶行洲更爱答不理。

叶行洲几次将视线落向他，打量着他的神情，若有所思。

回去洗完澡，祁醒爬上床说要睡觉，拉高被子裹住脑袋，转过身便没了动静。

叶行洲没管他，开电脑处理了一些工作上的事情，去洗了个澡回来，这才坐到床边低头看他。

"睡吧。"叶行洲抬手揉了一下他的头发，没再说别的。

视频通话再次接通时，祁醒已经回国玩儿了几天了，叶行洲看到屏幕里祁醒垂头丧气的脸，问他："这几天去哪里了？"

没去哪里，就是不想见叶行洲，躲着他而已。

祁醒半天才挤出一句："我们还是不要做朋友了。"

叶行洲不动声色："原因呢？"

祁醒："就是不想跟你做朋友了。"

叶行洲没把他这话当回事，照旧隔三岔五地联系他，态度如常。

祁醒时而热情，时而冷淡，经常说着话便开始发呆，要不没说几句就找个借口匆匆挂断通话，表现得十分不耐烦，故意跟叶行洲顶嘴唱反调。

叶行洲察觉出来了，但没有问他，偶尔也会因为祁醒的反常而不自在，意识到祁醒或许到了青春叛逆期，他们之间的代沟推迟了这么多年，终于出现了。

又一次接通视频电话，祁醒看到叶行洲在抽烟，他之前甚至不知道叶行洲会抽烟。

"祁醒。"叶行洲叫他的名字，抖了抖烟灰。

祁醒"嗯"了一声，等着他的下文。

叶行洲微扬起下巴："暑假过来，带你玩儿。"

祁醒别扭地说："再说吧，今年暑假不一定有时间的。"

叶行洲轻声笑："那好吧。"

那个暑假祁醒最终没去英国，马上要上高三了，得补课。

他没去英国，叶行洲圣诞也没回国，说是假期过后有个很重要的工作，提前做点儿准备，就不回来了。

"等你明年高考结束了，我就回国去工作。"叶行洲说这句话时还在看书，坐在电脑前随手翻过一页。

祁醒十八岁的生日在高考前一个月，叶行洲的生日礼物早一周就寄回了国，他人却还没回来。

祁醒心里不太高兴，但也忍着了，账留到高考以后再算。

最后一门考完，祁醒随着人潮走出考场，看到同学群里在商议晚上聚餐，问有多少人去，他有点儿提不起劲儿，又不想这么早回家。刚要回复，抬头瞥见人群之中格外出挑显眼的叶行洲，愣了一下。

叶行洲双手插兜站在原地，正笑望着他。

祁醒回神，大步走了过去："你什么时候回来的？"

"下午刚下飞机。"简单的两句对话过后，叶行洲揽过他肩膀，"走吧，带你去吃饭。"

番外五 夜诏

祁醒真正在公司站稳脚跟，是凭借一桩针对欧洲某知名科技企业的收购案，那一年他二十八岁。

事情一开始并不顺利，收购要约发出后对方董事会迟迟未通过，在要约期满之前，他亲自飞了一趟欧洲，与目标公司的创始人见了一面，说服了对方，最终以预期内的价格将这块硬骨头啃了下来。

从那天开始，祁醒这个几年前还一无是处、对生意一窍不通的二世祖，真正成为荣华资本万众瞩目的下一代接班人，在人前有了精英才俊的稳重派头。

当然，那是在人前。

难得一个下午没有开不完的会、听不完的报告，祁醒四点不到偷偷开溜，开车去了叶氏公司。

祁醒低调地将车开进叶氏的地下停车场，停在叶行洲的专用停车位上，再搭乘他的专用电梯上楼。如今祁醒每次来这里都尽量避免被人看到，毕竟他现在不是闲人了，一家公司的董事有事没事地总往另一家公司跑，即便他和叶行洲私交再好，总归不太合适。

叶行洲办公室里没外人，祁醒直接进去，进门往沙发里一歪，在外努力维持的形象瞬间崩塌："叶行洲，上茶。"

叶行洲的目光仍在电脑屏幕上："想喝饮料或者咖啡自己去倒。"

办公室里就有水吧，祁醒抱怨了几句他怠慢自己，爬起身去倒果汁，叼着吸管喝果汁走回叶行洲身边，倚在办公桌边打量他。

叶行洲戴了眼镜，眉眼被挡在镜片之后，显得没有那么气势逼人。

他从前见叶行洲的第一面，这人就是这副模样儿。

叶行洲抬眼："在看什么？"

祁醒歪头笑了一下："看你是怎么靠这张脸骗人的。"

叶行洲没再理他，快速浏览完屏幕上的邮件，回复之后点击关机："走吧。"

"现在？"祁醒看了一眼时间，"五点还没到呢。"

叶行洲："就你可以翘班，我不可以？"

太可以了，祁醒求之不得。

出门时，叶行洲忽然拉住他的手臂，帮他整理他的衣领。

祁醒看着他的动作，笑了起来。

叶行洲："笑什么？"

祁醒："谢了啊。"

叶行洲随意点头："走吧。"

坐上叶行洲的车，祁醒再次看时间，刚刚五点。

"出去玩儿两天，去吗？"叶行洲提议。

这几年，他俩经常会利用周末去周边短途旅行，大多数时候都是说走就走。

祁醒无所谓："去哪儿？"

叶行洲没有说目的地，点开车载导航，随意选了个去处。

他们的车子驶入暮色中。

入夜后的高速公路上只余风声，车灯照亮前方的道路，祁醒靠在座椅里听歌，随口跟着哼唱，惬意无比。

叶行洲开着车，仿佛被他的情绪感染了，弯起嘴角，不经意间想起了一段往事。

早在那个雨夜的慈善酒会之前，他其实就见过祁醒。

那次是他第一次以叶氏董事长的身份出席一个官方举办的投资交流会。祁荣华带着自己刚大学毕业的儿子出来长见识，会上他与祁荣华没怎么交流。活动结束准备离开时，他在停车场里撞见了对方教训儿子。

当时也只是远远地瞥了一眼，站没站相的二世祖背着身，看不清长相，只听到他拖长的声音："嫌我给你添麻烦丢人，就别带我来啊，我还不乐意来呢——"

声音挺好听的，可惜又是个浪费家里粮食的败家子。

这个念头一闪而过，当时的他不再感兴趣，上车离开。

后来也有一次，他参加一个商务晚宴，跟祁荣华坐在同一桌。桌上众人恭维他年轻有为，顺嘴提起家中不成器的儿孙，纷纷感慨孩子难教。祁荣华也说起自己儿子，抱怨孩子不服管教的同时，言语间又颇为自豪地说他家小子聪明，但不把心思用在正途，就是贪玩了些。

当时他听着没来由地想起那道语调上扬拖长的声音，然后笑了，不怎么走心地恭维起祁荣华有其父必有其子，以后儿子肯定有出息。

那是他第一次知道，原来那个小子叫祁醒，名字也挺好听的。

"叶行洲，"祁醒的声音唤回他的思绪，"你刚才是不是在偷笑？"
叶行洲："没什么，想到一点儿以前的事。"
祁醒："以前什么事？"
叶行洲："声音挺好听，名字也挺好听。"
祁醒瞥了他一眼，觉得莫名其妙。

祁醒懒得问了，今晚天气好，出城之后墨色天幕中铺开无数星点。
祁醒打开车窗，抬头看向散落在墨色夜空的点点星光，看了一阵，祁醒举起手机拍了一张照片，顺手发给叶行洲，附加一句语音："叶行洲，你这个浑蛋。"
正主就在身边，偏要通过手机来传话，大概也只有他有这种兴致。
支架上的手机屏幕里跳出新的微信消息，叶行洲顺手点开，播放了那条语音："叶行洲，你这个浑蛋。"
经过电波处理后的声音跟祁醒的声音有些偏差，但同样是上扬带笑的。
叶行洲再次肯定，声音确实挺好听的。
祁醒见他配合自己的幼稚举动播放语音，自己逗人不成反被逗，不想再理他，低了头继续看手机。
屏幕往上划几页，全是前段时间他在欧洲出差时，跟叶行洲的聊天记录。
大多是没什么营养的废话，不看不觉得，原来他们每天来来去去能聊这么多，忙里偷闲时总要说几句有的没的。

祁醒微微愣神，之前有人问他怎么突然转了性子，开始发愤图强了，他想想自己天性懒散，如果不是有叶行洲推着他走，他可能这辈子就这样了，想要有能和叶行洲同行的资格，他才会逼迫自己努力。
这种微妙的心理，或许是好胜心的一种，但又不仅仅是好胜心。

八点多的时候，车停在高速公路服务区，祁醒开着车门靠在座椅上吃面包，叶行洲则倚在副驾驶座位旁边的车门边上点了一支烟，欣赏着四周的夜景。
祁醒偏过头，瞥见烟雾缭绕中的叶行洲的半边脸，盯着看了片刻。
冰凉的矿泉水滑入喉咙，他慢慢咽了一口，轻声喊道："叶行洲。"
叶行洲回身，一只手撑着车顶，弯腰望向他："吃饱了？"
祁醒懒洋洋地闭上眼睛："我们都开了几个小时的车了，还没到吗？"
他没有问叶行洲要去哪里，无论叶行洲想去哪里，他都跟着去。

"快了，"叶行洲抖去烟灰，"还要一个小时。"

祁醒撕开一块面包的包装袋，递给他："你也吃点儿吧，别抽烟了。"

叶行洲如他所愿掐了烟，接过面包，拿在手里却没吃。

祁醒从车里钻出来，伸了个懒腰，示意叶行洲在这儿等着，转身又去了服务区里的便利店。

五分钟后，他回来，随手抛了一罐可乐给叶行洲。叶行洲伸手接过，两人一起靠在车门边，边吃面包边聊天。

"我刚想起来，我下周还要去美国出差，周一下午就要走。我爸要是知道我这两天又跟你跑出来玩儿，一定要数落我。"祁醒咽下可乐，囫囵吞下嘴里的面包，顺口说道。

叶行洲："去几天？"

"不知道，没问助理具体行程，总要五六天。"祁醒哀叹，"发愤图强果然没那么容易，叶行洲，我好辛苦啊。"

这小子抱怨或是诉苦的语气都跟别人不一样，像小孩子找大人讨糖吃，可他也早过了讨糖吃的年纪。

叶行洲慢慢喝着可乐，眼中笑意闪动，祁醒见状抬手，一拳送上他肩膀："你又笑我。"

"真的很辛苦？"叶行洲放下可乐问他，语气也正经起来。

祁醒收回手，不太好意思地说"马马虎虎吧，你呢？你会不会觉得辛苦啊？"

他上面至少还有他爸顶着，叶行洲却只能靠自己一个人，真要说辛苦，他大概怎么也比不上叶行洲吧。

"也还好。"

对叶行洲来说只是习惯了而已，他自己选的路，没有资格抱怨。

庆幸的是，虽是孤身上路，终有人并肩同行。

祁醒还想说什么，叶行洲示意他："手伸出来。"

祁醒犹豫了一下，重新伸出左手，掌心朝上。

叶行洲的手盖上去，两秒钟后，祁醒的掌心里多出了一颗用金箔纸包裹的巧克力。

祁醒不可思议地问："你竟然有这种东西？"

叶行洲给了巧克力，手又插回裤兜里，姿态闲散："办公室里拿的。"

祁醒每回去他办公室，都要翻箱倒柜找零食吃，他干脆让人多备着点儿。今天出门时看到抽屉里的巧克力，他便顺手拿了一颗。

"糖没有，巧克力凑合吃吧。"叶行洲一副打发小朋友的语气。

祁醒有些无语，谁跟你讨糖了？

他想起来了，今天似乎是万圣节。

"……我又不是小孩子，谁要你的糖了？"祁醒有点儿气笑了。

"收着吧，吃点儿甜的，高兴点儿，就不会觉得太辛苦了。"叶行洲玩笑过后认真说道。

祁醒低头看着手里的巧克力，在收到叶行洲送的这颗巧克力以后，他其实还挺高兴的："叶行洲，你是不是没吃过巧克力啊？巧克力本来就是苦的，不想我觉得辛苦，你还送这个？"

叶行洲坚持说："也是甜的。"

苦味之后更多的确实是甜味，祁醒笑着扬起眉，剥开包装纸，把巧克力扔进嘴里。

叶行洲看着他："好吃吗？"

祁醒咬了一口，细细品尝后点头："好吃。"

叶行洲也笑了，最后一口可乐喝完，将易拉罐扔进一旁的垃圾桶，示意他："走吧。"

他们重新上车，驶入无边夜色里。

图书在版编目（CIP）数据

本色 / 白芥子著 . -- 武汉：长江出版社，2025.
1. -- ISBN 978-7-5492-9940-9

Ⅰ．I247.5

中国国家版本馆 CIP 数据核字第 20249NS615 号

本色 / 白芥子 著
BENSE

出　　　版	长江出版社 （武汉市解放大道 1863 号）
出版统筹	曾英姿
特约编辑	时　影　伊　万
市场发行	长江出版社发行部
网　　　址	http://www.cjpress.cn
责任编辑	李剑月
印　　　刷	湖南天闻新华印务有限公司
版　　　次	2025 年 1 月第 1 版
印　　　次	2025 年 1 月第 1 次印刷
开　　　本	710mm×1000mm　1/16
印　　　张	18.5
字　　　数	373 千字
书　　　号	ISBN 978-7-5492-9940-9
定　　　价	52.80 元

版权所有，侵权必究。如有质量问题，请与本社联系退换。
电话：027-82926557（总编室）027-82926806（市场营销部）